0486

पुस्तक के बारे में फिल्म कलाकारों के विचार

"'कैदी नंबर 0486' एक सम्मोहक जासूसी कहानी है। अपराध-कथा शैली पसंद करनेवालों को यह किताब निश्चय ही पसंद आएगी।"

—मधुर भंडारकर

"रहस्यमयी...कँटीला...घुमावदार...और विषाक्त! लेखक आपको गुप्त जगहों और मानव हृदय की बर्बरता में ले जाता है!"

—टिस्का चोपड़ा

"'कैदी नंबर 0486' एक ऐसी दुनिया की बर्बर कहानी है, जिस दुनिया पर भारी पहरा है। आपको बहुत कम ऐसी किताब मिलेंगी, जिसमें भावनाओं और माहौल का बेदाग संतुलन दिखाया गया हो।"

—मनोज बाजपेयी

"बुराई की जड़! नशे की लत! मानव मन छल-कपट और सभी बुराइयों का घर हो सकता है, लेकिन 'कैदी नंबर 0486' सिखाती है कि हमारे पास हमेशा एक विकल्प होता है..."

—विवेक ओबेरॉय

"मनभावन! व्यसनी! अतार्किक! एक मस्ती भरी मर्डर मिस्टरी...जरूरी किताब।"

—सुनील शेट्टी

"बदले की भावना से परिपूर्ण रहस्यमयी नाटक।"

—ऋचा चड्ढा

कैदी नंबर 0486

ऋचा लखेड़ा

प्रभात
पेपरबैक्स
www.prabhatbooks.com

प्रकाशक
प्रभात पेपरबैक्स
प्रभात प्रकाशन प्रा. लि. का उपक्रम
4/19 आसफ अली रोड, नई दिल्ली-110002
फोन : 23289777 ● हेल्पलाइन नं. : 7827007777
इ-मेल : prabhatbooks@gmail.com ❖ वेब ठिकाना : www.prabhatbooks.com

संस्करण
प्रथम, 2022

सर्वाधिकार
सुरक्षित

अनुवाद
विपिन चौधरी

मूल्य
चार सौ रुपए

मुद्रक
आर-टेक ऑफसेट प्रिंटर्स, दिल्ली

────────── ★ ──────────

QUADI NUMBER 0486
by Richa Lakhera
(Hindi translation of ITEM GIRL)

Published by **PRABHAT PAPERBACKS**
An imprint of Prabhat Prakashan Pvt. Ltd.
4/19 Asaf Ali Road, New Delhi-110002

ISBN 978-93-5521-329-7

₹ 400.00

सभी बॉलीवुड प्रेमियों के लिए
बड़े परदे पर दिखनेवाली शोख हसीनाओं के लिए
जिनकी एक नजर के लिए करोड़ों का दिल धड़कता है
सभी मोहब्बत करनेवालों के लिए
नफरत करनेवालों के लिए भी
उन सभी लोगों के लिए, जिन्होंने सोचा था कि मुझे यह बताने की
हिम्मत नहीं होगी।

शायद यही कुछ हुआ भी है

आरंभ

उसने अपने जीवन में तब्बू जैसी खूबसूरत लड़की कभी नहीं देखी थी। वह उसकी खूबसूरती पर फिदा हो गया था। उस पर पहली नजर पड़ते ही वह उसे अपनी बाँहों में भर लेना चाहता था, उसके शरीर की गरमाहट महसूस करना चाहता था। तब्बू की खूबसूरती और रोमानी आँखें सुनहरी छटा बिखेर रही थीं। तब्बू चंचल, मनमोहक और चितचोर थी। वह हमेशा हूर की तरह चमकती-दमकती रहती थी। खिलखिलाकर बेरोक-टोक हँसनेवाली हँसमुख लड़की तब्बू। वह सत्तर के दशक की बॉलीवुड की ड्रीम क्वीन, बॉलीवुड की टॉप एक्ट्रेस बीना की प्यारी बेटी थीं। सितारा मैटिनी के साथ कॉन्ट्रैक्ट पर काम करनेवाला, एक युवा नवोदित असिस्टेंट डायरेक्टर, विष्णु कश्यप, फिल्मी पार्टियों में अपनी ड्रीम गर्ल को देखते हुए घंटों बिताता था। तब्बू को देख उसका दिल गरमाहट महसूस करता था, वह दिल जो उसके बॉम्बे आने के बाद से बहुत ठंडा खिन्न और सुन्न रहता था। बीना ने कभी शादी नहीं की, उसने तो स्क्रीन से शादी की थी। लेकिन उसके एक विवाहित डायरेक्टर के साथ अवैध संबंध हो गए थे और वह गर्भवती हो गई। डायरेक्टर ने उससे शादी करने के लिए अपनी पत्नी को छोड़ने से मना कर दिया और बखेड़ा खड़ा करने के बाद बीना ने अबॉर्शन करने से मना कर दिया उसने तब्बू को जन्म दिया। मजबूत इरादों वाली एक्ट्रेस ने अपनी प्यारी बेटी को अकेले ही बड़ी देखभाल और प्यार से पाला। वर्षों बाद जब अफसोस से भरा डायरेक्टर बीना के पास माफी के लिए आया तो उसने न केवल उसे अपने आलीशान जुहू बँगले से बाहर निकाल दिया, बल्कि तब्बू को उसके पिता का उपनाम देने से भी मना कर दिया। उसने तब्बू को किसी भी आदमी का उपनाम

नहीं दिया। वह सिर्फ तब्बू बनकर रह गई। बेशक तब्बू को इस बात की कोई परवाह नहीं थी कि उसके पास कहने को पिता या कोई रिश्तेदार नहीं था। बोस्टन की पढ़ाई और ऊँचे तबके का साफ अंग्रेजी का उच्चारण, अच्छी पढ़ी-लिखी और बुद्धिमान तब्बू ने विष्णु पर गजब का प्रभाव डाला, विष्णु स्वयं लखनऊ विश्वविद्यालय से हिंदी में एम.ए. था। शुरू में विष्णु को लगता था कि उनके बीच की चौड़ी खाई पाटना आसान नहीं, विष्णु ने कभी भी नहीं सोचा था कि वह उसे पा लेगा, वह तो सिर्फ उसके सपनों की रानी भर थी। लेकिन एक दिन जब तब्बू उस पर मुसकराई, विष्णु पूरी तरह से उसका कायल हो गया। तब्बू का जादू विष्णु पर सिर चढ़कर बोलने लगा, वह उसकी एक झलक पाने के लिए, बीना के आलीशान बँगले में दावत पर जाने के लिए तरसता था। प्यार में पागल विष्णु ने फिल्मी गैंग में फिट होने की कोशिश की, यहाँ तक कि उसने अपने कड़क दिनों के मामूली वेतन को अपना रूप निखारने के लिए खर्च किया। उसने अपने छोटे शहर के हेयर स्टाइल को बदला और ब्रायलक्रीम से अपने बालों को ढंग से स्टाइलिश लुक देना शुरू कर दिया, उसने इस फालतू चीज पर खर्चा करना इसलिए बर्दाश्त किया कि यह क्रीम चीनी और पानी से बेहतर काम करती थी। जब भी उसे लगता कि वह उसके आसपास जा सकता था तो वह अपना इकलौता डिसेंट सूट पहनकर उस जगह पहुँच जाता, जहाँ सितारों से भरी सभ्य लोगों की भीड़ तब्बू के इर्द-गिर्द घूम रही होती थी, हालाँकि वह अच्छी तरह जानता था कि वह उस भीड़ में कहीं नहीं टिक पाएगा। उसे पता था कि वह गाने-नाचने में अच्छा नहीं है, इसलिए अपनी ड्रीम गर्ल को वह आकर्षक स्थलों के बारे में बताता और उसे अपने मनमौजी किस्से सुनाकर प्रभावित करने की कोशिश करता, उससे फैंसी लहजे में बातें करता था। तब्बू भी उसके साथ चुलबुली बातें करती और उसमें दिलचस्पी दिखाने लगी। अपने सितारों से भरे समाज के सिपहसालारों से घिरे होने के बावजूद, तब्बू को विष्णु के प्रति आकर्षण पैदा हो गया, उसकी केमिस्ट्री उसी के साथ फिट बैठती थी। तब्बू को साफ पनीली आँखों और मजबूत सेक्सी ठुड्डी वाले लंबे और बहुत ही कम बोलनेवाले युवा डायरेक्टर से प्यार हो गया। हालाँकि वह कभी भी हैसियत और स्टेटस पर नहीं गई, लेकिन विष्णु हमेशा तब्बू के चारों ओर बिखरी विलासिता

को देख अपने को बौना समझता रहा, हीनभावना का शिकार बना रहा। उसके ओलंपिक साइज के इतालवी टाइल वाले पूल से लेकर उसकी हद से ज्यादा बड़ी भव्य हवेली और विदेशी फूलों तथा भिन्न-भिन्न प्रकार के ऑर्किड वाले आकर्षक बगीचे, यहाँ तक कि उसकी हवेली के दरवाजे इलेक्ट्रॉनिक कंट्रोल्ड थे और उन पर इंपोर्टेड फ्रिली ड्रेप्स टँगे थे''उसकी मंदी से अछूती दुनिया देख वह पूरी तरह से इनफीरियॉरिटी कॉम्प्लेक्स में था। दूसरी तरफ वह अपने मेक-शिफ्ट ठौर-ठिकाने के बारे में सोचता, एक ट्यूब-लाइटेड दो कमरे का क्वार्टर, जो उसने असिस्टेंट डायरेक्टर के पगार के रूप में मिलनेवाले मामूली चेक के बदले पट्टे पर लिया था तो वह निराश और हताश हो जाता। वह मंदी का दौर था। 1962 का युद्ध अभी समाप्त हुआ था और विलासिता दुर्लभ थी। खाने के सामान से भरा उसका छोटा फ्रिज और सितारा मैटिनी से मिले पहले चेक से उसने जो ओवन बड़ी शान से खरीदा था, वह अब उसके लिए काफी नहीं था। उसने जो चमकीला नया सिंक और चार सीटोंवाली प्लास्टिक की डाइनिंग टेबल सस्ते दाम पर खरीदे थे, उनसे उसका मन भर गया था। उस मामूली पगार पानेवाले अदने से ए.डी. के पास कहने को ऐसा कुछ नहीं था, जो उस टॉप हीरोइन की लाड़ली बेटी की समृद्ध जीवन-शैली से मेल खा सके। लेकिन भगवान् की ऐसी करनी हुई कि कुछ घटनाओं के फेर हुए, जिसमें फिल्म के डायरेक्टर की हृदय गति रुकने से मौत हो गई। डायरेक्टर की मौत के बाद फिल्म को पूरा करने की जिम्मेदारी युवा और अनुभवहीन विष्णु पर आ गई। फिल्म एक सरप्राइज हिट रही और विष्णु कश्यप की अपरिचित पड़ोसन ने उस वर्ष के सभी बड़े फिल्म अवार्ड जीते। सितारा मैटिनी ने उसे जश्न पर बुलाया जिसमें, बीना सहित स्टार कास्ट को आमंत्रित किया गया था, बीना अपनी बेटी के साथ आई थी। विष्णु को अब भी तब्बू उस कमरे में सबसे प्रतिभाशाली व्यक्तित्व लग रही थी। उसके पुरस्कार, उसकी सफलता, उसकी जीत उसे उसकी खूबसूरती के सामने अर्थहीन लग रहे थे। उसी क्षण से और फिर हमेशा के लिए विष्णु उसके प्यार में बुरी तरह से पागल हो गया था।

अब यह सब उसे बेकार लग रहा था।

उसके अंदर कड़वा रोष पनपता जा रहा था। वह उस पर दीवाना हो गया

था और कहीं खो गया था, वह क्या सोच रहा था? वह सोच रहा था कि वह रात में, अपने वैवाहिक बिस्तर पर नशे में धुत उसे घूर रहा हो, वह उसके पास आए और उसे दूर छिटक दे, ताकि वह जीवन भर उससे नफरत कर सके। यह उसके साथ प्यार करने से बेहतर होता। कम-से-कम चोट तो कम लगती, दर्द तो कम होता।

उसका सपना एक दुस्स्वप्न में बदल गया था।

आभार

यह काम काफी प्रेरणा और शोध तथा कथेतर साहित्य की मदद से पूरा किया गया औपन्यासिक काम है। कुछ लोगों की पहचान छुपाने के लिए मैंने समय और वातावरण बदल दिए हैं। मैंने उनके नाम और उनकी पहचान की विशेषताएँ भी बदल दी हैं। मैंने जीवन की कई सच्ची घटनाओं को निर्भीकता से उठाया, मैंने इस उपन्यास में कई विशेषताओं और कमजोरियों को भी बखूबी उभारा है। आप में से किसी का नाम लिये बिना, मैं आप सभी का धन्यवाद करती हूँ।

1

'मेरा यह हाल तुम्हारी वजह से हुआ है, तुम्हारी! तुम गए गुजरे शहर⋯' उसने मुंबई की बेढंगी स्काईलाइन, जो सुबह के 2:13 की तरफ बढ़ रही थी, पर आरोप लगानेवाली उँगली उठाकर इशारा करते हुए ताना मारा। वर्षों से हेरोइन लेने के बाद उसका दागदार चेहरा शहर की खिन्न रात की रोशनी में राक्षसी लग रहा था। के.डी. क्वींस नेकलेस के उस पार वाली नफरत से ब्लिंक करती बहुरूपदर्शक रोशनी पर चिल्लाया, 'तुम्हारा मांस खानेवाला नरभक्षी बकवास गर्भ और तुम्हारा कचरा और व्यभिचार करनेवाली वेश्याएँ और साइज जीरो हरामखोर।' हाजी अली से होटल फन एंड सैंड की ओर दौड़ते हुए उसके दिल ने एड्रेनालाइन की बड़ी मात्रा पंप कर दी, जिससे उसे चक्कर आ गया। उसने सोचा, वह अपने एच.आई.वी. को कंट्रोल करने के लिए जो नई क्वाड दवा ले रहा था, वह ए-ग्रेड होनी चाहिए थी या फिर उसने एमिट्रिप्टिलाइन का ओवरडोज लिया होगा। नियमित रूप से एट्रीप्ला लेने के बाद तेज फोर-ड्रग कॉम्बिनेशन पर स्विच करने से वह बेचैन और अशांत हो गया था। आमतौर पर मल्टीक्लर्ड एंटीडिप्रेसेंट्स दवाओं से उसे लाभ मिला और वह इससे बाहर निकला। लेकिन आज दर्द निवारक दवाओं की एक्स्ट्रा डोज भी उसे शांत नहीं कर पाई। के.डी. उस तिरस्कार और अपमान पर क्रोधित था, जो कुछ मिनट पहले उस पर थोपा गया था।

'ऐ! चल, हरामखोर! तुम दो पैसे की वेश्या को नहीं सँभाल सकते, साला चार-चार घंटे फोन नहीं उठाता।'

सिवाय इसके कि वह चार घंटे पहले इस दुनिया के लिए मर चुका था। उसे अपने तकिए के नीचे दबे रत्नजड़ित 3जी आईफोन की इलेक्ट्रॉनिक आवाज नहीं सुनाई दी। उसकी चेतना लौटने पर सबसे पहले उसे अपने नितंब के फफोले

का दर्द महसूस होता था। फिर उसके सामने का धुँधलापन छटा और उसके शरीर के कई हिस्सों पर पड़े घावों के रिसने से दर्द महसूस हुआ नाखूनों की तरह सख्त लिंग लिए वह उठ गया। और लगातार मैटेलिक ड्रोन थी कि रुकने का नाम नहीं ले रही थी। अपनी आँखें खोलकर वह 18 मिस्ड कॉलों पर जम गया। फिर से वही कान फाड़नेवाली गाली-गलौज शुरू—

'कंटशॉप''अभिमानी बदतमीज नाशुक्री हरामजादी''इस लड़की के अंदर शैतान है।' तेज आवाज से उसका गुस्सा भड़क गया और उसने घिनौने शब्दों का प्रयोग कर उसका अपमान किया। के.डी. हैरान होकर पीछे हटा, उसने और गाली देने के लिए अपना मुँह खोला ही था कि फोन की घंटी बजी, 43 सेकंड तक कॉल चली, तब वह चुप रहा। फिर उसने फोन नंबर देखा और उसके सामने वह चेहरा आ गया। सलेम अल खलीफा बिन हसन। बिगगी फिल्म फाइनेंसर और पूरे मिडिल ईस्ट सर्किट में बॉलीवुड कार्यक्रमों के चीफ स्पॉन्सर।

'फिल्म में लगभग बिना कपड़ों के नाचती है, यहाँ प्रॉब्लम है! हुजूर साहब ने उसे रेट कार्ड से ज्यादा ऑफर किया, लेकिन सनी के नखरे हीरोइन से भी ज्यादा हैं!' के.डी. ने आवाज से खतरे को भाँप लिया और उसका अपमान किया।

'सुनो, मुझे उससे बात करने दो।' अपने गुस्सैल लहजे से वह निराश हो गया और उसकी जीभ ने गले में कड़वाहट का जहर भर दिया। दुबई के पुरुष नाराज थे। उनके मुक्तहस्त दानकर्ता, प्रौढ़ हो चले ऐयास बहरीन राजकुमार सलेम अल खलीफा बिन हसन, बहरीन के शाही परिवार के तीसरे चचेरे भाई आग-बबूला हो गए थे। वे 69 साल के थे और उनके पास बेहिसाब डॉलर, दीनार और दिरहम थे, सलेम हसन की वजह से ही के.डी. क्राफ्ट्स मैनेजर कालिदास रात के सुस्त घंटों में सुदूर नवी मुंबई के होटल की तरफ पागल की तरह गाड़ी चला रहा था।

'तुम्हारी उस दो टके की लड़की ने सलेम बिन हसन का अपमान किया! उस साली को अपनी औकात भूलने की हिम्मत कैसे हुई, हरामखोर?' अपने गंदे डिजाइनर सूट पर अपनी चिपचिपी हथेलियों को पोंछते हुए के.डी. यह पूछने

से भी डर रहा था कि उसने किया क्या है। यह शेख का सनी के प्रति जुनून था, जिससे वह आदमी उसकी मिडिल ईस्ट की नोटों से भरी जेबों को खाली करना चाहता था। वह अब किसी भी तरह उस पैसे को खोना नहीं चाहता था, उसे उड़ाने की फिराक में था।

'सनी को मुझे सँभालने दो।' के.डी. ने गुहार लगाई।

'शटप सिस्टरफकर! अपनी उस लड़की को नन बनने के लिए कहो। उसकी माँ उससे कहीं बेहतर आइटम थी और दुबई की तारीखों के बारे में हमें परेशान मत करो। शेख हुजूर के पास तुम्हारे या तुम्हारी बेकार की लड़कियों के लिए समय नहीं है।'

'नहीं-नहीं ''एक मिनट'''मैं हाँ—' वह सुन्न पड़ गया था और याचना कर रहा था। उसने पीछे के शीशे से देखा कि दो लोग खिन्न हो उसकी तरफ देख रहे थे। वह असमंजस में था और उसके नितंब के फफोले रिस रहे थे व दर्द कर रहे थे।

कुतिया, कुतिया, कुतिया।

उस लड़की को तो बस कमरे में बंद कर देना चाहिए था और चाबियों को कहीं फेंक देना चाहिए था। फिर बहाना बनाकर दूसरी लड़कियों को भेज देना चाहिए था। उसने कभी सपने में भी नहीं सोचा था कि उसे ऐसी स्थिति का सामना कभी करना पड़ेगा। के.डी. मुट्ठी भर कैप्सूल निगल गया और गुस्से में उसने अपनी पाँच फीट तीन इंच फ्रेम वाली कहावत की तसवीर की तंग गाँठ खोलकर उसे नीचे गिरा दिया और फिर खिन्न हो सोचा कि क्या उसे अपने डॉक्टर से झूठ बोलना चाहिए कि उसने प्रोजैक नहीं लिया, लेकिन यह झूठ छिपा नहीं रह सकता। वह सिर्फ चिंता कर सकता था, उसका दो तरह के लोगों से प्रोड्यूसर्स और लड़कियों के साथ पंगा चल रहा था। वह लगातार अपनी पीठ पीछे निगाह रखे था। वह जानता था कि समय निकलता जा रहा था। इससे पहले कि उसके चेहरे पर मुंबई की गंदगी पड़े, उसे जमानत देनी पड़ी। उससे संतुष्ट होकर ही सलेम ने मिडिल-ईस्ट में उसके लिए तेजी से दरवाजे खोले होंगे, लेकिन वह गुजरे समय की बात थी। इससे पहले सनी अपनी परेड पर तो उतरे, मन-ही-मन गुस्से में गाली-गलौज करते हुए वह होटल फन एंड सैंड के काँच

के फर्श से घिरा हुआ था और उसे लग रहा था कि फूली हुई मछली उसके पैरों के नीचे आ जाएगी।

'कमबख्त लिफ्ट कहाँ है?' वह चिल्लाया। उसे अपने आंतरिक घाव कीलों की तरह चुभते महसूस हो रहे थे, लेकिन वह पहले से ही सावधानी बरत चुका था।

के.डी. सुइट 909 की तरह तरफ दौड़ा। रोशनी कम थी। वह धमकी देने के से लहजे से उन चार लड़कियों की ओर बढ़ा, जो वहाँ पर गूँगे पुतलों की तरह जमी हुई थीं।

'समय समाप्त, कट-कट, तुम अभी भी यहाँ क्यों हो? तमाशा खत्म, चलो फूटो, यहाँ से निकलो, बाहर, बाहर।' वह दहाड़ता है और तीन भयभीत लड़कियाँ कमरे से बाहर निकल जाती हैं।

'तुम! यहीं रहो!' भय से आक्रांत पीला चेहरा लिये, वह टेलीविजन की भूतिया चमक में नहाई हुई सनी की तरफ मुड़ा।

'तुम साली पागल लड़की! तुम उन लोगों को चकमा देने की कोशिश कर रही हो, जिन्होंने तुम्हें उस मुकाम पर पहुँचाया, जहाँ तुम आज हो?' वह फुफकारा, 'तुम्हारी हिम्मत कैसे हुई? क्या तुम भूल गई, अगर क्लाइंट कहता है कि डांस करो, हॉप-स्किप-जंप करो तथा इसके अलावा और भी बहुत कुछ करते हैं। लेकिन तुमने क्या किया? यदि तुम अपनी माँ की तुलना में आधी भी रही होती…' तो उसने गुस्से से अपने जबड़े भींच रखे थे।

'मैं तुम्हें सिखाऊँगा कि कैसे एक अच्छी आइटम गर्ल बना जाता है, तुम्हारा उउउउड़कघह ह…'

जैसे ही वह सनी की ओर आगे बढ़ा, उसकी आँखें गुस्से से लाल हो गईं, कुछ अनहोनी हुई थी। उसके फेफड़ों से हवा निकल गई थी; के.डी. का भरोसा डगमगा गया था, उसकी स्थिति लगभग हास्यपूर्ण हो गई थी। पहले उसने इन घातक क्षणों का संज्ञान नहीं लिया, लेकिन बाद में उसकी दुनिया नारकीय और पीड़ादायक हो गई। वह हक्का-बक्का रह गया, उसने देखा कि सनी अपने हाथों से उसकी छाती पर चाकू से वार कर रही थी। होश में आने पर वह उस पर कूद गया, लेकिन उसका निशाना चूक गया और संतुलन डगमगा गया। वह

फर्श पर गिर गया। तेज उस्तरे वाला चाकू उसकी कोमल त्वचा से टकराया और अंदर तक उसके शरीर में उतर गया। अपने हाथ में हथियार को कसकर पकड़े हुए, सनी ने उसकी बड़ी धमनी पर क्रूरता से प्रहार किया, जिससे शरीर में लाल जीवन शक्ति पहुँचाने वाली रक्त वाहिका में पंचर हो गया और रक्त धारा फूट पड़ी। क्रिमसन रंग के खून की एक पतली धारा उसके झीने टॉप पर पड़ी और वह खून से लाल हो गई।

'उहह्ह गगगगड कक्क तुम···' उसने गाली–गलौज करना शुरू कर दिया, लेकिन अचानक उसने अपना पेट पकड़ना बंद कर दिया, अपने ही खून को अनवरत बहते हुए देखकर वह गूँगा हो गया। जब भी उसने हिलने की कोशिश की तो उसने उस पर वार किया। उसने एक रेशमी गद्दे को कसकर पकड़ लिया। के.डी. ने मरने से पहले जो आखिरी बात सुनी, वह थी उसकी खुद की दर्द की चीख। सनी ने चाकू को कसकर पकड़ लिया और बिस्तर पर बैठ गई, उसने शांत होने की कोशिश की और उसे देखकर स्थिति से निपटने की कोशिश करने लगी। वह बहुत देर के बाद उठी, चाकू को पोंछा और मेज पर रख दिया। उसे हलकी सी आहट सुनाई दी। कोई उससे बातें कर रहा था, बहुत दूर से उसे कुछ बताने की कोशिश कर रहा था।

~✤~

वह खुद अराजकता पैदा करती है।

जमीन कहीं नहीं थी। उसके पैरों के नीचे की धरती घुल गई···मिट्टी ने गड़गड़ाहट की आवाज की और उसे झट से निगल लिया···मनहूस काली मिट्टी उसकी आँखों में घुस गई, उसकी नाक, उसके कान, उसके नितंब तक में भी। वह फिर से चार साल की हो गई थी, बदबूदार मिट्टी खाकर साँस ले रही थी और उसकी माँ उसे देखकर मुसकरा रही थी। अगले ही पल हवा बदल गई, पीड़ादायक हो गई, उसे कमरे से बाहर खींच लिया गया और उसे चकरघिन्नी की तरह घुमाया गया। के.डी. का नकाब हट गया और उसकी साख स्वाहा हो गई। वह हवा में लटकी हुई थी, लेकिन तैर नहीं रही थी। एक मिनट में वह चार साल की बच्ची थी, जो ऊपर उठ रही थी और अगली साँस में वह दस साल

की बच्ची हो जाती थी, जो बेतहाशा अपने हाथ फड़फड़ा रही थी···वह फिर से इस राक्षसी भूमि में गिर गई।

और माँ तड़प रही थी। उसकी हर पेशी, हर हड्डी रबर जैसी लचीली हो गई, मिट्टी और पत्थर उसके अंगों को एक-दूसरे के बीच रख पीस रहे थे। जैसे ही वह अपनी कार की ओर बढ़ी, बदसूरत चाँद गुलाबी और सूजा हुआ लग रहा था। उसकी अजीब सी रोशनी फैल गई थी और उसे अपने चारों ओर खतरा मँडराता लग रहा था। गली में नई-नई चारकोल बिछाई गई थी और उसमें से बहुत गंदी गंध आ रही थी। फूले हुए बादलों ने चालाकी से अपना वजन कम करने के लिए आकाश में छेद कर दिया, उसे लग रहा था कि जैसे हवा उसके कानों के चारों ओर घूम रही थी और काली चमकीली छाया उसे कोई इशारा कर रही थी। उसकी माँ कहाँ थी? वह तेजी से चली, उसका दिल मुँह को आया था, गली की दरारों को फाँदते हुए एक मिनट के लिए उसने के.डी. के खून से लथपथ चेहरे का आभास लिया, अगले एक मिनट उसने सलेम के बारे में सोचा। रात के अँधेरे ने उसे अपने चंगुल में ले रखा था। बाहर से वह सुन्न हो गई थी, लेकिन अंदर से तड़प रही थी। रोने और चीखने से उसका गला बैठ गया था। एक कर्णभेदी चीख सुनकर वह अपने आपे में आई, उसका सिर घूम गया और उसके चारों ओर सबकुछ काँप गया। वह बड़ी मुश्किल से अपनी आँखें खोल पाई। उसे अब भी दुनिया धुँधली लग रही थी, लेकिन कम-से-कम वह अपने बिस्तर पर तो थी।

'आ रही हैं। अरे सोर क्यों मचाए हो? अरे क्या बवाल है···आह पुतरिया-हरामखोर, रुको आ रही है,' कांता, उसकी नौकरानी भारी सोफे से ठोकर खाकर कलह करते हुए दरवाजे की तरफ गई।

'आप कौन? रुकिए···अरे मैडमजी रुकिए! दीदी अंदर हैं। सुनहरी दीदी··· दीदी···पुलिस के हैं! पुलिसवाली आई है सनी दीदी।' नौकरानी की कर्कश आवाज उसके कानों पर बिजली की तरह गिरी। उसका दिल जोर-जोर से धड़क रहा था, वह घबराकर उठी और निराश होकर बिस्तर की चादर देखने लगी। उसने अपना बिस्तर गीला कर लिया था। कांता की जानवर जैसी उभरी हुई आँखों का काजल फैल गया था और उस पर ध्यान टिक रहा था। धुंध अब

उसके सिर के दर्द के साथ थी। उसके सामने तीन खाकी ड्रेस पहने तगड़ी पुलिसकर्मी खड़ी थीं, जो उसके बेडरूम जा रही थीं। सनी कश्यप अभी भी अपने नम बिस्तर से उठने की कोशिश कर ही रही थी कि मजबूत कद काठी वाली पुलिसकर्मियों ने उसकी ईख जैसी पतली कलाई पर लोहे की बड़ी-बड़ी बेड़ियाँ बाँध दीं।

□

2

इंटरनेट पर उसके खिलाफ चली बेबुनियाद तिकड़मबाजी से आहत हो गई थी सुहाना, उसका नाम एक्टर सुमरान इब्राहिम के साथ जोड़ा जा रहा था। इन बेतुकी अफवाहों में कोई सच्चाई नहीं थी, वह अच्छी तरह से जानती थी कि इन अफवाहों के पीछे कौन था, लेकिन जानते हुए भी वह इस बारे में कुछ नहीं कर सकती थी। आखिर जयराम मंगवानी पहुँचा हुआ प्रोड्यूसर-डायरेक्टर था, जो फिल्म इंडस्ट्री में किसी का भी कॅरियर बना या बिगाड़ सकता था। स्वयं युवा डायरेक्टर होने के नाते सुहाना ने महसूस किया कि यदि वह इन ऊलजलूल बातों से प्रभावित होती है तो उसे प्रोडक्शन शेड्यूल के पीछे धकेल दिए जाने का बहुत बड़ा खतरा है। नोयर स्टूडियोज में किसी भी फिल्म स्टूडियो की तरह सभी तरह के प्रचारों की अनदेखी की जाती है, लेकिन स्टूडियो के बॉस ज्यादा प्रोडक्शन समय लेना बर्दाशत नहीं करते। वह जानती थी कि मुंबई सिटी में मौत, नायर स्टूडियोज की अब तक की सबसे प्रचारित, मेगा-बजट मल्टीस्टारर फिल्म है और इसके लिए निर्देशक जयराम मंगवानी कितने गंभीर थे। जयराम द्वारा किए गए कड़वी ट्वीट्स की झड़ी ने सोशल नेटवर्किंग वेबसाइटों पर बाढ़ सी ला दी थी। एक दिन पहले जयराम ने प्रोड्यूसर गिल्ड की पार्टी में उसे खीरे का नाश्ता करने का प्रस्ताव रखते हुए कटाक्ष किया—

@therealjerome ने कहा, 'जब उसने कल रात बार में एक ककड़ी और चाकू का ऑर्डर दिया तो मुझे लगा कि वह पुरुष नसबंदी करने जा रही है।'

जयराम ने एक खीरा, एक चाकू और उस पर कटे हुए नीबू के साथ एक ट्रे की तसवीर ट्वीट की। इस ट्वीट को इतनी बार रीट्वीट किया गया कि यह एक बड़ा ट्रेंड बन गया और इसके बाद जयराम के चेलों-चपाटों के बहुत से भद्दे ट्वीट्स की बाढ़ आ गई। फिर उसने उस पर वार किया।

@therealjeromesays, 'डैडी घोस्ट संचालन कर रहे हैं श˙˙श बताओ मत।'

सुहाना के पास इस बात का सबूत था कि वह डायरेक्टर-प्रोड्यूसर पत्नियों को झूठ परोस रहा था कि उसके आसपास फटकना भी उनके मर्दों के लिए कितना असुरक्षित था। प्रोड्यूसर्स गिल्ड पार्टी में जयराम उसके बारे में भद्दा मजाक कर रहा था, जिसे उसने नजरअंदाज करने की कोशिश की, लेकिन जब उस हरामी ने उसकी तरफ बदतमीजी से टोस्ट बढ़ाया, तब वह अपना आपा खो बैठी! यह उसके लिए एक परीक्षा की घड़ी थी, उसने संयम बरता और वह मुसकराई। अंदर से वह भड़क रही थी और उसे फटकारना चाह रही थी—'इडियट, गंजा, अक्ल का अंधा, तुझे अपने आप पर भरोसा नहीं, अपने काम पर भरोसा नहीं˙˙˙क्योंकि असल में तू स्टूपिड है!'

'चल ब्लडी कहीं का', उसने मन में कहा। वह इस बात से आहत नहीं होना चाहती थी। सुहाना दृढ़ निश्चयी थी। वह जयराम मंगवानी से पंगा नहीं मोल लेना चाहती थी। उसे लगा कि मीडिया का ध्यान हटाने के लिए उसे एक झूठ-मूठ की लड़ाई करनी चाहिए, ताकि उसकी कड़ी मेहनत का फल बेकार न चला जाए। मुंबई सिटी में मौत या एम.सी.एम.एम. उसकी रोमांचक स्क्रिप्ट वाली पहली बड़े बजट की फिल्म थी, जिसे उसने बड़ी मेहनत से लिखा था। सुहाना इस बड़े अवसर को गँवाना नहीं चाहती थी। इस फिल्म का प्रोडक्शन तीन दशकों से चला आ रहा था और वह प्रोडक्शन व्यवस्था के बुरे अनुभव से जूझ रही थी। इस फिल्म को विभिन्न स्थानों पर शूट किया जाना था।

सुहाना के लिए एम.सी.एम.एम. स्क्रिप्ट को स्क्रीन में बदलना एक बहुत बड़ी चुनौती थी, लेकिन उसे यह काम बहुत अच्छा लग रहा था। अपने भरोसेमंद सिनेमेटोग्राफर अय्यर के साथ उसने अथक प्रयास कर शूट करनेवाले स्थानों की जाँच की और कुछ रोमांचक दृश्यों की उम्मीद की और उन पर ध्यान दिया। यह बहुत ही थका देनेवाला काम था, लेकिन क्रू को इससे कोई गुरेज नहीं था, वह उसका साथ दे रहा था। उसने अपने कर्मचारियों को स्वयं चुना, वे युवा और जरूरतमंद थे और पुराने बॉलीवुड के खोखले तरीकों से वाकिफ नहीं थे। जब से एम.सी.एम.एम. शुरू हुई, उसने सुबह उठते ही अपना समय स्क्रिप्ट पर

बिताया, दृश्यों को क्रमबद्ध किया, कभी लाइनें जोड़ी, कभी पात्रों को बदला, ब्रीफिंग, फ्लेशिंग, रीहैशिंग और स्लैशिंग की। वह जोश में थी, उसके लिए यह बच्चा पैदा करने जैसा अनुभव था। उसे लग रहा था, जैसे वह फिल्म खा रही थी, उसी में जी रही थी, उसी में साँस ले रही थी। अब फिल्म की खास सहायक भूमिकाओं के लिए कास्ट करने का समय था। सुहाना ने एक गहरी साँस ली और देखा कि एक युवा अभिनेता अनिल नाथ उसके सामने खड़ा ऑडिशन के लिए बेसब्री से इंतजार कर रहा था। उसने कोशिश की कि वह उसकी जाँच-परख उसके तंग जींस पहने शारीरिक लुक से करे लेकिन इसकी बजाय उसने उसके बायोडाटा पर नजर डाली। सुहाना ने देखा कि उसने टीवी-सीरियल में काम किया है, मॉडलिंग की है और शूटआउट मूवी में वॉक-ऑन पार्ट किया है। अनील नाथ एक सीखे-सिखाए तरीके से एक्शन-हीरो की सी चाल चलते हुए उसकी ओर बढ़ा। सुहाना ने अपनी हँसी दबाते हुए मन में सोचा कि इसकी चाल कितनी भोंडी है। फिल्म के ऑडिशन के लिए लोग बड़ी संख्या में आ रहे थे। वे सभी उसे खुश करना चाहते हैं। उसे सब उसे प्रभावित करना चाहते थे। जरूरतमंद थे। हर एक समझ रहा था, उस जैसा कोई नहीं। बहुत से तरुण थे, युवा थे। बूढ़े युवा दिखने की जुगत लगाए थे। कुछ बहुत सुंदर थे तो कुछ सचमुच में बदसूरत। सभी अपने फोटो और पोर्टफोलियो लिये हुए थे अधिकतर अपने काम और डांस तथा डायलॉग्स की डीवीडी से लैस थे। सुहाना को को-ऑर्डिनेटर्स और हैंडलर्स पर अपना काम छोड़ना गवारा नहीं था। वह अपने एक्टर्स से आमने-सामने मिलना पसंद करती थी और उसने अपनी टीम को थकीले सेक्रेटरीज, तंग करनेवाले मैनेजर्स और पीआरस को अपने से दूर रखने का निर्देश दे रखा था। उसे एक प्रोटेक्टिव पी.आर. के कवर वाले कोकून से परहेज था। वह उनके सौदेबाजी के पैंतरों से नाराजगी महसूस कर रही थी—

क्या आपको सस्ती कैटरीना हमशक्ल चाहिए? एक पतली विद्या? एक युवा शाहरुख! एकदम नए सलमान? देसी सनी लियोन भी है!

नहीं धन्यवाद! सच तो यह था कि वह अपने काम के लिए जाने-पहचाने चेहरे नहीं चाहती थी। उसे नए चेहरों की तलाश थी, बेहुनर, अनजान और सुपर एक्टिव। उसे ऐसे ही एक्टर चाहिए थे।

'हाय···मैं हूँ अनील नाथ। आपको मेरी एक्टिंग पसंद आएगी! यह आपको जरूर लुभाएगी!' उसने एक औसत से चेहरे की ओर देखा।

'ओह तो तुम दिव्यद्रष्टा हो!' सुहाना मुसकराई।

'नहीं! मैं हूँ अनील नाथ। मेरे नाम में डबल 'ई' है।'

'ठीक है अनील, इन लाइनों को पढ़ो प्लीज।' उसने आह भरी।

'ठीक है, लेकिन मुझे कहना ही होगा कि आप हीरो न होकर हीरोइन मटेरियल हैं।'

'ठीक है, लेकिन मुझे कहना होगा कि आप हीरोइन मटेरियल हैं। शायद उस समय जब हम दोनों के पास समय हो–' उसने उसकी सलाह को नजरअंदाज कर दिया।

जब से उसने एम.सी.एम.एम. के लिए कास्टिंग शुरू की, उसे बहुत से छोटे-बड़े, लंबे-नाटे मॉडल और एक्टर्स और जूनियर आर्टिस्ट्स ने आकर्षित किया।

मैं आपके लिए कुछ भी करूँगा···कुछ भी! अजीबोगरीब पुरुष और महिलाएँ उससे फोन पर अश्लील बातें करते, लेकिन बात यहीं रुक जाती तो गनीमत थी। वह अश्लील कॉलों से इस कदर घिरी हुई थी कि उसे कुछ सूझ नहीं रहा था। कुछ ने उससे संपर्क करने के लिए नकली नामों का इस्तेमाल किया। वह चाहती थी कि अपना फोन नंबर बदल ले, लेकिन इसका मतलब समय की बरबादी होती। उसके पास समय कतई नहीं था। लेकिन लोगों ने उसका नंबर कहाँ से लिया? क्या उन्होंने बॉलीवुड डायरेक्ट्रीज को टटोला या फिर उन्होंने उसके गंदे एडी से उसके डिटेल्स लेने के लिए किन्हीं पार्टियों को खोजा? सुहाना ने आह भरी और अनिल नाथ को हिंदी में लिखी ऑडिशन लाइनें थमाईं।

'ये रहा··मैं शहर से नहीं, ये शहर मुझसे है··'

सुहाना ने अपने आप को सहज रखने की कोशिश की, ताकि उसकी घबराहट और अकड़ से विचलित न हो।

'हाँ, माँ, खूनी है तेरा बेटा, इन हाथों से··'

'एह···आप नाजुक दिखते हैं। आपका प्रोफाइल भी अच्छा है, लेकिन हमें थोड़ा बदसूरत चेहरा चाहिए।' सुहाना ने थोड़ी देर बाद उसे बताया।

'मैं बदसूरत दिख सकता हूँ।' अनील भद्दी तरह से मुसकराया।

'ठीक है। हम तुम्हें बाद में बुलाने की सोचेंगे···' सुहाना ने सहजता से कहा। किसी को रिजेक्ट करना इतना आसान नहीं होता।

'लेकिन क्या मैं आपको डांस कर दिखा सकता हूँ और आपको अपनी चाल दिखा सकता हूँ···' अनील उठा, उसने अपनी बाँहों को ऊपर उठाया और अचानक से कूल्हे को मटकाया, उसकी कमर हिलाने की गति ने सुहाना को सोचने पर मजबूर कर दिया।

'पसंद आया? मैं और कुछ कर सकता हूँ···' जिसने उसे चिंतित कर दिया। 'पसंद? मैं और भी बहुत कुछ कर सकता हूँ···'

'नहीं, अरे नहीं, अनिल प्लीज रुको, यह डांस फिल्म नहीं है।' उसने अपनी आवाज में नरमी लाने की कोशिश की।

'मैं संगीन हो सकता हूँ—एकदम असली हत्यारा कमीना।'अनिल ने अपना चेहरा घटिया किस्म की मुसकराहट में बदल दिया। सुहाना को उस पर तरस आया, उसे उसके लिए बुरा लगा।

'देखो, इस फिल्म का यह हिस्सा तुम्हारे लिए नहीं है, लेकिन फिर भी हम देखेंगे···' उसने मुसकराने की कोशिश की।

'मैं आपको कब फोन कर सकता हूँ?' वह अपनी क्रिस्टल से ढकी कोठरी से बाहर निकला।

'हम आपसे जरूर संपर्क करेंगे, ठीक है? जल्दबाजी मत करो। मुझे यकीन है कि आपका भविष्य उज्ज्वल है। यहाँ नहीं तो कहीं और सही आपके लिए बेहतर ही कुछ होगा।'

'मैं आपको अपने एब्स दिखा सकता हूँ?' उसने एक झटके में अपनी शर्ट को उतारते हुए कहा।

'अरे, बंद करो, बंद करो यह सब, ठीक है कि स्टॉप प्लीज।' सुहाना चौंक गई।

'एक बार मेरी तरफ देखो···' अनील ने अपनी मांसपेशियों को उभारने के लिए जोर लगाया। 'मैं आपको खुश कर सकता हूँ···एकदम खुश,' वह जंगलियों की तरह बोला।

'वैसे अनिल, अब तुमको चले जाना चाहिए। तुम्हारा रास्ता खुला है।" उसने बिना पलक झपकाए कहा।

'ठीक है, चिल करो, चिल। देख लेना, मैं वापस आऊँगा।' अनील ने अर्नोल्ड स्टाइल में कहा। उसने अपनी कमर से आगे की तरफ हाथ हवा में लहराया और दूसरे हाथ से अपने बट को सहलाते हुए निकल गया।

बॉलीवुड। एक जगमगाता चमकीला शहर। वह जगह, जहाँ सबसे ज्यादा लोगों के सपने चूर होते हैं। सुहाना ने अपनी डू मौरियर स्पेशल माइल्ड सिगरेट जलाई, जिसे उसने मिस्टी और कैप्रिस और वर्जीनिया स्लिम्स सिगरेटों को छोड़कर इसके नीबू के स्वाद के कारण पसंद किया था। उसने एक लंबा और संतोषजनक कश खींचा और देखा कि उसकी प्रोडक्शन टीम का एक व्यक्ति पंक्ति में खड़ी सबसे आगे की किशोरी लड़की को उसके पास ऑडिशन के लिए ला रहा था। सुहाना ठीक-ठीक अनुमान लगा सकती थी कि वे उसके साथ क्या करेंगे और वह लड़की इसका विरोध नहीं कर पाएगी। टीम के पुरुषों ने इत्मीनान से लड़की के शरीर और बट की जाँच की, एक-दूसरे को कोहनी मारकर आँख मारी और कुछ भद्दे बोल कहे और कुछ फब्तियाँ कसीं। औसत दर्जे के सभ्य पुरुषों के लिए महिलाएँ सिर्फ एक शरीर और योनी हैं।

उनके लिए यह बिल्कुल सामान्य व्यवहार था। सुहाना यह नहीं सोचना चाहती थी कि उसके दल के 'सभ्य और शिष्टाचारी' कहे जानेवाले सदस्य उसके बारे में क्या सोचते हैं। उसका मेल-डोमिनेटेड इंडस्ट्री में प्रवेश बिल्कुल भी आसान नहीं था। विष्णु कश्यप और तब्बू की बेटी होने की वजह से उनकी भौंहें चढ़ी रहती थीं। उसने अपने नाम के पीछे अपना पारिवारिक उपनाम हटा दिया था और वह सिर्फ 'सुहाना' बन गई थी। अड़चन यह थी कि वह अभी भी एक लड़की थी। वह ढाई साल से इस इंडस्ट्री में थी, उसे अनगिनत लोगों ने अपना हमबिस्तर बनाना चाहा था। यदि वह गिनने लगे तो उनकी संख्या इतनी होगी, जितनी जिंदगी उसने अब तक जी है।

'तुम्हारे जैसी ग्लैम डॉल कैमरे के पीछे क्या कर रही है?'

'तुम्हारे जैसी खूबसूरत लड़की के लिए पैसा कमाने के बहुत से आसान तरीके हैं—तुम यहाँ क्योंकर खट रही हो!'

उनके पास बहुत से अभद्र कथन थे और भद्दे 'कामुक/लंपट' और 'सेक्सी योनी' जैसे अश्लील खिताब थे। शुरू में ऐसी बातें सुनकर वह बहुत रोती थी। लेकिन समय के साथ उसने अपना हाजमा तेज कर लिया और वह अब ऐसी बातों, टिप्पणियों पर ध्यान नहीं देती थी। उसके लिए चीजें तभी बदलीं, जब वह दृढ़ रही और उसने असंभव लगनेवाली चीजों को हासिल किया। एक छोटी, लेकिन महत्त्वपूर्ण रोड फिल्म, जिसमें बिल्कुल नए लोगों को लिया गया था और यह फिल्म ऐसे विषय को लेकर थी, जिसे हिंदी फिल्म उद्योग के लिए बहुत जोखिम भरा और ऑफबीट माना जाता है। इस फिल्म ने जैकपॉट मारा और फेस्टिवल सर्किट का टोस्ट बन गई। सुहाना को कुछ प्रतिष्ठित पुरस्कार मिले, लेकिन इससे भी महत्त्वपूर्ण बात यह थी कि फिल्म इंडस्ट्री के वे पुरुष, जो मायने रखते थे, वे अचानक उसकी बुद्धि की दाद देने लगे और उससे हाथ मिलाने को आतुर हो गए। अब वह उनकी नजरों में इज्जतदार हो गई।

सुहाना ने अनिल नाथ को शुभकामनाएँ दीं और अपने मुँह में सिगरेट ठूँस ली। एक स्पष्ट नाक-नौकरी और एक चुलबुली मुसकान के साथ बोसोमी बिदिशाह अंदर चले आए। 'बबली बिंदास बोसोमी' उसने अपने रेज्यूम के एक भाग में यही लिखा था। चमड़े के कपड़े पहने करिजमाह कतार में इंतजार कर रहा था। उसके चेहरे से साफ झलक रहा था कि वह कह रहा है कि मैं तुम्हारी किसी जगह भी चुंबन कर सकता हूँ, फिर एक लैसी मौसेमेह का नंबर था। सुहाना ने अपने सहायक को टीवी रिमोट लिये अपनी ओर दौड़कर आते हुए देखा। वह आग-बबूला थी। लेकिन नियम स्पष्ट थे। इस समय कोई गड़बड़ी या हस्तक्षेप नहीं।

लेकिन तभी उसका फोन रिंगर भी बंद हो गया और उसने फोन करनेवाले को टीवी चालू करने के लिए चिल्लाते हुए सुना। उस पर सनी के बारे में कुछ था। कुछ अच्छा नहीं। घबराकर उसने रिमोट पकड़ लिया। स्क्रीन पर टिमटिमाहट हुई और फिर सब भेद खुल गया। उसका चेहरा सफेद फक हो गया। उसने सनी का दागदार शॉट देखा, जिसे पुलिस ले जा रही थी। सुहाना ने बेताबी से घर फोन किया और सोचा कि वह खबर उसके घर तक पहुँचने से पहले अपने पिता के पास पहुँच जाएगी।

□

3

ए. सी.पी. कबीर भोंसले शनिवार के दिन अस्त-व्यस्त अवस्था में सोए हुए थे, कमरे में धूप आने पर उनकी नींद खुली। उठकर उन्होंने अपनी बंद पड़ी मेल्स को छाँटा, जरूरी समाचार-पत्रों और पत्रिकाओं को पढ़ने के लिए क्रमबद्ध किया, अपने अनपेड बिलों को क्लियर किया, अपने दो बिस्तर वाले सीटर को साफ कर चमकाया, ब्लैक मौलीस और नारंगी तथा गोल्ड कोई मछलियों को खाना खिलाया और उन्होंने फिश एक्वेरियम से मलबे को बाहर निकालना शुरू ही किया था कि उस दिन उनकी छुट्टी होने के बावजूद उन्हें तत्काल बुला लिया गया। होटल फन एंड सैंड में एक हाई प्रोफाइल बॉलीवुड हत्याकांड हो गया था और वह केस बहुत ही पेचीदा था। तेरह साल से मारकाट, तोड़-मरोड़, हत्याएँ, बलात्कार, डकैती, हमले, दलाली, धक्का देनेवाले, नशेड़ी और लुटेरे इन्हीं सबसे जूझ रहे थे वे। और ऐसा लग रहा था कि अब दिन-पर-दिन केस और अधिक शातिर होते जा रहे थे। उनका गला अम्लीय हो गया था। उन्हें खबर मिली कि किसी इवेंट मैनेजर पर एक आइटम गर्ल ने हमला कर दिया था। जैसे ही वे वहाँ पहुँचे तो मामला देख दंग रह गए, पुलिस ऑफिसर ने अपने तेरह वर्षों की नौकरी में ऐसा केस कभी नहीं देखा था। केस बहुत बीभत्स और गंभीर था। कठोर पुलिस ऑफिसर कबीर भोंसले ने याद किया, जैसे क्षत-विक्षत लाश को मांस के टुकड़ों की तरह काट-काटकर टाँग दिया गया हो। कबीर ने मेडिकल एग्जामिनर के जाँच-परिणाम देखे—

1. मौत का दृश्य ऑटो-इरोटिक-असफिक्सिएशन का एक निर्दयी मामला था, एक तरह का सेक्स-गेम।

2. पीड़ित को और ज्यादा कष्ट देने के लिए अपराधी ने पीड़ित के लंबे

बालों को रस्सी से बाँध दिया था और उसका लगभग आधा सिर काट दिया था।

3. पीड़ित के चेहरे पर टैल्कम पाउडर, उसके मुँह में अंडरवियर ठूँसने से पहले या बाद में उसके शरीर पर लिपस्टिक से बनाई गई चित्रकारी।

उस नृशंस कत्ल की प्रचंडता बता रही थी कि किस भय से आक्रांत हो, उस महिला ने क्रोध और जोश से पागल होकर यह कत्ल किया था। जाहिर है, पुलिस का यही अंदाजा था और पुलिस के पास आरोपी पहले से ही मौजूद थी। ए.सी.पी. कबीर भोंसले ने बाकी का दिन होटल में जमीनी काम करने और गवाहों से बात करने में बिताया।

गवाह#1 : 'मैंने 909 नंबर कमरे से किसी पुरुष की दर्द से कराहने की चीख सुनी। दरवाजा खुला था, इसलिए मैंने अंदर की तरफ झाँका। वह कालीन पर पड़ा था ''मिस्टर के.डी.''वह हमारी बड़ी सी लाल रेशमी रजाई ओढ़े हुए था। शायद यही वजह थी कि मुझे उस समय वहाँ कोई खून नहीं दिखाई दिया। उसने सनी मिस ने मुझसे कहा कि वे लोग एक फिल्मी सीन की प्रैक्टिस कर रहे थे, बेशक मेरा मतलब सुनहरी कश्यप से है, हर कोई उसे सनी के रूप में ही जानता है, मैं अपनी रजाई के बारे में काफी परेशान था, आप तो जानते ही हैं कि यह होटल की संपत्ति है। यह असली चीनी रेशम से बनी ईडरडक के पंखों से भरी बहुत महँगी रजाई थी, हाँ-हाँ बिल्कुल, सनी मिस परेशान और उदास लग रही थी।

'जब मैंने हमारे महोगनी श्रीलंकाई बुद्ध बार को लाउंज के बगल में दीवार की ओर अजीब तरह से झुका हुआ देखा तो मैं हैरान रह गया। मैंने इसे तुरंत ठीक कर दिया। ठहरनेवाले मेहमानों को होटल के कमरे में हुए किसी भी तरह के नुकसानों के लिए भुगतान करना पड़ता है, हम इसे लेकर बहुत सख्त हैं। हमने एंपरर सुइट्स में जो 61 इंच का सोनी एक्स.बी.आर. टीवी दिया है, वह झुका हुआ था। मैंने देखा कि मेहमान फर्श पर है। सनी मिस ने मुझे यह कहकर चुप कर दिया कि यह हमारा निजी मामला है, तुम इसकी परवाह मत करो। लोग इसी तरह की बातें करते हैं कि यह उनका निजी मामला है। वाकई ये निजी मुद्दे हैं, हम बीच में दखल देना मुनासिब

भी नहीं समझते। यदि हम धक्का-मुक्की करते भी हैं तो कुछ मेहमान नाराज हो जाते हैं। इसके अलावा, मैंने उस समय अलार्म पर कोई ध्यान नहीं दिया, इस तरह अलार्म बजना यहाँ आम बात है। वह अच्छी महिला है। सभ्य, हमारे कर्मचारियों के साथ अच्छा व्यवहार करनेवाली, कोई हुल्लड़बाजी नहीं करती। वह अकसर हमारे यहाँ अपनी फिल्मी भीड़ और मेहमानों के साथ आती थी। हमारे होटल में बहुत से बड़े और नामी लोग आते हैं। वैसे भी, मैंने मैडम से माफी माँगी और हलका हो गया। यदि मुझे कोई शक होता, यदि वाकई कोई शक होता···

'नहीं, नहीं, वह सनी मिस ने मुझे धमकी नहीं दी कुछ और कुछ भी नहीं कही। सर, हम मेहमानों के झमेलों या कानूनी लफड़ों में नहीं पड़ते। सर, यह हमारे होटल की पॉलिसी है।' उसने नेक बनते हुए कहा।

'ओह! मैंने सुना है, वह उसके चाचा थे? किसी ने कहा कि उन्होंने टेलीविजन पर सुना है, लेकिन मैंने उन पर विश्वास नहीं किया, इन दिनों जो जिसे खास लगे, वह वही कहता है···अंकल बोलने से कोई अंकल थोड़े हो जाता है! लेकिन होटल इन बातों को कैसे जान सकता है? हम काफी सम्मानित लोग हैं।

'मुझे नहीं पता कि उसने कब और कैसे उसे रस्सी से बाँध दिया और उसका···तुम्हें पता है कि उसके गुप्तांग बँधे हुए थे और एक नायलॉन की रस्सी से जकड़े हुए थे। वह बिल्कुल मरा हुआ था। जब मैंने उसे इस तरह देखा तो मैं उछल पड़ा, वह वास्तव में उसका चाचा था?'

गवाह#2 : 'एच.आई.वी. हमें बाद में पता चला। सबसे पहले तो सफाईकर्मियों ने अंदर जाने से मना कर दिया। और हाउसकीपिंग स्टाफ बहुत डरा हुआ था। सर, हम किसी के साथ भेदभाव नहीं करते, लेकिन जब कोई हादसा हो जाता है तो ऐसे मामलों में हमें होटल के दूसरे मेहमानों के बारे में सोचना पड़ता है। हम नहीं चाहते कि हमारे होटल से एड्स की कोई बात जुड़ी हो। बेशक हम जानते हैं कि एच.आई.वी. का मतलब एड्स नहीं है! लेकिन हमने पूरे कमरे को क्वारंटाइन कर दिया और पेशेवरों से सैनिटाइज कराया।

'लेकिन वहाँ पर बहुत खून था। उसने फर्श पर घिसटकर चलने की कोशिश की थी···मुझे निशानों से साफ लग रहा था। उसकी कमीज फटी हुई थी। उसका दाहिना हाथ लगभग कट चुका था। उसके मुँह में एक महिला का रेशमी अंडरवियर ठूँसा हुआ था, उसके गले में उसके मोजे लपेटे हुए और उस पर लाल लिपस्टिक से वेश्या लिखा हुआ था। इतना खून मैंने कभी नहीं देखा। मैं बेहोश हो गया, सर।'

गवाह#3 : 'मैं लॉबी में सुनहरी मैम से लगभग टकरा ही गया था। वह जा रही थी। नहीं, वह भाग नहीं रही थी। बस चलते-चलते, खोई हुई सी लग रही थी, उसकी ड्रेस पर चॉकलेट के दाग थे, कम-से-कम मुझे तो लगा कि वे उस समय चॉकलेट के दाग ही थे। मैंने उसे दागों के बारे में बताया भी थी, लेकिन उसने···मुझे याद है, उसने कहा था 'अलीबाबा', वह मेरा नाम है—अलीबाबा···उसने कहा, 'अलीबाबा, कुछ दाग तुम्हें साफ करते हैं।'

उसके डिपार्टमेंट से उसे हमेशा रुचिकर मामले मिलते रहे और यह उन सभी में सबसे ज्यादा रुचिकर था। कबीर अपने दिमाग से विकृत शव का नजारा हटाने की गरज से कैफे की ओर गए। रास्ते में उन्हें एक कैमरामैन की सिगरेट का पैकेट मेज पर पड़ा हुआ मिला, उन्होंने एक सिगरेट चुरा ली। उनके सहायक शिंदे और होल्कर पहले से ही कुछ कागज लिये एक मेज पर बैठे थे और उनके पास एक चमकदार चिकना टैबलेट और एक गैजेट था, जिसे पुलिस विभाग के लिए हाल ही में जरूरी किया गया था।

'मटन और हैश साब?' कैफे के लड़के ने अनमने मन से पूछा। मटन और हैश। उसका पसंदीदा। टमाटर, अदरक और हरी मिर्च के सही मिश्रण वाला तला हुआ अपने ही रस में पका रसीला लाल मांस। ठंडी बीयर के साथ खाने में स्वादिष्ट।

'नहीं, मेरे लिए सिर्फ ठंडी बीयर लाओ।' कबीर की भूख गायब हो गई थी। उन्होंने बीयर को इतनी जल्दी पिया कि उनके डायफ्राम में दर्द होने लगा।

'थोड़ा नीबू डालूँ, साब?' लड़के ने चिंता जताते हुए पूछा। कबीर ने मायूस होकर सिर हिलाया, उसके पेट से गड्डमड् हो रही थी।

'माँ की आँख, यह चीज तो कमाल की है? किसी को भी अच्छी लगेगी, बहुत सुंदर।' उनके सहायक शिंदे ने आदतन सनी की उपेक्षा करते हुए उस पर फब्ती कसी।

'हम्म।'

'दुष्ट खूनी! सुअर की तरह काट डाला। वह भी अपने खुद के चाचा को!' शिंदे ने के.डी. की एक तसवीर दिखाते हुए अपना चिकना टैबलेट उठा लिया और बोलता गया दिखने में कमीना, झुकी हुई आँखोंवाला और चिकने बतख के नितंब जैसे बालोंवाला रद्दी माल बनाकर और दिखाकर कमाई बनाता है।

'मैंने उसके पेपर देखे, बहुत लंबे-चौड़े, कई साल पहले के, उन पेपरों में उस पर कई आरोप थे जैसे जबरन वसूली के लिए, छोटे समय के फिल्म मेकर्स से पैसे खसोटने की कोशिश की, नशे में अराजक व्यवहार, मजबूत हाथों का बल दिखाना, कुछ प्रोड्यूसर्स को भी धमकी दी, यहाँ तक कि एक मॉडल के साथ गलत आचरण का आरोप भी—यहाँ पर यह आदर्श नागरिक नहीं है। लड़की ने शायद हम पर एक उपकार किया। लेकिन उसे मछली की तरह काटना-मारने के लिए और भी बहुत कम दर्दनाक तरीके हैं!' होल्कर ने कहा। शिंदे ने ललचाते हुए अपनी ड्रिंक पी ली, अपनी ठुड्डी ऊपर की और जोर से डकार मारी। होल्कर ने उसकी तरफ नफरत भरी निगाहों से घूरा, वह मुसकराया और उसने बदले में चुटकी ली।

'अरे यह तो कुछ भी नहीं है। रुको, जब तक तुम मेरा फार्ट नहीं सुनते!'

'साले! सूअर!'

'लेकिन सर, आइटम कह रही है कि उसे कुछ भी याद नहीं है,' होल्कर को अनदेखा करते हुए, शिंदे ने कबीर से कहा, 'टोटल ब्लैंक!'

'जेल का समय उसे बदल देगा। उसे कुछ दिन भीशा में बिताने दो—जेल में उसे जहन्नुम का ट्रेलर दिखेगा, फिर वह पूरी फिल्म गाकर सुनाएगी!' शिंदे समझदार हो गया।

'हाँ, भीशा जेल तो कठोर-से-कठोर को भी पीसकर रख देती है और वह तो सिर्फ एक आइटम लड़की है।' होल्कर ने टोका।

'यह सब इतना आसान भी नहीं है, हमारी छोटीवाली सनी छोटी आइटम है

वह। उसका पूरा नाम सुनहरी कश्यप है। फैंसी स्टार प्रिंस सुलेमान कपूर उसका वर्तमान बॉयफ्रेंड है, प्रति फिल्म दस करोड़ लेती है। अरे दादा, वाह! मैं एक असली ब्लू बॉलीवुड प्रशंसक—'ब्लू बॉलीवुड फैन शिंदे, उसका बचाव कर रहा था। वह बहुत नाटक कर रही है, लेकिन हम उसे पकड़कर रहेंगे,' उन्होंने कुछ तथ्य ढूँढ़कर यह निष्कर्ष निकाला।

कबीर लड़की की तसवीर देखकर असमंजस में पड़ गए, वे सोचने लगे, शायद उसने उसे पहले कहीं देखा था। वह बेहद जानी-पहचानी सी लग रही थी। शिंदे, कबीर को इस तरह सोच में पड़े देख जानबूझकर मुसकराया।

नीचे की ओर झुकते हुए, उन्होंने धीमी आवाज में कहा, 'वह मैडम एक्स की बेटी है। विष्णु कश्यप की पहली पत्नी तब्बू। सनी की रेड हॉट मम्मी ने अपनी झीनी ड्रेस में प्रसिद्धि पाई, वह कई फिल्मी हस्तियों के दिल का टुकड़ा थी, सत्तर के दशक में पुलिस छापे के दौरान उसकी कई कारगुजारियाँ उजागर हुई थीं। टॉयलेट पिन-अप-सपनों-की-रानी-उसके बारे में यह सब नेट पर लिखा है! सर, क्या आपने कभी उसकी मम्मी की तसवीरें नहीं देखीं?'

बेशक वे दस साल के एक उत्सुक बच्चे जैसे थे। वे एक दोस्त के लॉकर में छिपाकर रखी गई एक नग्न महिला की तसवीरें देखकर अपराध-बोध से ग्रसित हो गए थे। वे इस मामले से हैरत में पड़ गए थे और हफ्तों से परेशान थे। उन्होंने सनी की तसवीरें देखीं, जिन्हें शिंदे ने ग्लॉसी बना दिया था। उन्हें लगा कि तब्बू सनी को भगवान् ने सनी के रूप में दोबारा बनाया था, वह अपनी माँ की कार्बन-कॉपी थी और वह उन्हीं की तरह कुख्यात भी हो गई थी।

'मम्मी-बेटी दोनों का एक्स्ट्रीमहॉटबिंदी डॉट कॉम पर रिकॉर्ड है, जो एक प्रतिबंधित अंतरजातीय विदेशी सेक्स साइट है, जो पॉर्न से थके हुए लोगों को पीक-ए-बू न्यूडस पेश करती है—सेक्सी युवक उसके और उसकी माँ की नग्न तसवीरों से सजाए गए फ्लास्क से शराब पीते हैं।' शिंदे ने छोटे अखबार से पढ़ी अफवाह को मजे ले-लेकर विस्तार से बताया। 'लेकिन उसका परिवार बौखला गया है। बहुत ही दुःख भरी किस्मत है उनकी। एकदम मनहूस। पनौती है सर, पनौती। वे कहते हैं कि बॉलीवुड में उन पर बुरी नजर है।' होल्कर ने आँखें बंद कर कहा। 'आपको याद है कि उसकी सौतेली बहन सात-आठ साल

पहले किसी दुर्घटना में डूब गई थी''''डैनी नाम था उसका?' ए.सी.पी. कबीर भोंसले को भी अच्छी तरह याद था। डैनी, ड्रीम गर्ल, सिल्वर स्क्रीन की खूबसूरत कॉलेज स्वीटहार्ट। कॉलेज में डैनी जैसी आकर्षक लड़की कोई नहीं थी। जब उसकी लग्जरी नाव दुर्घटनाग्रस्त हो गई थी और नाव गायब हो गई तो कबीर को उसका पहला हाई प्रोफाइल केस मिला। उस दुर्घटना में डूबी नाव मिल गई, लेकिन युवा एक्ट्रेस का शव कभी नहीं मिला। कोई भी सुराग न मिलने की अवस्था में मामले को बंद कर दिया गया था, हालाँकि लोगों ने इस पर बहुत बवाल मचाया था। अब एक और अनसुलझी हत्या। कबीर की टीम को मीडिया ने लगभग तोड़ दिया था। मीडिया ने उनके आदमियों पर नासमझी का आरोप लगाते हुए तीखा हमला किया।

'खूनी बॉलीवुड!' ऑफिसर ने गुस्से से कहा दिया।

इस बार नहीं। यह एक बार खुला और बंद मामला जरूर था, उसके बड़े ऑफिसर ने मुसकराते हुए उसे समझाया। प्रेस ब्रीफिंग के लिए तैयार होते ही कबीर ने शव, आरोपी, हथियार, गवाहों सबका सिलसिलेवार ब्योरा दिया। जबकि मीडिया सही-सही बयानों की माँग कर रहा था। कबीर ने सोचा कि वे समझ रहे हैं कि मैं इस मामले को सनसनीखेज बनाए जाने पर नाराज होऊँगा। ए.सी.पी. कबीर भोंसले ने मीडिया के सवालों के जवाब हमेशा नपे-तुले शब्दों में दिए। उनके बयान भी नपे-तुले और अदालत के कोट्स होते थे, जिससे खबर कभी भी सनसनीखेज नहीं बनी।

डैनी के मामले के बाद से वे बदले नहीं थे।

होटल फन एंड सैंड के बाहर जबरदस्त भीड़ होने की वजह से ट्रैफिक जाम हो गया था। के.डी. की हत्या की खबर बेकाबू जंगल की आग की तरह तेजी से फैल गई थी। होटल के दोनों ओर के फुटपाथ लोगों से भरे हुए थे। मीडिया के भीड़भाड़ वाले प्रवेश द्वार पर सबसे ज्यादा भीड़ थी और वहाँ पहले से ही गंदे मोजों और जलते तंबाकू की गंध आ रही थी।

कई लोग ढलान वाली दीवारों के सामने खड़े होकर पागलपन से कागज

पर लिख रहे थे, कुछ उत्सुकता से एस.एम.एस. का जवाब दे रहे थे, बेतहाशा चिल्ला रहे थे, कुछ अशांत हो धूम्रपान कर रहे थे। बाकी लोग कंधे-से-कंधा मिलाकर होटल के सामने सड़कों पर भीड़ कर रहे थे।

होटल के एक भाग्यशाली मेहमान ने अपने कैमराफोन से सनी की होटल से निकलते हुए धुँधली सी तसवीर ली थी, जिससे उसने नोटों के बंडल कमाए। साथ ही उस भाग्यशाली आदमी ने हर प्रकाशन को बेसबूत 'स्टैग मूवीज' और 'फ्लोइंग बूज', 'आइटम गर्ल्स डांसिंग न्यूड' और 'मारिजुआना रीफर्स' में लिप्त 'प्रोफेशनल पार्टी गर्ल्स' और घिनौने रसूख वाली 'नैतिकता से विहीन युवा फिल्मी-प्रकार की महिलाओं' का लेखा-जोखा बताकर जल्द ही अपनी संपत्ति तिगुनी-चौगुनी कर ली।

'शर्मनाक! ये फिल्मी लड़कियाँ अकसर होटल में आती हैं और प्रोड्यूसर्स, कास्टिंग एजेंट, बिजनेसमैन और काउंसिलर्स भी आते हैं, मैंने सनी को अपनी आँखों से कई लोगों के साथ देखा है और क्या आपने पिछले हफ्ते उनके अपमानजनक ट्वीट्स पढ़े—आउट ऑफ कंट्रोल।'

होटल-मेहमान ने अपने हाथों को हिलाते हुए एक फिल्म स्टार की तरह विस्फोट करते फ्लैश बल्ब जैसे सवालों के जवाब दिए। मीडिया ने ठीक एक हफ्ते पहले सनी के प्रशंसकों को उसके 'अटपटे' और 'अनोखे' व्यवहार के बारे में नमक-मिर्च लगाकर बताया। समाचार चैनलों ने इस बात की रिपोर्ट दी कि कैसे सनी ने अपने ट्विटर फॉलोअर्स को गाली-गलौज वाले ट्वीट्स से 'हैरान' और 'क्रोधित' कर दिया था, जिससे बड़ी संख्या में लोगों ने उसे सोशल नेटवर्किंग साइट पर कट कर दिया था। ट्वीट्स को बार-बार चलाया गया।

@sunnyhoney ने दोबारा एक उत्साहित ट्वीट के साथ नई शुरुआत की—

'नफ लव 2 ऑल द मफिन्स 4 ईवा थैंकफुल 4 योर सपोर्ट #शॉटऑउट 2द फैंस।'

हालाँकि जैसे-जैसे उसका मूड बदलता जा रहा था, वैसे-वैसे वह नाजुक से मजबूत और खतरनाक होती जा रही थी—

'एन अस 4 ऑल यू एफ *** हेटर्स···यू कैन किस माय एफ *** एस

#गेटिंगपेड #बोदरड ? ग्दासग्धधध हाहाहा।'

@sunnyhoney ने नशे में धुत् होकर मैसेजज पोस्ट करना जारी रखा—

'इसे प्यार करो, जब मुझे और क्रू को कुचल दिया जाए! हम इतने क्रेएएएएएएएएजीजीजीजीजीजी···यदि भगवान् ने एसिड गिरा दिया तो क्या वह लोगों को देख सकेगा ?'

'हमेशा कुछ हजार फॉलोवर्स को खो देती हूँ, जब भी मैं नशे में धुत् होती हूँ, थोड़ी कठोर भाषा के साथ··· #अच्छी तरह से #f***मैं।'

दो घंटे तक इन एक्टिव रहने के बाद @sunnyhoney ने संकेत दिया कि वह तुरंत फिर से बार में जाएगी—

'ओओओओओओयूयूयूयूयूयूयूयूसससससससहहहहहहहहमेरा सिर दर्द कर रहा है···ओह ठीक है···मुझे लगता है, खुद का भड़काया हुआ है··· राउंड 2 एनी 1 ? डिंग-डिंग।'

आर्काइव से मिली हफ्ते भर की पुरानी सुर्खियों से एक्ट्रेस के मानसिक संतुलन खोने उसका 'असामान्य' और 'खतरनाक' व्यवहार होने का आसानी से अंदाजा लगाया गया था। अब उस खतरनाक आइटम गर्ल द्वारा की गई हत्या की बड़ी खबर को ब्रॉडकास्टर्स द्वारा प्रसारित किया जाना था। फिर क्या था ? होटल के टीवी स्क्रीन पर सनसनीखेज अपराध शक-शुबहा के साथ बार-बार दोहराया जाने लगा। कुछ टीवी स्टेशनों ने पहले ही सनी को 3डी वी.एफ.एक्स. प्रभाव वाले एनिमेटेड पैडेड सेल की सजा सुना दी थी।

ग्लैमर और गोर आ रहा है 00:23
आइटम गर्ल ने चाचा को काटा
महान् डायरेक्टर की पहली पत्नी की
बेटी मर्डर-रैप में फँसी

एक बड़बोले डीजे ने अपने आप को मामले का जानकर बता भीड़ इकट्ठी कर ली, जब मीडिया ने उसे प्रतिक्रिया लेने के लिए घेरना शुरू किया तो एक मामूली झगड़ा हो गया था।

'माफ करना···क्या आप इस आदमी के साथ बात कर चुके हैं··· ? क्या तुमने बॉडी देखी ? क्या वह बिल्कुल नग्न था ? पूरी तरह से ?'

'शायद मैं सभी जवाब दे दूँ, लेकिन तुम लोग गधे-घोड़ों की तरह चिल्लाना बंद करोगे तभी तो।'

'यह तुम्हारे ऊपर है।'

पुलिस के हाजिर होते ही डीजे को फौरन किनारे कर दिया गया। जर्नललिस्ट्स ए.सी.पी. कबीर भोंसले की ओर दौड़ पड़े, ताकि उनसे अपने-अपने अखबारों के शीर्षक के लिए कुछ सनसनीखेज बयान लिये जा सके।

'सर, क्या वह उनकी भतीजी थी? असली भतीजी?'

'सर, क्या वह तीन महिलाओं के साथ थी? बिस्तर में?'

'सर, उसके प्राइवेट भागों गरदन के चारों ओर की रस्सी, यह ऑटो-इरोटिक असफिक्सिएशन क्या है?'

'सर, क्या कोई सेक्स टॉय भी था?'

'हाँ, हमें कमरे में सेक्स टॉय मिले। किस तरह के सर? एक डिल्डो और एक वाइब्रेटर मैडम। यदि तुम्हें ब्रांड और रंग जानना है, वह रिब्ड है या स्ट्रॉबेरी की सुगंध वाला या स्वाद जानना चाहते हैं तो मैं तुमसे बाद में संपर्क करूँगा?' ए.सी.पी. कबीर भोंसले को जब भी मौका मिलता, वे मीडिया पर कटाक्ष करने से कभी नहीं हिचकिचाते थे।

□

4

सनी कश्यप गिरफ्तार

इसके साथ ही स्क्रीन 'निर्मल बाबा की तीसरी आँख' और फिर पोगो पर 'बार्बी की दुनिया' में बदल गई। रिमोट के गलत बटन दबाने से घबराए सिल्की मेहता खबरों में आने से पहले घबरा रहा था। वह खुद को टीवी पर देखना चाहता था, लेकिन एंकर अपना समय ले रही थी।

'बॉलीवुड इवेंट मैनेजर के लिए सेक्स गेम बना घातक? पुलिस को मौत की वजह ऑटो-इरोटिक-एस्फीक्सिएशन लग रहा है''''

मेहता ने चमकीली नारंगी रंग की धारियों वाली पैंट और बोल्ड अक्षरों में 'I ME MYSELF' लिखी छाती से चिपकी टी-शर्ट पहनी हुई थी, वह हैरानी और दहशत से के.डी. की मौत के बारे में सुन रहा था। हत्या का पूरा मामला और जिस तरह उसकी मौत हुई, वह सब उसे परेशान किए जा रहा था। वह अपने फीके पड़ रहे नीले रंग के सोफे पर बैठने लगा तो चूक गया और धड़ाम से फर्श पर गिर गया। 'सच बात तो यह थी कि सिल्की ने के.डी. की मौत के बारे में कोई जानकारी नहीं दी। रिबन जैसे कटे सुअर की तरह। वह साला साँप इसी लायक था।' उसने फुंफकारते हुए जोर से कहा। 'अरे यार, वह टीवी पर था!'

'के.डी. के पूर्व साथी सिल्की मेहता का कहना है—'इस पूरी बात ने मुझे बीमार कर दिया, मुझे यकीन नहीं होता कि कल तक तो वह जिंदा था और आज वह मर चुका है, यदि रिकॉर्ड के लिए देखा जाए तो मैं बड़े लंबे समय से के.डी. से नहीं मिला था।'''वाकई लंबे समय से। वह मेरा साथी जरूर था, लेकिन उसका अपना बिजनेस भी था'''मैं इस साजिश के बारे में कुछ नहीं जानता।

तुम कहते हो कि यह कैसी हत्या थी? या एक सेक्स गेम? या ऑटोसेक्सुअल एस्फी—क्या? आपकी जानकारी के लिए बता दूँ कि मैं बहुत ही उच्च प्रोफाइल क्लाइंट्स से ताल्लुक रखता हूँ।''

प्रेस कॉन्फ्रेंस में खुद को कसूरवार समझते देख सिल्की मेहता का मासूम चेहरा बदसूरत शक्ल में बदल गया। उस कमरे में जहाँ मीडिया ने उसे रोक रखा था, उसके मेहँदी रँगे बाल और हलकी-हलकी पनीली आँखें बेदाग लग रही थीं। इससे भी बदतर स्थिति वह थी, जब वह बेहद मूर्खतापूर्ण शब्द सुनकर सहम रहा था। साले पत्रकार नकली मुसकान और नकली लहजे तथा बेतुके सवालों से लेस थे। उन्होंने उसे सेक्स एंगल के बारे में ऐसे परेशान किया, जैसेकि वह उनका अधिकार हो। ऑटो सेक्स ऑटो इरोटिट-टिक-क्या बकवास थी वह? उसे अब तक भी कोई सही जवाब नहीं सूझा था। जब वह पब के रास्ते में था, तब टीवी पत्रकारों ने उस पर अपने लाइव माइक से सवालों की झड़ी लगा दी थी, उनके सवालों में 'जेनिटल स्लैश/गुप्तांग काटना' और 'सेक्स गेम' जैसे शब्द थे।

'भतीजी द्वारा मौत के घाट उतार दिया गया', उसके कमरे में फॉर एल.सी.डी. टेलीविजन स्क्रीन पर लाल, नीले, संतरी बोल्ड अक्षरों में लिखे शब्द लहरा रहे थे। किसी समय खुशी और आनंद के ऋणों में खरीदा गया उसका फॉर एल.सी.डी. टेलीविजन, जो उसे सुकून देता था, आज वह उसके बिना खिड़की वाली तीसरी मंजिल के कुर्ला गैरेट अपार्टमेंट में मनहूस लग रहा था। मेरे चार विश्वासपात्र, जो मेरे घर आकर रात भर के लिए भाड़े पर लाई गई कॉलगर्ल के सामने डींगे मारते थे। आज वे मेरी मूर्खता, विभिन्न कोणों से पकड़ी गई मूर्खता का बखान कर रहे थे। सिल्की फड़फड़ाया। उसके टीवी की प्रत्येक स्क्रीन भौंडे अपराधी के चेहरे के शॉट और उसके मृत साथी की विकृत लाश के बीच बँटी थी।

'उसके नए सितारे सेक्स फिल्मों की घिनौनी पैरोडी के लिए जाने जाते थे, के.डी. नग्न और मृत पड़ा था, उसकी गरदन और कलाई रस्सी से बँधे थे।'

उसने अपने पसंदीदा टैब्लॉइड पर छपे मौत के दृश्य की नाटकीय तसवीरों को देखा। हाई रिजॉल्यूशन सभी बारीकियों को पकड़ लेता है, यहाँ पूरी तरह से

नग्न आदमी को दिखाया गया था, सिवाय उसके चेहरे के जोकि उसके शरीर के बाकी हिस्सों की तुलना में पीला लग रहा था, उसके बाल और गुप्तांग एक रस्सी से बँधे हुए थे और उसके मुँह से कुछ निकल रहा था। वह उस तसवीर को डिजिटल रूप में बदलने का अनर्गल प्रयास कर रहा था, लेकिन ऐसा नहीं कर पाया वह सोच रहा था कि क्या कोई इसके लिए परेशानी में पड़ जाएगा। सिल्की यह सोचकर सिहर उठा कि कटे-फटे दयनीय अवशेष अहंकारी के.डी. के हैं। उसे विश्वास नहीं हो रहा था कि वे इस तरह की तसवीर को प्रकाशित होने दे सकते हैं।

'वह आवारा लड़की मेरी बेटी नहीं है, वह शैतान का बीज है! क्या तुम सच्चाई जानते हो?'

वह हैरत में पड़ गया, सिल्की ने कला की खयालों में खोई सूनी आँखों को देखा; वह एक माइक लिये टीवी रिपोर्टर के बगल में खड़ी होकर चीखती-चिल्लाती रही। कला कश्यप या पूर्व श्रीमती. कश्यप। सनी की सौतेली माँ। या पूर्व सौतेली माँ। और के.डी. की बहन। अपनी पालतू कुतिया दिवा, वह जोर-जोर से थपथपा रही थी, जिसे उसने गोरा रंग दिया था और जिसकी आँखें अपनी मालकिन की तरह सूनी और काले गड्ढों जैसी थीं।

'सनी अपनी माँ की तरह एक कॉलगर्ल थी। और अब वह एक हत्यारिन भी हो गई है, बिल्कुल उसके पिता की तरह।'

एंकर ने बात की तह जाने की कोशिश की, लेकिन कला थी कि कश्यप परिवार पर कीचड़ उछाले जा रही थी।

'डैनी"के.डी.''दोनों स्वर्ग सिधार गए''पहले मेरी बेटी, अब मेरा भाई, दोनों इस दुनिया से चले गए''वह' वह विष्णु कश्यप और उसकी दुष्ट बेटी। वे ही इसके जिम्मेदार हैं। उसकी माँ और उसका वंश अलग नहीं है, सभी कश्यप महिलाएँ मनहूस हैं।' कला कैमरे के सामने बेतहाशा अपनी उँगलियाँ हिलाते हुए बखान कर रही थी, वह उस समय तक बोलती रही, जब तक कि तनावग्रस्त एंकर ने अचानक उसकी बड़बड़ाहट नहीं काट दी। कला की कुतिया दिवा विरोध में फूट-फूटकर रोने लगी।

सिल्की की मुलाकात विष्णु कश्यप की पूर्व पत्नी कला से उस समय

हुई थी, जब वह के.डी. के घर कभी-कभार जाता था और उसने फिल्म इंडस्ट्री में उनके संपर्कों का लाभ उठाने की उम्मीद की थी, लेकिन उसे वे बहुत शिष्टाचारविहीन और बेकार लगे, उसके किसी काम नहीं आए। कला हर डायरेक्टर, प्रोड्यूसर, एक्टर और एक्ट्रेस के बारे में गंदी-से-गंदी जानकारी निकालने के लिए उसे शराब पिलाया करती थी।

'अजीब है साला, कमबख्त कहीं का,' सिल्की ने सोचा। कमबख्त परिवार। टीवी चैनलों पर इस बात का एक बार धमाका हुआ—अहंकारी औरत एक टिक-टिक बम थी! छोटे रोल के लिए मना करना, एक्टिंग के लिए ज्यादा पैसा माँगना, कॉन्ट्रैक्ट माँगना, स्क्रिप्ट देखने की माँग करना यही कारगुजारियाँ रही हैं उसकी। स्क्रिप्ट्स देखें! हाल ही के दिनों में सनी मुसीबत के अलावा कुछ नहीं थी। सत्रह वर्षीय लड़की को के.डी. ने पाँच साल पहले उससे काम दिलवाया था। घनी लंबी पलकों वाली शैंपेन आँखें शानदार फिगर उसके शरीर का हर हिस्सा आकर्षक था, वह अप्सरा सी दिखती थी। उसकी लुक ने पुरुषों को टॉयलेट में बंद करने पर मजबूर कर दिया था। सिल्की ने उसके साथ हुई अपनी पहली मुलाकात को याद किया।

{'बेबी सबसे पहले···अपनी ड्रेस ढीली करो! नो मीट, नो मनी', सिल्की ने सत्रह वर्षीय सनी को उस समय यह सलाह दी, जब वह उसे सबसे पहले मिली थी, उसने एक लंबी बाजू की ड्रेस पहने उसके केबिन में प्रवेश किया था, उस ड्रेस में से उसके वक्ष उभर कर निकल रहे थे उसके निप्पल गुलाब की कलियों की तरह उसके कमीज में से निकलने को हो रहे थे। 'मेरे नाम के पीछे कोई अंतिम नाम नहीं है। मेरा पहला नाम सुनहरी है? लेकिन मैं सनी कहलवाना पसंद करती हूँ।' 'क्या तुम्हारा उपनाम···ज्यादा सेक्सी है···सिल्की तुम्हें मशहूर कर देगा।' वह शरमीली लग रही थी, लेकिन उसमें उसे एक खास तरह का किसी को भी परेशान कर देनेवाला आकर्षण महसूस हुआ, जो दर्शकों को पागल कर सकता था।

'मेरा विश्वास करो, वे सब ऐसा ही करते हैं—सभी आइटम गर्ल्स से लेकर हीरो-हीरोइनें भी!

'सब एक्सपोज करते हैं। इसमें कोई शर्म की बात नहीं है···बेशर्म बनो, ठीक है। यह एक मुश्किल काम है···

'यदि तुम्हें कोई प्रोड्यूसर पसंद करता है तो तुम्हारे लिए सब अच्छा-ही-अच्छा है। सभी ने परिवार की तरह देखभाल की है। यहाँ तुम्हें यही चाहिए। एक मीठा डैडी।' ठीक दूसरे दिन, रात के समय सलमा की मम्मी ने उसे प्रोड्यूसर के घर छोड़ दिया। 'अब रात में क्या काम होता है, हनी सब जानते हैं। लेकिन आंटी ने मुझसे कहा, देखो सिल्की, मेरे बच्चे को सबसे हॉट आइटम नंबर बनना है और वह करेगी। रुको और देखो, सलमा सबसे हॉट आइटम नंबर होगी। अरे, टॉकिंग पार्ट भी मिलेगा···'

'मेरे ऑडिशन का क्या हुआ?' उसने पूछा और वह यह सुनकर हँसा था।

'ऑडिशन-फॉडिशन से क्या होगा? करना तो वही है। मैंने तुममें रुचि ली है, तुम्हारे लिए यही काफी है बेबी। तुम्हारा मकसद होना चाहिए पैसा कमाना। अगर कोई तुम्हें एक फिल्म ऑफर करता है तो याद रखो कि यह सब लेन-देन का खेल है। इस हाथ दे, उस हाथ ले। अपने आप को नहीं परोसने का मतलब है, कोई कॉन्ट्रैक्ट नहीं। कोई आटा नहीं, कुछ नहीं। मैं अपने सभी लड़के और लड़कियों को यही बताता हूँ। याद रखो, मुंबई में रहना और जगह पा लेना इतना भी आसान नहीं। यह रूखी जगह है। यदि तुम किसी के लिए कुछ नहीं करते, तब कोई तुम्हारे लिए कुछ नहीं करेगा। सिल्की यहाँ इसलिए है कि कोई अपने आप को सस्ते में न बेचे। याद रखो कि तुम्हारे पास भुगतान करने के लिए बिल हैं, स्वीटी पाई। चिंता मत करो, यहाँ पर शेखों की कोई कमी नहीं है, जिन्हें रात के खाने में भारतीय टँगड़ी चाहिए होती है।···' सनी ने उसे कोई जवाब नहीं दिया, वह तो बस अपनी परेशान भूरी आँखों से उसे भावहीन हो देख रही थी।}

'सनी कसूरवार नहीं है। उसने बहुत कुछ किया है, लेकिन उसने ऐसा बिल्कुल नहीं किया होगा।'

इस समय उसका टीवी स्क्रीन सुहाना कश्यप के भयभीत चेहरे से भर गया था। उसके पीछे का एक पतला और कमजोर सा बूढ़ा चेहरा, उसके पिता, विष्णु कश्यप का था, वे मीडिया से परेशान दिख रहे थे। सिल्की उनसे कभी नहीं मिला था। लेकिन उसकी बहन की कहानी कुछ और थी! वह सुहाना का उसकी और के.डी. की तरफ नफरत से देखना कभी नहीं भूला था। दोनों बहनें एक-दूसरे से उतनी ही अलग थीं, जितनी चाक और पनीर। आइस मेडेन और रॉक्सी। सुहाना

का पीला चेहरा टीवी स्क्रीन की ओर स्थिर हो गया, उसकी साफ भूरी आँखें सीधे उसे घूर रही थीं।

'कोई तो जरूर है, जो इसकी सच्चाई जानता है।'

वह उँगली से उसकी ओर इशारा कर रही थी या फिर उसे ही ऐसा लगा।

'शीट! मैं दुबई में हो सकता था।' सिल्की ने जोर से कहा।

यदि इनमें से कुछ भी उस पर थोप दिया जाता है तो उसे इस्तेमाल किए गए सैनिटरी नैपकिन की तरह फेंक दिया जाएगा। बी-टाउन में एक अछूत की तरह उसे खारिज कर दिया जाएगा। नहीं, वह ऐसा कतई नहीं होने देगा। उसे इस झमेले से दूर रहना था। हमेशा की तरह।

उसके खून की प्रतिबंधित नशीले पदार्थों के लिए जाँच की गई थी और रिपोर्ट पॉजिटिव आई थी। वह जाँच रिपोर्ट मीडिया को लीक कर दी गई थी··· खून में साइकोट्रोपिक और मेमोरी डिप्रेसिंग ड्रग्स जायज सीमा से ज्यादा मिले थे। अपराध की खबर से भरे टीवी स्क्रीन पर विशेषज्ञ अनुमान लगा-लगाकर अपनी-अपनी बहस कर रहे थे—

'सनी के खून की मनोदैहिक दवाओं और अवैध नशीले पदार्थों के लिए पॉजिटिव एक्ट्रेस को जेल की हवा खानी पड़ सकती है!'

'साइकोट्रोपिक दवाएँ केंद्रीय तंत्रिका तंत्र को प्रभावित करती हैं, व्यक्ति को पता नहीं रहता कि उसने क्या किया था।'

शाम होते-होते, हत्या की खबर फैलने के 48 घंटे बाद, बॉलीवुड की सभी प्रमुख वेबसाइटों पर सनी के बारे में एक अश्लील फिल्म का ट्रेलर सामने आया। दक्षिण भारतीय फिल्म प्रोड्यूसर के. लिंगस्वामी ने घोषणा की कि वह सनी की एक रुकी हुई फिल्म 'सनी : द सेंट ऑफ लव' को चालू कर रहे हैं। आनन-फानन में बुलाई गई प्रेस कॉन्फ्रेंस में के. लिंगस्वामी ने इसे सनी कश्यप और दक्षिणी अभिनेता 'रॉकेट राजू' अभिनीत एक धड़ाकेदार बोल्ड फिल्म बताया।

रॉकेट राजू के साथ सनी के डांस के कुछ साफ दृश्यों में अनाड़ीपन लिये शॉट ट्रेलर ने यू-ट्यूब पर अकेले 2,00,000 हिट प्राप्त किए और उनकी संख्या में लगातार इजाफा हो रहा था। आइटम सॉन्ग की शुरुआत तमिल और हिंदी के 'भौंडे बोलों' के साथ हुई थी। पहले शॉट में सनी को एक होटल के कमरे में प्रवेश करते दिखाया गया था, जहाँ वह तमिल गीतों के रीमिक्स में एकदम से अपने कपड़े उतारने लगी। अंग्रेजी में सबटाइटल बता रहे थे कि सनी 'रॉकेट राजू' को अपने साथ सोने के लिए कह रही थी, जबकि वह इसके लिए तैयार नहीं था।

सनी (होंठ साथ-साथ चल रहे थे): चारी। ईदाकुदम नन्ना एना? अन्ना इप्पू?

(उपशीर्षक : क्या होगा, अगर कुछ अनहोनी हो जाती है? अब क्या?)

रॉकेट राजू को यह सब करने में काफी मेहनत करनी पड़ी।

सनी के (होंठ साथ-साथ चल रहे थे) : मनचेयी कोडुथथुद्दीन एन कोडुक्कमाअद्दीना उल्ले वेलिया-उल्ले विलेया-उल्ले वेलिया।

(उपशीर्षक : मैंने तुम्हें अपना दिल दिया है। क्या मैं तुम्हारे सामने समर्पण नहीं करूँगी?)

इतने में ट्रेलर में नई लाइन डाली गई, 'वे तो बस दो लोग थे, जो पहले सुकून ढूँढ़ रहे थे···' रॉकेट राजू ने आइटम नंबर में एक पुलिसवाले की भूमिका निभाई, जिसमें सनी ने अपने आप को इस उम्मीद से फँसाया था कि वह उसे अपने गैंगस्टर बॉयफ्रेंड के पास ले जाएगी। सनी की ड्रेस अचानक सभ्य साड़ी से बदलकर मास्क, अंडरवियर और एक डबल बैरल वाली ब्रा में बदल गई। इसके बाद वह एक सॉफ्ट स्ट्रिपटीज पर लॉन्च हुई, जो एक पूर्ण जिग बन गई, डांस पॉप गायक हो-हो मोनी के हिट गीत 'रॉकेट की सॉकेट' की कर्कश धुनों पर था।

तू मेरी सनी दारू मैं तेरा रॉकेट वोकेट चल मारे शॉट तू बन जा मेरी सॉकेट सॉकेट सॉकेट सॉकेट सॉकेट सॉकेट··

अटपटे गीतों पर झूमते हुए, सनी ने रॉकेट राजू के साथ मिलकर डांस किया। फिर दोनों डांस करते समय एक-दूसरे के साथ इस तरह कामुकता

के डांस करने लगे कि देखनेवाला जंभाई लेने लगे और उस पर लालसा और कामुकता सवार हो जाए।

वीडियो के लिंगस्वामी के एक मतवाले संदेश के साथ समाप्त हुआ—

जल्द रिलीज हो रही है, एकदम जल्द। सनी, उसका लुक वाकई कातिलाना है!

❑

5

'इसे चारों तरफ घुमाओ। इसके पेट पर लात मारो।'

आइटम गर्ल मिंक मोकोविच उस समय डगमगा गई, जब हट्टे-कट्टे स्टंटमैन रॉनी ने अपनी मुट्ठी उसके कंधे पर दे मारी।

'यह ठीक है। एक राउंडहाउस पंच दो। इसे जमीन पर पटक दो। जैसे ही उसकी मुट्ठी मिंक के चेहरे की और बढ़ी तो वह पीछे की ओर झुकी, उसने महसूस किया कि उसकी गरम पोर उसकी नाक के ऊपर से निकल रही है।

'बिल्कुल दुरुस्त है! हम बिल्कुल कायदेनुसार जा रहे हैं, ठीक है? इस तरह लड़ो, जैसेकि तुम अपने सबसे बड़े दुश्मन को हरा रहे हो। किक, अपरकट, ट्रिपिंग, स्वीपिंग और फिर उसके बाल खींचे। तुम उसके गुप्तांग पर लात मारो। एक-दूसरे को टक्कर मारो। मुझे खून निकलता दिखाओ। घूमो।'

उसने उसे मुक्का मारा, तब वह डगमगा गई। उसने लात मारी। वह मुड़ गई। वह रुक गया, सुन रहा था और भाव-भंगिमा जाँच रहा था कि आगे क्या होगा। उसके बाईं ओर एक कदम की दूरी पर उसे फुसफुसाहट सुनाई दी। वह मुड़ा, आँखें बंद करके बाहर निकला, उसने महसूस किया कि उसकी मुट्ठी मांसल मांस से जुड़ी हुई है और उसे एक नरम क्रंच सुनाई दिया। उसने मेज पर जोर से मुक्का मारा। लकड़ी की खपची ने उसकी नंगी बाँहों पर उतना ही जोरदार वार किया। मिंक इधर-उधर घूमा और रॉनी को पेट में दबा लिया। वह उसे कोसता रहा और गिरते ही मिंक के चौड़े कंधे के पैड को चीरते हुए जमीन पर गिर गया। पल भर का ध्यान भटकाना उसके लिए महँगा साबित हुआ और रॉनी ने मिंक के पैरों को बुरी तरह से पकड़कर हिलाया और उसके चोट लगे चेहरे को आगे किया।

'कट गया। मैं कभी नहीं...कभी नहीं...कभी भी इन बदसूरत पैड्स को अपनी नजरों के सामने देखना चाहती।' जयराम मंगवानी घबराई हुई लड़की की

ड्रेस से दोनों कंधों को हटाने के लिए उसकी तरफ दौड़ा।

दृश्य एक सेकंड में फिर से शुरू हो गया और जयराम ने रॉनी को निर्देश दिया कि वह मिंक के कान में अश्लीलता भरी बातों की झड़ी लगा दे। जब रॉनी ज्यादा-से-ज्यादा अश्लील होता गया और उसने यूक्रेनी लड़की को टटोलना शुरू कर दिया, तब जयराम मंगवानी ने क्लोज-अप लेने शुरू कर दिए और वह घबराई हुई आइटम गर्ल के चेहरे पर बेचैनी देख मजा लेने लगा। उसकी फिल्में रसिक लोगों के लिए होती थीं। फिल्मों के दीवानों के लिए होती थी। यदि कोई फिल्मों के जरिए अपने परिवार का मनोरंजन करना चाहते हैं तो वे सरकस देखें, किंगडम-ऑफ-ड्रीम या बुरा सपना देखें या कुछ और देखें। जयराम मंगवानी ने तो बस 'असली' फिल्में ही बनाई हैं। यूक्रेनी मॉडल मिंक मोकोविच अपने पैने गर्ल-इंटरप्टेड लुक के साथ कामतीपुत्र कॉलगर्ल की दुकान में फँसी एक अमेरिकी लड़की की भूमिका के लिए एकदम सही थी।

जयराम ने अपने कैमरामैन को सिर हिलाकर इशारा करते हुए हिदायत दी कि वह अपने कैमरों के साथ शॉट लेने के लिए तैयार रहे। वह चाहता था कि उन्हें बेहद करीब आने पर कैमरे में कैद किया जाए। जयराम को इस बात की परवाह नहीं थी कि सेट पर चाहे कुछ भी हो जाए, वह उसे ऐसे ही रखना चाहता था, क्योंकि उसने कुछ ऐसा प्लान किया था, जो देखनेवालों को हैरान कर दे। मिंक मोकोविच के कपड़े एक-एक कर फाड़ दिए गए। उसे सैकड़ों अजनबी व्यक्तियों के सामने निर्वस्त्र कर दिया गया। उसके फाड़े गए कपड़ों की कतरनों को जयराम के आदमियों ने चालाकी से सेट से हटा दिया। और उसके भरोसेमंद कैमरामैन को छोड़कर किसी भी कास्ट या क्रू के सदस्यों को उस के इरादों के बारे में पता नहीं था। उस लड़की के साथ अनहोनी हो रही थी, उसे इसकी अपेक्षा नहीं थी। उसके चेहरे पर स्वाभाविक डर छा गया, जब वह एक तमाशबीन भीड़ के सामने निर्वस्त्र खड़ी थी। जयराम उसे देखकर इतना आनंदित हुआ कि मानो उसे स्वर्ग सा अहसास मिल गया हो। उसे देख सभी अपने होशो-हवास खो बैठे। यहाँ तक कि नोयर के नकली कलाकार और उनकी नई जोशीली डायरेक्टर सुहाना को बेशऊर करार कर दिया।

'पुलीज! डार्लिंग! वास्तव में, किसी को नहीं लग रहा था कि सुहाना ने स्वयं

मुंबई सिटी में मौत लिखी है। जिस तरह से वे लोग खबरों में बकवास कर रहे हैं—सुहाना को विष्णु की प्रतिभा विरासत में मिली है! मुझ पर विश्वास करो, मुझे बहुत ही भरोसेमंद स्रोत से पता चला है कि वास्तव में इसे विष्णु कश्यप ने लिखा है और अपनी बेटी को इसका श्रेय दे दिया। वह बेचारा वह दिन देखने के लिए बेताब है कि उसकी कम-से-कम एक बेटी तो उसकी तरह बुद्धि पाए और प्रसिद्ध हो, न कि उसे महज उसके घर पैदा होने का श्रेय मिले! सुहाना एक भी अच्छी लाइन नहीं लिख पाई, चाहे उसके चेहरे पर कितना ही उन्माद छा गया हो।' जयराम ने अपने सहायक को बिना उसके राजी हुए, हाँ में हाँ मिलानेवाला समझ लिया।

जयराम मंगवानी मन-ही-मन सोच रहा है कि सुहाना के पूरे शरीर में इतनी प्रतिभा नहीं जितनी, मेरे पादों में प्रतिभा है। नोयर स्टूडियो इन औसत दर्जे के चेहरों से फीका पड़ जाएगा! माना कि उन्होंने उसे एम.सी.एम.एम. दिया है। साली अधपकी बिच। फिल्म बनाना कोई परिवारिक धंधा नहीं है कि बाप के बाद अब बेटी करेगी! बस तब तक इंतजार करें, जब तक कि उनकी फिल्म बनकर तैयार न हो जाए। एक नर्वस स्टाइलिस्ट ने जयराम का भद्दी बड़बड़ाहट से ध्यान हटाने के लिए उसके लिए एक झिलमिलाती झीनी ड्रेस लाकर दी। फिल्म मेकर ने छोटा अखबार फेंक दिया और वह गरजा—

'ये लो''' ? मैडम फैंसी-नैंसी क्या हमें एक अदना सी कलाकार की ड्रेस के लिए पूरा दिन इंतजार करना पड़ेगा? आपको पैसा क्यों मिलता है? क्या सिर्फ अश्लील फिल्म के लिए अंडरवियर पर सितारे चिपकाने के लिए?' उसने फिल्म स्टाइलिस्ट नैंसी की तरफ देखा। 'इस आइटम गर्ल को बताओ कि उसके पास कपड़े बदलने के लिए सिर्फ तीन मिनट हैं।'

इतना सुनते ही नैंसी ने मिंक को अपनी तरफ खींच लिया।

फिल्म का आइटम गर्ल वाला पार्ट लगभग खत्म हो चुका था। अब फिल्म के अगले दृश्य के लिए हीरोइन को बुलाना है। वह साली मेकअप करवाने में इतना समय क्यों लगाती है। वह एक पुरस्कार विजेता डायरेक्टर था; उसका पाला कभी किसी नखरेबाज पुरस्कार विजेता हीरोइन से नहीं पड़ा।

वह महँगी हीरोइन अपने मेकअपमैन को किसी और हीरोइन का मेकअप करने पर हँगामा कर रही थी। उस साले हरामखोर मेकअप आर्टिस्ट के इंतजार में

पूरे दो दिन बरबाद हो गए! वह चाहता तो उसकी छुट्टी कर सकता था, लेकिन वह बड़े शॉट निर्माता के बेटे को डेट कर रही थी, इससे उसके भाव बढ़ गए थे। वह उस मेकअपमैन की भी छुट्टी कर सकता था, लेकिन वह बावलों के साथ रजिस्टर्ड था, उसे निकालने का मतलब था—अपने आप को श्रम कानून के उल्लंघन के बवाल में फसाना और फिर भारी जोखिम उठाना। जयराम मंगवानी के पास मन मसोसने के अलावा कोई और चारा नहीं बचा था और उसने आइटम गर्ल के साथ शूट शेड्यूल शुरू कर दिया। उसके सामने एक महीन, पारदर्शक जालीदार कपड़े की ड्रेस पहने हुए एक शोख और चंचल लड़की खड़ी थी। ड्रेस अपने पीछे कुछ नहीं छिपा पा रही थी। मिंक मोकोविच अपने प्राइवेट पार्ट्स के ठीक सामने बड़े से कैमरे का फोकस हुए देखकर शरमा गई।

'यह इस ड्रेस को नहीं पहनेगी।' नर्वस नैंसी ने मिंक पर आरोप लगाते हुए जयराम की तरफ देखा।

'लेकिन मैं इस ड्रेस को नहीं पहन सकती, यह बहुत झीनी है।' मिंक ने विरोध किया।

'क्या? अब तुम्हें अपने यूक्रेनी बंप्स को ढाँपने के लिए डिजाइनर अंडरवियर चाहिए? तुम समझती हो कि लुल्ला या मल्होत्रा तुम्हारे लिए चड्डी डिजाइन करें? शायद तुम्हें जरदोजी के साथ कढ़ाई की गई चिकन वर्क की ब्रा और अंडरवियर चाहिए?' जयराम ने उस उक्रेनी गोरी लड़की को हिंदी में गंदी-गंदी गालियाँ दीं। जयराम मंगवानी का अहंकार राक्षसी था और वह संयमहीन होने के साथ जोर-जोर से धमकाने वाला शख्स था। एक आइटम गर्ल की बात तो दूर, उसने कभी किसी एक्ट्रेस के प्रति भी दया नहीं की।

'लेकिन यह बहुत छोटी है। मैं कह रही हूँ, यार।' मिंक मोकोविच ने कपड़े पहनने से इनकार करते हुए हठपूर्वक अपने शरीर के पास तौलिया खींच लिया।

'और तुमने अपना रहस्य छिपाना कब छोड़ा?' जयराम ने थूक दिया।

'जयराम, मैं इसे नहीं पहन सकती।' बाकी क्रू के सदस्यों के लिए वह पूरा दृश्य को मनोरंजन का केंद्र बन गया था। लग रहा था कि जयराम पल-पल उसका शॉट लेने का इंतजार कर रहा था। फिर जयराम ने अपने हाथ का इशारा कर क्लोज-कैम के सामने मिंक के शरीर से लिपटे तौलिए को फाड़ दिया। उसने

पहले उसके कंधे के फीते फाड़े। इससे उसके सामने का हिस्सा उतर गया। वह उस लड़की की ड्रेस को उस समय तक फाड़ता चला गया, जब तक कि वह झीनी ड्रेस तार-तार नहीं हो गई। वह बेसहाय लड़की जड़ हो खड़ी रही। वह उस डायरेक्टर से बहुत डरी हुई थी, जो उसके शरीर से बचे हुए कपड़े को रिबन की तरह फाड़ रहा था, उसने एक-एक कर उसकी पूरी ड्रेस पुरुषों की भीड़ के सामने फाड़ दी थी। बाद में, प्रमुख चीफ ए.डी. वहाँ पहुँचे और उन्होंने उस लड़की का जयराम से पीछ छुड़ाया। लड़की काँप रही थी, उसकी गरदन पर खरोंच आई थी, उसे एक गिलास पानी और सेवलॉन दिया गया। वहाँ खड़े कुछ स्पॉट बॉयज ने एक तरह से नग्न आइटम गर्ल का फिल्मांकन शुरू कर दिया था, ताकि आगे कभी काम आ जाए या उन्हें तुरंत पैसे मिल जाएँ। डायरेक्टर ने कैंची को फर्श पर फेंक दिया और चिल्लाया, 'खत्म हो गया, अब बंद करो।'

'यह तुम्हारा डेब्यू है। याद रखो, जयराम मंगवानी ने अपनी फिल्म में तुम्हें बड़ा मौका दिया है, यह बात हमेशा याद रखना। अब तुम प्रसिद्ध हो गई हो! मैं तुम्हें चेतावनी दे रहा हूँ। मैं तुम्हारा वर्क परमिट रद्द करवा सकता हूँ और फिर एक पल भी नहीं लगेगा कि तुम्हें···इस यूक्रेनी आइटम को मुंबई से निकाल बाहर कर दिया जाएगा। लेकिन मैं तुम्हारे साथ ऐसा नहीं करूँगा। तुम्हारी इस अनुशासनहीनता के वाकये के बावजूद भी नहीं। मैं तुम्हें बोलने के लिए एक लाइन दे रहा हूँ—कहो, मैं एक औरत हूँ। चलो बोलो अब। अरे आओ इधर कोई। इस मैडम को पढ़ाओ जरा। यहाँ कोई एक्ट्रेस-वेक्ट्रेस नहीं है, सब औरतें होती हैं, सिर्फ औरतें।' जयराम पागलों की तरह चिल्लाया। वहाँ खड़े किसी भी शख्स ने लड़की पर तब तक ध्यान नहीं दिया, जब तक कि उसकी ड्रेस के बचे-खुचे टुकड़े उसके शरीर से फिसलकर फर्श पर नहीं गिर गए और वह वहाँ से निकल गई। किसी ने उसका मजाक उड़ाया और हूटिंग की।

'फैंसी-नैंसी मैडम को टॉयलेट लेकर जाओ।' नीम बेहोशी की हालत में मिंक मोकोविच कमरे से बाहर निकल गई और वह अपनी ड्रेस खींचते समय जाँघों में लगे रड़क के निशान को सहलाकर और ज्यादा फैलने से रोकने की कोशिश कर रही थी। उसका निढाल शरीर बाहर की ओर खिसक लिया, उसकी पीठ उसके शरीर पर टिकी छलपूर्ण आँखों से जल रही थीं।

'अरे, कुछ अंडे तोड़े बिना एक आमलेट नहीं बन सकता है क्या अब? जयराम की खून उतरी आँखें कमीनापन दिखा रही थीं। अब उसने उस लिये गए सीन की दाद दी। उसके सेलफोन पर नंबर फ्लैश होने से उसकी खुशी के उन्माद में खलल पड़ा। बॉलीवुड ट्रुथ्स पत्रिका की संपादक निशा पोद्दार उन्हें बेवजह फोन कर रही थी। चल हट। अब इस मादरचोद केक पर यह मादरचोद आइसिंग होना बाकी था। अभी तो वह इस परेशान करनेवाली फिल्म के बीच में ही था कि ये लोग इस फिल्म में खलल डालना चाहते हैं, मुझसे इसके बारे में बात करना चाहते हैं, यह एक और लड़ाई है। उसकी के.डी. के साथ लड़ाई होगी। उस चुड़ैल को इतनी जल्दी कैसे पता चला? जरूर सेट पर कोई चुगलखोर रहा होगा। उसकी बाईं आँख बुरी तरह से फड़फड़ा रही थी, जयराम ने इधर-उधर चारों तरफ देखा। उसके अपने सामने रखी काली कॉफी के पंद्रहवें कप को पूरी तरह से नजरअंदाज कर रखा था। आज तो उसे कैफीन से भी ज्यादा किसी ठोस चीज की सख्त जरूरत थी। पिछले हफ्ते उसकी सबके सामने के.डी. के साथ हुई गंदी लड़ाई खाली उसकी गलती नहीं थी।

{'बंद करो। इस शूट को एकदम यहीं बंद करो। हमें इस आइटम गीत के 'मुँह में दे' बोल नहीं चाहिए।' के.डी. के साथ आए बावलास के बदमाश उनके फिल्म सेट में घुस गए और उन्होंने उनकी शूटिंग में विघ्न डाल दिया।

'लेकिन हमने बोल बदल दिए हैं! 'अब यह हाथ में दे' करके है।' जयराम ने सफाई दी। उनका नया आइटम गीत 'मुँह में ले' इंटरनेट पर काफी लोकप्रिय हो गया था, जिसने यू-ट्यूब पर रिलीज होने के अड़तालीस घंटों के अंदर 90,000 हिट पा लिये। लेकिन के.डी. द्वारा संचालित सिने और टीवी के बावलास एंटरटेनमेंट विंग ने इसके बोलों पर तीखा विरोध जताकर इस गाने को फिल्म की प्रिंट से हटाने की धमकी दी।

'और फिर ये सब चड्डी में रूसी, यूक्रेनियाई, चेकोस्लोवाकियाई छम्मियाँ—क्या तुम्हारे पास इन सभी आयातित आइटमों के लिए वैधता है? मुझे तुम्हारे पास देशी और स्थानीय नर्तक नहीं दिखाई देते? क्या तुम नहीं जानते कि तुम्हारे पास 50 प्रतिशत वर्कर स्थानीय होने चाहिए?' फिल्म-निर्माता और के.डी. के बीच प्यार में कोई दरार नहीं आई, बनिस्बत इसके कि उसे महीने में

तीसरी बार जबरन अपनी शूटिंग रोकनी पड़ी। जयराम को बहुत गुस्सा आया, क्योंकि इस समय बिल्कुल थोड़े समय में वह जितना कमा रहा था, उससे अधिक पैसा खो देगा।

'मुझे बेवकूफ मत बनाओ। कौन कहता है 50 प्रतिशत ? मुझे रेट मालूम हैं। 30 प्रतिशत तय हैं। मैं मुंजाल से तुम्हारी शिकायत करने जा रहा हूँ और मेरी टीम को डराओ मत।' जयराम गुस्से में था कि के.डी. हर एक विदेशी क्रू के रजिस्ट्रेशन पर 50 प्रतिशत फालतू जुरमाना माँग रहा था।

'यह कोई गुंडाराज है या क्या ? मैं तुम्हें चेता रहा हूँ हरामखोर, मैं तुम्हें इस इंडस्ट्री से गायब कर दूँगा। तुम खत्म हो जाओगे, भाड़ में जाओ, यदि तुम्हारी गुंडी टीम ने मेरी शूटिंग रोकी तो फिर देखना।'

'अरे मुंबा देवी! ये लोग कहाँ से आ गए! शूटिंग बंद करो, शूटिंग बंद करो शूटिंग, बंद करो—के.डी. के साथ आए बावलों' ने नारा लगाया और हूटिंग और ताली बजाना शुरू कर दिया। शूट में विघ्न पड़ गया, जयराम की विदेशी टीम डर के मारे जड़ हो गई थी।

'साले, मैं तुम्हें इसका मजा चखाऊँगा। समझ लो कि तुम खत्म हो चुके हो। मैं तुम्हें और तुम्हारे पूरे परिवार को गाड़ दूँगा''आई विल किलयू साले।' जयराम ने उसकी टीम के सामने उसे धमकी दी थी।}

उसके सिर में ये शब्द गूँजना बंद नहीं हो रहे थे। चाहे जो हो, वह यही समझ रहा था कि उसका समय खराब चल रहा था। निशा पोद्दार की उन्नीस मिस्ड कॉल और मैसेजस ने उसे अलग से परेशान कर दिया। उसने उसकी बेवकूफी भरी धमकी के बारे में सुना होगा। जयराम ने अपने चमचमाते गहनों के नीचे गरमाहट महसूस की। उसके साफ-सुथरे जैल लगाए बाल हमेशा उसके गंजेपन को छुपाए रहते थे, जिन्हें उसने पसीने भरी हथेलियों से बार-बार छू कर खराब कर दिया था। उसके सपनों में सेंध लग चुकी थी और खबरों का बाजार उसको लेकर गरम होने जा रहा था। जयराम मंगवानी चिंतित था कि यदि उसने स्थिति को नहीं सँभाला तो मंजर धुँधला और मंजिल दूर हो सकती थी, वह खबरों का हॉट टॉपिक बन सकता था।

□

6

शहर के ठीक बीचोबीच खड़ी शहर की अदालत की पाँच मंजिला लाल ईंटों की बिल्डिंग बलुआ पत्थर की कनोपियों से ढकी थी, जिस पर लगी नीले-हरे रंग की छतरियाँ उसे खास बनाए थीं। हाल ही में बिल्डिंग का इंटीरियर चमकीले सिंदूरी रंग का और उसके फर्श हरे और गुलाबी संगमरमर के बनवाए गए थे। अदालत के अंदर इतनी भीड़ और शोर-शराबा था कि कभी-कभी ए.सी.पी. कबीर को ध्यान देने में मुश्किल होती थी और वे कुछ ऋणों के लिए चुप हो जाते थे। गवाहों को क्रमबद्ध तरीके से कुछ भी याद नहीं रहता था और वे बोलने में गड़बड़ा जाते थे, वे झूठ बोलते थे और सोच-सोचकर बोलते थे। सबूतों, प्रमाणों, सत्यापनों, बयानों की जाँच और गवाहों और सबूतों की प्रस्तुति में बहुत लंबा समय लगा और साथ ही नकचढ़े जज ने भी इस केस में खास रुचि दिखाते हुए इसके सभी हिस्सों को बार-बार पढ़ने में देर लगाई। वकीलों ने रुककर नोट्स पढ़े, वे झुंझलाहट से दोहराते, हकला-हकलाकर एक ही सवाल अलग-अलग तरीकों से पूछते रहे।

अदालत में सभी केसेस बेकायदा चाल से नहीं चले, लेकिन वे एक केस में जरूर मर्ज हो गए हत्याकांड में ब्योरेवार सबूत सुनहरी कश्यप के खिलाफ लगे थे। वह जानता था कि अगर बचाव पक्ष उसे वाकई दोषी मानता है तो वे पैरवी के रूप में उतने तथ्य और सबूत देने की कोशिश भी नहीं करेंगे, बल्कि अपने मुवक्किल के प्रति अदालत के मूड को नरम करने की कोशिश कर सकते हैं। हालाँकि यह साफ दिख रहा था कि सनी का वकील, पीके डांग, सुर्खियों में आए इस केस का आनंद ले रहा था, पुलिस अफसर बड़बड़ाया।

सनी ने बिना ना-नुकुर किए बड़े आराम से के.डी. पर हमला करने की बात स्वीकार कर ली, इससे खुश हुए उसके ऑफिसर उसके अहसानमंद हो गए थे कि उसने बेवजह पुलिस का और अदालती समय बरबाद नहीं किया।

पर उसने इस बात को सिरे से खारिज कर दिया कि उसने के.डी. के शरीर को विकृत भी किया, उसने बताया कि उसे नहीं पता कि उसके चाचा के गुप्तांगों को किसने बाँधा और उसके मुँह में अंडरवियर किसने ठूँसा ? जब वह सुनवाई खत्म होने के इंतजार में कोर्टरूम के बाहर बेंच पर बैठा इंतजार कर रहा था, तब वह याद कर रहा था कि उस समय वह एक एक्ट्रेस थी। कबीर भोंसले को पता था कि कोर्ट के बाहर मीडिया और तमाशबीनों की भीड़ को नियंत्रित करने के लिए उसे पूरी टीम चाहिए होगी। उम्मीद से कहीं जल्दी खबर कोर्टरूम से बाहर आ गई कि जमानत खारिज हो गई।

सनी कश्यप को फिर से भीशा जेल भेजे जाने की खबर जंगल में आग की तरह फैल गई। आनेवाले समय में कोई गड़बड़ी न हो, इसके लिए पुलिसकर्मी हाई अलर्ट पर थे। निकलते समय वह अपनी बहन और पिता के बीच में थी। पुलिस ने उसे चारों तरफ से घेर रखा था, फिर भी भीड़ उसे हिंसक कुत्तों की तरह गिरफ्त में लिये थी। लोग इस कदर धक्का-मुक्की कर रहे थे कि स्थिति को सँभालना मुश्किल था, हर कोई उसे देखने की कोशिश कर रहा था। नीली जींस में उसके सुडौल पैर, गम बूट, मेकअप से साफ चेहरा—उसकी अल्हड़ खूबसूरती देखनेवालों के दिलों को विचलित कर रही थी। उसका शरीर एक हूर जैसा लग रहा था। उस बच्ची-महिला का सेक्सी आइटम नंबर वाकई स्वप्नदोष का सामान था। ऐसा लग रहा था, जैसे कोई जादुई खेल हो रहा हो। भीड़ के सभी लोग उसे घूर रहे थे, उसकी एक झलक पाने को आतुर थे। जगह कम होने की वजह से पगलाई भीड़ ने मीडिया के साथ धक्का-मुक्की और मार-पिटाई की। कुछ हिम्मती फोटोग्राफर अपने चौड़े-कोण वाले टेलीफोटो लेंस को लेकर पेड़ों पर जगह बनाए हुए थे।

'अब क्या होनेवाला है ?' सुहाना दुःख में निढाल सी हो गई।

'जो सबसे ज्यादा पैसा कमाता है।' सनी ने अधीरता से कहा।

'हे भगवान्, इतनी भीड़।' सुहाना की आवाज कँपकँपा गई।

सनी ने पुलिसवाली महिला के कठोर शब्दों 'चलो-चलो' को अनदेखा

करते हुए कहा, 'चलो, ये मेरी उस बेवकूफी भरी मस्ती के प्रशंसक हैं, जो मैंने किया है, ये लोग मेरे लानत भरे जीवन के प्रशंसक हैं।'

'तुम्हारी महान् उपलब्धि? कश्यप का झंडा बुलंद रखना बहन? पापा को आप पर गर्व होना चाहिए।' सनी ने कहा। सुहाना ने अपने अनुत्तरदायी पिता की ओर देखा, क्षण भर के लिए उनकी उम्र कितनी हो गई थी। विष्णु की प्रताड़ित एकांत टकटकी उसे समझ में नहीं आ रही थी।

'यह मुश्किल है, यहाँ पर्याप्त पुलिस नहीं है—हे भगवान्! ये लोग भीड़ को कंट्रोल क्यों नहीं कर रहे?' सुहाना की दर्द भरी निगाहें अपनी बहन पर टिकी हुई थीं। बेफिक्री से नम आँखें। दोनों बहनों की नजरें मिलीं। उनकी नजरें बयाँ कर रही थीं कि वे किसी खतरनाक रहस्य की अदृश्य मिलीभगत से जुड़ी हैं।

'जीवन के आधे हिस्से की कारगुजारियाँ आड़े आ रही थीं और जीवन का अगला दूसरा हिस्सा इससे निपट रहा है। मुझे लगता है कि नीत्शे मुझे स्वीकार करेगा—क्या ऐसा नहीं है···राक्षसों से लड़ो और तुम एक हो जाओ, दुष्ट लोगों से लड़ो और तुम एक हो जाओ!'

'चलिए मैडम, अब बातचीत खत्म करो।' चिड़चिड़ी सी लेडी पुलिस ऑफिसर ने बदतमीजी से कहा। सनी बेचैन, लेकिन शांत दिखाई दी। लग रहा था कि उसके चारों ओर मची सरकस जैसी दिल्लगीबाजी से उसे कोई सरोकार नहीं। वहाँ जमे लोग उसकी अपने भाग्य के प्रति तिरस्कारपूर्ण उदासीनता से परेशान थे और वे उसका मजा भी ले रहे थे।

'सनी···सनी···रॉकेट राजू के साथ आपकी फिल्म रिलीज हो रही है, क्या आप कमेंट करेंगी?'

'हाँ, श्योर। फिल्म में मेरी कुछ अच्छी लाइनें हैं।' ग्रीस-पेंट से पुते अपने चेहरे को दर्शकों की तरफ मुखातिब कर उसने ताना मारते हुए कहा।

'जब तक वे कटिंग फ्लोर पर खत्म नहीं हो जाते, तब तक मैं अपने आप को वाकई अधूरा महसूस करूँगी!' उसने अपने चेहरे पर ढीठ स्माइल बिखेरते हुए चुटकी ली। टीवी कैमरों ने उस के हर हावभाव और अंदाज को जबरन रिकॉर्ड कर लिया। रिपोर्टर्स ने उसमें ज्यादा रुचि दिखाते हुए उसके चेहरे पर माइक थमा दिया, वे उससे और कुछ सुनना चाहते थे। कोई एक प्रतिक्रिया?

एक बाइट ? एक चैट ? जो पब्लिक में धूम मचा दे ? लेकिन फिर उसने एकाएक अपने तेवर बदले, अपना सिर पीछे की ओर कर लिया और उसके चेहरे पर अल्हड़ मुसकान फैल गई, जैसे वह आजाद हो गई हो। किसी ने एक्ट्रेस पर हूट किया, इससे उसका सम्मोहन टूट गया। फिर क्या था, सनी पर बेलगाम हँसी-मजाक होने लगे, लोग सीटियाँ बजाने लगे और चिल्लाने लगे और उस पर तानों की बौछार होने लगी।

'ओए प्रोस्टीट्यूट', भीड़ में से कुछ सभ्य दिखनेवाले लोग अपने मन में छिपी विकृत इच्छा का प्रदर्शन करते हुए क्रोध में चिल्लाए।

'ऑफिसर, प्लीज, भगवान् के लिए इन लोगों को रोकिए।' सुहाना ने अपने अंदर बढ़ रहे गुस्से को नियंत्रित करने की कोशिश की।

'अरे ऐ प्रोस्टीट्यूट।' किसी ने धक्का दिया और सुहाना के चीखने-चिल्लाने पर सनी नीचे गिर पड़ी। फोटोग्राफरों में धक्का-मुक्की हो रही थी और उस दृश्य को कैद करने की होड़ लगी थी, उनके न्यूज-कैम इधर-उधर लुढ़क रहे थे और हर कलंकित सेलिब्रिटी पल को कैद करने के लिए तेजी से चमक रहे थे, भीड़ को नियंत्रित करने के लिए पुलिसबल ने मौके पर अपना मोर्चा सँभाल लिया था।

'यह कौन है ? कमीने कहाँ हो तुम ?' विष्णु क्रोध में काँपते हुए चिल्लाया। जैसे ही वह सिनेमाई नाटक अपने शीर्ष पर पहुँचा, भीड़ ने खूब मजा लिया।

पुलिस चिल्लाई, 'बाहर निकलो सब लोग, चलो बाहर निकलो।'

भीड़ में से आवाजें आईं, 'चलो, उसे अपने साथ ले चलते हैं।'

पुलिस चिल्लाई, 'रास्ता दीजिए प्लीज, प्लीज दूर हटो, रास्ता दो।'

भीड़ में से चिल्लाने की आवाजें आईं, 'ये सभी फिल्मी लड़कियाँ एक जैसी हैं। ये सभी दस साल की उम्र प्रोस्टीट्यूट बन जाती हैं!'

'क्या तुम्हारे घर में औरतें नहीं हैं ? ये लोग चाहे जो हों, कहीं से भी हों, ऑफिसर, प्लीज इनसे कहो कि ये बददिमाग लोग मुझसे इस तरह बात न करें··· अरे! एक मिनट, क्या समस्या है आपको ? तुमने उसे क्यों छुआ ? ये लोग उसे छूने की कोशिश कर रहे हैं ऑफिसर!' सुहाना चिल्लाई।

'लगाके बताऊँ ? तुम्हारे पर हाथ ही नहीं, कुछ और भी करके दिखा सकता हूँ!'

'मैम, आप पहले अपनी बहन को कंट्रोल करें या फिर उसे हमें कंट्रोल करने दें!'

'चुप रहो! मेरी लड़कियों से दूर रहो कमीनो, दूर हो जाओ, तुम…तुम… तुम लोग मुझे छूने की कोशिश करते हो,' विष्णु धीमे से चिल्लाया, वह अंदरूनी कड़वाहट से काँप रहा था। जैसे ही वह गमगीन हुआ, उसका चेहरा दुःख और चिंता से भर गया कि उसके लिए कौन सी वास्तविकता की पटकथा लिखी जा रही थी, फोटोग्राफर और टीवी क्रू ने एक-दूसरे को धकेलते हुए उसे अपने कैमरों में कैद कर लिया—बेचारा अभागा पिता।

भीड़ में से आवाजें आईं, 'सनी जेल जा रही है। अब आप अपनी हत्यारी बेटी की रक्षा कैसे करेंगे?'

पुलिस चिल्लाई, 'कोई नहीं बोलेगा। चलो, दूर हटो सब।'

भीड़ में से फिर आवाजें आईं, 'बुड्ढे में दम नहीं, हम किसी से कम नहीं! इस साले को जेल में रहना चाहिए।' भीड़ पूरी तरह से बेशर्मी पर उतर आई, भीड़ में जुटा हर शख्स उस सुनहरी आँखोंवाली खूबसूरत लड़की को एक नजर देखने को बेताब था।

'साले सूअर,' विष्णु जोर से बड़बड़ाया, उसकी गरदन की नसें ऐसे तन गई थीं, जैसे घोड़े को सँभालनेवाली नकेलें हों।

भीड़भाड़ से घिरे परिवार को बचाने के लिए पुलिस के आगे बढ़ने के साथ ही भीड़ में हाथापाई की और तबाही सी मचा दी।

भड़की हुई भीड़ और हँगामे में अब कोई भी किसी की बात नहीं सुन पा रहा था।

'जब भी वह भड़क जाती है तो आपे से बाहर हो जाती है। क्या उन्होंने मेरी उजड़ी दुनिया के चमकदार खँडहरों को नहीं देखा?' सनी बड़बड़ाई और सुहाना उस कोर्ट परिसर की बेचैन कर देनेवाली गरमी में सिहर गई।

कश्यप परिवार को बाहर ले जाते हुए देखकर शिंदे ने कहा, 'ऐसी स्थिति में परिवार बरबाद हो जाता है।' कबीर ने कोर्ट से बाहर जा रहे उस जुलूस की

ओर देखते हुए अपना सिर हिलाया, जो कश्यप परिवार के पीछे बना था और उस परिवार का इंतजार करते हुए खड़े पुलिस वाहन की ओर जा रहा था।

'घड़ी की कल की तरह परिवार को हमेशा बाद में जाना जाता है।' कबीर ने सुहाना कश्यप में दिलचस्पी दिखाते हुए कहा। डायरेक्टर शिंदे ने उसे बताया। उसे कोई महत्त्वपूर्ण फिल्म अवार्ड भी मिला था। इससे कबीर प्रभावित हुए, जब उसने उसे पहली बार देखा तो उसे लगा कि यह कोई खास एक्ट्रेस है, इसमें कुछ है, जरूर। एक ही नजर में अद्भुत आकर्षण, लंबे काले बाल और एक लचकदार शरीर, हालाँकि उसने बिना मेकअप किए और साधारण कपड़े पहने, अपने काले-घने बालों को कसकर पीछे पोनी में बाँधकर अपने लुक को दबा दिया था। लेकिन वह अपनी खूबसूरत आँखों और शार्प चीकबोन्स को नहीं छिपा सकती। उसे नकली लहजे में डूबकर अपने जीवन को खुशहाल बनाने की कोई जरूरत नहीं है।

उसने कार की खिड़की में अपना चेहरा देखा और अपने उलझे बालों पर हाथ फेरकर सुलझा लिया। ए.सी.पी. कबीर एक सुंदर दिखनेवाले शख्स नहीं थे, लेकिन यदि उनके शरीर के अलग-अलग हिस्सों को देखा जाए तो वे दिखने में ठीक ही थे। उनका रंग वर्षों से धूप में काम करने की वजह से साँवला था और मिलिटरी-कट बाल कटवाने से उनका लुक उतना अच्छा नहीं था। उनके शार्प-जा-कट और कंधे की कसी हुई मांसपेशियों ने उन्हें अफसरी ठसक दी। इसी वजह से उन पर कई महिलाएँ मर-मिटी थीं। जैसे ही कबीर ने किनले की फेंकी हुई बोतलों को एक तरफ सरकाते हुए अपना रास्ता बनाया और सड़क पर पड़ी सिगरेटों को बुझाया, उस समय उसे सुहाना में दिलचस्पी हुई। उसने सोचा कि उसकी कहानी क्या थी?

लेकिन इससे पहले तीन आइटम गर्ल्स और थीं, जिन्हें उसे डील करना था। नरगिस खालिद, डेजी कट्टा और एक वह, जिसे शिंदे वास्तव में पहले मिलना चाहते थे, वह थी—आइटम गर्ल डिजिटल डॉली।

◻

7

निशा पोद्दार को एक बड़ी नीली योगा मैट पर लिटाया गया था, उसका शरीर कुछ ज्यादा ही फैला हुआ था। उसका दिमाग दौड़ रहा था। उसने बेनी भोजवानी से ज्यादा पाने की आशा की थी, लेकिन चौड़े बोटोक्स वाला बहुत महँगा काम कर रहा था।

एक...दो...तीन...होल्ड...रुको...लड़कियाँ झुकती हैं...एक...दो...तीन... लड़कियों कूल्हों को ऊपर उठाओ। 'होल्डडडड! हम उन्हें लचीले बटन जैसा चाहते हैं, है ना? इसलिए वे उनसे हाथ नहीं हटा पा रहे हैं। पाँच गिनने तक होल्ड करो रुको...कम ऑन बेनी, डैने, माला, निशा, लड़कियों यदि तुम इस कंपटीशन में चार चाँद लगाना चाहती हो तो और मेहनत करो। चलो, अब तुम लोग आराम करो।'

वह बॉलीवुड की महिलाओं के सबसे पसंदीदा पम्मी के जिम में आना पसंद करती थी। यह जिम कमाल की मालिश और भाप स्नान, व्यायाम सिर से पैर तक कंडीशनिंग करने के अलावा, शहर भर की नई-नई जानकारियाँ और गपशप इकट्ठा करने की सबसे अच्छी जगह थी। उसका इस जिम से वास्ता पड़वाने का स्रोत थी—वे दुष्ट महिलाएँ, जो साल के बारहों महीने वहाँ बार-बार जाती थीं। यहाँ पर मिलनेवाले समाचार खास और सटीक होते हैं—कौन-कौन एक्टर, किस फिल्म के लिए ऑडिशन दे रहे थे, कौन सा प्रोजेक्ट खास है, किसे किस फिल्म से निकाल बाहर किया गया, किसे लिया गया आदि...आदि... इससे भी खास बात यह थी कि बॉलीवुड के बड़े डैडीज के अंतरंग रहस्यों को जानने के लिए निशा की हॉटलाइन महिलाएँ थीं। ये वंडरफुल और पावरफुल महिलाएँ उसकी विश्वासपात्र थीं। क्यों न हों! आखिर वह थी निशा पोद्दार; बॉलीवुड ट्रुथ्स की संपादक।

'वह बहुत छोटा है'''और वह जानबूझकर उसे बौना दिखाने के लिए चटक-मटक ड्रेस पहनने को कहती है'''और शायद आपको याद हो कि उसने अपने रोमांटिक दृश्यों के लिए'''उसके खड़े होने के लिए एक बॉक्स माँगा था! लेकिन वह फिर से अपने कमीनेपन पर दबाव में आ गया!' बेनी भोजवानी आकर्षण का केंद्र बनने के लिए बेताब थी।

'कैसे?' निशा पोद्दार के कान खड़े हो गए।

'उसने बिद्दू से पूछा'''किसी को मत बताना, लेकिन अगर सीन में थप्पड़ वाला सीन शामिल किया गया तो वह अपनी कीमत कम करने को तैयार रहेगी। हुँह''' वह अपने नायक की पीड़ा नहीं देख सकता था'''मान गया'''वह इतना कोमल है'''और वह हरामखोर अपने बाएँ जबड़े के अपरकट को ऊपर किए हुए फर्श पर लेटी हुई थी! हाउ ह्ह्ह्ह्ह्ह!' बिद्दू भोजवानी, बेनी का पति और नोयर फिल्मों का सह-संस्थापक, बॉलीवुड के सबसे बड़े निर्माताओं में से एक था।

निशा हँसी, लेकिन उस कहानी पर नहीं। वह इस बात को पहले से जानती थी। लेकिन तब निशा सबकुछ इसलिए भी जानती थी कि लोग उस पर विश्वास करते थे। वे लोग उसके सामने अपने भेद खोलते, उसे अपनी सब बातें बताते और उसके सामने अपने अंदरूनी रहस्य खोलते। वह इस बात को बखूबी मानती थी कि उसमें दूसरों की बातें सुनने का दुर्लभ गुण है। वह यह भी मानती थी कि वर्षों से उन लोगों का साथ होने की वजह से वह उन जैसी बन गई है। उन्होंने उसे अपने विवाहित जीवन, अपनी स्त्री रोग संबंधी समस्याएँ और प्लास्टिक सर्जरी तथा उनके बारे में लोग क्या कहते हैं, सबकुछ बताया। वह जानती थी कि वे उसे उस योग्यता की वजह से प्यार करते हैं, जो उसने वर्षों की लगन से हासिल की थी। वह अपने परेशान कर देनेवाले कॉलम में किसी की प्रसिद्धि, किसी का प्रेम-प्रसंग, किसी की योग्यता, रूप, एक वापसी, एक डेब्यू, सभी को बड़ी सावधानीपूर्वक व्यवस्थित शब्दों के साथ टुकड़ों में व्यक्त करती थी। वैसे तो उसके पास अपने कॉलम के लिए 'गहरी साजिश वाली' वाली उचित कहानियों के कई दूसरे स्रोत भी थे। जैसेकि कुछ टैरो कार्ड रीडर, स्त्री रोग विशेषज्ञ और प्लास्टिक सर्जन तथा क्लैप डॉक्टर और टेलीफोन स्विच बोर्ड सहायक और फूलवालें एवं प्रयोगशाला सहायक आदि-आदि''' लेकिन यह, यह 'पावर

सर्कल' तो कुछ खास था! उसे यहाँ पर स्थानीय दबदबा और अपार संपत्ति को सूँघा था। निशा को उसने इस महिला बल को ग्रूम करना पसंद था, जैसेकि उन महिलाओं ने उसे विश्वास में लिया था। माना यह जाता था कि निशा को कुछ टॉप स्टुडिओज के अंदरूनी मामलों के प्रति नरमी बरतनी पड़ती थी, वहाँ पर वह अपनी जोर आजमाइश नहीं कर सकती थी। उनको कॉलम में लिखने की बजाय किसी सूचना को नजरअंदाज कर देना ज्यादा मायने रखता था।

निशा जानती थी कि वह बहुत आगे निकल चुकी थी। अब इससे कोई फर्क नहीं पड़ता था कि वह साधारण कद-काठी की थी, उसकी लंबाई सिर्फ चार फीट आठ इंच की थी, उसका सुंदर दिखनेवाला चेहरा भी अब मोटे-मोटे चश्मे के पीछे छिप गया था। उसने एक ऐसी इंडस्ट्री में अपनी जगह बना ली, जहाँ एक लड़की के लिए लुक ही सबकुछ था। निशा ने कहानियों को सूँघने, समझने वाली अपनी विलक्षण बुद्धि और टैलेंट के जरिए कामयाबी हासिल की और इंडस्ट्री में अपनी खास जगह बना ली।

उसे इस इंडस्ट्री में स्टॉप द प्रेस कहानियों के इतने लीड मिले थे कि उसने गिनना बंद कर दिया था। लेकिन बेनी, नोयर में अपने पति की नई फिल्म के बारे में बेहद चिंतित थी, यही वजह थी कि निशा इस मामले में खास रुचि ले रही थी।

'यह बड़ा है। मैं बस इतना ही कह सकता हूँ...एक्ह तीन...एएएकक चार...एएएकक...'

'गुड गर्ल बेनी, पाँच और करने हैं, गैस करो क्या? मेरे पास ऐसा डोप है ना।'

'एएएकक...एक...मुझे बताओ।'

'मैंने प्रिंस के दैनिक रस्मो-रिवाज की जानकारी ली है! उसकी सुबह एलोवेरा के साथ गरम पानी से शुरू होती है। इसमें तीन तरह की 'विशेष' स्मूदी, जिसमें पालक, केला, नीबू और ठीक बारह बर्फ के टुकड़े होते हैं! नाश्ते में एक कटोरी दलिया होता है। मिस्टर कपूर का मानना है कि हँसी सबसे अच्छी दवा है, इसलिए वह अपने जीवन को संजीदा बनाने के लिए कॉमेडी सरकस देखता है, क्योंकि उसे लगता है कि खबरें सुनना या पढ़ना मतलब अपने दिमाग पर बोझ डालना!'

'मैंने सुना है कि सुहाना कश्यप बड़ी उजड्ड है साली?' निशा ने कहा।

'मान लीजिए कि वह बहुत साहसी है। हा हा!' बेनी खुश था, महान् टैब्लॉइड क्वीन निशा पोद्दार को कुछ बदला हुआ पाकर खुश था।

'जयराम मंगवानी कसम खाता है कि सुहाना ने मुंबई सिटी में मौत नहीं लिखी! उसने ट्वीट किया था कि इसे तो साले विष्णु कश्यप ने ही लिखा है। मैंने उसे फोन किया, लेकिन वह साला शक्की आदमी मेरा फोन नहीं उठा रहा।'

'इससे किसी को क्या मतलब! उसने यह कहानी लिखी, यानी उसके पिताजी ने लिखी!'

'यह नंबर एक है और अब यह हमारी हो गई है।'

'या?'

'मैं राय दे सकता हूँ। यह बहुत खास होने जा रही है! यह ब्लॉकबस्टर का मनहूस नरक होगा। बिद्दू इसके बारे में ऐसा कहता है।'

'स्क्रिप्ट कैसी है?'

'इसे अब तक किसी ने नहीं देखा है निशा। यह पूरी तरह से अँधेरे में है।'

'ऐसा हो सकता है, भला! लेकिन इसका कोई रहनुमा जरूर होना चाहिए?' निशा खोद-खोदकर बात निकलवाने की कोशिश करती रही।

'पता नहीं।' बेनी अचानक से चौकस हो गया और सोचने लगा कि उसे क्या नहीं बताना चाहिए।

'अरे बेनी बताओ न···यह किस बारे में है?' निशा ने अब उसे कुरेदने का सारा ढोंग छोड़ दिया था।

'अरे भई, इसके बारे में ऐसा कुछ नहीं है, जो मैं तुम्हें बताऊँ।' बेनी बहुत चौकस हो गया था।

'एक रोमांटिक कॉमेडी?'

'ऐंऐंऐंऐंऐंऐंमम्म।'

'थ्रिलर या सेक्स फिल्म?'

'यह एक बड़ी चीज है। कोई मामूली चीज नहीं है। खुश करनेवाली। घटिया किस्म की नहीं है। बिद्दू सस्ता काम नहीं करता। बड़े बजट की है यह।' वह बहुत ही डाँवाँडोल और निस्तेज लग रही थी।

'यह एक पीरियड फिल्म है कि नहीं?'

'मैं यह नहीं कह रहा···तुम इस शहर को जानती हो···लोग कितने कुटिल हैं···इन्हें कोई भी अच्छी बात नहीं भाती···तोड़फोड़ करेंगे···अफवाह फैलाएँगे···मेरा मतलब तुमसे नहीं है···मुझे तुम पर भरोसा है···लेकिन मुंबई की हवा के भी कान हैं डार्लिंग, यहाँ की हवा ही खराब है।' बेनी ने रूखेपन से कहा।

'मैंने सुना है कि प्रिंस सुलेमान कपूर ने भेदिए भेजे थे?'

'भेदिए? बाबा, वह बहुत बेताब है। हर रात वह बेचारे बिद्दू को लीड रोल के लिए परेशान करता है, यहाँ तक कि वह अपने मार्केट रेट भी कम करने को तैयार है। लेकिन ऐसा कभी नहीं होगा। सुहाना कास्टिंग की इंचार्ज है। वह उसके बिल्कुल खिलाफ है। वह उस बूढ़े सनकी को कभी नहीं बर्दाश्त करेगी।' बेनी भोजवानी एकदम अकड़ गया।

'हाँ, मैं मानता हूँ। वह अपने सब रोल नाक बंद करके करता है। इसमें कोई संदेह नहीं कि वह अपनी खुद की गंदगी को भी सूँघ सकता हो। साला सोचता है कि वह पूरी दुनिया को गड़बड़ाकर भी चलायमान रह सकता है।'

निशा का दिमाग दौड़ रहा था। वह सोच रही थी कि नोयर फिल्में एक पीरियड फिल्म के लिए कास्टिंग कर रही थीं और उन्होंने प्रिंस को खारिज कर दिया। असल में बात वह नहीं थी, जो प्रिंस का सेक्रेटरी चमन पूरे शहर में फैला रहा था। उसे इस बात पर जरा भी हैरानी नहीं हुई। प्रिंस सुलेमान कपूर, शानदार मूवी स्टार, सुपरहिट रोमांटिक हीरो, आला दर्जे का हरामी। उसने सुना है कि उसे अपने डायलॉग बोलने के लिए लगातार लिखित कार्ड चाहिए होते हैं। वह वाकई कोई पुराने जमाने का प्रिंस नहीं है। उसने इस जैसे बहुतेरे देखे थे। फूले पेटवाले अनिद्रा के शिकार हुए गोल्डन फिल्म स्टार्स भी जब गड़बड़ा गए तो कोई भी उनके बिखरते जीवन को एक साथ नहीं जोड़ सका।

फिल्मी सितारे अपने आप को मजबूत दिखाकर दुनिया के साथ हाथ मिलाकर चलने और अपने कमजोर टेलेंट को निखारने के लिए ड्रग्स का सहारा लेते थे, धीरे-धीरे ड्रग्स लेना उनकी आदत में शुमार हो जाता था और वे अपने आप को पूरी तरह से नशे के दलदल में डुबो देते थे। बोतल जैसी नाक, धुँधली आँखोंवाला हरामी, बेहूदा। लेकिन हर दूसरे स्टार की तरह प्रिंस सुलेमान कपूर

भी अपनी पी.आर.-मशीनरी पर विश्वास करने लगा था। उसे लगता था कि उसका कोई सानी नहीं। और उसे कोई कमतर आँके यह उसे बर्दाश्त नहीं था, निशा ने सुपर-स्टारडम के पहलुओं पर एक बुरा लेख लिखा था, तब उसकी प्रतिक्रिया से उसे पता चला कि वह कितना आहत हुआ था। एक बार उन दोनों का आमना-सामना एक नोक-झोंक के साथ हुआ और फिर क्या था, वह खत्म ही नहीं हो रहा था। उसने उसे बौनी कहा, एक अजीब सी नपुंसक बौनी, जो अपने सेक्सविमुख जीवन को पोषित करने के लिए दूसरों का शिकार करती थी। उसने उसे और भी बहुत सी अनर्गल बातें कहीं, जिन्हें निशा भुला देना चाहती थी। लेकिन बात तो यह थी कि उसे उसकी हर वह बात याद थी, जो उसने उससे कही थी। निशा पोद्दार इस अपमान को कभी नहीं भूली, उसने उसे कभी माफ नहीं किया। वह प्रिंस की छींटाकशी और कटाक्षों पर अपना ध्यान नहीं देना चाहती थी, लेकिन ऐसा कर नहीं पा रही थी। प्रिंस सुलेमान कपूर वाकई उस पर घृणित चोट कर रहा था, खासतौर पर उसके कोक और कंट फिक्सेशन से।

'मैम''पता है क्या''मैं अपने साप्ताहिक में आपके स्टोर को खास जगह पर छापूँगा और आपकी तसवीरें एक महीने के लिए सोशलाइट पेज पर रहेंगी।'

'मैं निशा को नहीं जानता''' बेनी का इरादा ढुलमुल लग रहा था।

'चलो! ठीक है, आपके कहने का मतलब है कि आपको इससे कोई मतलब नहीं है? तब फिर ठीक है, मुझे फिल्म का असली नाम मत बताओ। लेकिन कम-से-कम यह तो बता दो कि स्टार कौन है? क्या यह वाकई सुमरान है?'

'हाँ, यह सब बकवास है।' बेनी से अब और बर्दाश्त नहीं हुआ।

'हे भगवान्! मैंने जयराम से सुना है कि दोनों के बीच कुछ चल रहा है—सुहाना और सुमरान?'

'बकवास है डार्लिंग''सरासर बकवास है!' बेनी इसे सिरे से खारिज कर रहा था।

'सच में? उसे लिखने का कीड़ा अपने बाप से विरासत में मिला होगा और उसकी बहन''बेचारी, सनी के साथ जो हुआ वह बहुत दिल दहलानेवाला था।'

'अरे''उस साले मर्डर ने मेरी डिनर पार्टी खराब कर दी! सभी का ध्यान

उसी पर टिका था—किसी ने मेरे नए इतालवी चीनी मिट्टी के बरतनों पर ध्यान नहीं दिया! सच कहूँ तो ऐसा ही होना था—मैंने सुना है कि लड़की एक मेजर लीग यूजर है, जो दिन के किसी भी समय जंक से भरी रहती है—ऐसी सुंदरता कि सनी हालाँकि अब सब बेकार है, अब वह कहाँ है, आप जानते हैं कि बहुत कम लड़कियाँ यह सब एक साथ रख सकती हैं! आसान पैसा, ग्लैमर, फास्ट लाइफ, अल्हड़ मदमस्त पार्टियाँ, अजीब सेक्स और इनमें से कुछ लड़कियाँ··· उनकी एकमात्र महत्त्वाकांक्षा सितारों के साथ यौन संबंध रखने की रहती है।'

'वह प्रिंस की पार्टी में एक रेगुलर आइटम होती थी—उसकी खास 'सनी-हनी'! उसकी अंतरंग गर्लफ्रैंड और भगवान् जाने और भी क्या-क्या, तुमने तो इनके बारे में कुछ छापा है ना?'

'बेनी स्वीटी, निशा पोद्दार सिर्फ 'छापो' जैसा ही कुछ नहीं करती। मेरे पास तो पिक्चर्स हैं डार्लिंग। लेकिन मुझे यह बताओ कि यह एम.सी.एम.एम.··· मेरा मतलब है मुंबई शहर में मौत, इसका आखिरी नाम क्या है? मैंने सुना है कि यह एक कॉन्ट्रोवर्सी है और यह टाइटल पहले से किसी और ने रजिस्टर्ड करवा रखा है?' निशा ने पूछा।

'नो-नो, अरे नहीं।' बेनी ऊबा हुआ सा लग रहा था।

'ठीक है, तुम क्या चाहते हो? एक महीने के लिए तुम्हारी तसवीरें? मैं तुम्हारे एन.जी.ओ. को टॉप कवरेज दिलवाऊँगी। सप्लीमेंट का पूरा एक पेज। बेनी वहाँ पर एक आकाशदीप की तरह चमक रहा होगा।'

'यदि तुम मेरे कहने पर कुछ छपवा दो तो इसका मतलब होगा बिद्दू से पंगा लेना।'

'बिद्दू इसे किसी भी हाल में प्रेस को बेच देगा। लेकिन यदि तुम इसे मुझे देते हो तो तुम्हें हर मैगजीन पर अपने चेहरे का फोटो दिखने को मिलेगा। तुम्हारा नया चेहरा यार, जरा सोचो? बेबे क्या बात है, यदि दुनिया को तुम्हारी अहमियत नहीं दिखाई दी? इसके बारे में सोचो···तुम जिस पार्टी की योजना बना रहे हो··· इस साइड की सबसे अच्छी पार्टी श्रीमती बेनी बिद्दू भोजवानी द्वारा होस्ट की गई। जी हाँ···पार्टी क्वीन बेनी बी। पार्टियों की बिग बी···सोचकर देखो जरा!!'

'सुनने में अच्छा लग रहा है···!' बेनी ने अपने होंठों पर जीभ फेरते हुए

कहा। 'चलो, मुझे आइस-स्पा में ले चलो''ओह-तुम्हें पता है, बिद्दू के पास एक ऐसा लाजवाब आइडिया है''तुम इसे सुनते ही निढाल हो जाओगी!'

'हाँ? जरूर बताओ!'

'लेकिन कसम खाओ कि किसी को पता न चले कि यह मैंने तुम्हें बताया है। तुम्हें पता है कि बिद्दू को बहुत ज्यादा पब्लिसिटी चाहिए होती है, वह चाहता है कि सनी कश्यप फिल्म में एक आइटम नंबर करे, अब लोग उसे देखना ज्यादा पसंद करेंगे''उस पर मर्डर का रैप चिपका है, ना? बिद्दू कितना शातिर इनसान है ''।'

'हाँ, ठीक है। इस बात पर उसे शुभकामनाएँ। कितना मूर्ख है।'

'उसने बहुत ठीक सोचा! जबकि वह जेल में है।' निशा ने कहा।

'अरे, वह तो बाहर हो जाएगी और फिर आइटम नंबर तो फिल्म के पूरा होने के बाद भी जोड़े जा सकते हैं। उसे उम्मीद है कि उसे जमानत मिल जाएगी।'

निशा पोद्दार ने आह भरते हुए बेनी के पीछे-पीछे कुचले हुए बर्फ से भरे विशेष कमरे में प्रवेश किया। बेनी वहाँ नहाया और पानी की बर्फीली सुइयों जैसी धारों के नीचे खड़ा हो गया—

'आहहहह! इसकी ही जरूरत थी। यह मेरे मूड के लिए चमत्कारिक है। ठीक है निशा डार्लिंग, तुम मुझे कहाँ दिखाओगी और कितने दिनों तक दिखाओगी।'

□

8

कपूर के हाथ की कैंडी जेल के समय घूरती है

बॉलीवुड स्टार प्रिंस सुलेमान कपूर ने जब मैगजीन का संपादकीय पढ़ा तो वह अपनी झुँझलाहट नहीं छिपा पाया। मैगजीन की स्तंभकार निशा पोद्दार के 'जेल में बंद आइटम गर्ल के साथ संबंध' टाइटल लेख को पढ़कर वह नाराज हो गया।

'साली चिड़चिड़ी बुढ़िया!! बूढ़ी घाघ फिर से उस पर हावी है। बिच पहले तो पार्टी के लिए भीख माँगती है और फिर उसी हाथ को काटती है, जो उसे खिलाता है। डाइन!' प्रिंस सुलेमान ने टैब्लॉइड को ढेरों अपशब्द देकर अपना गुस्सा उतारा और उसे फाड़कर टुकड़े-टुकड़े कर दिया।

यह पहली बार नहीं था कि वह उसे प्रताड़ित कर रही थी। उसके शुरू के मॉडलिंग के दिनों में ड्रग बस्ट को कुरेदने से लेकर उसकी रोमांटिक शरारतों और बार रूम की हरकतों को उजागर कर उसने सुर्खियाँ बटोरीं। निशा पोद्दार ने वर्षों तक उसका पीछा करना जारी रखा यह तो उसका सौभाग्य था कि उसकी छींटाकशी ने उसके कॅरियर को चोट पहुँचाने के बजाय उसमें इजाफा ही किया और लोग उसे बुरा न समझ उसके प्रति आकर्षित ही रहे और खतरे के संकेत ने ही उसे जनता के लिए और ज्यादा आकर्षक बना दिया।

प्रिंस सुलेमान कपूर को पता था कि वह किस्मत का धनी रहा है, जनता उसके छिछोरेपन को प्यार करती थी। उसे अपने सुपरस्टार जैसे जीवन से प्यार था। उसे अपने अरबपति होने पर गर्व था और गुमान था कि उसकी सोने से सज्जित हवेली में बस के आकार के शौचालय थे। उसकी बड़ी सी कई मंजिल वाली वैनिटी वैन थी, जिसमें बड़ी सी अंग्रेजी कॉकटेल कैबिनेट और एक छोटा सोने की रिम वाला स्पलैश पूल था। उसे अच्छा लगता था कि उसका फोन

कभी बजना बंद नहीं हुआ और ब्रांड अपनी शराब और लोशन बेचने के लिए उसकी नैनो-सेकंड उपस्थिति के लिए उसका पीछा करते नहीं थकते। उसे गर्व था कि उसके पास इंडस्ट्री में सबसे मजबूत अंगरक्षक और नौकर-चाकर थे तथा अपने प्यारे कुत्तों औरंगजेब, रजिया सुल्तान, लुखखा, जॉर्ज बुश और पोंटी के नाम पर पाँच फार्महाउस थे, उसके कुत्तों के बारे में कहा जाता था कि उन्हें आयातित शैंपेन खिलाया जाता था। लेकिन सबसे बढ़कर खुशी उसे उस समय होती थी, जब उसकी एक झलक मिलते ही युवा लड़कियाँ उसका नाम पुकारकर चिल्लाती थीं, उनके मुख से निकले हर शब्द पर उसका चेहरा ताजा हो जाता था। ओह, इतने बड़े-बड़े झुंड उसकी तरफ ऐसे मुखातिब होते हैं कि वह उनके साथ जो चाहे करे!

लेकिन उसके पास जो कुछ था और उसके साथ जो हो रहा था, वह उसे किसी कीमत पर मिला था। सुपरस्टार बने रहने के लिए यह सब जरूरी था। उसके लिए यह जरूरी था कि वह कभी भी अपनी सीमा पार करते हुए पकड़ा न जाए। उसका भरोसेमंद सचिव चमनजी, जो प्रिंस के बुरे कर्म, गुनाह और मूर्खता को ढकने में माहिर था, उसके पीछे साए की तरह लगा रहता था और उस पर आँच तक नहीं आने देता था। जब तक मनहूस सुंदरी सनी साथ नहीं आई, उसकी गुड्डी चढ़ी रही। उसे लगा कि वह एक होली रेव पार्टी में बला की खूबसूरत युवा अभिनेत्री को अपनी शान दिखाएगा। वह कालुडेस मिली कोक पीकर वह बेअक्ली से लापरवाह हो गया। इससे भी बुरी बात सनी के साथ फोटो खिंचवाना हुआ, जोकि साला बहुत ही नासमझी का काम था! क्योंकि अपने चाहनेवाले फैंस के लिए वह अपने इस समय अय्याशी के दिनों से एक लंबा सफर तय कर चुका था, प्रिंस सुलेमान कपूर, अपनी सुपरस्टार छवि को खराब करनेवाले बेकार, सनकी झटके को बर्दाश्त नहीं कर सका। उसे इस बात का अफसोस फोटोग्राफरों को क्लिक करने की इजाजत दी। टैबलॉयड को गज भर की गंदगी फैलाने के लिए सिर्फ एक भद्दा जे.पी.ई.जी. काफी था। वह चिढ़ गया और उसने चमनजी को डायल किया।

'मैं उस निशा के पैन को उसके गले में घुसेड़ना चाहता हूँ और उसकी ऐसी की तैसी चाहता हूँ। इस बार उसने सारी हदें पार कर दी हैं। विष लिखती

है—उसने अपने दाँतों को तंदुरुस्त दिखाने के लिए नया इनेमल चढ़वाया हुआ है, बाल रँगे हुए हैं और वह छाती के बालों को हटवाता है। गैस करो, उस सुपरस्टार का नाम गैस करो कि ऐसा सब करनेवाला वह कौन सा सुपरस्टार है! वह अपनी धुँधली पड़ रही प्रोफाइल के बारे में चिंतित है और वह अब नाइटिंगेल पू फेशियल इस्तेमाल कर रहा है—क्या आप सुन रहे हैं···? पोद्दार व्होरे चमनजी इसे बंद कराओ, मैं चाहता हूँ कि उसकी मैगजीन टॉयलेट पेपर से भी कमतर हो!' वह अपने तेरह साल से रहे सेक्रेटरी पर चिल्लाते हुए तीखी आवाज में बोला।

'वह साली शातिर, बदमाश, पैथोलॉजिकल झूठी! वह एकदम मनगढ़ंत बातें कर रही है, वह यह सब नहीं कह सकती, रोको उसे।' प्रिंस सुलेमान गुस्से में तिलमिलाया हुआ था, चमनजी की सधी हुई टोन ने उसे शांत किया।

'चिंता मत करो। हम कोई नया रास्ता अपनाएँगे? हो सकता है कि हम एक फील गुड पार्टी का आयोजन करें और टॉप के जर्नलिस्ट्स को दुबई या बाली की एक ऑल-पेड लक्जरी ट्रिप पर भेजें। अगर हमारा यह जुमला काम नहीं करता है···फिर हम उस साली पर मुकदमा करेंगे। मैं आपका प्रेस नोट आपको पहले ही फैक्स कर रहा हूँ। अब चुप रहो और जाओ, अपना संजीदा शॉट दो!'

'मेरा फोन बार-बार आनेवाली कॉल्स से जाम है और मेरा ब्लैकबेरी आनेवाले एस.एम.एस. से तीन बार हैंग हो चुका है। मेरे पास प्रेस से एक अरब मिस्ड कॉल आई हैं।' प्रिंस ने शिकायत की।

'सबसे अच्छा तो यही होगा कि आप कुछ इस तरह से ट्वीट करें—इस खौफनाक दुःखद घटना से आहत। मिस सुनहरी कश्यप को पर्सनली नहीं जानता था, लेकिन हम सभी एक ही परिवार के सदस्य हैं और जब कोई अनहोनी होती है तो आपको इंडस्ट्री के किसी व्यक्ति का दर्द महसूस होता है—यह कैसा लगता है? याद रखिए, आप प्रिंस सुलेमान कपूर हैं। सुपरजॉक। सुपरस्टार। अब हमें एक संजीदा शॉट दो। चलो। उन्हें इस तरह दरकिनार करो, रॉकस्टार!!'

कुछ नर्वस असिस्टेंट डायरेक्टर उसकी आलीशान वैन के दरवाजे पर दिखाई दिए, वे चालाक बनते हुए अपनी घड़ियों को देख रहे थे और अंदर झाँक रहे थे।

'उन्हें सिर्फ यह बताओ कि जो भी कोई प्रिंस सुलेमान कपूर को सनी से

जोड़कर मनगढ़ंत कहानियाँ बनाकर फैलाएगा, उस पर वे मुकदमा करेंगे।' प्रिंस ने अपनी आरामदेह वैनिटी वैन से उतरते हुए चेतावनी दी और अपनी नई फिल्म 'इंडियावाला हीरो' के सेट में घुस गए। पल भर में मेकअप करनेवाली खूबसूरत लड़की उसे ब्लोटिंग, पफिंग, फिलिंग, शेडिंग, टचिंग, री-टचिंग करने के लिए उसके चारों ओर घूम रही थी। स्टार ने उसकी दुबली-पतली पीठ पर एक चुटकी दी। वह मक्कारी से मुसकराई। वह उसके वक्ष मसलना चाहता था।

'सब लोग अपनी जगह लो। प्रिंस और अवनी यहाँ पर हैं। क्या हम तैयार हैं?' 'इंडियावाला हीरो' का निदेशक हैरी बी चिल्लाया। स्टार ने हिलने-डुलने की जहमत नहीं उठाई और अपनी नायिका, समीक्षकों द्वारा सराही गई युवा अवनी मालन को सिरे से नजरअंदाज कर दिया। इसके बजाय, वह खूबसूरत मेकअप गर्ल को अपनी जाँची-परखी निगाहों से देख रहा था। उसने कुछ इशारा करते हुए अपनी कमर को रगड़ा। मेकअप गर्ल का चेहरा गाजरी लाल रंग का हो गया और वह शरमाते हुए घबराहट में नीचे देखने लगी।

'ओकेएएएए¨¨चलो, फिर चलते हैं।' डायरेक्टर हैरी बी ने उसे एक बार फिर से मना लिया। हर कोई स्टार की अगली चाल को देखता रहा। प्रिंस सुलेमान कपूर ने बड़ी सी जम्हाई ली और इशारा करके अपने सहायक से आईना माँगा। उसने दस मिनट तक अपनी प्रोफाइल को जाँचा-परखा, फिर मेकअप गर्ल को आँख मारी और ओजोनाइज्ड पानी के लिए चिल्लाया, अंत में उसने अपनी नायिका अवनि मालन को एक नजर नोटिस किया।

'अवनी डियर, तुमने तो अपना वजन कम कर लिया! अभी भी हुम्मुस और मूली पर जी रही हो! मेजर डी-टॉक्सिंग हैन?' अफवाह यह थी कि अवनी मालन को अपनी नई फिल्म के लिए कम-से-कम पंद्रह किलो वजन कम करने के सख्त आदेश दिए गए थे, उस फिल्म में वह एक वेश्या की भूमिका निभा रही थी।

'तुम जानते हो सुलेमान¨¨' वह उसे हमेशा उसके बीच वाले नाम से बुलाती थी, जब वह कुछ तीखी बात कहनेवाली थी, 'मेरे चेहरे पर बर्ड पू के विचार ने मुझे विचलित कर दिया। हालाँकि यह कैसा है? सुना है, तुम माहिर हो¨¨' उसने निशा का कॉलम उसके चेहरे पर लहराते हुए कहा। स्टार प्रिंस का रंग उड़ गया।

'आप लोगों को पता है, मैंने सुना है कि इस प्रक्रिया में कोयल के मल-मूत्र को चावल की भूसी और पानी में मिलाकर फेस मास्क के रूप में लगाया जाता है। यह मास्क वाकई बहुत असरदार है, चेहरे पर चार-चाँद लगाता है, सुलेमान?' अवनी ने मुसकराते हुए कहा।

'सुना है कि विक्टोरिया बेकहम को यह बहुत पसंद है। शायद तुम उसे नहीं जानते होंगे।' प्रिंस सुलेमान कपूर ने फेशियल के बारे में कोई उत्सुकता नहीं दिखाई, वह जानता था कि लोगों को तरह-तरह के फेशियल्स की सनक रहती है।

'ओ नेचरल स्वीटी, मुझे प्लास्टिक सर्जरी से खास नफरत है। क्या प्लास्टिक सर्जरी करवाने में बहुत दर्द होता है? आपके कान के पीछे की वह पट्टी डार्लिंग—हैरी भाई, ऐसा न हो कि यह कैमरे में कैद हो जाए, हमें इससे बचना चाहिए!' जाहिर तौर पर प्रिंस अब नरम पड़ने के मूड में नहीं था। बॉलीवुड में यह कॉमन सी बात थी कि अवनी को अपने लुक को बार-बार बूस्ट करने के लिए जरा सी भी फुरसत नहीं थी। अवनी मालन का रंग पर्पल हो गया। सेट पर शूटिंग का सारा तामझाम थम चुका था और हैरी घबरा रहा था।

'ओ हो दोस्तो! तुम दोनों में गजब का सेंस ऑफ ह्यूमर है। ठीक है, चलो!'

'वाह, तुम तो बहुत मजाकिया आदमी हो, सुलेमान! तुम्हारी आँखें भी चमक रही हैं"तुम मुझे देखकर खुश हो रहे हो या फिर यह तुम्हारे मूड को बूस्टअप करने का तरीका है? और क्या ड्रिप से दर्द होता है? अवनी ने मुँहतोड़ जवाब दिया। जाहिर तौर पर सुपरस्टार को हर हफ्ते आधे घंटे के लिए विटामिन ड्रिप दी जाती थी, उसी दौरान उसे विटामिन बी और सी तथा मैग्नीशियम की इंटरवेनोस डोज दी जाती थी।

'क्या तुम्हें दर्द होता है, जब वे तुम्हारी जाँघों से चर्बी खींचकर तुम्हारे होंठों में भरते हैं?' प्रिंस ने ताना मारते हुए वापसी गोली दाग दी।

'अरे दोस्तो, हा हा"एक एक्टर का इतना हँसमुख होना बहुत अच्छा है। अरे जरा ताली बजाओ।'

'अच्छा तो बिच ने निशा पोद्दार का लेख पढ़ लिया होगा। इसे अपनी स्मार्टनेस छोड़ देनी चाहिए।'

दृश्य की शुरुआत काफी अच्छी रही। प्रिंस को अवनी को पिकअप लाइन बोलनी थी और शॉट से बाहर जाना था। मुसीबत यह थी कि अवनी की कुशल एक्टिंग स्टाइल को क्रू से खूब वाहवाही मिली, जबकि सुलेमान अपने डायलॉग महज सीधी जुबान में दोहरा रहा था।

बिच उसकी गड़गड़ाहट चुरा रही थी। क्या वह अवनी उसे बुरा दिखाने की कोशिश कर रही थी? वह यह देखेगा कि बिच उससे अधिक वाहवाही न पाए। कम-से-कम उसकी सभी बेहतरीन लाइनें कटिंग फ्लोर पर खत्म होंगी। उसे अभी के लिए एक्ट्रेस-एक्ट्रेस की भूमिका निभाने दें।

साली बिच उसकी परेशानी का मजा ले रही थी। क्या वह साली हरामखोर बुरा दिखाने की कोशिश कर रही थी? वह भी देखेगा कि कैसे उस बिच पर कैंचियाँ चलती हैं। कम-से-कम उसकी बेहतरीन लाइनें काट दी जाएँ, तब उसे पता चलेगा। अभी तो इसे एक्ट्रेस-एक्ट्रेस खेलने दो।

बैड मूवी बस्टर। मुझे तो साली इस फिल्म का नाम भी पसंद नहीं है। तो मुझे लगता है कि मैं इसे बदल दूँगा। मैं तुम्हें दिखा दूँगा कि इस सेट पर कौन स्टार है। तुम मेरे साथ पंगा मत लो। मैं मि. बॉक्स ऑफिस हूँ। मैं मुंबई का किंग हूँ। प्रिंस एक्ट्रेस को बीच में ही छोड़ते हुए बिना पीछे देखे सेट से बाहर चला गया। प्रिंस की हरकत देखकर डायरेक्टर हैरी हैरान रह गया।

'लानत है। क्या कमाल की दिवा-कुतिया है।' अपने हाथ सिर पर रखते हुए, हैरी जोर से आहें भरने लगा, 'इस साले गवार इडियट को किसने साइन किया, जिसके साथ मैं काम कर रहा हूँ और अवनी तुमने अच्छा काम किया, लेकिन दोस्तों क्या हम काम का अंदाजा तालियों से लगा सकते हैं? तुम लोगों को शायद मालूम नहीं कि मिस्टर सुपरस्टार जब अपस्टेज होता है तो उसे कितना गुस्सा आता है? और फिर सेट पर यह अखबार कौन लाया? और यदि इस बकवासबाजी का एक भी हिस्सा बाहर निकल जाता है तो तुम यह अवनी नहीं रहोगी, बल्कि तुम इस इंडस्ट्री से बाहर कर दी जाओगी। मुझे यहाँ कोई प्रेस नहीं चाहिए। मुझे अखबार नहीं चाहिए। और मैं नहीं चाहता कि कोई उस मामले के बारे में बात करे। अब भाड़ में जाओ, उस कम-दिमाग, साले, हरामखोर, गधे के पीछे-पीछे कौन जाएगा?'

'सर, प्रिंस की वैन सेट से बाहर जा रही है···' उसका एडी बेचारेपन से चिल्लाया।

'यह क्या बकवास है!' कहकर डायरेक्टर दम लगाकर बड़ी तेजी से दौड़ा और उसने गति पकड़ने को आतुर प्रिंस की बड़ी सी वैन को पकड़ लिया। एक्टर ने अपनी वैन को रुकवाने की कोशिश नहीं की, जिससे हैरी को वैन के साथ-साथ दौड़ना पड़ा और इससे उसकी साँस चढ़ गई।

'प्रिंस, हमें समझ नहीं आया कि इस बात से कैसे निबटें···हुह···हुह··· मुझे बताओ कि तुम क्या चाहते हो और कैसे चाहते हो?' हैरी बेचैन होकर चिल्लाया। चलती हुई वैन के अंदर प्रिंस सुलेमान कपूर ने डायरेक्टर की बात को नजरअंदाज किया और उसने टीवी चैनलों को स्विच करना जारी रखा।

'तो फिर आप जा ही रहे हैं? तो···तो···सुलेमान···प्रिंस···क्या हमें कल शेड्यूल फिर से शूट करना चाहिए···हुह···हुह···मैं तुम्हें स्क्रिप्ट भेजूँगा···' प्रिंस सुलेमान कपूर ने अपने ड्राइवर को गाड़ी धीरे करने का संकेत दिया, वह डायरेक्टर की तरफ मुड़ा और उसकी आँखों की ओर घूरते हुए देखा।

'आपके 'इंडियावाला हीरो' को नई लाइनों की जरूरत है। नया माल दो, हैरी भाई। बिल्कुल नई वाली स्क्रिप्ट। नई कहानी। मुझे बार-बार वही रीहैश किया हुआ, कचरा क्यों मिल रहा है। पुरानी शराब नई बोतल में, यह बासी सड़ी हुई स्क्रिप्ट है। इसमें पिछले साल की बदबू आ रही है। और मुझे एक अलग नाम चाहिए···मैंने ये डायलॉग पहले भी कहे हैं, मुझे स्क्रिप्ट लाइंस देखने की भी जरूरत नहीं है। मुझे पहले से अच्छे सीन्स चाहिए। एकदम धाँसू। इस पूरे सेटअप में सिर्फ एक ही चीज नई है, वह है नया हेयर स्टाइलिस्ट। तो मुझे लगता है कि मैं पहले उससे सेवा लूँगा, हाँ?'

'तो फिरररर जो आप चाहते हैं, वही होगा···एह्ह्ह्ह···'

'मुझे कुछ बहुत ही खास चाहिए। कुछ मस्ती।'

'तुम्हें तीन भेजेंगे।'

'ठीक है। तीन ही ठीक रहेंगे।'

'जरूर···डांसर्स में से कोई? मेकअप गर्ल?'

'वह जो बड़े-बड़े वक्ष वाली है। वह जो पहली लाइन में है। उसे आज रात

तक रिजर्व पर रखो। मेरे बॉम्बे हिल्स पैड पर किसी और को भेजो। आज रात मेरी अंटी में बड़े लोग हैं! आगे से मुझे मेरे शॉट के लिए मेरी वैन में खुशामद करते हुए अपने स्पॉट बॉयज को कभी मत भेजना। जब मैं सेट पर जाने के लिए तैयार हो जाऊँगा, तब ही आऊँगा। ठीक है, हैरी भाई? अब जाओ, जाओ यहाँ से, मुझे यह देखना है।'

एक्टर ने बेबस डायरेक्टर को दूर भगा दिया और उसकी नजर कार के टीवी स्क्रीन पर टिक गई। वह सिटी सेशन कोर्ट से बाहर निकल रही थी। उसकी पतली कमर कमर तक लटकते लंबे बालों के ऊपर उसका दुलार हमेशा टपकता है। मासूमियत और चुलबुलेपन का मुखर जोड़ और मन-ही-मन खुशी देने का वादा करनेवाली उसकी अल्हड़ मुसकान। लेकिन अब वह सबकुछ उससे पीछे छूट गया था। प्रिंस ने कुछ सोचकर राहत की साँस ली। उसे इस बात से राहत मिली कि यह सब होने से पहले उसने सनी को डंप कर दिया था। टीवी एंकर हाइपर होकर उस मनहूस हादसे की बयानबाजी चटखारे ले-लेकर पेश कर रहा था, उस समय कैमरा अचानक डिजिटल डॉली के ज्यादा क्लोज-अप शॉट लेने से कट गया। उस न्यूमेटिक शरीर और सुडोल वक्ष वाली आइटम गर्ल को क्रॉच-स्किमिंग लेपर्ड स्किन ड्रेस पहनाई गई थी और उसके पैरों में हूकर ऊँची एड़ी के जूते थे, यह सब लाइव दिखाया जा रहा था।

'किस्मत बड़ी कुत्ती चीज है और यह कुतिया तुम्हारे साथ कभी भी दगा कर सकती है, जब उसने उस पर हमला किया तो मैं वहाँ नहीं था, लेकिन हर कोई जानता है, यह सब जो हुआ, सब लोग जानते हैं…'

प्रिंस टीवी स्क्रीन से उभरती मदमस्त आइटम गर्ल को कैमरों के सामने सकुचाते हुए देखकर जोर से हँस पड़ा, कैमरों में उसे ज्यादा ही बेहूदा दिखाया जा रहा था। उसे डिजिटल डॉली के वक्ष बहुत ही हिस्टीरिकल लगे। बेशक वह एक वूमनाइजर मैन था, लेकिन उसके पास इतने सारे कॉलगर्ल्स थी कि जिनके शरीर के साथ वह कुछ भी कर सकता था। लेकिन अपने उत्तेजक लुक्स और खांटे भोलेपन के साथ सनी उन सबसे अलग थी, उसने सोचा कि वह स्वयं टीवी की सुर्खियों में छा गया। सेक्स। ड्रग्स। विश्वासघात। हत्या। बॉलीवुड आइटम गर्ल। अरे हाँ, वह तो इस पर एक फिल्म बना सकता है। उसे लगा कि उसकी

अंदर से सुसज्जित विशाल वैन उसके बॉम्बे हिल्स पेंटहाउस की ओर जा रही है। बॉम्बे हिल्स-मुंबई शहर में सबसे पॉश इलाका, जिसमें बड़े रुतबे के लोगों की एक छोटी सी पॉकेट है। मुंबई के बाकी हिस्सों से आर्थिक रूप से काफी आगे है यह पॉकेट भौगोलिक दृष्टि से मुख्य स्टूडियो के दक्षिण में एक मील से कुछ ज्यादा दूरी पर है यह इलाका। यातायात भारी था और सड़क पर लोग सवारी की पहचान करके हैरान होते हुए उसकी बड़ी सी रंगीन वैन को देख रहे थे। 19 डिग्री सेल्सियस और 25 प्रतिशत ह्यूमैडिटी के वातावरण वाली चिकनी वैन, समुद्र तट से आनेवाले पसीने से तरबतर सर्फर और सूर्य उपासकों की भीड़ के बीच से होते हुए बड़ी आसानी से निकल गई और लोग अपने पसंदीदा एक्टर के घर का अंदाजा लगा रहे थे। प्रिंस सुलेमान के वैन की खिड़की आवाज करते हुए खुली और उसने सड़क के किनारे एक मैगजीन बेचनेवाले की तरफ देखा।

'बॉलीवुड एक हकीकत है?'

ओह्ह्ह्ह।

'ये ये ये है।' प्रिंस को पहचानकर उसके फैंस के चेहरों पर हैरानी और ढुलमुलपन था, जिसे देख प्रिंस गद्गद हो गया।

'हैं', उसकी आँखें एक्टर के चेहरे से चिपकी हुई थीं, वेंडर ने पलक झपकते हुए उसे मैगजीन दी और झट से पैसे लिये। प्रिंस को ऐसा करने में मजा आया। ऐसा माजरा होने पर कभी-कभी तो वेंडर लोग इतने चौंक जाते थे कि पैसे लेना ही भूल जाते थे। वह वेंडर उसे ताकता ही जा रहा था। कुछ लोगों ने हैरानी से उसकी कार को छुआ। वह उनका सिल्वर स्क्रीन का डेमी-गॉड था। उसे मुंबई में सुपरस्टार बन कर अच्छा लगा; शहर सितारों के साथ व्यवहार करना जानता था, यह तो हरामी नेवार्क थे, जिन्होंने उसे नकारा, जहाँ उन्होंने उसे अपनी रसूख साबित करने के लिए घंटों हवाई अड्डों पर खड़ा रखा। मुंबई अलग थी। इस शहर के लिए उसका दिल गरमा गया, क्योंकि उसकी दुनिया की सबसे महँगी वैन गंदगी से भरी टूटी-फूटी सड़कों के बीच से निर्बाध घूमती रही। बॉम्बे हिल्स में पचास गज अंदर की ओर सबकुछ सहज और शांत हो गया। और बहुत-बहुत 'प्राइवेट' भी हो गया। लोगों की जायदादें बड़ी-बड़ी थीं, घर ऊँची-ऊँची दीवारों से छिपे हुए थे और लोहे के दरवाजे छोटे-छोटे जंगलों से

घिरे हुए थे, जिन पर रखवाली करनेवाले कुत्ते थे।

आज रात सबसे पावरफुल डिस्ट्रीब्यूटर्स और सिनेमा मालिकों की छोटी सी सभा होने जा रही थी। यह पुराने जमाने की तरह की एक बड़ी शानदार पार्टी होगी। ऐसी पार्टी में जाने-माने पैसेवाले लोग ढेर सारे पैसों की बातें करते हैं। ढेर सारी गैर-विषैली कोकीन सूँघते हैं और ढेर सारे जिंदादिल लड़कियों और लड़कों को ह्रास करते हैं। उस बकवास पार्टी की तरह नहीं, जहाँ पिछली बार सनी भी थी।

{वह जब भी जहाँ जाता, वहाँ लड़के-लड़कियाँ उसकी आवभगत के लिए पलक-पावड़े बिछाए तैयार रहते थे। वे खुद को उसके आगोश में कैद होने और उसके पास रहने के लिए कुछ भी करने को बेताब रहते थे। उसे बखूबी मालूम था कि उसके पास उसके जानकारों में सबसे ज्यादा लड़कियाँ हैं, वह यह भी जानता था कि कुछ लड़के भी, जिज्ञासावश हो उसका सान्निध्य चाहते थे। उसके सहचर घेरकर सुरक्षित उसके कमरे में ले जाते थे। वह सबको दरकिनार कर आगे बढ़ जाता और किसी में दिलचस्पी नहीं दिखाता, फिर वह चमनजी को सबसे अच्छे और सबसे छोटे बच्चों को रिजर्व में रखने के लिए कहता, बनिस्बत कि वह अपना इरादा न बदल देता। जब वह लड़कियों के मूड में होता तो वे लोग उनमें से उसकी पसंद की दो-तीन को उसके कमरे में भेज देते थे। उसकी पसंद थी—चित्ताकर्षक खूबसूरती, वक्ष, लेकिन बहुत बड़े भी नहीं, उसकी खास पसंद थी लंबे और सुडौल पैर। वह बातें करने, सोचने में अपना विवेक पूरी तरह से खो देता था। अपनी खास पार्टियों में, एक बहुत ही बड़े अजीबोगरीब आकार के सोफे पर बैठता था, कभी-कभी वह अपने सिर पर काउबॉय हैट पहने रखता था, दर्जनों लड़कियाँ उसके सामने से परेड करती हुई निकलती थीं, जैसे ही उसकी नजर किसी पसंदीदा खूबसूरत लड़की पर टिकती, तब वह सुंदर लड़की अपने आप पर गर्व महसूस करते हुए मुसकराती। बाकी लड़कियाँ अपने दोस्तों, अपने डिस्ट्रीब्यूटर्स और कुछ पसंदीदा स्टूडियो एक्सेक्यूटिवेस के सामने शर्मिंदगी महसूस करतीं।

यही वजह थी कि उसने उस रात सनी को बुला भेजा था। हँसमुख सनी। बेहद खूबसूरत सुनहरी सनी। लिजेंडरी डायरेक्टर विष्णु कश्यप की बेटी। पेशा— आइटम गर्ल। काम—मर्दों के साथ सहवास। उसे पता था कि उसे नशीला

धूम्रपान पसंद था, वह नशा लेने के लिए कुछ भी करने को तैयार रहती थी। और क्या उस रात वह पागल हो गई थी। सनी ने उस रात उसकी फिल्मों का जश्न मनाने के लिए तूफानी डांस किया और कमरे में मौजूद सभी पर प्यार भरी अदाएँ फेंकीं। उसकी पंखों और मोतियों से सजी झीनी ढीली–ढाली ड्रेस, बिना ब्रा पहने उसके गुलाब की कली जैसे वक्ष और उसकी भूरी पनीली फुसलाने की अदाएँ बिखेरनेवाली आँखें सबकुछ वहाँ बैठे लोगों को विचलित किए दे रही थीं। वह एक शाही वेश्या की तरह चारों ओर घूम–घूमकर पोज दे रही थी। वहाँ मौजूद रंगीले पुरुष उसके फड़कते शरीर को देखकर आनंदित हो रहे थे।

माइक को थपथपाते हुए, अपने बालों पर हाथ फेरते हुए और खांटी खूबसूरती, जिसने एक भी शब्द बोले बिना बड़े हो गए पुरुषों को छोटे चंचल लड़कों में तब्दील कर दिया। एक ऐसी पार्टी, जिसमें ढेर सारा कोक और ढेर सारी लड़कियाँ होती हैं। वह अपने सेक्रेटरी चमनजी के लिए विशेष रूप से आभारी था, जिसने कोकीन से भरे बड़े–बड़े कटग्लास बाउल्स और सोच–समझकर लगाए गए कागजों के ढेर और बड़े लड़कों के लिए एक्सटीजेड, सी.ओ.के.–एन, रेव, एक्सप्लोड, न्यूरोब्लास्टर और हाय–ऑक्टेन का इंतजाम कर रखा था। और डरावनी बिल्लियों के लिए बिग डैडी। उस बड़े से केक का जिक्र करना बेमानी होगा, जिसमें सेविग पहने डिजिटल डॉली चेरी के कपड़े पहने थी। उसी समय पुरुषों ने हूटिंग की और महिलाओं ने कैटवॉक किया और पार्टी में जान आ गई। उसने अभी–अभी पार्टी की चहल–पहल का आनंद लेना शुरू किया था कि गिलासों के बजने और उसके मुफ्तखोर दोस्तों और लड़कियों की ड्रोन जैसी बकबक के बीच सनी की चीख गूँज उठी थीं। उसने सबको मजा किरकिरा कर दिया था।

बदतमीज औरत।

उसने पता नहीं क्या सोचा कि वह कौन थी? अचानक डेवी डेजी ने खेलना शुरू कर दिया! वह जिस गंदगी में थी, वह उसकी गलती थी।}

यह सच में उसकी अपनी गलती थी।

□

9

आसमान में घना अँधेरा था। गरम हवा की तपिश असहनीय थी। लग रहा था कि धरती आग उगल रही हो। गरमी से तपती गाड़ियाँ इंच-दर-इंच चलते हुए एक-दूसरे से आगे बढ़ने की कोशिश में थीं, उनकी जलती हुई टेल-लाइटों में से भयंकर घाव से रिसते खून की तरह लाल रंग बह रहा था। चिलचिलाती धूप के गायब होने के कुछ घंटे बाद मुंबई की गरमी की रातों ने थोड़ा सुकून दिया। शहर की काया नीरस निष्प्राण धूसर और गरम कोहरे की वजह से धुँधली हो गई थी और हवा धुंध से धूमिल हो गई। बिजली की किल्लत 12 घंटों से बढ़कर 20 घंटे के असहनीय रिकॉर्ड पर पहुँच गई थी।

जैसे ही कबीर अपने आदमियों के साथ कार से बाहर निकला तो गरम हवा में साँस लेने से उसका गला झुलस गया, उसके पैरों के नीचे सूखे भंगुर पत्ते टूट गए। एक अकेले उदास कुत्ते ने के.डी. की बिल्डिंग में प्रवेश करनेवाले आदमियों को एक बगीचे के पैच को पार करते हुए देखा। अपार्टमेंट बंद था, लेकिन सौभाग्य से दरवाजे का ताला अंदर की ओर खुल गया। वह इस तरह की स्थिति से निपटने के लिए प्रशिक्षित था। कबीर अपने पैरों को चौड़ा करके खड़ा था। उसे ज्ञान था कि उसे किक कहाँ लगानी है। वह कई बार ऐसी परिस्थितियों से गुजर चुका था। कुछ जोर की लातें मारने के बाद, दरवाजे की लकड़ी के किरचे निकलने लगे। जैसाकि होना था, दरवाजे के फ्रेम का गतिरोध बोल्ट सिर्फ एक इंच सरका। उसके आखिरी जोर के प्रहार से दरवाजा तालों और कुंडों के सामने की तरफ उछला, ताला टूट गया और दरवाजे का मलबा अंदर की ओर कालीन पर गिर गया। उसके आदमी सहमे से पीछे खड़े रहे और शिंदे ने अंदर की तरफ झाँका।

'कमरे में बला की दुर्गंध फैली है। सौ साल पुरानी दुर्गंध।' शिंदे ने दरवाजे

के बचे हुए लकड़ी के ठूँठ को तोड़ते हुए कहा। घर के सड़े हुए अंदरूनी हिस्सों से उलटी और सड़न की बदबू आ रही थी। फर्श पर हर जगह पक्षियों की बीट और पंख बिखरे हुए थे। कबूतरों ने पूरे फर्नीचर पर बीट की हुई थी, उनके सफेद और भूरे रंग के नीचे के पंख टीवी, कालीन, खाने की मेज पर रूसी की तरह फैले हुए थे। सब जगह पक्षियों की बीट और कूड़ा-कचरा··· दूध के डिब्बे रेफ्रिजरेटर से बाहर 105 डिग्री तापमान में पड़े थे। मेज बचे हुए खाने, फफूँदी और सड़ी हुई चीजों से अटी पड़ी थी, उससे अलग ही सड़ांध आ रही थी।

'हूँहूँ,' होलकर ने खँखारा, वह नाक बंद कर साँस न लेने की कोशिश कर रहा था।

'लग रहा था कि उसे जो जानकारी चाहिए थी, वह उसे मिल गई होगी, इसलिए वह जल्दी से बाहर निकल गया।'

'रुको। यह किस चीज की आवाज है? अच्छा यह तो···पानी चल रहा है!' एक कॉन्स्टेबल रसोई में गया और देखा कि रसोई के फर्श पर पानी भरा था।

'साले, यह पानी कहाँ से आ रहा है, अजीब है! सिंक को नहीं देखा है···? पानी इस तरह इकट्ठा कैसे हुआ है? रिसाव खान पर है? टॉयलेट की जाँच की?'

'पानी छत से टपक रहा है।' शिंदे ने दीवार पर लगी काईनुमा फफूँदी देख कहा, उसकी आँखें दालान के ठीक ऊपर एक जगह पर टिकी हुई थी, जोकि धुँधली काली और फैली हुई थी। कबीर ने एक स्टूल पर खड़े होकर, जाँचने-परखने के लिए अपनी गरदन घुमाई।

'दोस्तो, यह है असली बीमारी। भीगे हुए गीले कालीन पर कॉरिडोर की छत से पानी टपक रहा है। कोई हैरानी की बात नहीं कि घर में अकसर फफूँदी और काई लग जाती है। लगता है, कोई कंस्ट्रक्शन वर्क किया होगा।'

'अरे, मुझे पकड़ो जरा।' कबीर अपने आदमियों की मदद से कुछ आगे की ओर बढ़ा और अपने हाथों से उखड़ी, खस्ता छत से टकराया। छत पहले लगभग फीचर रहित थी। अचानक से वह छत वहाँ से हट गई और गुलाबी दालान की छत के टुकड़े इधर-उधर बिखर गए और जमीन पर गिर गए। कबीर उसके नीचे दब गया और गुलाबी रंग की टाइलों के नीचे से ऊपर की ओर ताकने लगा।

'शिट!'

'अब हमें पता लगा! वह गुलाबी कालीन नहीं है। वह गुलाबी अट्टीक इंसुलेशन है! मुझे लगता है कि पानी के भार और उमस के कारण ही छत ढह गई। पूरी मंजिल गीली और बदबूदार है। हमें इसके ऊपर वाले कमरे में अपने कदम सँभालकर रखने चाहिए।' इस बीच उन्होंने देखा कि बेडरूम की हालत और भी बुरी थी। सड़ा हुआ गंदा पानी कमरों के दूसरे छोर तक पहुँच गया था और लकड़ी के बैड के तख्तों तक नमी पहुँच गई थी। पीछे एक तरह का स्टोरेज रूम था, उसमें रखे कपड़े पक्षियों की बीटों से सने पड़े थे। मकान मालिक ने आँगन में घेरा बनाकर एक और कमरा बना रखा था। एक सिपाही ने अँधेरे में झाँका।

'अरे···मुझे लगता है कि मैं यहाँ सीढ़ियाँ बना सकता हूँ!' अपने पैर सावधानी से टिकाते हुए, कबीर ने छोटे रास्ते से जाते हुए दरवाजे की ओर इशारा किया। कमरे में असहनीय बदबू थी। लग रहा था, जैसे कोई बहुत बीमारी से, धीमी दर्दनाक मौत मर रहा हो। कमरा उतना छोटा नहीं था, जितना वह दिख रहा था।

'इधर थोड़ी रोशनी होनी चाहिए।' उन लोगों में से एक उस घुप्प अँधेरे में लाइट का स्विच टटोलने के लिए पहुँचा और उनकी खोजी आँखें आश्चर्यचकित रह गईं। उनके सामने एक हाई एंड होम थिएटर सिस्टम चमक रहा था।

'ओहो! यहाँ तो अपन बिना टीवी के रह सकते हैं···और क्या टीवी है!! यह तो एक सिनेमा हॉल है!' शिंदे स्क्रीन के साइज को देखकर हैरान रह गया।

'देखो यहाँ! तुम लोग इस पर विश्वास नहीं करोगे। भाड़ में जाओ, मुझे इस पर विश्वास नहीं है!'

महँगी बुलगारी स्वैच घड़ियाँ, गोल्फ जूते, घड़ियाल के चमड़े की बेल्ट, कई क्रिस्टल से सजे हुए आईफोन, 50 इंच के एल.सी.डी. टीवी, सीमित संस्करण के सफेद चमड़े के जेरेमी स्कॉट स्नीकर्स रत्नों से जड़े हुए···वे लोग भव्य विलासिता के सामान को देखकर दंग गए। उन्हें लगा, जैसे कोई खजाना देख रहे हों, उन्हें अपने उधड़े पेंट और जीर्ण पड़ गई खिड़कियों वाले जर्जर अपार्टमेंट पर रोना आया।

'सबकुछ गंदे बदबूदार नाली के पानी और पक्षियों के मल में तैर रहे हैं!'

'इस टीवी में 1080i और 720p हाई डेफिनिशन पिक्चर का प्रावधान है—वास्तव में महँगा है···इसकी कारीगरी को देखो जरा। गंदगी भरे पानी से नष्ट हो गया है।' शिंदे की आवाज निराशा भरी और कर्कश थी।

'यह क्या है? मिस डेजी कट्टा के लिए सोने के चमड़े में क्लाउड पंप! इससे उसकी हाइट पाँच सेंटीमीटर बढ़ जाएगी···और हैप्पी बर्थडे नरगिस खालिद और हैलो हमने भी सनी-हनी के साथ एंजॉय किया है···यह क्या है? ऐसा लगता है कि हमारे आदमी को उपहार इकट्ठा करने की आदत थी, उसके अपने लिए नहीं।' कबीर ने एक लंबे अरसे बाद एक छोटे से रेफ्रिजरेटर में सबसे महँगे पेय देखे—क्रोज-हर्मिटेज रेड और अवनी मालन के लिए पॉली फ्यूम व्हाइट वाइन की बोतलें। गद्दे के नीचे एक्टर और एक्ट्रेसस के लिए कम-से-कम सात 24 कैरेट मायावी सोने की घड़ियाँ, जो कंपनियों, स्टूडियो, फैंस और प्रशंसकों द्वारा दी गई थीं।

'पुचिला चावला कुत्र! कमीना गिफ्ट्स चुरा रहा था!'

'अरे वाह, यह?' उसके हाथ तारों के नीचे छिपे ताँबे की वेल्डिंग के पीछे भरे हुए कागजों की ओर लपके।

'यहाँ कुछ नंबर लिखे हैं। शायद लॉकर के नंबर हैं? शिट··· ओहोओओओओ! ये सब समझ से बाहर हैं; इन पर स्याही फैली हुई है।'

'इन्हें समझना मुश्किल लग रहा है। लेकिन आप नहीं जानते कि स्कैन में क्या आता है। शिंदे को इसका पता लगाना होगा···'

'यहाँ रखे व्यक्तिगत दस्तावेजों और कई सौ डीवीडीज को खँगालना बहुत मुश्किल है, यह देखना भी मुश्किल है कि उनमें से क्या सुरक्षित बचा है।'

'आखिरकार बैल की आँख! यहाँ आओ सर!'

कबीर ने दवा की दराज की तरफ देखा। दराज में ढेर सारी दवाओं के साफ-सुथरे कार्टेल्स थे, उन पर लेबल लगाकर चिह्नित किया गया था। दराज में हेलुसीनोजेंस, एंटीसाइकोटिक्स, एमिट्रिप्टीलिन, एंटी-डिप्रेसेंट और स्टिम्युलेंट्स के साथ-साथ एच.आई.वी. उपचार के लिए नुस्खे और बड़ी मेहनत से पैक की गई क्वाड गोलियाँ, एड्स के लिए नई चामत्कारिक दवा थी।

'हीप्स ऑफ कोक-एन, रेव एंड एक्सप्लोड और एक्सटजीज ˙˙˙बहुत लोकप्रिय पार्टी ड्रग्स हैं। वैध हैं। आप इन्हें ऑनलाइन खरीद सकते हैं। कोई बड़ी मशक्कत नहीं ˙˙˙सिवाय इसके कि यह सामान हमारे आदमी को एक खास लीग डोप पुशर बना देता है—काफी शानदार कॅरियर है श्री के.डी.!'

'अरे, प्लंबर अभी भी यहाँ नहीं है, हर दस मिनट के बाद यह साला टॉयलेट चले जा रहा है।' नीचे से किसी ने आवाज लगाई, क्योंकि उन्हें बक्से में बँधी स्कंक और भांग और फेंसिडिल की एक और दराज मिली। उन्होंने उसे जाँचा था। कबीर एड्स या कैंसर रोगियों के लिए पसंदीदा दर्द निवारक स्कंक के बारे में जानते थे। जाहिर है कि के.डी. दर्द से आहत आदमी था।

'आपको पता है कि जो लोग स्कंक धूम्रपान करते हैं, उनमें मनोविकृति पनपने की संभावना बीस गुना ज्यादा होती है। आपका सिद्धांत क्या है?'

'मेरा सिद्धांत यह है कि बहुत सारी लड़कियाँ और लड़के, यहाँ बहुत सारे सपने लेकर आते हैं। और जब भी तुम्हारे पास एक ही जगह पर बहुत सारी सुंदर और भूखी युवा लड़कियाँ और लड़के होते हैं तो यह दुनिया के चारों कोनों के हर बेवकूफ को आकर्षित करता है। हर कोई डौश बैग, बदमाश यहाँ दुकान स्थापित करता है तथा उन्हें सूँघना और लुढ़कना सिखाता है।'

'जैसे सलेम यहाँ आता है। नंबर एक का हरामी साला उसका होटल के कमरे से कोई मतलब नहीं, वह तो चार छोटी ड्रेस पहनी औरतों के साथ यहाँ मजे करने आता है। अब मुझे पता चला कि वे होटल फन एंड सैंड को 'टिट्स एंड सैंड' क्यों कहते हैं।

'पफिससससˑˑ ओए शिंदे? अरे, यह क्या है? यह एक सिगरेट है या क्या?'

शिंदे ने होल्कर को एक लुढ़की हुई सिगरेट दी। चेन स्मोकर, होल्कर खुश होकर मुसकराया, जब उसने सिगरेट मुँह में पकड़कर जलाई तो उसके भद्दे दागदार दाँतों की झलक मिली।

'आराम से होल्कर यह आसान! नहीं है ˑˑˑ'

'शिंदे, मुझे पता है, सिगरेट को कैसे सँभालना है ˑˑˑ'

इससे पहले कि शिंदे उसे रोक लेता, होल्कर ने एक गहरा कश लिया और

कुछ देर तक धुएँ को रोके रखा। अगले ही पल, वह जोर-जोर से खाँसने लगा, उसका चेहरा लाल हो गया, वह दालान में उलटी करने लगा।

'बेवकूफ, तुम्हें नहीं पता कि 45,000 प्रति औंस वाली 90 प्रतिशत शुद्ध बदमाश को कैसे सँभालना है।'

'उसे क्या हो गया है?' कबीर चिल्लाया।

'उसने सिगरेट पी है!'

'यह क्या बकवास है? क्या तुम पागल हो, साले? क्या तुम्हें पता है, यह क्या है? साले, इसको बाहर निकालो। इसके सिर पर पानी की एक बाल्टी डालो।'

'हे सर शिंदे नेने···' होल्कर ने फिर से उलटी कर दी, वह दरवाजे के सामने डगमगाते हुए खड़ा हो गया।

'तुमने क्या किया, शिंदे?'

'मैंने उसे सिर्फ यह बताने के लिए कहा था कि यह क्या है? यह सिग्गीज—कमीने ने इसका नमूना लिया!'

'कमबख्त यह सिगरेट नहीं है···भगवान् जाने इसमें क्या बकवास भरी है! इसे नाक से लिया जाता है, गले से नहीं, इन सैंपल्स को टेस्टिंग के लिए ले लो।'

कबीर फिल्मी सर्किट में हेरोइन और क्रैक कोकीन के व्यापक इस्तेमाल और खपत से अच्छी तरह वाकिफ थे। 'बढ़िया परफॉर्म' करने के लिए 'रचनात्मक बढ़त के लिए दवाओं की जरूरत' को विकास के डार्विनियन सिद्धांत की तरह समझा जाता था और युवाओं द्वारा घास, कोक-एन, रेव एंड एक्सप्लोड और एक्सटीज से लेकर पॉपिंग एम्स, एसिड और मेथस आदि नशीली दवाएँ ली जाती थीं। क्वैक्स भी इन्हें शूटिंग स्पीड बढ़ाने के लिए देते थे।

'सेक्स, ड्रग्स एंड स्टार्स' मुहावरे को एक रोमांचक जीवन का विनाशकारी सफल विज्ञापन बताया गया था, लेकिन कबीर को बहुत बुरा लगता था, जब सुपर-रिच और ग्लैमरस लोगों ने नशीली दवाओं के सेवन को फैशनेबल व्यवहार में बदल दिया, क्योंकि उन्हें पता था कि इसका अंत हमेशा बुरा और विनाशकारी होता है।

'बेचारा हरामी। चीखते-चिल्लाते बाहर निकल गए। इसे जाँचों, यह वही

चीज है, जो सनी के खून में मिली है। क्या डॉक्टर ने यह नहीं बताया कि इन दवाओं ने केंद्रीय तंत्रिका तंत्र पर बहुत बुरा असर छोड़ा है और इसने एक व्यक्ति को और ज्यादा हिंसक और आक्रामक बना दिया?' कबीर के दिमाग से के.डी. की पाउडर और लिपस्टिक वाली लाश की इमेज बाहर नहीं निकल सकी थी। एक बहुत ही खतरनाक दुश्मनी रखनेवाली महिला ही ऐसा कर सकती थी। सुनहरी कश्यप के पास गुस्सा करने के लिए बहुत कुछ होगा।

□

10

जेल में उसकी बर्फीली ग्रे रंग की सेल में बला की ठंड थी। उसके 8 फीट×8 फीट बंकर में किसी किस्म की कोई भी सहूलियत नहीं थी। उसका बिस्तर-तख्त-सिंक-कटोरा सबकुछ बेकार थे। स्टेनलेस स्टील की मेज दीवार में कसकर फिक्स की हुई थी। एक और स्टेनलेस स्टील की छोटी सी आयताकार स्लैब सेल में लगी हुई थी। उसके लिए एक बिस्तर था। लेकिन वह बहुत बार सूखे कंक्रीट के फर्श पर सोना पसंद करती थी। वह सीधी-जैकेट पहने, घंटों तक दक्षिणी दीवार पर बेहद ऊँचाई पर बनी खिड़की को अपलक ताकती रहती थी। उसकी सेल का विशेष स्टील का दरवाजा बाहर से बैरिकेड्स किया हुआ था। सेल के कमरे में खासतौर पर ऐसा कुछ भी नहीं था, जिसे हथियार के रूप में इस्तेमाल किया जा सके, उसने जिस कुरसी की डिमांड की थी, वह उसे नहीं दी गई।

क्या उन्हें डर था कि वह आत्महत्या कर लेगी?

एक वह वहाँ एक तरह से कठपुतली बन गई थी। कब खाना है, कब लेटना है, कब मल त्याग करना है, अब उसका हर फैसला जेल वाले ले रहे थे।

वह एक खतरनाक अपराध के लिए भीशा जेल के वार्ड नं. 17 में कैदी नंबर 0486 थी। उसके सेल की ग्रे दीवार की छत के पास एक चमकदार लाल बिंदु छिदा हुआ था। उसकी उस सेल में 24×7 इलेक्ट्रॉनिक रूप से निगरानी की जा रही थी। गार्ड तब तक उसका दरवाजा नहीं खोलता, जब तक कि वह उसे खिड़की में से नहीं देख लेता कि वह कहाँ है। अगर वह वास्तव में खुद को घायल करना चाहती तो उसके चारों ओर कंक्रीट की दीवारें थीं, वह अपने सिर को दीवार पर मारकर फोड़ सकती थी। लेकिन वह सेल कम-से-कम उस गैर-हवादार कमरे से बेहतर था, जिसमें उसे पूछताछ के दौरान घंटों बिताने

पड़ते थे। सुनहरी कश्यप ने अपने स्टील और कंक्रीट के क्यूबिकल को धुँधली नजरों से देखा। उसके वकील ने जेल सुपरिंटेंडेंट से सिफारिश कर उसके लिए मोटे प्लास्टिक में लिपटे फोम का आधा इंच मोटा टुकड़ा स्टील की स्लैब पर डलवा दिया था। मोटे फोम को लोहे के बिस्तर के लिए एक गद्दे के रूप में काम करना चाहिए था, लेकिन इसके बजाय, उस फोम का गद्दा उसकी कोमल त्वचा पर चुभने लगा, इससे उसकी त्वचा पर निशान पड़ गए। वह बेचैन और थकी हुई थी और उसके शरीर के हर हिस्से में बहुत दर्द हो रहा था। शरीर में होनेवाले लगातार दर्द ने उसके डिफेंस मैकेनिज्म को जड़ कर दिया। इस वजह से उसका शरीर दिन-ब-दिन सुन्न होता गया। उसकी चेतना धुँधला गई, भावनाएँ ढुलमुल हो गईं। सारा दिन उस सेल की ठोस दीवारों को ताकते रहने से उसकी आँखें थक गईं। रात में उसे लगता कि उसके आसपास कोई परछाईं है, हालाँकि सीधे तौर पर उस परछाईं को उसने कभी नहीं देखा। रोजाना की एक जैसी नीरस दिनचर्या की वजह से उसके विचार एक-दूसरे के साथ गढ़-मढ़ हो गए। उसके लिए उन विचारों को अलग करना और जोड़ना मुश्किल हो गया।

'सनी-हनी तुम इस बला से बखूबी निकल सकती हो, अन्यथा यह सब तुम्हारे मन-मस्तिष्क और शरीर पर बहुत भारी पड़ेगा! और जिस बैकग्राउंड से तुम आती हो, उसके लिए यह सब सहना तुम्हारे लिए बहुत कठिन होगा। तो बस तिलचट्टे के नीचे लेट जाओ, ताकि तुम्हें और परेशानी न हो।'

कुछ लोग भीशा को पूरी जेल व्यवस्था का नियंत्रण तंत्र कहते हैं—एक ऐसा दंड देने का संडास, जहाँ दूसरे इंस्टीटूट्स अपना कचरा फेंक देते हैं। सनी ने भीशा के बारे में अपनी एक सहेली से उसके नशेड़ी-प्रेमी द्वारा बताई गई डरावनी कहानियाँ सुनी थीं, जिसने इस जेल में कुछ समय बिताया था। उसने बताया था कि इस जेल का नमी भरा माहौल किसी को भी हमेशा के लिए अंदर से तोड़ देता है। और इसका दुर्गंध भरा नुकसानदायक वातावरण शरीर के रोम-रोम में समा जाता है। एक बार इस जेल में फँसने के बाद तुम भीशा से कभी मुक्त नहीं हो सकते। सच तो यह है कि भीशा जेल अपराधियों को वश में करने के लिए बनाई गई थी। कंक्रीट के गलियारों को इलेक्ट्रॉनिक ग्रिल्स, मैकेनिकल ग्रिल्स और स्टील के दरवाजों ने अलग-अलग क्यूब्स में विभाजित कर रखा

था, जहाँ कैदियों की कबूतरखाने जैसी काल–कोठरियाँ एक लाइन में पंक्तिबद्ध थीं। कैदी को उसकी सेल के दरवाजे तक ले जाते समय थोड़े–थोड़े फीट पर रोका जाता था। सनकीपन और मनोरोग से पीड़ित कैदियों को उनका व्यवहार जाँचने, सुधारने या दंडित करने के लिए भीशा की विभिन्न यूनिट्स में भेजा जाता था। वहाँ पर उन कैदियों का उपचार किया जाता था। भीशा में 'उपचार' होने का मतलब था—किसी भी कैदी के प्रतिरोध को दबा देना। सनी को उसकी केस हिस्टरी की वजह से दिन में चार बार दवा लेने के लिए 'पिल लेन' के पास जाने की मनाही थी। कैदियों को प्रोलिक्सिन, वेलियम, लिब्रियम, थोराजिन इंजेक्शन और दूसरे कई रसायन कैंडी की तरह थमा दिए जाते थे। ये रसायन उन बखेड़ा खड़ा करनेवाले कैदियों को उनके शुरू के दिनों में उन्हें शांत करने के लिए दिए जाते थे, ऐसा कर भीशा में धीरे–धीरे उनकी गतिविधियों को कंट्रोल कर उन्हें ठीक किया जाता था, ताकि आगे की काररवाई की व्यवस्था की जा सके। जब तक किसी जरूरी बात के लिए उन्हें बाहर निकालने का फैसला न लिया गया हो, तब तक उनके साथ इसी तरह का ट्रीटमेंट किया जाता था। सनी को पहले से ही पता था कि बेहद लंबे गलियारों में लोहे के फाटकों का लगातार बजना और खुलना कुछ ऐसा था, जिसे वह कभी नहीं भूल पाएगी। उसका परेशानी भरा दौर आगे और आगे बढ़ता गया। लगातार आवाज की गूँज से उसका सिर दर्द में फटने को हो जाता था...जेल वार्डन की टॉर्च उसके कदमों के रुकते ही उसे सत्यापित करने, उसका निरीक्षण करने, उसे थामने और जाँचने के लिए उस पर घूमने लगती, जैसे कि जौहरी सोने की जाँच–परख कर रहा हो।

सुनहरी कश्यप। कैदी नं. 0486, वार्ड नंबर 17।

सनी कश्यप। लीजेंडरी डायरेक्टर विष्णु कश्यप की बेटी। प्रोस्टीट्यूट की बेटी। पेशा। कॉक सकर।

~✤~

एक दरवाजा खुला। एक संपन्न दिखनेवाली महिला अंदर आई। कैमरा उसके पीछे लग गया और लंबे समय तक उसके कूल्हों पर केंद्रित रहा। उसने एक कम कट वाली शरीर से चिपकी हुई साटन की ड्रेस पहन रखी थी, जो

निकलने को हो रही थी। फिल्म ब्लैक एंड व्हाइट थी, लेकिन उसे पता था कि वह ड्रेस लाल रंग की थी। आखिर उसने ही उस ड्रेस को खरीदा था।

एक जगमगाते हुए क्लोज-अप ने चंचल आँखोंवाले बला के खूबसूरत चेहरे में इजाफा कर दिया। तब्बू का चेहरा। उसकी सहज चंचल, शांत मनमोहकता जाग उठी, जिसने उसे परेशान किया। विष्णु थकान और कमजोरी महसूस कर रहा था, क्योंकि उसे पता था कि आगे क्या होगा; उसने टेप को भी कई बार देखा था। पूरे शरीर का शॉट उसके शरीर के हर इंच पर टिका हुआ था, मुँह से छाती तक और फिर तेजी से नितंबों तक आ गया। एकदम घटिया, लेकिन अटपटा और दिलकश, क्योंकि क्या वह फिर से नॉर्मल स्थिति में नहीं आई थी? मुसकराते और हावभाव दिखाते हुए माना गया कि वह अच्छे और बुरे दिनों में एक समान रहेगी। विष्णु उसे इस स्थिति से बाहर निकालना चाहते थे, उसे फिर से जीवंत अवस्था में लाना चाहते, उसे बचाना चाहते थे। हालाँकि वह कुछ भी नहीं कर पाया। उसका दिल हाहाकार मचा रहा था, वह सीट पर जमकर बैठ गया। कैमरा उसके करीब आ गया। वह कल्पना में खो गया, जैसे उसकी उसे चुंबन दिया हो और उसके सफेद गीले दाँत चमक उठे। वह आगे की ओर झुकी वह अपने वृक्षों को हाथ से सहलाते हुए यह दिखा रही थी कि उसे मंच के बीच में होने पर अच्छा लग रहा था।

'डार्लिंग, इसे बीच में रखो, मैं सबकुछ देखना चाहता हूँ, एकदम सबकुछ···'

उसने अजनबी डॉक्टर की भारी आवाज सुनी। उन्होंने इसे बंद कर दिया।

विष्णु कश्यप उस पुराने टेप को इस पॉइंट से आगे कभी नहीं देख सका। वह चाहता था कि उस कड़वे अतीत को याद करना बंद कर दे, लेकिन यादें थीं कि उसका पीछा ही नहीं छोड़ रही थीं। कड़वाहट, कांड, जालिम आरोप, बेरहम कुछ—सच कुछ—झूठ। इस सबने मिलकर उस पर बेहद पीड़ादायक धावा बोला था। विनाशकारी अतीत खौफनाक वर्तमान के साथ घुल-मिल गया। उसने अखबार देखा, बेदिल मीडिया ने उसकी दंडित की गई बेटी की तसवीरें उसके अपराध के खौफनाक विवरण के साथ छापी थीं। वह बहुत नाजुक लग रही थी, लेकिन वह हमेशा से नाजुक ही थी। उसे याद आया, जब वह पैदा हुई थी तो

तब्बू की गोद में बड़े चैन से सो रही थी। जुड़वाँ बहनों में छोटी वाली लड़की सनी। वास्तव में, जुड़वाँ बहनें। सुनहरी का जन्म सुहाना के पंद्रह मिनट बाद हुआ था। वह इतनी नाजुक थी कि जब भी वह उसे छूने की हिम्मत करता तो उसे लगता कि वह एक भंगुर और कमजोर अंडे के खोल की तरह टूट जाएगी। वह अपनी बहन से हलकी थी और उसकी आँखें सुनहरी थीं, इसलिए तब्बू ने उसका नाम सुनहरी रखा, जो सचमुच सुनहरी थी, सुंदर थी। उसे डर था कि अगर उसने उसे छुआ तो वह उसे खो देगा।

उसने उसे कब खोना शुरू किया ?

विष्णु कश्यप ने उदास होकर सोचा। वह उसका बाप था। उसे उसकी रक्षा करनी चाहिए थी। उसे आश्रय देना चाहिए था, लेकिन सनी ने उसे कभी मौका ही नहीं दिया। वह पिछले बाईस वर्षों से उसे पल-पल खो रहा था। उसे लगा, शायद जब से उसने उसकी माँ को खोया, वह उसके प्रति निष्ठुर हो चला था। विष्णु ने तीन साल की हँसती हुई सनी को अपनी वीरान नजरों से देखा···उसकी सुनहरी ···प्रसन्नचित लम्हों में ली गई उन दोनों बहनों की फ्रेम की हुई दीवार पर लगी तसवीर को निहारते वह खो सा गया। उसकी कुछ दूरी पर कुत्ते भौंक रहे थे और उसे पास में कहीं से कुछ गाना गाने तथा तेज आवाजें और हँसी-मजाक सुनाई दे रहे थे। वह सँकरे गलियारे से होते हुए सनी के पुराने कमरे में गया, जो वैसे का वैसे पड़ा हुआ था, जैसा वह उसे छोड़कर गई थी। कमरा साफ-सुथरा था, लेकिन दीवारों पर काई की फफूँदी लगी हुई थी, जैसाकि पुरानी यादों को सहेजे पुरातन घरों में अकसर पाया जाता है। लंबी खिड़की से छोटे-छोटे टुकड़ों में कटी हुई धवल नीरस चाँद की रोशनी सनी के बिस्तर पर अस्थिर धारीदार छाया की तरह पड़ रही थी। उसे साँस लेना दूभर हो रहा था।

विष्णु ने झट से कमरे में ताला लगा दिया और अँधेरे ठंडे बरामदे की ओर दौड़ा। दौड़ते समय वह रात भर दिखने के लिए उकेरे गए बड़े-बड़े फिल्म होर्डिंग्स के नुकीले किनारों और कोनों को देखने से बचता रहा। उसने रात के आसमान को कवर करनेवाले होर्डिंग को भी नजरअंदाज किया—ड्रीम स्टार अभिनीत नवीनतम फिल्म, जिसमें प्रिंस सुलेमान कपूर और अवनी मालन ने अभिनय किया है। वह उदास होकर चुप नहीं बैठ सका। बेचैन हो बरामदे में

टहलने के बाद वह लिविंग रूम में लौट आया और उसने टेलीविजन चालू कर दिया। वहाँ वह स्क्रीन पर चमक रही थी। दुनिया के लिए उसका जीवन अपनी गंदी कल्पनाओं को चित्रित करने के लिए एक खाली कैनवास है। 'आउट ऑफ कंट्रोल', 'टिकिंग', 'पार्टी गर्ल', 'कोल्ड हार्टेड मर्डर', 'बेदर्द', 'बिल्कुल अपनी माँ जैसी'... कुछ इस तरह की उपमाएँ दीं दुनिया ने उसकी बेटी को। लेकिन तबसे अब तक सनी लंबे अर्से से 'वह लड़की' थी। वह लड़की, जिसकी ढेरों 'बोल्ड तसवीरें' नेट पर थीं। 'गंदा डांस' करनेवाली लड़की। जिस लड़की ने बेखौफ बदतमीजी से अपने परिवार का नाम बदनाम किया। उसे तब्बू का मोहक आकर्षण विरासत में मिला था। उकसाए जाने पर वह एकदम जंगली बन जाती थी, शांत होती तो उसके चेहरे से मासूमियत टपकती थी। बहुत पहले उसकी माँ के बारे में भी ठीक इसी तरह के शब्दों का प्रयोग किया गया था। उसके अफेयर्स, उसके अडिक्शंस, जीवन में उसकी बेतरतीब तरजीह और उसकी मौत तक भी चर्चा का विषय रही थी।

'आवारा...बिल्कुल अपनी माँ की तरह।'

कला ने दुश्मनीपूर्ण लहजे से उसे टीवी पर देखा। उसकी भूतपूर्व पत्नी फिर से एक चैनल पर थी। बेवजह की नफरत से जिसने वर्षों तक उसके जीवन को तबाह किया, वह महिला अब उसकी बेटियों पर घोर श्राप का वमन उँड़ेल रही है।

'वे सभी खतरनाक हत्यारे हैं।'

कला की सुन्न निगाहें कैमरे की ओर भयावह रूप से घूर रही थीं, क्योंकि वह पुराना गुस्सा और तीखे जहर के साथ अनर्गल और बेतुकी बातें कर रही थी। टीवी अचानक बंद हो गया और विष्णु ने खुद को अपने ही घिनौने चेहरे को घूरते हुए पाया।

'हे भगवान्! यह क्या है? तुम उस जानवर को क्यों देख रहे हो?' सुहाना ने गुस्से से कहा।

'उसे बहुत नफरत है। अब भी इतनी नफरत...यह औरत...' विष्णु अपनी बेटी के गुस्से को नकारते हुए, धीरे से बड़बड़ाया।

'जिस महिला को आप हमारे जीवन में लाए पापा,' उसने कड़ा रुख

अपनाते हुए कहा, अपनी टिप्पणी पर पछतावा करते हुए, जब उसने अपने पिता के उखड़े हुए चेहरे को देखा।

'मुझे माफ करना, मेरा मतलब यह नहीं था।'

'चलो, ठीक है, कोई बात नहीं। तुम्हारे···तुम्हारे ऑडिशन कैसे गए? अब तुम रहनुमाई के लिए किसे टैप कर रही हो?' उसने बिना कोई खास रुचि दिखाते हुए पूछा। उसने धीरे से जवाब दिया, 'बेतुका, लेकिन कोई बुरा नहीं, स्क्रिप्ट दुरुस्त है···काम चल रहा है, पिताजी। मुझे लगता है कि आपको अब आराम करना चाहिए।' उसने धीरे से जवाब दिया।

'मेरे पास भी एक फिल्म की कहानी है, इस बारे में तुमसे चर्चा करना चाहता हूँ। सनी के साथ यह घटना होने से पहले, बहुत पहले इस बारे में उससे बात करना चाहता था, लेकिन अब तो हमें पहले उसे बाहर निकालना है···हाँ, हमें उसे बाहर निकालना है···' वह एक बच्चे की तरह गुमसुम सा लग रहा था।

'सबकुछ ठीक होगा। मैं सनी को बाहर निकलवाऊँगी···तुम्हारी सुनहरी वापस आएगी···पापा। और हाँ, मुझे अपना इरादा बताओ।'

'मैं अभी आराम करना चाहता हूँ···तुम्हें अपना काम जारी रखना चाहिए, उसे कभी मत रोकना।' बस यही एक चीज है, जो हमेशा तुम्हारे साथ रहती है। वह है तुम्हारा काम। अपने काम को कभी भी बंद मत करो। यह सब, यह जो हो चुका, इसका भी कोई-न-कोई समाधान हो जाएगा।' विष्णु ने आँखें बंद कर भूतों को दूर करने के लिए मंत्र जाप करने जैसी मुद्रा बनाते हुए थककर कहा।

'हाँ पिताजी, बस अपनी दवाइयाँ लो और लेट जाओ।' उसके सामने उसके पिताजी का निराश-हताश ढाँचा पड़ा हुआ था। सुहाना अपने पापा को गुस्सा नहीं करना चाह रही थी। उसे अपने सामने लाचार पड़े पापा पर दया और प्यार आया, किसी समय बेहद खूबसूरत और 'लीजेंडरी डायरेक्टर' रहे उसके पापा को एक दर्दनाक हादसे ने हिलाकर रख दिया, वे टूट गए थे और तुच्छ जीव भर रह गए थे। उन्हें इंडस्ट्री ने अलविदा कह दिया और उनके फिल्म-निर्माण के हाशिए पर जाने की वजह से उनकी निंदा की गई। एक समय था, जब समाचार-पत्रों ने उन्हें महान् विष्णु कश्यप कहा था। कहावत बिल्कुल सच थी, लेकिन बहुत पहले। बहुत समय पहले। डायरेक्शन में वापसी के उनके निराशाजनक

प्रयास से बहुत पहले…अपने बासी और बेतरतीब ढंग से कटे हुए फुटेज दिखाते, अटकलपच्चू ढंग से इंडस्ट्री में आए कुछ ऐसे सितारे रहे हैं, जिन्होंने अपने सुनहरे दिनों को फिर से जीने के लिए उनके साथ शून्य बजट पर काम करने की सहमति जताई थी। लेकिन वे कुछ खास नहीं कर पाए। इस तरह एक गोल्डन कॅरियर का शर्मनाक अंत हो गया। सुहाना जानती थी कि उसके पिता को इस हकीकत को स्वीकारने में बहुत लंबा समय लगेगा कि अब उनके सुझावों और उनकी फिल्म-निर्माण की शैली में किसी की दिलचस्पी नहीं थी। जैसेकि उन्हें यह स्वीकार करने में बहुत समय लगा था कि उनकी प्यारी सुनहरी को उनकी तरह के सिनेमा में कोई दिलचस्पी नहीं थी। सुहाना अपने पिता और बहन के बीच होनेवाली उस भयानक लड़ाई को कभी नहीं भूली, जब टैब्लॉयड्स ने सनी को एक घटिया आइटम नंबर से डेब्यू करने की खबर दी थी।

{'तो फिर तुम नचनिया लड़की बनना चाहती हो, तुम सभ्य सिनेमा का हिस्सा नहीं बनना चाहती? तो फिर अब एक कश्यप गर्ल बनेगी इंडस्ट्री की बार गर्ल? जयराम जैसा तीसरे दर्जे का डायरेक्टर तुम्हें हमेशा कमरे के बाहर इंतजार करवाएगा।' सुहाना ने विष्णु को सनी के साथ ऐसा व्यवहार करते और इतना गुस्सा करते कभी नहीं देखा था।

'तो?' सनी चिल्लाई थी।

'बेशरम लड़की तुम यह दो रील वाली डर्टी फिल्म क्यों कर रही हो? क्या तुम्हें इंडस्ट्री में हमारी प्रतिष्ठा, हमारे परिवार के सम्मान की कोई परवाह नहीं है?'

'नहीं,' शायद यह सनी की लापरवाही थी, जिसने अपने पिता की हिदायत को उस दिन दरकिनार कर दिया था।

'वह हरामजादा कालिदास, जिसके साथ तुम अपना समय बरबाद करती हो…तुम्हें पता है कि वह एक दलाल है, क्या वह तुम्हारा पंच है? क्या मैं तुम्हारे लिए मर गया हूँ? क्या तुम होश में हो? वह तो एक दलाल है। दलाल। अब वह तुम्हें नौटंकी के रोल दे रहा है?' विष्णु क्रोधित हो गए। 'क्या तुम्हें पता है कि कालिदास कैसा कूड़ा-करकट तुम्हारे दिमाग में भर रहा है? या फिर ये ड्रग्स हैं तुम्हारे दिमाग में?'

'मिस्टर कश्यप!' जब भी वे लड़ते, सनी अपने पापा को उनके उपनाम से

संबोधित करती, 'इससे आपको कोई मतलब नहीं।' सनी ने मजाकिया अंदाज में सलामी दी थी, जिससे वे और भड़क गए। और सुहाना तो सिर्फ उन दोनों को घूर भर सकती थी।

'जब तुम हर समय बरबाद होते रहते हो तो समय कभी बरबाद नहीं होता, श्रीमान। लेकिन मिस्टर कश्यप, तुमने प्रिय माँ का जिक्र क्यों नहीं किया? 'आदरणीय' श्रीमती कश्यप नंबर वन! या वह तब्बू है? वे अभी भी आपकी पत्नी नंबर एक के बारे में बात करते हैं, आप जानते हैं, लेकिन निश्चित रूप से आप जानते हैं, घोड़े पर पार्टी में नंगी होकर नाचना···श्श्ह! तब्बू भी सही है। क्या मम्मी की बात करें? उसने आत्महत्या क्यों की? वह क्यों···'

उन्हें उसे थप्पड़ नहीं मारना चाहिए था। सनी आई हेट यू चिल्लाते हुए बाहर भागी···मुझे तुम्हारी बीवी से नफरत है···वे मुझे नहीं देखते। वे केवल उसे देखते हैं···उसे···उसे, वे सिर्फ माँ को देखते हैं।'}

उनकी माँ। उनकी खूबसूरत माँ। जब वह बच्ची थी, उसे तब्बू के चारों ओर एक चमत्कारिक ग्लैमर और परी की कहानी सी आभा याद थी, लेकिन जो हमेशा तड़प और आक्रोश के मिश्रण से रँगी हुई थी और फिर आखिर में पत्रिकाओं में उनके बारे में अपमान भरी टैब्लॉइड गपशप छपने लगी, जिसे उसने छिपाकर रखी हुई पीली पड़ गई पुरानी मैगजीन्स में पढ़ा था। सुहाना को माँ से नफरत थी कि उन्होंने खुद को खत्म किया। वे मर गईं, लेकिन मरने के इतने वर्षों के बाद भी उन पर लगे आरोपों की मौत नहीं हुई थी, पुराने हादसे की फुसफुसाहट कभी नहीं रुकी थी, बस जब उनका परिवार अपने घर में घुसता, उसी समय उन्हें सब शांत नजर आता और अब यह सब फिर से शुरू हो रहा था। उसके पिता टूट गए थे। वे पूरी तरह थके और कमजोर दिख रहे थे। उनके हाथ बुरी तरह से काँपते थे, जिसकी वजह बरसों पहले घटी एक दुर्भाग्यपूर्ण दुर्घटना थी। लेकिन उनकी तड़पती सूनी निगाहें थीं, जिसने सुहाना को बेचैन कर दिया। वे हवा में घूर रहे थे, जैसेकि कोई काली छाया उनके जीवन में आ रही हो। उनके पिता वे शख्स थे, जिनके जीवन की नैया अतीत की काली छाया और एक नारकीय वर्तमान के बीच फँस गई थी।

□

शुरुआती पतन

उसने बंबई के चमचमाते क्षितिज को ऐसे देखा, जैसे वह किसी मक्कार मोहिनी की रूह को देखने की कोशिश रहा हो। वह इस माया से बाहर निकलना चाहता था। यह वह रूह थी, जिसने उसे मोहित कर लिया था। उन्हें शादी नहीं करनी चाहिए थी। उसे हमेशा उसकी पहुँच से बाहर रहना चाहिए था, एक रहस्य की तरह, एक दर्द देते प्यार की तरह उससे दूर रहना चाहिए था, लेकिन तब उसे उससे प्यार हो गया था, इतना कि उसे पाकर ही उसने दम लिया। और अब जबकि वह उसके पास थी, वह नहीं जानता था कि उसके साथ क्या करना है? उसकी अल्हड़ प्रतिभाशाली बाल-दुलहन और उसकी बेकरार कर देनेवाली खूबसूरती। हर बार जब वह उससे प्यार करता था तो ठगा सा रह जाता था, रसहीन और खोखला हो जाता था। वह इतनी खूबसूरत थी कि पुरुषों की फौज की फौज उसकी ओर आकर्षित हो जाती थी। विष्णु ने उसे कंट्रोल करना अपना अधिकार समझ उसे नियंत्रित करने की कोशिश की। अपनी नई दुलहन के साथ समय बिताने के लिए उसने एक बड़ी कमाई वाले प्रोजेक्ट को भी छोड़ दिया, जिसके लिए उसे उससे दूर दुनिया भर की यात्रा करनी थी। वह तब्बू की दुनिया में डूबा हुआ एक बेबस दर्शक था। जब तब्बू ने बरामदे की दीवारों की गंध की शिकायत की तो उसने तुरंत उसे खुश करने के लिए गिफ्ट के तौर पर एक प्यारा बगीचा बनवा दिया। उसने बीना के शानदार बगीचे से मेल खाता बगीचा बनवाया। तब्बू का 'ईडन गार्डन', जैसाकि वह उसे कहा करती थी। वह हमेशा दुर्लभ फूलों और विदेशी पौधों की मादक गंध से लदा रहता था। वह बगीचे की जमीन को नरम और नम रखने के लिए उसमें गंगा की विशेष खाद डालती थी।

उसे इतनी आला दर्जे की मिट्टी कैसे हासिल हो जाती थी, यह विष्णु के लिए हमेशा एक रहस्य बना रहा। लेकिन तब्बू का ईडन अपनी मालकिन की देखरेख में बहुत घना और सुगंधित होता गया। बगीचे में कस्तूरी सी मीठी सुगंध आती थी। जिन झाड़ियों पर जिन फूलों की बहार आती रही थी, बगीचा उन फूलों की महक से सराबोर हो जाता था। गेंदा, पेटुनिया, बोगनविला, हिबिस्कस, ब्लूबेल्स, क्रोकस और डैफोडिल्स उस मोहक बगीचे में खिले थे, जिसे उसने आँगन की टेराकोटा दीवारों पर बनाया था। वह उसे सूर्यास्त में खिलनेवाली बेल वाले पौधे, जो दीवार से जुड़ी जाली के चारों ओर कुंडली लगाए होते हैं और फर्श तक फैलते हैं, विशेष रूप से सौभाग्य के लिए मनी प्लांट के बारे में बताती थी। उनकी निरंतर देखभाल में बाग फला-फूला। स्पेशल बीज लेने के लिए आसपास के फार्म हाउसों की अनगिनत यात्राएँ की जातीं, उन बीजों को वह अपने हाथों से लगाती और पोषित करती। उसने पौधों को एक प्रेमी के दुलार की तरह पाला" उसके हाथ मिट्टी-खाद से लथपथ हो जाते थे। जब उसने सुझाव दिया कि वह एक माली को काम पर रख ले तो वह सहम गई और सोच में पड़ गई।

'"क्या! लेकिन ये मेरे हैं!' उसके लिए यह सोचना भी पाप था कि वह किन्हीं दूसरे हाथों को उन्हें सौंप दे, वह अपने सुंदर बच्चों को किसी को छूने भी नहीं देगी। बिल्कुल नहीं। बातूनी गौरैया और शोरगुल करती मैना, बुलबुल, कभी-कभार आनेवाली कोयल" कुछ सॉन्गबर्ड्स और रॉबिन्स और ट्वीट तब्बू के छोटे से जंगल में उछल-कूद कर उसे गुलजार करते थे। वे उसकी सुंदरता के कायल हो गए थे और वह उनकी। वे पक्षी बिना किसी डर के लगातार अंदर और बाहर उड़ते रहते थे, उसकी आँखें इतराती थीं, जब वे बिना किसी रोक-टोक के उसके आँगन में चहकते और फड़फड़ाते थे और उसके फूलों को कुतरते थे। जब वे फलों के बहुत करीब पहुँच जाते तो वह उन्हें दूर भगा देती, लेकिन वे उससे कभी नहीं डरते थे। वे उसे अपने में एक मानने लगे थे। घर में बगीचा तब्बू की पसंदीदा जगह बन गया था। और फिर एक सुबह, जब बगीचे की चहारदीवारी में खिलते-चहकते फूल और पक्षी तब्बू की निगरानी में थे, विष्णु भटका हुआ सा उठा। जैसे किसी ने उस पर जादू कर दिया हो। विष्णु ने साफ-साफ महसूस किया कि उसका तब्बू के साथ मिलान होने के बाद उसने

अपने शिल्प से बिल्कुल दूरी बना ली थी। डायरेक्टर अपराध-बोध से भर गया
था कि उसकी प्रतिभा बरबाद हो गई, उसने अपने कौशल को तिलांजलि दे दी
और वह हार गया। जब तब्बू ने उसे दिलासा देने की कोशिश की तो पहली बार
विष्णु को उसकी बातों से डर लगा। उसे उसकी अलौकिक खूबसूरती नियंत्रण
से बाहर की चीज लगी, जैसे वह उसे निगल जाएगी, जैसे वह उसकी प्रतिभा
को हराने के लिए उसके जीवन में आई थी। उसने खुद को उसके प्रति सख्त
महसूस किया, जिसने उसे उसके काम से दूर कर बेकार और अव्यावहारिक
आदमी बना दिया था।

उसने मन-ही-मन कसम खाई कि आगे से वह तब्बू की खूबसूरती से
प्रभावित नहीं होगा और अपने पेशे की उपेक्षा नहीं करेगा। सितारा मैटिनी ने
उनकी वापसी का स्वागत किया और विष्णु काम शुरू करने का इंतजार नहीं कर
सका, वह अपनी नई फिल्म पर काम शुरू करने के लिए सीधा स्टूडियो गया,
जो मार्की में हिट थी। इससे उसका बैंक बैलेंस बड़ा हुआ और उसने संपन्न
मरीन ड्राइव में एक बहुमूल्य पॉश अपार्टमेंट खरीदा। यह कुछ समय पहले की
बात थी, जब विष्णु की सम्मोहक फिल्मों की वजह से बॉलीवुड ने उसे एक
पाथ-ब्रेकिंग डायरेक्टर के रूप में सम्मानित किया था और उसने बॉलीवुड में
अब तक के सबसे बड़े और भव्य स्टूडियो सितारा मैटिनी के साथ एक रिकॉर्ड
मल्टी-फिल्म डील साइन की थी। विष्णु खुश था कि वह अब केवल एक—
फिल्म वंडर या बीना का दामाद या इससे भी बदतर, तब्बू का ट्रॉफी पति नहीं
रह गया था। हर हीरो-हीरोइन उसके साथ काम करना चाहता था। कई तो उसके
साथ मुफ्त में भी काम करने को राजी थे। कुछ हिट फिल्में देने के बाद उसे नया
सनसनीखेज डायरेक्टर घोषित किया गया।

शुरू में, तब्बू को महान् डायरेक्टर की ग्लैमरस पत्नी की भूमिका निभाने
में बहुत मजा आया। तब्बू के ठाठबाट, चतुराई और संपन्न खानदान ने विष्णु के
लिए वह किया, जो उसकी अकादमिक फिल्म स्कूल की साख ने नहीं किया
था। तब्बू की वजह से उसे दोस्त, प्रशंसक और बॉलीवुड के सबसे कुलीन वर्ग
में प्रवेश मिला। तब्बू उसे बेहद प्यार करती थी और वास्तव में, उसका जीवन
उस समय खुशहाल होता, यदि विष्णु को इतनी बड़ी सफलता न मिली होती

या वह सुपरस्टार डायरेक्टर की पत्नी के रूप में संतुष्ट होती। विष्णु को इस बात का अहसास नहीं था कि उसमें बचपना था और उसकी कुछ जरूरतें थीं, तब्बू शायद उससे बेहतर समझती थी कि उनकी शादी तेजी से सुविधाओं का साधन भर बनती जा रही थी। सिर्फ विष्णु की सुविधाओं का साधन। सफलता ने विष्णु को तब्बू से अलग कर दिया था। सुपरस्टार डायरेक्टर होने के नाते उससे मिलना तक नामुमकिन हो गया, उसके रुतबे ने उसे अपनी पत्नी से पूरी तरह से अलग कर दिया, जिससे तब्बू डर गईं थी। ईश्वर विष्णु पर मेहरबान थे, उसमें सृजनात्मकता भरी थी, इसलिए दुनिया उसके चरणों में थी और इस कशमकश की दुनिया हक्की-बक्की सी तब्बू को उसके जीवन से बाहर कर रही थी, उसे निराश और अलग-थलग कर रही थी। क्या उसने जानबूझकर उसके दर्द और अकेलेपन को नहीं देखा? या उसने उसे गलत समझा था? इज्जतदार विष्णु कश्यप के लिए यह दिखावा करना आसान था कि सच्चाई कोई मायने नहीं रखती।

वह एक खास दिन था। तब्बू ने अपनी सालगिरह पर घर को बड़ी नजाकत से सजाया था। वे अपनी पिछली सालगिरह सेलिब्रेट नहीं कर पाए थे, क्योंकि विष्णु एक आउट-स्टेशन शूट पर गए हुए थे। लेकिन इस वर्ष, पिछली सालगिरह की भरपाई के लिए विष्णु ने अपनी पत्नी के लिए खास प्लान बनाए थे। उसने प्लान बनाया कि वे पूरा दिन साथ में बिताएँगे। उसने वादा किया कि वह उसे निराश नहीं करेगा। घर में जो कुछ भी था, उसका इस्तेमाल कर कम समय में ही तब्बू ने घर को अच्छे से सजाया। चमचमाते झूमर के बजाय कॉन्सर्टिना स्ट्रीमर और गुब्बारों का एक बड़ा गुच्छा लटकाया, खिड़कियों पर रेशम के परदों के बजाय रेशम की साड़ियाँ टाँगी, उसने पड़ोसियों से कुछ लैंप उधार लिये और उन्हें अपने महँगे रेशमी स्कार्फों से ढक दिया। उसने विष्णु की पसंद का ध्यान रखते हुए—उसके पसंदीदा पेय, उसके पसंदीदा संगीत और उसका पसंदीदा खाना इत्यादि सबका इंतजाम किया—और पुलकित हो उसका इंतजार करने लगी। लेकिन विष्णु उस रात नहीं आया। यहाँ तक कि अगली पाँच रातों तक भी नहीं आया। वह हमेशा की तरह उसे बताए बिना एक बाहरी यात्रा पर चला गया था, उसने कागज के एक टुकड़े पर एक लाइन का छोटा सा संदेश उसके लिए

लिखा था, जिसे उसका ए. डी. घर ले जाना भूल गया था। तब्बू ने बिल्कुल भी रिएक्ट नहीं किया। वह चुपचाप गुब्बारे और सेलिब्रेशन के सभी निशान हटाने के लिए आगे बढ़ी, जो पूरे पाँच दिनों तक हवा में लटके रहे और उनके आनंद के क्षण का इंतजार करते रहे। उनकी बिसारी गई मालकिन अपने पिछले सुखों और नए अकेलेपन की यादों में खुद को सांत्वना देने लगी। जल्द ही कमरे में उदासी गई छा और कमरा फीका लगने लगा। तब्बू को लगा कि वह बदल गई है, पिंजरे में बंद है और अपने ही घर में कैद है। पाँच लंबी अकेली रातों के बाद, उस रात घर में वह अकेली थी, उसने घुटन, अकेलापन और परित्यक्त महसूस किया। तब्बू कश्यप पहली बार घर से भागीं। विष्णु को उसके मन की गहरी बेचैनी समझनी चाहिए थी।

क्या उसने शुरुआत से जानबूझकर उसके पागलपन की परवाह नहीं की थी?

11

डिजिटल डॉली

एक साधारण सफेद ए लाइन ड्रेस पहने, डिजिटल डॉली भद्दे गीतों पर मदहोश होकर चारों ओर ठुमके लगाते हुए थिरकी। गाने के शब्द समझ में आ रहे थे, लेकिन उन गानों की तरफ ध्यान किसका। डॉन, अधेड़ आयु के मर्दों का लोकप्रिय आइकन, आइटम गर्ल की काली नाभि पर चेरी, अंगूर और कच्चे बेबी पपीते के टुकड़ों से निशाना बना रहा था। सबसे नीचा और नजदीकी कैमरा डिजिटल डॉली की चक्करघिन्नी काटती बहुत ही तेज-तेज चालों को कैद कर रहा था, वह साँस फूलने तक नाचती रही, फिर वह डॉन की बालोंवाली छाती को सहलाते सेक्सी इशारे करते हुए उसके साथ छेड़छाड़ और सेक्स अपील करते हुए, उसके होंठों को काटने लगी और एक चारपाई पर धँस गई। डॉन ने वहशीपन दिखाते हुए अपने दाँत भींच लिये, जैसे अपनी कामुकता को शांत करने की कोशिश कर रहा हो। डिजिटल डॉली कैमरे की तरफ मुखातिब हो फिर से पूरे जोर-शोर से नाचने लगी।

'मुझे अपना शत-प्रतिशत दो, नाचो डिजिटल! आग लगा।' डांस मैडम चाँद बीबी ने एप्रीशिएशन में सीटी बजाई। 'बाई गॉड! तू फाड़ देगी सारी कुट्रीना-फत्तरीनाओं की!' लड़की दौड़ी और चाँद बीबी के चारपाई पर धँसने से पहले उसके पैर छुए। उसने कैमरे की तरफ मुखातिब हो, फिर से पूरे जोर-शोर से नाचना शुरू कर दिया। लगातार गाने पर झूमते हुए, उसने अपनी गोल्डन ब्रेस्सिएर दिखाने के लिए अपने झिलमिलाते कोर्सेट को खोल दिया। डॉन नीचे की तरफ झुका और उसकी जाँघ को चूमा, वह हाँफने लगी, जैसे उसकी हड्डियों के सिरों से सुगंधित धुआँ निकलने लगा हो और जब उसने अपनी उँगलियाँ

उसके मुँह में डालीं तो उसके होंठों ने एक छोटा 'ओ' बना लिया। दो कैमरे डिजिटल डॉली के शरीर के अंगों पर डॉन के फिरते हाथों की तसवीरें कैद कर रहे थे और फिर उसके मोटे काले हाथ पर बने एक साँप के टैटू पर टिक गए। मोटा काला थरथराता हुआ साँप जीवंत लग रहा था। कैमरा उनके उलझे हुए शरीरों की तसवीरें लेने के लिए नीचे की ओर झुक गया।

'रोको! डॉन के पैरों के बीच से कैमरा हटाओ—क्या मैंने तुम्हें डॉन के कूल्हों और पैरों से बचने को नहीं कहा था—समझ गया? हरामखोर नाच नहीं सकती।' चाँद बीबी चिल्लाई। अगले तीन दृश्यों के लिए कैमरे ने डिजिटल डॉली के हर एक हावभाव—साँस फूलना, हाँफना और घर्घराना अच्छे से रिकॉर्ड किया और डॉन के पैरों को क्लोज-अप से बचा लिया।

'मुझे नहीं पता, लेकिन यार इन दृश्यों में कोई मजा-फैक्टर नहीं है। मुझे तो मर्दानगी दिखानेवाला सुडौल कामातुर गवारू बेअदब दृश्य चाहिए, यह साला डांस इंडिया डांस वाला दृश्य नहीं—इसमें कोई सेक्स नहीं है...कोई आग नहीं।' डांस मैडम चाँद बीबी ने झुंझलाते हुए कहा।

'हम दक्षिण भारतीय गीतों पर इसमें आग लगाएँगे—रंभा मेनका उर्वशी की तरह तुम खजुराव को जानते ही हो—गोदावल्ली ने मुझे एक बढ़िया धुन दी है।' इस गीत पर डायरेक्टर गोदावल्ली ने पूरे वॉल्यूम का इस्तेमाल किया है।

'हे माँगा माँगा रेंडु माँगा—हे मुंबईय्या पूरीलालाक्कू डोल डप्पी मा-हे...।'

'यह क्या बकवास है? इसका क्या मतलब है?' लड़की ने पूछा।

'कौन परवाह करता है!' चाँद बीबी ने अपने होंठों पर जीभ फेरते हुए कहा। 'हम इसे यू-ट्यूब पर प्रीमियर करेंगे, फिल्म हॉटकेक की तरह बिकेगी, वे लोग तुम्हारे पीछे- पीछे दौड़ेंगे, फाड़ दोगी तुम!'

कुछ ने कहा कि डिजिटल डॉली का असली नाम पत्रलेखा परिहार था और वह बिहार में अश्लील फिल्मों की एक्ट्रेस थी। उससे इस बात का किसी ने कभी कोई स्पष्टीकरण नहीं माँगा और जिस किसी ने उससे इस बारे में पूछने की हिम्मत की, उसे गाली-गलौज का सामना करना पड़ा, इसलिए मामला वहीं पर छोड़ दिया गया था। उसे डिजिटल डॉली के नाम से जाना जाता था और उसने लोगों में कामवासना जगाने के बूते पर एक शानदार कॅरियर

बनाया था। उसने मंद पीली रोशनी वाली जेड-ग्रेड सेक्स फिल्मों की दुनिया पर राज किया। जब उसकी अनगिनत पॉर्न फिल्मों में से एक को रातोरात, बेहद बदनामी मिली तो वह बड़ी हिट हुई—उसकी फिल्म डिजिटल डॉली गंदे सिंगल स्क्रीन नाइट थिएटरों में भरपूर चली और फिल्म बिना काट-छाँट के नेट पर वायरल हो गई। वास्तव में, यह एक साधारण फिल्म थी, जिसे होम वीडियो कैमरे के साथ बेडरूम में शूट किया गया था। तसवीर में वह दो पुरुषों और एक महिला के साथ इकट्ठे इस अंदाज में डांस कर रही थी कि इसने जमा देनेवाली ठंड में भी लोगों का तापमान बढ़ा दिया था और रातोरात सनसनी मचा दी थी। इन वर्षों में, डिजिटल नाम उसके साथ जुड़ा रहा और उसे मेनेज डे ट्रोइस (तीन लोगों की दंपति, एक से ज्यादा लोगों के साथ शारीरिक संबंध) के ऑफर से भर गई। उसने प्रॉफिटेबल बिजनेस प्रपोजल्स को कभी नहीं ठुकराया, उसने अगले बारह महीनों में अपना ज्यादातर समय बिस्तर पर बिताया और कई घटिया फिल्में लॉन्च कीं। वह बार्बी डॉल जैसी दिखती थी। हाल ही में डिजिटल डॉली को अपनी रुचि का चंचल प्रकृति का स्वाद मिल रहा था कि इसी दौरान एक बोल्ड चेहरेवाली बहुत छोटी लड़की उसकी जगह लेती जा रही थी। और इससे भी बुरी बात यह थी कि पिछले तीन महीनों से उसका कोई भी गाना और डांस ट्रेंड नहीं कर रहा था। डिजिटल डॉली की महत्ता कम होने लगी थी।

पर शायद अभी इतनी भी देर नहीं हुई थी। उसे किसी महँगी जगह पर पलायन करने की जरूरत थी। अपने वक्ष बढ़वाने और नाक की सर्जरी करवाने में वह कंगाल सी हो गई थी, उसका बैंक बैलेंस घट गया था। अब उसे अपने कूल्हों को उभरवाने के लिए पैसों की सख्त जरूरत थी, इसके साथ ही वह अपने क्रॉच कसवाना चाहती थी, अपनी पलकें उठवाना चाहती थी और अपने हाथों की उभरती हलकी-फुलकी नसों को हटवाना चाहती थी और शायद नाक की एक बार फिर से सर्जरी करवाना भी उसे नुकसानदायक नहीं लग रहा था। उसने सलेम हसन के दुबई शो से बहुत पैसा कमाने की उम्मीद की थी। फिर उसके सभी प्लान मर्डर की वजह से फेल हो गए और अब आलम यह था कि पुलिस उससे बात करने के लिए उसके सेट पर होती थी। नहीं। बिल्कुल भी नहीं। वह

उस रात के बारे में 'कोई बात' या 'सिर्फ बात' या 'कोई बातचीत' या 'कोई बयान' कतई नहीं देना चाहती थी।

'क्या तुमने मुझे गूगल किया? तुम्हें पता है कि मेरा अपना फेसबुक पेज है!' डिजिटल डॉली ने उन्हें बताया तो शिंदे ने आँखें मूँद लीं।

'जल्द ही उसका अपना ब्लॉग होगा—क्या तुम व्हाट्सएप पर हो? मैं तुम्हें उसके बारे में व्हाट्सएप कर दूँगी।' चाँद बीबी अचानक से पुलिसवाले पर नजर पड़ते ही पीछे हट गई।

'उह–नेट पर सभी तरह के बेवकूफ लोग हैं—यहाँ कृत्रिम उत्तेजित करने वाली बालाएँ हैं तो प्रोस्टीट्यूट, इसलिए एक हरामखोर कुतिया ने मेरे बारे में फेसबुक पर कुछ डाल दिया है! ये दो बच्चे, भगवान् की दी हुई सौगात!' आइटम गर्ल को अपने जुड़वाँ होने पर गर्व महसूस हुआ। उसका चेहरा लाल हो गया और अचानक से शिंदे की आँखें उसकी जेब से बाहर निकल गईं।

सच्चाई यह थी कि डिजिटल डॉली असमंजस में थी कि अपने सामने बैठे कठोर दिखनेवाले ऑफिसर से कैसे निबटना है। ऑफिसर को उसकी संपत्ति के बारे में कुछ भी नहीं पता था और वह ढुलमुल और उलझन में थी कि वह उसके साथ कहाँ खड़ी है। डिजिटल डॉली के पास मर्दों को लुभाने के लिए उसकी कामुक अदाएँ और उसका शरीर था। लेकिन ए.सी.पी. गुस्से में था, उसे उसके प्रति दूर-दूर तक कोई आकर्षण नहीं था।

'मिस डॉली, मैं नेट पर मौजूद ज्यादातर चीजों पर विश्वास नहीं करता। तब हम कहाँ होंगे! और मैं अपने गवाहों को गूगल नहीं करता। रात के बारे में…'

'मुझे डिजिटल बुलाओ नाह,' उसने एक प्यारी सी पाउट के साथ रोका। 'तुम्हें पता है, मैं एकदम से हिल गई हूँ। किसी घटिया आदमी ने चाँद बीबी को चूमते हुए मेरा एक मॉर्फ्ड वीडियो अपलोड किया है! सोचो जरा। वह मेरी गुरु है, मेरी भगवान्। आप जानते हैं, मैं उस तरह की इनसान नहीं हूँ, जो सस्ते प्रचार के लिए कुछ भी करेगी, लेकिन यह इंडस्ट्री ईर्ष्यालु लोगों से भरी पड़ी है। जब मैंने इसे देखा तो मैं सदमे से पगला गई। मैं सेटल होना चाहती हूँ। शादी करने और बच्चे पैदा करने का प्लान बना रही हूँ।' लड़की ने कहा। चाँद बीबी के

चेहरे पर एक कुटिल मुसकान आई और उसके होंठ खुले-के-खुले रह गए, लेकिन वह चुप रही।

'तुम्हारे तीन दोस्त "वापस हत्या की रात पर जा रहे हैं "'

'डिजिटल डॉली का इंडस्ट्री में कोई दोस्त नहीं है।' तीसरा आदमी समझते हुए आइटम गर्ल जल्दबाजी में अंदर आ गई। 'डिजिटल सेल्फ मेड है। मेरे इकलौते दोस्त सिर्फ मेरे प्रेमी हैं। यहाँ। यह मेरी लिटिल जेबी और डेबी है!' उसने एक बड़े से मछली के टैंक की तरफ अपने पेंट किए हुए नाखूनों से इशारा करते हुए गर्व से कहा। कबीर की निगाहें एक बड़े एक्वेरियम पर टिकी हुई थीं, जिसमें बड़ी धारियों वाली ज्यादा खाने की वजह से फूली हुई मछली और अजीब तरह की गुब्बारे जैसी प्लैटिनम रंग की मछली का एक जोड़ा था।

'जेबी और डेबी चीनी जेबरा हैं "पलेक्टो-एक पलेक्ट—नहीं, रुको, एक बार यह छोटी पेलेक्टो-स्टो-मुस मछली है! यह महँगी है, तुम्हें इसकी कीमत पता है? यह मुझे मेरे एक फेन ने गिफ्ट के तौर पर दी थी! मेरी पगार का एक हिस्सा मेरे इन बच्चों को खाना खिलाने में चला जाता है, ये ही मेरे सच्चे दोस्त हैं। गंदगी मत करो, सिगरेट मत जलाओ, कोई बदबूदार गंध नहीं होनी चाहिए और कोई शोर नहीं—ये बहुत अय्याश हैं "मैं देख रही हूँ कि आपका लड़का मेरी लिपस्टिक को देख रहा है—इसे बालाऊ कहते हैं, यह चमगादड़ के मल से बनाई गई है। इसकी कीमत 900 डॉलर प्रति ग्राम है। अभी पिछले महीने मैंने यह मैका रूट पाउडर खरीदा है, यह सेक्स करने की इच्छा को बढ़ाता है। क्या मैंने आपको बताया कि जेबी और डेबी दिन के किसी भी समय कई कहीं से भी और कई पार्टनर के साथ सेक्स कर सकती हैं! मैं कहती हूँ, इन लड़कियों को मजे करने के लिए बनाया गया है।' उसने चाँद बीबी की तरफ एक जानकार की तरह देखा। ए.सी.पी. कबीर भोंसले को आइटम गर्ल की मछली और सेक्स में काफी रुचि दिखाई।

'माफ करना मिस डॉली, तुम यह मछली-वछली की बकवास अपने फैंस के साथ करना,' उसने उँगली उठाकर उसे चेतावनी देते हुए कहा, 'और मुझे इस बात की परवाह नहीं है कि तुमने किसके साथ सेक्स किया है, किसके साथ करोगी या नहीं करोगी। अच्छी तरह से समझो। मैं ऐसा आदमी हूँ, जिसके साथ

तुम सेक्स नहीं कर सकती। अब उस रात की बात पर आ जाओ। तुम, नरगिस और डेजी तथा सनी और के.डी˙˙˙तुम तीनों दोस्त जब सनी को के.डी. के साथ कमरे में छोड़कर बाहर आई इससे पहले कमरे में क्या हुआ था?'

'प्लीज, उन्हें मेरा दोस्त मत कहो, हम सिर्फ बिजनेस कॉल्लेगेस हैं। प्रोफेशनल्स। कोई दोस्त नहीं! वह नरगिस खालिद एक सस्ती लाहौरी बेसलीका औरत है। डेजी कट्टा, तो हेलो मिस्टर मुझसे बहुत जूनियर है। और वह सनी एक डोप्ड आउट बिच है, सभी लड़कियाँ उसे ऐसा करके ही बुलाती हैं, जो सभी के लिए समस्याएँ पैदा कर रही है।' डिजिटल ने गवारपन से कहा।

'हर जगह तुम्हारी उँगलियों के निशान मिले हैं, असल में हमने कालिदास के निशान बरामद किए हैं˙˙˙मेरा मतलब के.डी.˙˙˙तुम्हारी ड्रेस से भी और लिपस्टिक भी तुम्हारी है, तुम बहुत बड़ी मुसीबत में पड़ सकती हो।' कठोर दिखनेवाले पुलिस ऑफिसर की बातों से ऐसा नहीं लग रहा था कि वह दिखावा कर रहा है और डिजिटल के चेहरे पर तेजी से परेशानी के बादल छा गए।

'वाहा टीटी! यह सच नहीं हो सकता! यह सच है कि मैं उनसे कई बार मिली हूँ, लेकिन सिर्फ नौकरी के सिलसिले से˙˙˙सिर्फ काम के हिसाब से! मैं अपने कपड़े हर रोज वॉशर को नहीं भेजती, मैं उन्हें सिर्फ ड्राई-क्लीन करवाती हूँ और लिपस्टिक के बारे में मैंने पुलिस को बताया था कि मैं उसे गलती से वहाँ छोड़ आई थी, हमें कमरे से बाहर निकाल दिया था के.डी. ने, आप नरगिस से इस बारे में सच्चाई जान सकते हैं और डेजी˙˙˙' वह चिल्लाई।

'मुझे यकीन है कि तुम सच बोल रही हो। देखो, यहाँ यह शिंदे है। वह तुम्हारा फेन है! मुझे पता है कि तुम विश्वास नहीं करोगी, लेकिन अब हम सब आपके अच्छे दोस्त हैं। लेकिन बहुत से लोग हैं, जो सोचते हैं कि तुम झूठ बोल रहे हो, कि सनी ने जरूर तुमसे कुछ मदद ली होगी। लेकिन कौन? किसने की उसकी मदद? वे तुम्हें पूछताछ के लिए पुलिस स्टेशन ले जाना चाहते हैं! अगर ऐसा होता है तो तुम्हें चिंता करने की जरूरत नहीं है, मैं पुलिस कॉन्स्टेबल्स को तुम्हारी जेबी और डेबी की देखभाल करने के लिए छोड़ दूँगा। हालाँकि वे फैंसी फिश-सिटिंग में ट्रेंड नहीं हैं, इसलिए कहीं तुम्हारी दो लड़कियों को कुछ हो न जाए।'

भोंसले ने मछलियों की ओर इशारा किया और गुस्ताखी से उस पर चोट

कर दी। इससे डॉली घबरा गई। उसने घबराकर चारों ओर देखा और अपनी नौकरानी पर चिल्लाई।

'अइइइइइ। जाओ। मेरा गिलास ले आओ। जाओ, जाओ। बेवकूफ उल्लू की पट्ठी कहीं की। यहाँ पड़ी मेरी मेहनत की कमाई गटक रही है।' और फिर अचानक उसने अपना मन बना लिया।

'श्री सिंघमजी, मैं इसमें बिल्कुल भी शामिल नहीं हूँ। यह मेरी गलती नहीं है। डांस के दौरान सनी ने फार्महाउस पर तमाशा खड़ा कर दिया था। यह सब उसकी गलती थी। डोप आउट बिच कहीं की। बाइकलोराइड्स, बार्बिटुरेट्स, बेनजीड्राइन वह सबकुछ लेती थी। और वह भी सभी को एक ही समय पर। मैंने उसका यू.डी. कोलोन भी देखा है! वह अपना बैग पैक करती और शो से पहले किसी को बताए बिना चली जाती थी और फिर अचानक से चोटिल और परेशान होकर वापस आ जाती थी, उसे याद नहीं होता था कि उसने क्या किया या वह कहाँ थी। यही उसका पैटर्न था।' लड़की झिझकी और उसके गिलास में जो कुछ भी था, उसे एक गहरा घूँट लेने के लिए रुकी।

'इसमें कोई शक नहीं कि के.डी. उस पर पागल हो गया हो। उन सभी दर्द-निवारकों से जुड़ी रहने की वजह से ही···शायद उसका ऊपर का माला खाली था। आप समझ सकते हैं कि वह एम्फैटेमिन के बल पर ही जीती थी, भले ही वह सो रही हो या मल त्याग कर रही हो। के.डी. ने फिर भी उस बिच पर अहसान किया। उसे डांस करने का मौका और शौहरत मिली। लेकिन शायद आपको नहीं पता कि कॉन्ट्रैक्ट्स पर साइन करने के बाद वह ऐसा बिहेव करती, जैसे कि वह असाइनमेंट पर जाकर अहसान कर रही हो! एक स्टार खानदान से ताल्लुक रखनेवाली दिवा बिच, हमेशा इतना बेहतर अभिनय!'

'आपको लगता है कि यह सब सिर्फ सनी की गलती है?' कबीर ने पूछा।

'स्टुपिड बिच, उसकी हवाबाजी ने हमें इस मुसीबत में डाल दिया। ऐसे नहीं कर सकती, ऐसे डांस नहीं करूँगी···फिर आई क्यों! मेरा तो दुबई पक्का था···यह सब तैयार था और फिर वह पागल हो जाती···मुझे लगता है कि उसे वही मिला, जिसकी वह हकदार है। मुझे आशा है कि उसने जो कुछ किया, उसके लिए उसे सजा मिलनी चाहिए।' उसने कहा।

'उसने क्या किया ?' शिंदे को आखिरकार अपनी आवाज मिल गई।

'तुम्हें उसे उसके साथ देखना चाहिए था ''सलेम के साथ ''इतना बड़ा आदमी! वह उस पर चिल्लाने लगी, वैसे मुझे यकीन है कि वह एक्टिंग कर रही थी और जल रही थी, क्योंकि वह मुझे देख रहा था।'

'इस सलेम हसन ने क्या किया ?'

'करेगा क्या ? कुछ भी नहीं। बस एक प्राइवेट डांस के लिए कहा था। खुले तौर पर संबंध बनाने के लिए नहीं! चलो, अगर तुम इतनी अमीर हो तो तुम्हें मदहोश हो जाने की इजाजत है ''उसने इसके बारे में सबके सामने इतना अधिक बकवास की ''उसने डांस-शो के लिए भुगतान किया था। इसके अलावा, उसने उसे आगे बढ़ाया था।' रानी ने रूखेपन से कहा।

'कैसे ?'

'हर लड़की जानती है,' डिजिटल डॉली ने हताशा में कहा, 'अगर कोई आदमी आपको शराब पीकर खाना खिलाता है तो वह बिस्तर में नाश्ता करना चाहता है।

'वह उसके साथ बाहर निकल गई। मैडम सुनहरी कश्यप ने अचानक अपनी हरकत बंद कर दी, उसने सलेम को गाली दी और मुझे लगता है कि उस पर हाथ चलाया या कुछ और किया! क्या तुम सोच सकते हो ? हम कलाकार हैं। कलाकार कभी भी इस तरह अपना नियंत्रण नहीं खो सकते, हालाँकि हमारे फेन इस तरह का व्यवहार करते हैं!'

'बिगाड़ा करना ? जरूर ही वह बहुत गुस्से में होगा। सलेम इतना महत्त्वपूर्ण गेस्ट क्यों है ?'

'यदि तुम मिडिल ईस्ट और लंदन में पूरे फ्रिंगिंग थिएटर और मनोरंजन कंपनियों का हिसाब-किताब रखते हो और कार्यक्रमों को आयोजित करने के मालिक हो तो हाँ ''वह महत्त्वपूर्ण नहीं है!' उसने नाटकीय रूप से कहा, 'यह सब सेट था! हम सब दुबई जा रहे थे—के.डी. के पास बहुत पैसा आ रहा था। तुमको पता है श्री सिंघमजी में कितना लालच, नफरत और हिंसा भरी है ''मैं अब एक फिल्म करने जा रही हूँ, जहाँ मैं एक नन बनूँगी, मैं विश्व शांति लाना चाहती हूँ।'

'कहाँ से?'

'हुह?'

'तुमने कहा था कि उसके पास बहुत पैसा आ रहा है, लेकिन कहाँ से पैसा आ रहा है?'

'मुझे कैसे पता चलेगा? मैं उसकी मैनेजर नहीं हूँ···वह मेरा है, मेरा मतलब था मेरा था, मैं यह नहीं कर सकती, मुझे अब चक्कर आ रहा है।' चाँद बीबी तुरंत उसके पास पहुँची और उसे अपनी छाती से लगा लिया।

'श्शश बेबी। वहाँ-वहाँ···श्शह डार्लिंग। क्या बच्चे को कुछ रसदार चाहिए?' चाँद बीबी ने डॉली के कानों में कुछ कहा और नौकरानी पर चिल्लाई, 'आइई लड़की जा, जूस ला।'

'प्लीज पुलिस साहब, मुझे मेरी कलाकार अगले डांस सीक्वेंस के लिए सही मूड में चाहिए···वह अब बहुत थकी हुई लग रही है। पानी कहाँ है? श्शह बच्ची। हमें एक मिनट चाहिए, बेबी क्या तुम ठीक हो?'

'नहीं, हमारा हो गया, अभी के लिए बस। वैसे मिस डॉली, मुझे लगता है कि तुम्हारी जेबी किसी लीवर विकार से पीड़ित है, मुझे लगता है कि इसे मलावी ब्लोट डिसऑर्डर है। ऐसा तब होता है, जब वे अपनी गंदगी खुद खाते हैं। बेहतर होगा कि तुम उनकी जाँच करवाओ।' कबीर भोंसले ने टिप्पणी की और शिंदे के बाद कमरे से बाहर निकल गए। डिजिटल डॉली गुस्से से तमतमा गई और अपनी सीट से कूद गई और सोफे को इतनी ताकत से पीछे की ओर धकेला कि चाँद बीबी फर्श पर गिर पड़ी। आवाज सुनकर नौकरानी दौड़ी।

'आइई उल्लू की पट्ठी। इसे यहाँ रख। मैडम की उठने में मदद करो और दरवाजा बंद करो, तुम बेवकूफ हो।'

नौकरानी इंस्पेक्टर के पीछे धम-धम करते हुए गई और उसे कोसते हुए जोर से दरवाजा बंद कर दिया।

'साली डिजिटल कुतरी।'

'क्या कह रही हो तुम? मैंने सुना है कि तुमने उल्लू की पट्ठी कहा···' औरतें एक साथ चिल्लाईं।

□

12

'हमें एक आइटम चाहिए।'

'मैं इस सीन के बीच में कोई आइटम नहीं डाल सकता!'

'नमूने के तौर पर मुझे तीन चाहिए। सिंगल स्क्रीन फ्रंट बेंचर के लिए हॉट लावणी, मल्टीप्लेक्स बाबू के लिए मस्त मुजरा। लेकिन तुम्हें पता है कि हमें क्या करना है? एक हो-हो मोनी आइटम। कर दो।' बिद्दू भोजवानी के सुहाना से बात करने से लगा कि उसे सही सुराग लग गया हो।

'बिद्दू, यह फिल्म दो तरह से काम करती है।' सुहाना ने एक-एक शब्द धीरे-धीरे ऐसे बोला, जैसे वह किसी छोटे बच्चे को समझा रही हो, 'एक वास्तविकता और एक उप-वास्तविकता। अभी मेरे एक्टर्स साइक वार्ड में हैं और उनकी दुनिया एक अजीब फाइट क्लब में बदल रही है! असल में, मुझे एक्शन सीन्स करने के लिए कोरिया से एक फाइट इंस्ट्रक्टर की जरूरत है—मुझे डांस मास्टर की जरूरत नहीं है!'

'लेकिन एक परेशानी है। मुझे लगता है कि एम.सी.एम.एम. परिवार विरोधी हो रही है। इस बात को याद रखो कि हमें टीवी के अधिकार बेचने हैं, यदि इस फिल्म का कंटेंट बुरा होगा तो कोई भी चैनल इसे खरीदने वाला नहीं है। इसके अलावा, क्या करेगा नेशनल अवार्ड लेकर?' बिद्दू ने गवारपन से कहा। 'मुझे लगता है कि हमें एक मदहोश कर देनेवाला अश्लील आइटम डांस भी डालना चाहिए। टाइट ब्लाउज और पेटीकोट में ''इस आइटम के लिए मेरे मन में सुमरान के साथ डेजी कट्टा थी। मैंने हो-हो से बात की है। वह हमारे लिए एक हिट गाना बना रहा है।' बिद्दू ने ताव में आकर कहा।

'क्या?' सुहाना हैरान रह गई।

'हो-हो मोनी के गाने सफलता के सूत्र हैं। हर कोई उसकी कोई-न-कोई

रचना अपनी फिल्म में डालना चाहता है। हमेशा अपने धंधे की सोचो।' बिद्दू ने अपनी उँगलियाँ चटकाईं।

'बिद्दू, मुझे चिड़ाओ मत और क्या हम यहाँ एम.सी.एम.एम. की बात कर रहे हैं, यदि कर रहे हैं तो तुम मेरे साथ बकवास कर रहे हो?' सुहाना गुस्से में थी।

आखिर चल क्या रहा था? उसकी बहन को मर्डर के इल्जाम में हिरासत में लिया गया था। उसकी सौतेली माँ बदला लेने पर उतारू होकर उन पर कड़वे बोलों की विषैली गोलियाँ दाग रही थी। साला हरामी जयराम उसे आधी इंडस्ट्री के सामने बुरा साबित करने में लगा हुआ था। और अब उसे उसकी ही फिल्म से साइडलाइन किया जा रहा था। इससे भी बुरी बात यह थी कि उसकी फिल्म में उसके बच्चे को गलत ठहराया जा रहा था, अपमानित किया जा रहा था और बदनाम किया जा रहा था। और उन्हें लगता है कि वह कुछ नहीं कर पाएगी! ऐसा बिल्कुल नहीं होगा!

'सुहाना, मैं तुम्हारे साथ बकवास नहीं कर रहा। वैसे हो-हो डेजी के साथ ठीक है।'

'ओह्ह्ह्ह! क्या वह सही है! कौन बकवास कर रहा है, हो-हो मोनी तय करने के लिए? मुझे विश्वास नहीं हो रहा है कि हम इन पात्रों पर चर्चा भी कर रहे हैं। कोई बात नहीं, अगर मैं इस फिल्म का डायरेक्शन कर रहा हूँ।'

'मेरी रोजी-रोटी के बारे में ऐसी बकवास मत करो सुहाना। मैंने उसे जाँचा-परखा है।' बिद्दू ने पलटवार किया।

'ठीक है, तुमने यह सब किया होगा—जरूर किया होगा? लेकिन क्या किया? और कब? और तुम मुझे कब इसमें शामिल करने की प्लानिंग कर रहे थे?'

'चलो सुहाना, इतनी बड़ी बात मत करो। तुम्हारे पास अदालती मामला था—हत्या का आरोप।'

'इसलिए? यह ठीक नहीं है कि तुम मेरी पीठ के पीछे से शॉट्स करो! और वैसे भी, यह सिर्फ एक आरोप भर है। अभी कुछ भी सिद्ध नहीं हुआ है और यह होगा भी नहीं। उसने वह सब नहीं किया। एक मिनट रुको···यहाँ क्या

हो रहा है ? क्या मेरी बहन का मामला ही आड़े आ रहा है ? मैं समझता हूँ कि पब्लिसिटी खराब है, बिल्कुल नहीं। सभी पब्लिसिटी अच्छी है। कोई अपराध नहीं था।' बिद्दू ने कहा।

'कुछ नहीं, क्योंकि तुम्हें अच्छे से पता नहीं होगा ? बिद्दू, पहली बात, सनी गलत समय पर गलत जगह पर थी। मामला विचाराधीन है। इसके अलावा, मैं इसे सँभाल रही हूँ। और दूसरी बात, इस मामले में कुछ भी नहीं है...बिल्कुल कुछ नहीं...इस फिल्म के लिए, मैंने इस फिल्म के लिए दम लगाकर काम किया है, बिद्दू सेट पर मेरे साथ 'एक अदनी सी महिला' की तरह व्यवहार मत करो।' सुहाना ने पलटवार किया।

'मुझे नहीं पता कि तुम किस बारे में बात कर रही हो, क्या हमने तुम्हारी पसंद का सिनेमेटोग्राफर नहीं रखा ? एक्टर सुमरान तुम्हारी ही पसंद था, मुझे तो प्रिंस चाहिए था, बहरहाल हमने सोचा था कि सनी के साथ जेल में तुम भी पकड़ी जाओगी।

'वाकई में अभी क्या है सनी, सुनो जरा! मैंने अपने काम को कभी खराब नहीं होने दिया। कभी नहीं। मैंने कभी अपनी निजी और पेशेवर जिंदगी को घुलने-मिलने नहीं दिया...और हम से तुम्हारा क्या मतलब है ? तुम्हारे इस 'हम' में कौन आता है ? जहाँ तक मैं समझती हूँ, मैं अब भी इस प्रोजेक्ट की इंचार्ज हूँ।' सुहाना ने अपनी आवाज को शांत करते हुए कहा।

'हम तुम्हें अपने परिवार के साथ रहने देने की कोशिश कर रहे थे।'

''हम' मत कहो, बिद्दू। तुम मुझे भरोसे में लिये बिना इस तरह से निर्णय नहीं ले सकते, मैं पिछले आठ महीनों से इस पर काम कर रही हूँ।'

'तुम काम-धंधे को अन्यथा नहीं ले सकती।' बिद्दू अडिग था।

अद्भुत है ये, उसने सोचा। महान् आदमी सोचता है कि वह बाजार को एक महिला से बेहतर जानता है। या फिर निशा पोद्दार की छोटी सी टिप्पणी ने इसके अहंकार को चोट पहुँचाई थी। सुहाना: पारिवारिक त्रासदी के बावजूद, पूरी तरह से एम.सी.एम.एम. के नियंत्रण में। सुहाना: नोयर के नए काम के पीछे असली 'आदमी'। इससे उसे जरूर बुरा लगा होगा। बेवकूफ बिद्दू। बारह

साल के तजुर्बे वाला और बड़ा अहंकारी होने के बावजूद दुःखी आदमी। सनी की चिंताजनक स्थिति से अपना ध्यान हटाने के लिए एम.सी.एम.एम. उसकी एकमात्र खुशी थी। यह जानकर कि उसका प्रोजेक्ट उससे छीन लिया गया है। सुहाना बहुत आहत हो गई थी। अब जब प्रोजेक्ट कंट्रोल में था और शानदार दिख रहा था तो नोयर का दिग्गज प्रधान अचानक सेट पर मिस्टर बिग मैन की भूमिका निभाना चाहता था। सभी मामलों के शीर्ष पर रहना चाहता था, वह जताना चाहता था कि उसे बखूबी मालूम है कि दर्शक क्या चाहते हैं और उसने उसके कुछ खास दृश्यों को काट दिया था। यह बहुत छिछोरी है, उसने सुहाना को यही खिताब दिया! बेवकूफ घमंडी तानाशाही डिकहेड साला गधा। सुहाना अपने फिल्म मेकिंग के धंधे से मोहभंग न करने के लिए जी तोड़ कोशिश कर रही थीं।

'लेकिन तुम्हें पता है कि यह पूरी तरह से पुरुष कलाकार प्रधान है।' सुहाना ने कहा।

'ठीक है। एम.सी.एम.एम. में सभी पुरुष हैं, आइटम गर्ल ही एकमात्र महिला होगी। वैसे हमें सुमरान की एंडिंग पर कुछ करने की जरूरत है। एक्टर मर नहीं सकता, सुहाना!' बिद्दू ने चुटकी ली।

'कितनी बार बताऊँ तुम्हें? अरे, इस फिल्म में कोई हीरो नहीं है। प्लोट ही हीरो है।'

'हाँ, मुझे पता है। हीरो कैमरा ही है। सिनेमेटोग्राफर हीरो है। लाइटमैन हीरो है। लेकिन हीरो-हीरो नहीं होता!! सुनो जरा···50 करोड़ की फिल्म बनाने का क्या मतलब है, जहाँ हर कोई मर जाता है?' बिद्दू कटु हो गया था।

वह चाहती थी कि वह बिद्दू को गोली मार दे। उसके लिए फिल्म का हीरो अय्यर का बोल्ड और गवारु कैमरा वर्क था, जो मुंबई के आतंक की तसवीरें खींचने और बदला लेने और छुटकारा तलाशने वाले पात्रों के लिए एकदम सही था। अब देखते हैं कि वह हरामी बिद्दू उसे वापस आइटम नंबर लेता है कि नहीं।

'कभी-कभी तुमको इस तरह की चीजों के साथ जाना पड़ता है। तुम्हें पता

होना चाहिए कि ऐसी स्थिति से कैसे निबटना है। यह धंधा है। अरे, क्या तुम समझती हो कि शूटिंग खत्म होते ही तुम्हें एक शानदार नई मर्सिडीज कार की चाबी मिल सकती है। मुसकराओ लड़की! इसके अलावा तुम्हारी फिल्म बहुत निराशावादी लग रही है।' बिद्दू ने उससे ऐसे बात की, जैसेकि वह दस साल की बच्ची हो।

'एम.सी.एम.एम. इनसान के अंधकारमयी यथार्थवादी पक्ष की एक शोकजनक कहानी है। यह लीक से हटकर नास्तिकवादी है। हाँ, लेकिन हमने इसी पर चर्चा की थी, यही फिल्म की फील है। इस फिल्म में कुछ ऐसा है, जिसे हमने पहले बॉलीवुड में कभी नहीं आजमाया। और अब बीच में तुम्हें जोरदार धमाका करना है, तुम्हें एक आइटम नंबर चाहिए?' सुहाना ने एक बार जोर दिया।

'हम बस इसे एक पायदान ऊपर ले जाना चाहते हैं।'

'बिद्दू, यह हीरो सुमरान को एक अल्हड़, गली-कूचे का करैक्टर माना जाता है—वह गाना-वाना नहीं करता। वह शहर की आत्मा का स्वभाव बताता है। तुनक मिजाज और बेकरार और कठोर और निर्दयी है वह। अब अचानक से तुम चाहते हो कि वह तुम्हारे लिए गाए और नाचे?'

'हाँ। इतनी कठोर मत बनो। दर्शक देसी हैं। यहाँ तक कि हमारी मुश्किलों में भी दिल होता है।'

अब उसके पास चुप रहने और उसकी बात मानने के अलावा कोई चारा नहीं बचा था।

बिद्दू ने अचानक सुहाना से पूछा, 'क्या आपने बाड़े के जानवरों को नाचते देखा है—यह यू-ट्यूब पर वायरल है!'

'क्या?'

'नहीं तो, मेरी बात सुनो—हो-हो मोनी ने बाड़े के जानवरों की चालों पर यह अद्भुत नाच देखा है! जैसेकि बतख का लड़खड़ाते हुए चलना, घोड़े का दुलकी चाल-चलना, कंगारू का छलांग लगाना, गिलहरी, मुरगी के चूजों की चरचराहट, टर्की की दुलकी चाल, और भूरा भालू—और और—लोमड़ी

लोमड़ी... की तरह 'फॉक्सट्रोट बिद्दू'। सुहाना ने थककर कहा।

देखो, अब तुम समझ रही हो। हम अब एक ही धरातल पर हैं—कोई कोरियोग्राफी नहीं, बस संगीत की ताल पर चलना है और भांडों का अटकलपच्चू डांस...आओ, मैं तुम्हें दिखाता हूँ—बेला तुम आओ, यहाँ आओ लड़की!—मुझे अपना हाथ दो—कपल एक साथ चलते हैं, हाथ में हाथ डाले—'क्या हुआ बेला? सुस्त मत पड़ो, लड़की! शरीर को जोर-जोर से मटकाओ। तुम्हें तो पता है कि शरीर को लचकाना एक तरह से शारीरिक प्रदर्शन है, जो कामुक, बदमाश रवैये वाले व्यक्ति को प्रदर्शित करता है, तुम्हें पता है कि तुम सही हो, डेजी हमारी फिल्म को ठीक से नहीं शूट कर सकती, वह इसके लिए ठीक नहीं है, वह बहुत देसी है, मुझे इसके लिए कोई जोरदार चाहिए—सच में, सिर्फ एक छोटा सा फेवर एक अहसान?'

'क्या? एक छोटी सी इनायत, एक फेवर, बिद्दू?'

'मैं सोच रहा था कि अगर सनी रिहा हो जाती है जमानत पर तो वह हमारे लिए कुछ कर सकती है। तुम क्या सोचते हो? एक बहुत बड़ा शुक्रवार 'सुपरबैंग' और बॉक्स ऑफिस हलेलुजाह एक ही बार में?' बिद्दू की आँखों में चमक थी।

सुहाना ने प्रोड्यूसर को शक की निगाहों से देखा, उसे यकीन नहीं हो रहा था कि उसने सही सुना है।

'चलो...इतने शक से मत देखो। सनी कब जमानत पर बाहर हो रही है? मुझे यकीन है कि हम कुछ कर सकते हैं।' सुहाना को अहसास हुआ कि वह मजाक नहीं कर रहा था।

जब तुम्हारे घर में ही असली चीजें हों तो 'ऊलजलूल' सोचकर समय बरबाद करने का कोई मतलब नहीं है। बेबी याद रखो कि अपने नोयर दर्शकों की मानसिकता वही है! तुम सनी से पूछोगी, सुहाना प्लीज कम-से-कम उससे पूछना जरूर-।'

सुहाना उठी और नाराज होकर सेट से बाहर चली गई। शायद वह समुद्रतट पर जाएगी, उसने सोचा। अदालत की सुनवाई से पहले अपने दिमाग को हलका

और एकदम शांत करने के लिए। जैसे ही उसने अपनी कार को आगे बढ़ाया, उसकी सहायक बेला उसका अपॉइंटमेंट लेटर उस पर लहराते हुए भाग निकली। लेकिन सुहाना को आज किसी और अपॉइंटमेंट से कोई लेना-देना नहीं था। उस हरामी बिद्दू को ही सब सँभालने दो। उसे भी पसीने से तरबतर हो काम करने दो। बड़े आदमी को उसके दिल की करने दो। बेला का यह चिल्लाना कि ए.सी.पी. भोंसले के साथ उसकी शाम की मुलाकात थी, उसकी सिल्वर एस.यू. वी. के इंजन की गर्जना में खो गई।

□

13

डेजी कट्टा

'तुम कमबख्त एडयिड हो, सिल्की मेहता! हुह! नहीं, तुम खुले दिमाग वाले नहीं हो। तुम हो···तुम सिर्फ बाईसेक्सुअल और डींग हाँकनेवाले हो।' डेजी कट्टा ने फोन पर नाराजगी जताते हुए बड़ी जोर से यह सब कहा।

'मैंने आइटम नंबर पहले ही शूट कर लिया है। यहाँ तक कि अगर वह साला प्रोड्यूसर उस चीज को छोड़ भी देगा, जिसे तुम्हें देखना है, फिर भी वह मुझे मेरी पूरी फीस देगा, तुम मेरे मैनेजर हो, मैं तुम्हें 30 प्रतिशत भुगतान करता हूँ, तुम फोन लाइनों का काम करती हो और मुझे एक और आइटम दो। उस बिच, जिसे तुम रोल दे रहे हो—क्या तुम्हें सच में लगता है कि मुझे कुछ नहीं पता था? वह तुम्हें बदले में सिर्फ खुजली देगी और वह भी यदि तुम भाग्यशाली रहे तब, हरामी चुप रहो! तुम मेरी बात सुनो···यदि मुझे मेरे पैसे नहीं मिले तो मैं तुम्हें इतनी बुरी तरह से लहूलुहान कर दूँगी कि यह तुम्हारे हैम्स्टर और डकटेप तथा स्टैपल और एपॉक्सीरेसिन से ज्यादा नुकसान पहुँचाएगा। तुम कमीने हो! साला लाइलाज बीमारी से मरेगा! जीजस तुम्हें साले हरामी को देख रहा है!'

डेजी ने अपना फोन पटक दिया। उसकी अभी भी बी-टाउन में सबसे गठीली बॉडी थी—एक पुरानी फिल्म की स्फूर्तिदायक जिंदादिल मूवी-स्टार—फूले हुए होंठ, एक सेकसीली उभरा हुआ पेट, एक मोहक सुडौल सेक्सपॉट, यही है उसकी सेक्सी बॉडी की खूबी। एक ऐसी एक्ट्रेस, जो कभी भी 'एक्टिंग' कर सकती थी, डेजी कट्टा अपने 'एक्टिंग' कॅरियर के शुरू होने से पहले ही गायब हो रही थी। लगातार युवा एक्ट्रेसस के इंडस्ट्री में दस्तक देने की वजह से उसके पास बड़ी फिल्मों के ऑफर नहीं आ रहे थे। इसके अलावा, हर टॉप

एक्ट्रेस, चाहे उसकी बॉडी कैसी भी हो, अपनी स्कीवी उतारने के लिए तैयार थी। जब 'बोल्ड' रोल्स की बात आती थी तो वह नंबर पाँच पर भी नहीं थी। यह उन रोल्स के लिए 'वेटिंग' में थी, जिन्हें वह बर्दाश्त नहीं कर सकती थी। जैसे नोयर स्टूडियोज के बिद्दू का इंतजार करना कि वह उसे पूछे ˙˙˙क्या वह उसे एम.सी. एम.एम. आइटम के लिए चाहता है या नहीं?

भाड़ में जाओ! उन सभी चीजों के बावजूद भी जो मैंने उसे अपने साथ करने दी थी। कमीने हो-हो मोनी ने कहा था कि वह इस जॉब के लिए शू-इन थी।

कमबख्त आदमी। सब एक जैसे हैं।

और उसका मैनेजर सिल्की भी कोई मददगार साबित नहीं हो रहा था।

'मुझे इस परेशान करनेवाले शहर से यही कुछ मिला है। यही बात है। मैं इसे छोड़ रही हूँ। मैं एक फुलटाइम मॉडल बनने के लिए मिलान जा रही हूँ, लेकिन उससे पहले, मैं बॉलीवुड के बड़े जाने-माने आदर्शवादियों के बारे में सच बताने जा रही हूँ।' डेजी ने ए.सी.पी. भोंसले के सामने बेदम ठहाका लगाया।

'हर कोई किसी को बेनकाब करना चाहता है।' शिंदे बड़बड़ाया।

'मैं कोई सस्ती आइटम नहीं हूँ। यह बहुत नीचा दिखानेवाली बात है। मैं एक एक्ट्रेस हूँ। एक ड्रीम गर्ल। लोग मेरा डांस देखने आते हैं। वे रोना-शोना नहीं चाहते। मैं शॉट को रेड हॉट बनाती हूँ। यह इंडस्ट्री ऐसे लोगों से भरी हुई है, जो महिलाओं को सिर्फ एक शरीर मानते हैं, जो हमें बदनाम करते हैं। हर किसी को महिला का शरीर चाहिए होता है, लेकिन वे ऊपर से 'इज्जतदार' बने रहना चाहते हैं। मैं कुछ हजार के लगभग लंपट इज्जतदार डैडीज को जानती हूँ। मैं उनकी इज्जत खराब कर सकती हूँ। लेकिन पहले मैं न्यूड होने जा रही हूँ। हाँ, न्यूड! एकदम नग्न।' डेजी ने पुलिस ऑफिसर्स पर अपनी इस घोषणा का प्रभाव समझने की कोशिश की और वह मुँह दबाकर हँसी।

'लेकिन डेजी कट्टा न्यूड क्यों जाना चाहती है?' होल्कर ने इस मामले की सच्चाई जानने के लिए पूछा।

'एक बहुत ही नेक काम के लिए। किसी ने पहले भी ऐसा किया है। मैं मुंबई के नालों की सफाई करवाना चाहती हूँ।'

'उह।'

'चौंकिए मत। मुझे पता है कि आप लोग सोच रहे होंगे कि एक लड़की अपने सारे कपड़े उतारने जैसा निंदनीय काम क्यों करेगी, लेकिन यह सस्ते प्रचार के लिए नहीं है। मैं एम.सी.बी. में लड़कों को एक प्रेरणा देना चाहती हूँ। आप एम.सी.बी.'स को नहीं जानते! मुंबई नगर निगम बाबा···लड़कों को प्रेरणा चाहिए। मैं उसकी तरह—चाहे जो हो, उसका नाम—मैं आइटम नहीं हूँ, जो क्रिकेटरों के लिए अपने कपड़े उतार रही है। पुलीज! मेरे पास इनसे भी बड़े दर्जे के लोग हैं। मैं इसे एक नेक काम के लिए कर रही हूँ। किसी साधारण खेल के लिए नहीं।' डेजी ने ताव में आकर अपने अंतिम मनसूबे का खुलासा किया। उसने बहुत ही झीने कपड़े पहने हुए थे जिसमें उसके वक्ष स्पष्ट दिख रहे थे। भोंसले ने उन्हें घूरने की कोशिश नहीं की।

'बस एक सेकंड, मुझे पेशाब करना है।' आइटम गर्ल बाहर भागी ऑफिसर का मुँह खुला रह गया। कमोड पर बैठते समय, फ्लश करते समय, हाथ धोते समय···उनकी बातचीत जारी रही···

'आपको पता है कि लिंगस्वामी की फिल्म में वह पार्ट पहले मुझे ऑफर किया गया था। वह, जिसमें अब सनी एक्टिंग कर रही है। वह प्यार की खुशबू। लेकिन···ओह गॉड! आह्ह्ह!'

'उसे अपनी मिठाई की थाली में तीखा रखना बहुत भाता था, कोई गारंटी नहीं, शायद आप समझ गए होंगे कि मेरा क्या मतलब है।' कमोड को दो बार फ्लश हो गया।

'लेकिन के.डी. ने उसे ले लिया···आप जानते हैं कि ये बेकार हैं, इन मैनेजर्स को किसी भी एक्ट्रेस के लिए कोई रिस्पेक्ट नहीं है।' वह हाथ में तुड़े-मुड़े टिश्यू लिए बाहर आई।

'तुम के.डी. से खुश नहीं थी?' होल्कर ने उसके ट्रेडमिल पर पैर रखते हुए पूछा, वह जड़ सी नहीं खड़ा होना चाहती थी।

'के.डी. मेरा मैनेजर-सेक्रेटरी जो भी हो, पनौती था और एक चोर था। तुम्हें पता है, उसने मेरे कुछ महँगे गिफ्ट्स हड़प लिये थे। मुझे तो यह भी नहीं पता था कि मेरे आखिरी आइटम के लिए मुझे गिफ्ट के रूप में एक कार मिली

थी! क्या आप सोच सकते हैं कि कितना बड़ा डाकू है! अगर तुम मुझसे पूछो
तो आप कहो तो उसके बारे में कुछ और बताऊँ'''जीजस देख रहा है, है ना?'
डॉली ने बताया कि वह दुबई या गोवा में रियल एस्टेट में इन्वेस्ट कर रहा था'''
अरे पर मेरा पैसा कहाँ है?

'तुम वहाँ रजिस्टर्ड थी, के.डी. और सिल्की की कंपनी में।'

'तो क्या? मैं अब तक भी उनके द्वारा रिप्रेजेंट की जाती हूँ, लेकिन मैं इस
सिल्की मेहता को एक पैसा भी नहीं देने जा रहा हूँ। वह 30 प्रतिशत प्रवेश शुल्क
लेता है और इससे मुझे क्या मिला? कोई फिल्म नहीं। कोई बोलनेवाले रोल्स
नहीं। हीरो के साथ सिर्फ एक बेपरवाह बहन। हीरो की बहन और मेरा रेप या
कुछ और नहीं होगा! चलो'''क्या मैं इतनी गई-गुजरी दिखती हूँ?'

'बिल्कुल नहीं।' कबीर ने धीरे से कहा।

'और तुम किस प्रोडक्शन कंपनी की बात कर रही हो, जिसमें वे भारी
नुकसान में चल रहे थे।'

'सिल्की ने अपनी कंपनी के पैक-अप करने की कगार पर आने के लिए
के.डी. को दोषी ठहराया—के.डी. हँसा और उसने सिल्की को नेवला कहा! वह
उसे ताना मारता था, पॉप अब नेवला बन गया है! यह बहुत ही हास्यास्पद था!
लेकिन इससे सिल्की बहुत गुस्से में हो गया—पॉप नेवला बन गया'''उसे दिए
गए इस खिताब से वह झुँझला जाता था!

'के.डी. के पास पैसा था और उसने सिल्की की मदद केवल इस शर्त
पर की थी कि वह उसे अपनी कंपनी बेच देगा। वह भी मिट्टी के मोल। उसने
कंपनी का नाम भी बदल दिया। सिल्की वेलवेट कायडी प्रोडक्शंस बन गया।
के.डी. ने उसे चिढ़ाया। लेकिन हर कमीने के साथ ऐसा ही होनेवाला है, वे इसी
तरह मारे जाएँगे।

'लेकिन के.डी. पहले से ही बावलों के साथ नहीं था। उसने वहाँ खूब
पैसा बनाया।

'बहुत कम पैसे वाला या बहुत अमीर जैसा कुछ भी नहीं है। लेकिन मैं
बावलों के बारे में नहीं जानती।'

'क्या के.डी. ने कभी बावलों के साथ किसी समस्या का जिक्र किया?'

'जीजस! आपको क्या लगता है, मुझे क्यों पता होगा?' डेजी रुआँसी हो गई थी। 'मैं सिर्फ एक लड़की हूँ, जो जीवनयापन करने की कोशिश कर रही है। मुझे मेरी माँ की देखभाल भी करनी होती है, मेरी माँ बीमार है।' वह जोर से बोली और किसी भी तरह उकसाने पर उसने इस विषय में अपनी जुबान नहीं खोली।

कबीर के पास डेजी पर एक फाइल थी। एक पुराने जमाने की एक्ट्रेस रेशम रानी की बेटी, जिसका जीवन जन्म से खुशहाल और रोशन था, डेजी कट्टा बहुत ही खूबसूरत और जिंदादिल लड़की थी, वह बॉलीवुड की सबसे खूबसूरत आइटम गर्ल्स में से एक थी। लेकिन उसका एक इतिहास था। चौदह साल की उम्र में उस पर हीरोइन बनने का जुनून सवार था और उसे अपनी ड्रग्स की लालसा तृप्त करने के लिए काम की जरूरत थी। उसकी पहली फिल्म एक रॉक-बॉटम पॉर्न फिल्म, वायरल हो गई थी और उसकी माँ द्वारा सिफारिश करवा इसे हटाने से पहले 28,000 हिट दर्ज हो गई थी। उसके बाद उसकी माँ ने उसे गुप्त रूप से लॉस एंजिल्स में एक रिहेब सेंटर भेज दिया था और इसी वजह से वह अपनी माँ से नफरत करने लगी थी, लेकिन जैसा कि कहावत है, पुरानी आदतें मुश्किल से जाती हैं। वह रिहेब सेंटर से वापस आने के बाद एक हफ्ते में ही अपने पुराने ढर्रे पर वापस आ गई थी। वह जल्द ही एक काँपती हुई जर्जर शरीर वाली लड़की हो गई थी, जिसमें सटी से बोलने की शक्ति भी नहीं रह गई थी। एक दिन जब वह अपनी वैनिटी वैन में नशे में धुत्त मूर्च्छित होकर बैठी थी, तब उसकी माँ ने उसे इस अवस्था में देख उससे नाता तोड़ लिया।

वह डेजी के जीवन का एक महत्त्वपूर्ण मोड़ था। उसने माना कि यद्यपि वह अपनी माँ से नफरत करती थी, वह जानती थी कि उसकी अपनी खराब साख के बावजूद, अगर प्रोड्यूसर्स अभी भी उसे अपने पहलेवाले कमरों में जाने देते हैं तो यह केवल उसकी माँ की शोहरत की वजह से था। उस समय उसके भाग्य में सिल्की और कालिदास आए और उसके लिए एडल्ट फिल्मों तथा आइटम नंबरों की दुनिया खुल गई। उस पर भगवान् की यह कृपा थी कि ड्रग्स से उसके शरीर की बरबाद होने के बावजूद उसकी खूबसूरती बरकरार थी, जिसकी वजह से वह सबसे ज्यादा माँग वाली आइटम गर्ल बन गई, लेकिन डेजी ने अभी भी अपनी माँ की तरह बॉलीवुड में इससे भी बड़ा बनने के सेल्युलाइड सपनों को

बरकरार रखा। सही मौके न मिलने से वह खफा थी।

'आप जानते हैं कि सिर्फ टैलेंट के बल पर आगे नहीं बढ़ा जा सकता। मुझ जैसी लड़कियों के लिए भी यह मुश्किल होता। बहुत कम मौके मिलते हैं।'

'और वह रात ˙˙˙एक मौका था?' शिंदे ने पूछा।

'हाँ, के.डी. ने सलेम हसन के शो और कॉन्सर्ट का वादा किया था। यह बहुत बड़ी बात थी। शो के लिए अनेक देशों में जाना था। पैसा भी बहुत अच्छा था और वह फिल्मों में भारी इन्वेस्ट कर रहा था। मुझे और भी बहुत से काम मिल सकते थे। मैंने सुना है कि उन्होंने पिछले साल कम-से-कम तीन ब्लॉकबस्टर में इन्वेस्ट किया था। उसने जिस भी फिल्म पर उँगली रखी, उसके आदमियों ने उसके डिस्ट्रीब्यूशन राइट्स और एक्जीबिशन राइट्स खरीदे। बेशक कई दु:खी टर्की थे, जो थैंक्सगिविंग के लिए नहीं बने थे। लेकिन उसने परवाह नहीं की। उसकी बस एक ही दिलचस्पी थी। हीरोइंस, एक्ट्रेसेस, आइटम गर्ल्स। वैसे भी वे सभी उसके लिए आइटम गर्ल्स थीं˙˙˙ सीरियल आइटम-इजर!' डेजी को इस शब्द से गुदगुदी हुई और वह मुसकराई। 'आइटम-इजर।' उसने फिर कहा।

'क्या उसने आपको या किसी और को धमकी दी थी?'

'नहीं-नहीं, वह जैसा था, उसी तरह से बना था। वह ऐसा था, जैसेकि वास्तव में बड़े आदमी को होना चाहिए, आप जानते होंगे बड़े आदमियों को˙˙˙ मेरा मतलब है कि आप जानते ही हैं˙˙˙'

'नहीं, मुझे नहीं पता।' कबीर ने कहा।

'खुश होने पर के.डी. बहुत उदार हो जाता है। लेकिन जब वह गुस्से में होता है तो घटिया आदमी बन सकता है। वह किसी मामूली सी बात से खफा होकर पूरे मिडिल ईस्ट के शो और फिल्मस और कॉन्सर्ट और टूर रद्द कर सकता है˙˙˙या अगर कोई एक्ट्रेस उसे सलाम नहीं करती है˙˙˙या कोई एक्टर उसकी पार्टी में नहीं आता है˙˙˙या फिर यदि वह शहर में हो और उसे इन्वाइट नहीं किया गया हो, इस तरह के कारण उसके खफा होने के हो सकते हैं। वह बहुत मतलबी है और उससे मिलने का एकमात्र तरीका उसकी कामेच्छा के जरिए हो सकता है, मेरा मतलब है, वह एक सींगवाला शिकारी कुत्ता है। अफवाह यह है

कि उसने एक बार एक लड़की को जोश में कुचल दिया था। उसने एक लड़की के का शारीरिक शोषण किया दूसरी एक को अभी भी दर्दनाक टाँके लगे हैं, जो आप जानते ही हैं। राक्षस है वह राक्षस।' डेजी ने अपनी आइस्ड चाय का एक गहरा घूँट लिया। 'पिछली बार उसने एक लड़की के साथ जब शारीरिक थे, वह लड़की दर्द से पागल हो गई थी। उसे अस्पताल ले जाया गया, जिस बिस्तर पर वह लेटी थी, उस पर बुरी तरह से बँधी हुई चिल्ला रही थी। उसका मूत्राशय फट गया था और वह संक्रमण से कोमा में चली गई।' डेजी ने जो देखा, उसे याद करके वह पीली पड़ गई। 'केवल वह ही नहीं, उसके कमीने बॉडी गाड्र्स ने भी उस लड़की के साथ संबंध बनाए थे, वह लड़की पागल हो गई, वह एक छोटी सी लड़की थी। एक नई और खूबसूरत मॉडल। यह जगह उसके लिए नहीं थी।'

'कहाँ है वह लड़की?'

'बाईं दिशा में। मुंबई का तोहफा लेकर वापस नागपुर चली गई। जिस्मानी रोग लेकर। पिछली बार दुबई में उसके कुछ बॉडी गाड्र्स वाकई आक्रामक हो गए थे। यह सोचकर कि हम आइटम गर्ल्स हैं तो फ्री का माल हैं! साले कमीनों ने मुझे अनगिनत गंदे मैसेज और अपने प्राइवेट पार्ट के ग्राफिक एम.एम.एस. भेजे। मैंने उनसे दूरी बनाए रखी।'

'लेकिन क्या तुम उसके शो करना चाहती थी?'

'मुझे इंडस्ट्री में कोई भी एक लड़की दिखाओ, जिसे एक अमीर आदमी द्वारा उसके आभूषण और घुँघरू के लिए पैसा मिलता हो और वह मनाही करे, यदि आपको ऐसी कोई मिलती है तो मतलब है कि वह झूठी है। जीजस···! यह सिर्फ एक डांस था। पैसा वाकई बहुत था। इसके अलावा, हम चार थे। संख्या में ज्यादा होने पर सुरक्षा और वह सब। सनी पहले बिल्कुल नहीं आना चाहती थी। एकदम पहले।'

'तो उसका मन कैसे बदल गया? क्या यह के.डी. की वजह से बदला था?'

'उनका एक अजीब रिश्ता था। तुम्हें पता है, एक रात उसने मुझे चिल्लाते हुए बुलाया कि वह उसे मार डालेगा। लेकिन जब मैं कुछ लड़कियों के साथ उसके पैड पर पहुँची तो उसने ऐसा नाटक किया, जैसे कुछ हुआ ही नहीं था

और बताया कि के.डी. उसका अच्छा दोस्त है। और मुझे वहाँ खड़ा होना बहुत बेवकूफी भरा लगा। वह अपने जख्म और आँखों पर पड़ी नील छुपाती रही, पर मैं समझ गई···तुम कभी रोते हुए मेरे पास मत आना। तुम उसे चाहती हो और तुमने उसे पा लिया।'

'वह के.डी. जैसे किसी शख्स के साथ क्यों रहना चाहेगी?'

'उसे पाउडर और गोलियों की जरूरत थी। आपने इसका पता नहीं लगाया? वह टूट गई थी—टूट गई है। भगवान् जाने उसका पैसा कहाँ जाता है···लेकिन अगर चाचा के.डी. उसका हिसाब सँभाल रहे थे तो भैया बोलो टा-टा! वह पैसे के लिए अपनी ऊँची उड़ान वाली बहन के पास कभी नहीं जाती थी। अपने पिता से भी नाराज थी। अगर आप मुझसे पूछें तो उस सुंदर खोपड़ी में कुछ ढीले कंचे हैं। वास्तव में, गड़बड़ घोटाला और एक फुल ब्लोन एडिक्ट। जब घुन्ने, के.डी. ने उसे अपने लिये बचाकर रखा था। लेकिन मुझे लगता है कि सलेम ने विशेष रूप से उसके आइटम डांस परफॉर्मेंस के लिए कहा था। के.डी. चाहता था कि हम वहाँ अच्छा इम्प्रैशन डालें, आखिरकार वह हमारे इंटरनेशनल शोज स्पोंसर करवाना चाहता था···बहुत सारा पैसा···बहुत सारे बॉलीवुड शो···असल में मैं तुर्की जाना चाहती थी···' भावावेश में डेजी कट्टा का निचला होंठ काँप उठा।।

'मेरा मतलब है कि उसने हम सभी की वह रात खराब कर दी थी। मुझे पैसे की जरूरत थी, मुझे सचमुच रोजी-रोटी की जरूरत थी।'

'अच्छा, मुझे अब तक चैनलों पर आ जाना चाहिए था। शश वहाँ···मैं टीवी पर हूँ! अरे, यह मैं नहीं हूँ···उह्ह्ह्ह! वह है लाहौरी नरगिस!'

ए.सी.पी. कबीर भोंसले को विश्वास नहीं हो रहा था कि वह टीवी पर क्या देख रहे हैं। उनकी गवाह नंबर तीन, नरगिस खालिद, पत्थर की केनरी चिड़िया की तरह टीवी पर घूम रही थी। कैमरे एक फैशन स्टूडियो के बाहर नरगिस की मदहोश चाल का पीछा करने लगे और कुछ सामाजिक कार्यकर्ता भी झंडे और ब्रांडिंग लाठी लहराते हुए उसका पीछा कर रहे थे। यह हैरान कर देनेवाला ड्रामा मीडिया की मौजूदगी में ही चल रहा था।

'पाकिस्तानी मॉडल और बॉलीवुड आइटम गर्ल नरगिस को सोमवार शाम मुंबई में कुछ अज्ञात सामाजिक कार्यकर्ताओं ने कैमरों के सामने पीटा, कुछ दिन

पहले उसने एक विवादास्पद फोटोशूट किया था।'

'हे भगवान्, यह वह सस्ता शूट था, जो उसने झंडे के साथ किया था। ढीठ।' डेजी परेशान होकर चिल्लाई।

नरगिस अचानक डाँवाँडोल स्थिति में वापस कैमरों की ओर मुड़ी और चिल्लाने लगी, 'मुझे मारना बंद करो''रुको रुको! मैं सबके बारे में सच्चाई बता दूँगी।' नरगिस एक छोटी सी काली डायरी लहराते हुए चिल्लाई, जबकि दो मजबूत कार्यकर्ताओं ने उसे पकड़ लिया और जंगलियों की तरह उसे एक कार के अंदर धकेलकर बाँध दिया। वे उसे कार्यक्रम स्थल से बाहर किसी अज्ञात स्थान पर ले गए।

'बॉस, इसे दोबारा चलाया है। जाहिर है, यह पूरे दिन चल रहा है। यह सब कल हुआ!' इसे देखते हुए शिंदे की आँखें फटी-की-फटी रह गईं, लेकिन भौंचक्की सी डेजी कट्टा ने फिर से अपने आप को संयत करने की कोशिश की।

'हम कैसे चूक गए?'

'हम डेजी कट्टा के साथ थे सर।' इससे पहले डिजिटल डॉली और शिंदे जब थोड़ी देर के लिए रुके थे, उस समय टेलीविजन स्क्रीन पर पैरामेडिक्स के शॉट्स के साथ नरगिस को एंबुलेंस में अस्पताल ले जाते हुए दिखाया गया था।

अभी-अभी : आइटम गर्ल नरगिस को अस्पताल ले जाया गया।

अभी-अभी : नरगिस ने कलाई काटने की कोशिश की।

अभी-अभी : गुप्त कॉल अलर्ट अस्पताल।

'क्या मैंने तुमसे नहीं कहा था कि वह कुछ भी करेगी? कितनी बेहूदा हरकत! तुम कितने गिर सकते हो? यह तो मैंने भी नहीं सोचा था! ओह जीजूस।' ए.सी.पी. कबीर ने डेजी कट्टा को परेशानी में हाथ मलते हुए वहीं पर छोड़ दिया और वहाँ से निकल गए।

❑

14

मुंबई का जीवन किसी को भी मनमौजी-चंचल-बावला बना सकता है। यदि तुम ऐसे नहीं बने तो वहाँ के तड़क-भड़क वाले खुशहाल लोगों को अपने संकीर्ण नजरिए से देखना तुम्हें मानसिक बीमारी तक दे सकता है। जब वह वहाँ गया था तो वह ऐसा बाहरी व्यक्ति था, जो अपनी नाक बंद कर खिड़की से अंदर झाँका करता था कि पार्टी में उसके अलावा सभी आमंत्रित होते थे, लेकिन आज हर कोई उसकी पार्टी में शामिल होना चाहता है।

मुंजाल बावला ने आलीशान दफ्तर में बैठे उसके आसपास का जायजा लिया। डिस्ट्रीब्यूटर्स, सिनेमा मालिकों और प्रोड्यूसर्स का एक ग्रुप उससे मिलने का बेसब्री से इंतजार कर रहा था। उसके ऑफिस में यह रोजाना का दृश्य था। उन सबको उससे कोई-न-कोई काम होता था। किसी भी अन्य दिन की तरह। उन्हें प्रोटेक्शन और पावर चाहिए होता था।

उसका छोटा भाई छोटा बावला एक अखबार से पढ़ रहा था।

'पिछली रात दार्जिलिंग में आए भीषण चक्रवात ने डी.एस. स्टूडियोज को तबाह कर दिया।' फिल्म मेटल मैन के लिए महँगे सेट लगाए गए थे।'

'हरामी साला! यह कंट्रोल से बाहर हो गया है। हमें क्या करना चाहिए?' ड्रीम स्टार स्टूडियोज के गोरे चेहरेवाले सीनियर ऑफिसर ने घबराते हुए।

छोटा ने जोर-जोर से पढ़ना जारी रखा।

'चक्रवात का प्रभाव इतना ज्यादा था कि उससे एक बीस फीट लाइट टावर टूट गया, जिससे यूनिट के तीन सदस्यों की मौत हो गई—ओवरहेड केबल्स से जलकर कई लोग गंभीर रूप से घायल हो गए।'

'यह इतनी जल्दी आउट कैसे हो गया?' मुंजाल ने भड़काया।'आप हमारे लिए इसे कंट्रोल करना मुश्किल बना रहे हैं।'

'ड्रीम स्टार भुगतान करने के लिए तैयार है।'

'कि तुम्हारा धन्ना सेठ करेगा! छोटा···चेक करो कि क्या मरे हुए लोग हमारे यहाँ रजिस्टर्ड हैं? मुझे उनके बारे में उनकी सेवा के वर्ष, आश्रित, बीमा, रिश्तेदार—के बारे में पूरा ब्योरा चाहिए।' मुंजाल ने अपने छोटे भाई छोटा बावला को संकेत दिया। राक्षसी बैल की तरह डील-डौल लिये छह फुट नौ इंच का गुस्से वाला छोटा बावला ने अपने दुबले और पतले बड़े भाई को पूरी तरह से बौना बना दिया था।

'तुम्हें पता है मेरे जीवन की सबसे बड़ी खुशी क्या है?' मुंजाल ने सोच-समझकर कहा, 'मुझे मेरे बगीचे में बैठ सुबह का नाश्ता करते समय अखबारों के स्पोर्ट्स सेक्शन को पढ़ना सबसे बड़ा आनंद देनेवाला लम्हा लगता है। छोटा केवल रियल एस्टेट और क्राइम पढ़ता है। वह हरामी वहाँ बॉलीवुड सेक्शन पढ़ता है, उसके बहुत सारे सप्लीमेंट हैं, देखो यह साला एक शॉपिंग मॉल है!' मुंजाल ताज्जुब कर रहा था।

'यह एक अलग दुनिया है।' डी.एस. आदमी ने समझदारी से कहा।

'वही एक दुनिया है। बस खिलौने अलग-अलग हैं। लेकिन तुम जानते हो···वही बकवास। मुंजाल हारा हुआ सा लग रहा था।'

'मैंने टीवी पर देखा। हाँ···बहुत बुरा हुआ के.डी. भाई के साथ पूरी खबर में।'

'तेरा सगावाला था?' छोटा बावला ने धीरे से कहा, 'तुम्हें क्या परवाह है साले, तुम दोनों तरफ के हो जाओगे।'

'प्रेस···तुम प्रेस को क्या कह रहे हो? तुम्हारे मरे हुओं के बारे में?' मुंजाल ने गंभीरता से पूछा।

'वही बकवास···उह···कि ड्रीम स्टार स्टूडियो कल रात के चक्रवात से बेहद खतरे में है और हमारी एकमात्र चिंता हमारे उन सहयोगियों के लिए है, जो सेट पर बुरी तरह से घायल हुए थे।'

'क्यों बुरी तरह घायल? कहो 'चोटिल'। 'मामूली चोट' कहो। मूर्खतापूर्ण बयान मत दो। अगर चीज फट जाती है तो यह तुम्हारा नितंब है···हा हा छोटा, उसे देखो। वह ईंटें मार रहा है।'

'मृत कलाकारों के परिवारों के बारे में क्या ? वे भी—भारी नुकसान के लिए दबाव डालेंगे— ' डी.एस. एग्जीक्यूटिव ने जानना चाहा।

'सेटल कर देंगे मामला।' लेकिन मुझे बताओ ··· आपकी फिल्म 'मेटल मैन इज व्हाट ··· ए स्पाई' फिल्म ना ? मेरे पास एक पार्टी है, उत्पादन में बड़ा निवेश करना चाहता हूँ। अनाम। पोस्टर पर भी नाम नहीं चाहिए। सत्तर करोड़। लेकिन अपनी गेंदों तक जाने के लिए तैयार सौ Cs तक उड़ा देंगे! बेशक सभी मुनाफे पर पचास प्रतिशत चाहता है, संगीत, उपग्रह, विदेशी, देसी। लेकिन कैश में देगा अस्सी प्रतिशत!! लेकिन धन्ना सेठ को बता दें कि इस बार मुंजाल को पंद्रह फीसदी चाहिए। पेपरलेस होगा।' मुंजाल ने पूछा।

'मुझे नहीं पता।'

'बेशक तुम नहीं जानते। तुम तो बस एक छोटे से गधे हो। तुम्हारा काम संदेश को पहुँचाना है, अभी मैं भी कॉल कर सकता हूँ। लेकिन किसे पता है, साला आजकल सभी फोन टैप कर रहे हैं। कल अगर तुम्हारी फिल्म ब्लॉकबस्टर हो जाती है तो तुम मुझे 10 प्रतिशत तक ही सीमित रखोगे। यह बावला का आखिरी ऑफर है। अपने धन्ना सेठ को बताओ।'

वे खुद को मुंजाल बावला की सेना या सिर्फ बावला कहते थे। फिल्म इंडस्ट्री में हर कोई उनके जबरदस्त दबदबे के कारण उनके बारे में जानता था। उनका ऑफिशियल काम अनगिनत बेपहचान बेजबान 'बैकरूम पेशेवरों' और बांद्रा और नेपियन सागर में पावरफुल स्टूडियो द्वारा कार्यरत कामगारों के अधिकारों की चौकसी करना था, जो पवई और मलाड में किराए के अस्थायी गैरेज से काम करनेवाले छोटे प्रोडक्शन हाउस के लिए थे। इंडस्ट्री में इस ओर सबसे कम ध्यान दिया गया था। जबकि उन स्टूडियोज से अपना खुद का काम गुप्त रूप से निकलवाने में उन्हें कोई दिक्कत नहीं थी, जब उन्हें ठीक लगता, उसी स्टूडियो के साथ सौदा करते थे।

बावला कैसे अस्तित्व में आया, इस पर बहुत सारे मत थे। कुछ लोगों ने कहा कि बावला इंडस्ट्री के संपन्न वर्ग की जीवन-शैली और उन बिना पहचान वाली जनता, जिनके सिर पर इंडस्ट्री खड़ी थी, के बीच पड़ी दरार का परिणाम थी। यदि स्टूडियोज ने कामगारों के अधिकारों को मान्यता दी होती और इतने

आक्रामक रूप से मजदूर विरोधी नहीं होते तो बावलों के अस्तित्व में आने का प्रश्न ही नहीं उठता। तथ्य यह था कि मुंजाल बावला अपने चतुराई से चुने लोगों की मदद से पहले ही इंडस्ट्री में प्रवेश कर चुका था और इंडस्ट्री के महत्त्वपूर्ण स्तरों पर अपने समेत अपनी सेना को मजबूती से स्थापित कर चुका था। बावलों ने विभिन्न क्षेत्रों के लिए नियुक्त मुख्याओं के साथ एक सेना की तरह काम किया।

वे मुखबिरों की सेना से जानकारियाँ इकट्ठी करवाते हैं, जिसमें आइटम गर्ल्स, स्टार मैनेजर्स, को-ऑर्डिनेटर्स, हाई-क्लास वेश्याओं से लेकर आउट ऑफ वर्क स्टार्स और जर्नलिस्ट्स तथा जूनियर आर्टिस्ट्स, स्टंटमैन, ट्रॉली मेन, यूनिट हैंड्स, ग्रिप्स, स्टेजहैंड्स, मेकअप और हेयर स्टाइलिस्ट और प्रोजेक्शनिस्ट्स शामिल हैं। एक शूट रोकना पड़ा ? मुंजाल और छोटा की अगुवाई वाले बावला, जिन्हें कुछ पेशेवर शरारत करनेवाले कहते थे, लंपट कारीगरों के ग्रुप्स को प्रेरित करने के एक्सपर्ट्स थे। उनका पहला काम किसी भी कार्यक्रम को बाधित करने के लिए मिनटों में भीड़ इकट्ठा करना था। सेट्स पर दुर्घटना कैसे हुई ? दुर्घटना होने के मामले में मुआवजे की राशि तय करने के लिए बावला पुलिस के पास पहुँच जाते थे। जैसे जब मुल्तान स्टूडियो का सेट उसके नीचे की पुरानी खदान का काम चलने की वजह से ढह गया था या जब एक मचान ढह गया था, जिसकी वजह से तीन मजदूरों और एक बच्चे की मौत हो गई थी या जब गंगाराम बलानी की फिल्म के सेट में आग लग गई थी, जिसमें आठ जूनियर आर्टिस्ट्स झुलस गए थे, ये ही बावला थे, जिन्होंने इन सभी दुर्घटनाओं के लिए मुआवजे दिलवाने का फैसला किया था। बावलों से समझौता करना बहुत सस्ता, लेकिन समय लेनेवाला सौदा होता था।

डी.एस. स्टूडियो के एग्जीक्यूटिव द्वारा खाली की गई सीट पर जल्द ही जाने-माने निर्माता टुंती शाह काबिज हो गए।

'मुंजाल⋯ क्या हो रहा है ?' टुंती शाह ने शिकायत की। 'हम रजिस्ट्रेशन फीस दे रहे हैं, फिर भी तुम्हारे आदमी आकर रोज और पैसे माँगते हैं। वे हमारे विदेशी तकनीशियनों पर चिल्लाते हैं और उन्हें डराते हैं। आधे विदेशी दल वापस जाना चाहते हैं।'

'लेकिन तुम सारा काम गोरों को दे रहे हो? और हमें मजदूरों की समस्या का समाधान करना है।' छोटा ने मुँहतोड़ जवाब दिया और मुंजाल मुसकराया।

'कितना?' टुंती ने पूछा।

'पंद्रह प्रतिशत। लागत बढ़ गई है।'

'पंद्रह प्रतिशत बहुत ज्यादा है। नंगा करोगे क्या? मुझे क्या मिलेगा? अस्सी प्रतिशत तो ऊपरी खर्च में ही चला जाएगा।'

'मुंजाल कमीने से बहस करने की तुम्हारी हिम्मत है? क्या तुम भूल गए कि तुम किससे बात कर रहे हो? छोटा इतने गुस्से से उठा कि टुंती घबरा गया।

'अब अब ˙˙ तुम मेरी बात सुनो।' टुंती ने अपने चेहरे के सामने अपना हाथ इस तरह रखा, जैसेकि उस पर कोई शारीरिक प्रहार करने जा रहा हो।

'छोटा ˙˙ छोटा! बेटा आराम करो! शांत हो जाइए टुंती सेठ, ये जवान लड़के हैं, एक मिनट में खौलता है इनका खून ˙˙ मेरे भाई का मतलब कोई नुकसान करने का नहीं है! लेकिन सेठ, मुझे लगता है कि आप खुद को कम आँकते हैं।' गुस्से में छोटा ने मुंजाल को स्टैपल करके शीट्स पकड़ा दी, जिस पर अनुमानित विदेशी कमाई लिखा था। 'तुम्हारी आखिरी फिल्म। मेरे पास आँकड़े हैं। यू.के. में 15 करोड़, अमेरिका में 20 करोड़, चीन में ˙˙ताइवान में। मिडिल ईस्ट में। वाह! मोटा सेठ, क्या आपका सी.ए. आपको कुछ नहीं बता रहा है? इस फिल्म पर विदेशों में अपनी कीमत बढ़ाओ। मैं आपको गारंटी देता हूँ, मेरे आदमी आगे से आपको परेशान नहीं करेंगे। और क्या आपको पता है, हम आपके लिए फिरंगी लाएँगे ˙˙पकड़-पकड़कर लाएँगे!'

'लेकिन यह कैसे संभव है? मैं बर्बाद हो जाऊँगा। मुझे क्या मिलेगा? ओवरहेड्स बजट एक ख्वाब है, स्टूडियोज का किराया, स्टार्स, साले स्टार्स ही चालीस प्रतिशत ले लेते हैं। सबसे अच्छी बात यह है कि तुम प्लीज मुझे मार डालो। मुझे मार डालो।' मोटे प्रोड्यूसर का चेहरा तमतमाता हुआ लाल हो गया।

'टुंती इमोशनल हो गया है। हा-हा! अरे, मोटा सेठ के लिए ए.सी. तेज चलाओ। आप उस 40 प्रतिशत लेनेवाले स्टार को क्यों लेना चाहते हैं? उसे बड़े स्टूडियोज के लिए छोड़ दें। मेरा सुझाव है कि आप सुमन मालवड़े और भावेश

डाबोरकर को ही लें। अपने आइटम नंबर के लिए डिजिटल डॉली लें। वे हमारे पास रजिस्टर्ड हैं। आप हमें चौदह प्रतिशत दे सकते हैं और बाकी हम सुमन भावेश और डिजिटल से लेंगे। मंजूर ?'

'मैं कॉमेडी के लिए राजा कोप्पिकर को ले सकता हूँ, लेकिन मैं नरगिस खालिद के साथ पहले से बँधा हूँ।'

'टुंती, क्या तुमने देखा कि वह बिच कहाँ गई है और सुलेमान के बारे में उसने क्या कहा ? तुम्हें पता है, सुलेमान हमारा लड़का है। ओके, न तेरा, न मेरा। चलो, तेरह प्रतिशत पर सौदा करते हैं। आखिरी मोल भाव है यह.।'

'मुंजाल तुम बहुत ज्यादा माँग करते हो।'

'हम फीस इसलिए लेते हैं, क्योंकि आप जैसे लोग अपने काम के लिए आर्टिस्ट्स प्राइवेट एजेंसियों से लेते हैं, जो हमारे साथ रजिस्टर्ड नहीं हैं। इससे हमारे लोग बेरोजगार हो जाते हैं।' मुंजाल ने धमकी भरे स्वर में कहा। 'हमने कई बार डायरेक्टर्स और प्रोड्यूसर्स को चेतावनी दी है कि हम इसे बर्दाशत नहीं करेंगे। अब आप भी सुन ये जान लो।'

मोटा सेठ एक बड़े से सफेद रुमाल से अपने पसीने से तर माथे को पोंछते हुए पंद्रह मिनट में ऑफिस से बाहर निकल गया, उसके परेशान एडीस और सीएस की सेना उसके पीछे-पीछे चल दी।

'तेरह प्रतिशत! क्या वे पागल हैं ?'

'मैं तो खत्म हो जाऊँगा।' टुंती शाह ने कहा।

'सर, हम लागत में कटौती करेंगे। एक बीच की हीरोइन को ही लीजिए। दो आइटम गीत और एक बलात्कार का सीन जोड़ें! बैकरूम स्टाफ, जूनियर आर्टिस्ट्स आपका बजट घटा देते हैं। अब जबकि बावला ने अपना कट लगा लिया है, वे दूसरी तरफ का भी देखेंगे। हम बावलों के साथ खिलवाड़ नहीं कर सकते।'

मोटा सेठ ने अपने सी.ए. को कड़ी निगाहों से देखा और सोचा कि उसने किसके लिए काम किया है। लेकिन उसके पास कोई विकल्प नहीं था। मोटा सेठ और उनके जैसे सैकड़ों प्रोड्यूसर्स और फिल्ममेकर्स के पास बहुत कम

विकल्प थे। यदि किसी ने बावलास से समझौता नहीं किया तो क्या हुआ, इसके बारे में सभी ने कहानियाँ सुनी थीं।

~ ❖ ~

'मुझे नहीं लगता कि टुंती सेठ समझौता करने को तैयार है। नहीं करेगा।' छोटा बावला ने कहा।

'ताऊ मरेगा और फिर हम उस पर छींटाकशी करेंगे। अगला कौन है?' मुंजाल बावला की मुसकान उसकी आँखों तक नहीं पहुँची।

मुंबई शहर आपको इतना हताश कर देता है, जितना दुनिया में कोई और जगह नहीं करती होगी। यह वह जगह थी, जहाँ लाखों लोग अपनी आँखों में सुनहरे सपने लेकर आए थे, लेकिन मुंबई ने उन्हें पूरा निगल लिया। कुछ चुने हुए लोगों के सपने यहाँ पूरे हुए और बाकी बिखर गए। मुंजाल बावला की नजर में सब एक जैसे थे। उसने उन दोनों तरह के लोगों से लाखों की कमाई की थी और ऐसा करना जारी रखने का इरादा रखता था। मुंजाल उन कुछ चुने हुए लोगों में से एक थे, जिन्होंने उलटे उसे ही हताश कर दिया। और वह भी बुरी तरह से। और टिनसेल-टाउन ने हाथ फैलाकर मुंजाल का स्वागत किया, उसमें गड़बड़ करने के लिए। बार-बार। मुंजाल बावला को वह समय याद आ गया, जब वह पहली बार मुंबई आया था। वह डर गया था कि शहर उसे पूरा निगल जाएगा और उसे परे छटक देगा। सच तो यह है कि मुंजाल ने कभी सपने में भी नहीं सोचा था कि वह इतना डरावना आदमी बन जाएगा और मुंबई पर शासन करेगा। सच कहूँ तो मुंजाल ने इतने लंबे समय तक जीने की कभी उम्मीद नहीं की थी। वह कभी भी बड़े शहर में नहीं आना चाहता था। उसका जन्म नवी मुंबई के बाहरी इलाके में एक गरीब उपनगर में हुआ था। उसे चोरी के झूठे आरोपों में कई बार पीटा गया, एक बार उसने एक अमीर चॉल मालिक को लूटने की कोशिश की पकड़े जाने पर भीड़ उस पर टूट पड़ी। उसकी किस्मत थी कि वह भाग गया और बच निकला। असल में, वह मकान मालिक की बड़ी बेटी के साथ संबंध बनाने के लिए नौवीं बार उसके घर गया था। इस बार वह अपने छोटा को साथ ले गया था, जिसकी नजर

मकान मालिक की छोटी लड़की पर टिकी थी। मुंजाल और छोटा दोनों एक ही समय में दोनों बहनों को बिस्तर पर लाना चाहते थे। आखिर दोनों बहनें उन दोनों की हमबिस्तर होने के लिए तैयार हो गईं और दोनों भाई उतावले होकर मकान मालिक का घर से बाहर काम पर जाने का इंतजार करने लगे। लेकिन जल्दबाजी में बेवकूफ लड़कियाँ भूल गई थीं कि उनके घर पर एक बीमार दस वर्षीय भाई भी था, वह एक बेकार पड़े सूने कमरे से उन चारों की गूँजती आवाज और चीख सुनकर उस कमरे में गया और उन्हें देखकर चौंक गया। मुंजाल का चेहरा उसकी छोटी बहन के शरीर पर झुका था और छोटा उसकी बड़ी बहन के साथ शारीरिक संबंध बना रहा था, चारों शरीर पूरी तरह से नग्न थे और मौज कर रहे थे। वे दोनों खिड़की से बाहर निकल रहे थे, तभी लौट रहे मकान मालिक और घर के दूसरे लोगों ने उन्हें देख लिया, वे दौड़े। मुंजाल और छोटा दम लगाकर बड़ी तेजी से दौड़े, भीड़ उनके पीछे दौड़ रही थी। वे दौड़ते हुए सीधे बस स्टैंड पर पहुँचे और जो भी पहली बस उन्हें वहाँ मिली, वे उस पर चढ़ गए, वह बस उन्हें मुंबई ले आई। वे मुंबई में केवल उन्हीं कपड़ों के साथ उतरे थे, जिनमें वे थे और जाहिर है कि वे उन्हीं कपड़ों में हफ्तों तक रहे। दोनों भाई लंबे समय तक एक अनजान चॉल में रहे। वे जगहों का जायजा लेते, तहकीकात करते, फिर प्लानिंग करते और फिर जल्द ही ब्लैकमेलिंग, चोरी, पिटाई, ऊधम मचाना और शराब का अवैध बिजनेस जैसे छोटे-छोटे अपराध करने लगे, यही उनकी जीविका का साधन था। कुछ वर्षों के बाद उन्हें बावलों के नाम से जाना जाने लगा। लेकिन मुंजाल बावला को छोटी-छोटी जद्दोजहद से संतोष नहीं था। उसके अपने कई प्लांस थे। मुंजाल के बड़े खेल में माहिर होने और एक छोटे प्रोड्यूसर की बेटी से शादी करने से पहले की बात है। उसके ससुर ने उसे असंगठित फिल्म इंडस्ट्री के बारे में सबकुछ सिखाया। अच्छे दामाद की भूमिका निभाने और प्रोडक्शन हाउस को सँभालने के दो साल बाद मुंजाल ने अपनी वाइफ को छोड़ दिया और प्रोडक्शन हाउस को अपने साथ लेकर अपने असली खेल में आगे बढ़ गया। बॉलीवुड। जहाँ छोटी और बड़ी धोखाधड़ी रोजमर्रा की जिंदगी का एक स्वाभाविक हिस्सा थे। उसने बॉलीवुड को अपना बना लिया था। उसने बॉलीवुड में छल-कपट

किया, घोटाले किए और धोखाधड़ी की, यही उसकी जीविका के साधन थे। मुंजाल बावला ने हर खेल के नियम को तोड़ा था और अपने वफादार बावलाओं के हाथों में सुरक्षित साम्राज्य को आगे बढ़ाने के लिए अपने स्वयं के नियम बनाए थे। उनके लिए जानकारियाँ लेना ही सबकुछ था और बेशक इसके लिए वफादार होना भी जरूरी था।

□

15

नरगिस खालिद

अस्पताल के कमरे में इंटरकॉम रिंगर की तेज आवाज से नरगिस की नींद खुल गई। वह उस कमरे में अकेली थी, लेकिन ज्यादा समय तक नहीं। इंटरकॉम पर आवाज ने उसे बताया कि मेहमान आनेवाले हैं। नरगिस का गला सूख गया था और वह अपने पसंदीदा पेय के लिए बेताब हो रही थी—रम, ब्राउन शुगर, अंडे और क्रीम, और बेनेडिक्टाइन इन सभी को एक साथ ब्लेंडर में मिला कर, फिर उसमें सही समय पर एमिल-नाइट्रेट पॉपर्स मिलाए जाते थे। सिर्फ इसके बारे में सोचने भर से ही उसे ऑर्गेज्म मिल रहा था। कमरे में कीटाणुनाशक क्लोरीन की तीखी गंध ने उसे बैठने पर मजबूर कर दिया। इसके बाद उसने अपने बालों में फँसे लेस वाले स्लीप मास्क को हटा दिया। रात भर लाइट जलती रही, वह सुसाइड वॉच पर थी। नरगिस ने मेज पर रखा संतरे का रस लिया और जोर-जोर से कराही। उसकी कलाई पर लगी चोट से उसका हाथ दर्द कर रहा था। उसने बिस्तर से बाहर निकलने की कोशिश, लेकिन वह बहुत कमजोरी महसूस कर रही थी वह वापस गिर गई। वह अपनी बेडसाइड टेबल के पास पहुँची और विटामिन ई की गोलियों की एक बोतल उठाई। उसने एक सेफ्टी पिन निकाला और गोली में छेद कर दिया। वह चाहती थी कि उसमें मिलाने के लिए आसपास कुछ ग्लिसरीन मिल जाए तो अच्छा हो। यह उसकी न के बराबर आँखों की झुर्रियों के लिए सबसे अच्छा और सस्ता सॉफ्नर था। उसने गोली से विटामिन ई का तेल सीधे अपनी आँखों के नीचे लगाया और खुद को देखा और मुसकराई। जी हाँ, बॉलीवुड में अपने छोटे से कॅरियर के दौरान उसने जो कुछ भी किया, उसके बावजूद वह अभी भी बहुत खूबसूरत लग रही थीं।

पंद्रह साल की उम्र में नरगिस मिस लाहौर बनीं। उसका असली नाम वहीदा खालिद मोमानी था और उसने प्रतियोगिता के ऑर्गनाइजर्स से अपनी उम्र और नाम के बारे में झूठ बोला था। उसने अपने रूढ़िवादी माता–पिता के कहने पर इस्लामाबाद के एक 45 की आसपास की आयु के बिजनेसमैन से शादी करने से मना ही नहीं किया, बल्कि एक छोटी ड्रेस पहनकर एक प्रतियोगिता में हिस्सा लिया और अपने सिर पर 'मिस सेक्सी' का ताज पहना, इससे खफा होकर उसके माता–पिता ने उसे त्याग दिया था। वहीदा खालिद मोमानी के और भी सपने थे। बॉलीवुड जाने के सपने। वह घर से भाग गई, स्कूल छोड़ दिया और सौंदर्य प्रतियोगिता के जज मिस्टर सोज के साथ रहने लगी। युवा लड़की, जिसकी ब्रांडी भूरी आँखों, घुँघराले काले बालों और मृगी जैसे नयनों में गजब का आकर्षण था, जिसे देखकर अधेड़ उम्र के पुरुष भी चुलबुले और जवान बन जाते थे। लेकिन दूसरी श्रीमती सोज बनना वहीदा का इरादा नहीं था, इसलिए उसने मिस्टर सोज का वह सारा पैसा हड़प लिया, जिसे वह ले सकती थी। उसने मिस्टर सोज के हनीमून के लिए दिलवाए नकली लुई वुइटन बैग में चाँदी के बड़े–बड़े कैंडलस्टिक्स, महँगे रेशम और शॉल भर लिये और चुपके से अपना ठिकाना और उड़ान का समय बदलते हुए मुंबई के लिए रवाना हो गई। उसे एक छोटा सा जुरमाना देना पड़ा, लेकिन कोई बात नहीं, वह उसके लिए घाटे का सौदा नहीं था। वहीदा अपने जीवन की मनपसंद नैया पर सवार थी। जब वह मुंबई पहुँचीं तो सबसे पहले उसने अपने वक्ष बड़े करवाने के लिए एक डॉक्टर का पता ढूँढ़ा। 34बी के वक्ष करवाना उसके लिए एक जुनून बन गया था और जब इसके लिए उसके पास पर्याप्त पैसे नहीं थे, तब डॉक्टर ने उसकी हताश, लेकिन कठिन–कैश स्थिति को भाँपते हुए उसे अपने साथ सोने के लिए कहा। वह आसानी से राजी हो गई। उसका इनाम निशुल्क वक्ष के आकार को बड़ा कराना था। फिर उसने अपना नाम बदलकर नरगिस रख लिया, वह एक बड़े आदमी की पी.आर.–सेक्रेटरी–मैनेजर–को–ऑर्डिनेटर बन गई, जो उसके सुडौल शरीर को देखकर पहले उसके साथ सोया, फिर उसने इस उन्मादी लड़की को उन कामुक एक्टर्स और प्रोड्यूसर्स को सप्लाई किया, जिन्होंने उसके साथ सोने के बदले उसकी दुनिया बदल देने का वादा किया।

नरगिस को लगा कि वह बहुत तेज दिमाग वाली है, जिसके चलते उसने कड़ी मेहनत और अनथक कोशिशें कीं और वह अपने लक्ष्य के करीब थी। एक साल के भीतर नरगिस एक इन-डिमांड पार्टी गर्ल बन गई, उसकी अपनी साइट थी, जिसमें एक चोक-ए-ब्लॉक डेट डायरी और तीन हिट आइटम नंबर और अनगिनत छोटे-छोटे बातें करने और चलनेवाले रोल्स थे। लेकिन जिस बड़े ब्रेक ने उसके कॅरियर में सभी बदलाव किए, उससे वह उसका असली सुख लिया और उसकी दिनचर्या बदल गई। उसके हाथों से रातोरात कम-से-कम पाँच महत्त्वपूर्ण फिल्म प्रस्ताव निकल गए, जिनसे उसे बहुत शोहरत मिलनी तय थी। और वह जानती थी कि ऐसा क्यों हुआ। नरगिस ने अपने जीवन पर कड़ी नजर रखी और फैसला किया कि वह लोगों को उनके दिए गए वादों को पूरा करने पर बाध्य करेगी।

'अंदर आ जाओ।' उसने कहा। दरवाजा खुला और जाना-पहचाना वाला पुलिस ऑफिसर अंदर आया। ए.सी.पी. कबीर ने नर्सिंग होम में बिस्तर पर बैठी नरगिस को देखा, उसकी बड़ी-बड़ी खूबसूरत आँखें लाल रंग की हो गई थीं, कलाई पर पट्टी बँधी हुई थी।

'कोई ताज्जुब नहीं कि आप इतने जाने-पहचाने लग रहे हैं। मैं आपको हर दिन टीवी पर देखती हूँ। आप मशहूर हो!' वह मुसकराई।

कबीर ने कहा, 'मैडम, मैं तुम्हारी तरह मशहूर नहीं हूँ।' नरगिस शरमा गई।

'पाँच साल में बलात्कार हुआ, सेक्सुअली ह्रास किया, नशेड़ी बना दिया है मुंबई ने और अब इस अस्पताल के बिस्तर पर हूँ। बिल्कुल अकेली।' उसने कुटिल मुसकान के साथ कहा।

'तुम्हें कैसा लग रहा है? डॉक्टर ने सिर्फ एक खरोंच कहा, तुम डिस्चार्ज होने के लिए तैयार हो।'

'मैं ठीक नहीं हूँ। वह एक एक्सीडेंट था।'

'अच्छा हुआ कि एंबुलेंस को पहले ही अलर्ट कर दिया गया था।'

'तुम समझ रही हो कि मैंने अस्पताल को फोन किया कि यह-यह सब नाटक है? मैं पब्लिसिटी स्टंट क्यों करूँगी? पब्लिसिटी के लिए कोई अपने

चेहरे से खिलवाड़ नहीं करेगा। आप समझते हैं, मैंने खुद अपनी जॉलाइन और माथे पर चोट की?'

'मैं उस तर्क पर सवाल उठाने के लिए यहाँ नहीं हूँ। कम-से-कम इस बार तो नहीं।'

'मुझे पता है कि इस सबके पीछे कौन है, मेरी जान को खतरा हो सकता है। मैंने अपनी काली डायरी में सबकुछ नोट कर रखा है, मैं प्रिंस सुलेमान और चमन के खिलाफ पुलिस में शिकायत दर्ज करने जा रही हूँ।'

'प्रिंस सुलेमान? सुपरस्टार प्रिंस?' कबीर ने हैरान होकर पूछा।

'हाँ। और क्या 'प्रिंस'? उसका असली नाम सुलेमान अली है। और 'कपूर' उसके पिता का सरनेम ही नहीं है। यह उस अहंकारी की जाली करतूतों का एक नमूना मात्र है।'

'उसने अपनी नई फिल्म में मुझे जो रोल देने का वादा किया था, उसके लिए वह किसी और लड़की को कास्ट कर रहा है। वर्षों से वह मुझे हीरोइन का रोल देने का वादा कर रहा है। लेकिन अब मैं उसके लिए सिर्फ एक आइटम गर्ल हूँ! प्रिंस सुलेमान को मैं हीरोइन मटेरियल नहीं लगती? उस समय मैं ठीक थी, जब वह मेरा रेप करता था, तब उसके लिए मैं बहुत अच्छी थी···हाँ? मैं इनसाफ माँगूँगी, मैं इन बदमाशों के खिलाफ पुलिस केस दर्ज कराने जा रही हूँ। लेकिन यह सब बाद की बात है। मैं असल में कहना चाहती हूँ कि मेरी फिल्म बंजारन कैरी देखो आप, इसका प्रीव्यू जल्द आ रहा है, मैं आपको इसके लिए कॉम्प्लिमेंट्री पास भेज दूँगी, मैं लाहौर से हो सकती हूँ, लेकिन मैं भारतीय संस्कृति को बहुत अच्छी तरह से समझती हूँ। मैं लोगों को दिखाना चाहती हूँ कि असली सेक्स अपील क्या है।'

'जरूर। शिंदे जरा एक रिमाइंडर सेट करो, लेकिन मुझे यह बताओ मिस डेजी, तुम्हारे डायरी लिखने की आदत से कुछ लोग डरते होंगे···और तुम्हारा छोटी काली डायरी रखना उन्हें एक रहस्य लगता होगा!'

'मैं आपको बता दूँ, जब आप बॉलीवुड में होते हैं तो सिर्फ यही नहीं कि आप जिसे जानते हैं, वही आपकी मदद करेगा, बल्कि जो आप जानते हैं, वह आपकी मदद करता है। और यह पुरुषों की दुनिया है, इसलिए हम लड़कियों को

खुद को आर्म्ड रहने की जरूरत है। मेरा मतलब चाकू-वाकू नहीं है।' नरगिस ने कहा।

'मैं आपको बता दूँ। मैं लाहौर की एक साधारण घरेलू लड़की हूँ। मुझे इस फिल्म इंडस्ट्री में कास्टिंग काउच के बारे में चेतावनी दी गई थी, लेकिन मैंने तब तक इस पर विश्वास नहीं किया, जब तक कि सुलेमान ने मेरे साथ वह गंदी हरकत की। वह अपने ऑफिस में मेरे समक्ष निर्वस्त्र हो गया और उसने मेरे साथ शारीरिक संबंध बनाने को कहा। यह तब की बात है, जब मैं पाँच साल पहले फुल हाउस के ऑडिशन के लिए गई थी। मैं चिल्लाई, लेकिन फिर होना क्या था। मैं कौन हूँ? कौन मुझ पर विश्वास करेगा? लेकिन मेरे पास सबूत हैं, मैं सही समय का इंतजार कर रही हूँ, मैं एक एक्ट्रेस हूँ, सस्ते किस्म की लड़की नहीं, मैंने लाहौर में कई फिल्मों में एक्टिंग की थी, मैं एक ब्यूटी क्वीन थी।'

'तुम सुनहरी को कितना जानती हो?'

'सुनहरी? तुम्हारा मतलब है सनी। उह उसके परिवार को छोड़कर किसी ने उसे सुनहरी नहीं कहा, मुझे लगता है! जब मैंने पहली बार सनी को देखा तो मुझे लगा कि वह बड़ी हीरोइन है या कोई बड़ी बकवास। खानदानी है, मैंने सुना। लेकिन कुछ खास है''उसमें एक सेल्फ-डिस्ट्रक्टिव गुण जैसा कुछ'' शायद आपको पता हो, वह इसे एक हीरोइन बनाना चाहती थी, लेकिन वास्तव में उसमें एक्टिंग करने का मादा नहीं था। मैं झूठ नहीं बोल रही। मैंने सनी को एक्टिंग करते देखा है। उसे एक्टिंग बिल्कुल नहीं आती। रियल बकवास एक्टिंग। स्लीपवॉकर्स की तरह काम करती है, लेकिन डांस बहुत अच्छा करती है। उसके डांस-कदमों में एक जादू है, जो कैमरे को पसंद आता है। लेकिन जब वह अपनी जुबान चलाती है तो सब गुड़-गोबर हो जाता है! उसे सबसे अच्छे आइटम नंबर मिलते थे, लेकिन वह महँगा काम करती थी, कभी-कभी अचानक गायब हो जाती थी, के.डी. उसे एक जगह पर टिकाए रखने के लिए नशे से भर देता था। एक बार जब वह डगमगाते हुए मेरे पास हेल्प के लिए आई, तब मैंने उसे रिहैब में जाँच करवाने का सुझाव दिया, लेकिन वह मुझे कोसते हुए''' सड़क पर वापस'''चलते हुए नशे की गोलियाँ और बार्बिट्स निगल गई। हम शो में मिलते थे और वह हमेशा प्यारी, सुंदर और मुसकराती हुई नजर आती थी।

और फिर से के.डी. के साथ। बेशक वह मदद के लिए अपनी बहन के पास जाने की बात नहीं करती थी, मैं आपको बता दूँ कि कश्यप उपनाम उसके सिर पर एक काँटेदार मुकुट था। लेकिन वह कभी पीड़िता नहीं बनी। उसके पास माल था और वह बिक्री के लिए तैयार थी। हर लड़की की कहानी लगभग एक जैसी होती है।'

'क्या के.डी. को तुम्हारी गुप्त ब्लैक डायरी के बारे में पता था?' शिंदे ने पूछा।

'हुह!! क्या तुम मजाक कर रहे हो? के.डी. ने खुद मुझे इस बारे में बहुत कुछ बताया। वह बहुत डींगें मारता था कि इंडस्ट्री की आधी फिल्में उसकी थीं और इंडस्ट्री के आधे डैडी और मम्मियाँ उसके इशारों पर नाचते थे। वह बताता था कि उसके बावला के साथ कनेक्शन थे, मुझे लगता है कि इसलिए लोग उससे डरते थे। लोगों पर उसका काफी रोब था, इसका इस्तेमाल वह पैसे कमाने के लिए करता था। उसने बहुत से लोगों को नाराज किया, अपनी हदें भी पार कर लीं, अभी हाल ही में कुछ लोग—कुछ जॉनी डिसूजा जैसे—के.डी. गुस्से में था।'

'कौन जॉनी डिसूजा?'

'मेरा मतलब है कि उसने मुझे अपनी मर्जी से नहीं बताया। गलती से उसका नाम मेरे सामने आ गया, वह एक कागज के टुकड़े पर लिखा था। उससे पूछा कि जॉनी डिसूजा कौन था, बस एक बिना मतलब का सवाल था और आपको उसकी प्रतिक्रिया देखनी चाहिए थी, उसने मुझे गालियाँ दी और मेरे शरीर पर अनुचित टिप्पणियाँ कीं।

'अब···यह जॉनी डिसूजा कौन है?'

'हम्म सही, लेकिन असल में···उह···जॉनी डिसूजा कौन है?'

'आपको लगता है कि मुझे उससे कोई मतलब था! इसके बाद कि उसने मुझे बिना मतलब के बाहर निकाल दिया था। साला हरामी आदमी। मैं अपने सेशंस के दौरान सभी तरह की एक्टिंग करने के बाद हरेक हीरो, प्रोड्यूसर, डायरेक्टर के बारे में पूरा ब्योरा नोट करती थी, ऐसा करना मुझे अच्छा काम लगता था, आप समझ सकते हैं कि मैं सोचती थी कि खुदा-न-खास्ता यदि

किसी–न–किसी दिन, मैं किसी मुसीबत में फँस गई तो मैं कुछ कर पाऊँ, अपने खज़ाने में डुबकी लगाऊँ और उन पर वार करूँ···आप क्या कहते हैं···एक दोस्ताना अहसान!'

'तुमने कुछ किया···तुमको कुछ और तरह लगा, उस रात··· ।'

'सबकुछ अजीब था। लेकिन बेमिसाल। सलेम सेक्स के विषय में व्यस्त था। हमने किसके साथ सेक्स किया था। हमें उस समय कैसा लगा। अगर हम उसके साथ ऐसा करना चाहते तो क्या होता। बस वह मजे ले रहा था और रोमांचित होकर घटिया फब्तियाँ कस रहा था। जब हम अपना मुजरा डांस कर रहे थे, तब भी वह भद्दे सवाल कर रहा था।

'उसने मुझसे यह भी पूछा कि मैंने कितने अबॉर्शंस करवाए हैं। मैं किसी को नाराज नहीं करना चाहती थी। मैं नहीं चाहती थी कि अपना मूड खराब करूँ, मुझे पता था कि वह मेरी परीक्षा ले रहा था, इसलिए मैं नॉर्मल बनी रही। लेकिन सनी तो आग–बबूला हो गई। उसे वहाँ नहीं आना चाहिए था। वह शो से पहले ही एक्टिंग कर रही थी और के.डी. ने उसे बार बिट्स पिल्स से भर दिया और उसे टॉयलेट में बंद कर दिया था और डांस करने के ठीक पहले बाहर जाने दिया। वह इस गंदगी को सँभालने के लिए तैयार नहीं थी, उसने चिल्लाना शुरू कर दिया और सलेम उग्र हो गया और वह उस पर कूद गई···उसके कपड़े फाड़ने लगे, उसकी हँसी हिस्टीरिकल और अजीब हो गई और वह एक बच्चे की तरह रोने लगी और···और फिर उसने उस पर पेशाब किया, यह अजीब था आप जानते हैं···मैं भी उसका चेहरा देखकर हँसने लगी, सलेम पागल हो रहा था, यह अराजकता थी।

'डॉली ने बताया कि सनी ने सलेम पर थूका।'

'नहीं, उसने उस पर पेशाब किया। मैंने उसे देखा। और···और?'

'वह बला की खूबसूरत थी, कोई भी उसकी सुंदरता का कायल हो सकता था, वह एक आकर्षण का केंद्र थी। लेकिन वह खुद, वह उस बिच डॉली या डेजी की तरह हिंसक नहीं थी···देखिए, आप तो जानना चाहते हैं कि उस रात हुआ क्या था। उसने के.डी. पर हमला किया, यह साफ है। जब वह हमारे होटल के कमरे में घुसा तो सच कहूँ तो यह बहुत डरावना लग रहा था। वास्तव में,

मुझे नहीं पता कि मेरे जाने के बाद उस रात उनके बीच क्या हुआ था। मुझे कैसे पता हो सकता था? आपको पता होना चाहिए, मैं वहाँ से चली गई थी?' उसने और तेजी से कहा।

'क्या तुम श्योर हो कि तुम सच बोल रही हो, कुछ नहीं छुपा रही? या फिर यह वह बात है, जो तुम अपनी छोटी काली डायरी में नोट करती रही हो, अपने रैनी डे के लिए, संकट के दिनों के लिए?'

'ऑफिसर, बॉलीवुड में हर दिन रैनी डे होता है। मैंने इस इंडस्ट्री के बारे में एक बात सीखी है, इस शहर में आपको हताश होने की इजाजत नहीं है, मैं अपने लिए कोई परेशानी नहीं खड़ी करती और न ही मैं दूसरों को परेशान करती हूँ।'

'तुम्हारी भलाई इसी में है कि तुम सच-सच सबकुछ बता दो। हमें वहाँ कुछ मिला है। कमरे में। हम जानते हैं कि वह तुम्हारा है।'

'मैं अपनी सेक्सुअलिटी पर शर्मिंदा नहीं हूँ। यह सेक्स टॉय मेरा है। यह एक सिंपल वाइब्रेटर का लेटेस्ट वर्शन है। मैं शर्मिंदा नहीं हूँ।' नरगिस ने कहा। 'यह तो बस एक छोटी सी चीज है, जो मुझे लड़कियों को दिखाने के लिए मिली। बड़ी बात? आपको पता होना चाहिए कि आज के मॉडर्न टाइम में यह अजीब बात है कि कोई एक लड़की से सवाल करे कि वह वाइब्रेटर क्यों रखती है या उसके पर्स में कंडोम क्यों है, मैं नहीं समझती कि इससे उसे शर्मिंदा होने की जरूरत है। मैंने इसे इटली में खरीदा था और यह बैटरी से ऑपरेट होता है। यह लाल रंग का और केले के आकार का होता है और आनंद को बढ़ाने के लिए इसमें पसली जैसी धारियाँ होती हैं। 'पिंकी केला' एक लोकप्रिय ब्रांड है!' उसने उन्हें उसके बारे में इस तरह बताया, जैसेकि उसके पास यह होना गौरव की बात है।

'इसे रखना कोई अपराध नहीं?' उसने पूछा।

'नहीं। कोई अपराध नहीं।' कबीर ने जवाब दिया।

16

'मरीन बे से एक शव बरामद किया गया है। संदेह है कि वह शव अभिनेत्री डैनी का हो सकता है'—कला ने पीले रंग की अखबार की उस कटिंग को घूरा, जिसे वह हमेशा अपने पर्स में रखती थी। बेशक यह शव डैनी का नहीं था। और हर बार मरीन बे में कोई-न-कोई बॉडी मिलती रहती, सात वर्षों में इक्कीस शव, मगर यह डैनी नहीं थी।

सात साल पहले कला की बेटी गायब हो गई थी, तीन दिन बाद टीवी से उसकी अपनी नाव से गायब होने के बारे में पता चला। किसी ने कला को उसकी बेटी के बारे में बताने की जहमत नहीं उठाई। वह खुद कूदी या गिर गई, यह सवाल लाख बार पूछा जा चुका था।

'बीस वर्षीय अभिनेत्री या तो कूद गई या वह लग्जरी बोट के दूसरे तल से गिर गई।' वीडियो में लिखी यह लाइन कला के दिमाग में चक्कर लगा रही थी। दोबारा देखे गए सीसीटीवी फुटेज में डैनी डेक पर जाते हुए दिखी, फिर लाल और काली नाव की दूसरी मंजिल से उसके गिरने की पल भर की झलक दिखाई दी। कला ने हर उस पल को याद किया। शानदार लाल लग्जरी बोट, जो डैनी की पहली सुपरहिट पर ड्रीम स्टार स्टूडियो ने उसे भेंट की थी। चालक दल ने पाया कि डैनी सुबह से लापता थी और जब वह नहीं मिली तो सीसीटीवी फुटेज खँगाली गई। धुँधली रिकॉर्डिंग से उसकी नाव की डेक से पानी में कूदने या गिरने का निष्कर्ष कभी नहीं निकाला जा सका।

मरीन ड्राइव लाइटहाउस से छह मील दूर था, सालों-सालों में मौके से कुल इक्कीस शव निकाले गए, जिनमें उसकी बेटी कभी नहीं थी। और फिर पुलिस ने उस केस को छोड़कर उसकी फाइल बंद कर दी। कला ने पीले कागज

को मुट्ठी में भींच रखा था, कोर्ट के मंत्रणाओं पर उसने उस समय गौर किया, जब सनी के नाम उल्लेख किया गया।

उसकी खूबसूरत बेटी कहीं मिट्टी में सड़ रही है।

तब्बू की बेटियाँ जीवित थीं। कला का खून उम्र भर की घृणा से उबल रहा था।

कला यह बात नहीं समझ सकी, क्यों हर वह व्यक्ति जिसकी वह परवाह करती थी, उससे छीन लिया गया। उसके पति विष्णु, उसका भाई के.डी., उसकी बेटी डैनी। इसकी शुरुआत उसकी अपनी पसंदीदा चाची, सुपरस्टार बीना से हुई थी।

एक बच्ची के रूप में कला ने उन्हें फिल्मों में देखा, उसे यह यकीन होने लगा कि उसकी चाची बीना एक परी देवी हैं। जब बीना उससे मिलने उसके घर अपनी स्टार कार और अपने नौकरों की सेना के साथ आई तो उन्होंने अपनी बहन के बच्चों पर महँगे तोहफे की बारिश कर दी। बीना आंटी ने अपनी कमीनी बेटी तब्बू के जन्म के बाद उसे प्यार करना बंद कर दिया? तब न सिर्फ कला ने एक प्यारी चाची को खो दिया, यहाँ तक कि उसकी अपनी माँ को भी खो दिया, जो चाची बीना की तेजस्वी बेटी तब्बू की तरफदार हो गई थी। रातोरात अपने आप को सुंदर माननेवाली कला, सादी सी दिखनेवाली लड़की हमेशा के लिए बड़ी बहन बन गई थी।

सभी पहले तब्बू को प्यार करते। लेकिन कला की दुनिया तब उजड़ी, जब उसकी पहला क्रश, जवान विष्णु, जिसे वह अपने लिए चाहती थी, वह भी तब्बू से प्यार करने लगा। कला कश्यप को पता था कि उसका भाग्य खराब है और अब यह बदला लेने का समय था।

समय ने कला की आकृति को कठोर बना दिया और उसका पहले से पतले मुँह को सीधे काट का बना दिया। उसकी खींची हुई भौहें पेंसिल से ऊँची की गई होती थीं और उसके चेहरे पर अस्वीकृति का स्थायी भाव बना रहता था।

उसने अपने सामने खड़ी एक युवा लड़की को नफरत से देखा। सनी की सुनहरी आँखों ने उसे उस स्त्री की याद दिला दी, जिससे उसने पूरी जिंदगी नफरत की थी। यहाँ तक कि तब्बू की मौत के बाद भी अनगिनत अखबारों और

टीवी के गॉसिप शोज में उसकी सुनहरी आँखें उसका मजाक उड़ाती दिखाई देतीं। तब्बू अपने वंश के जरिए जीवित थी, कला अपनी उग्र होती दुश्मनी से सोच रही थी, जबकि उसका भाई और उसकी बेटी की सड़ी हुई देह उसकी यादों में बने रहे।

उसकी आँखें विष्णु से एक पल के लिए मिलीं और वे एक-दूसरे को घूरते रहे। कला ने नीरव पिता को अहंकारी जीत की नजर से देखा। कला के लिए यह मायने नहीं रखता था कि सनी इस अपराध में दोषी है या नहीं। कला की नजर में सनी इससे भी बड़े अपराध की दोषी थी।

वह तब्बू की बेटी थी और वह अपनी माँ की तरह ही पैशाचिक दिखती थी।

'ऐसी बेटी, जैसी बेटी कोई नहीं चाहता। वह एक बेशर्म दुष्टा स्त्री है। वह शांत कुतिया और कुटिल प्रलोभी का खेल खेलने में माहिर है। पल भर की संतुष्टि के लिए पुरुषों के इर्द-गिर्द घूमनेवाली। दैहिक रूप से वह नियंत्रण से बाहर है। कला का साधू लहजा बज उठा, जैसे ही उसने अपना स्टैंड लिया। दिन की सुनवाई में लगातार जहर उगलने से वह शिथिल हो गई थी।

'के.डी. गया, डैनी गई, के.डी. गया, डैनी गई, सनी जा रही है, चली गई जा रही है, चली जा रही है।' वह अपने आप बड़बड़ा रही थी।

{तब्बू के मरने के बाद उसे कभी विष्णु से शादी के लिए राजी नहीं होना चाहिए था। लेकिन बीना आंटी ने जिद की और किस्मत ने उसे जो मौका दिया था, उससे वह खुश हो गई थी। बेशक उसने केवल दो बिना माँ की बेटियों के लिए विष्णु से विवाह कर अपने आप के बलिदान का दिखावा किया था। इसका बुरी तरह उलटा असर हुआ था। हालाँकि उसने भी विष्णु को एक बेटी दी, पर विष्णु कभी उसके पति नहीं बने। वे तब्बू के पति बने रहे। और वह, यानी कला, उसकी बेटियाँ पालनेवाली बन गईं।

अपनी टूटी हड्डियों के दर्द के बावजूद उसने खुद को अदालत में घसीटा था। समय ने उसे क्रूर सजा सुनाई।

कला ने यह दिन या किसी भी सुनवाई का दिन मिस नहीं लिया था। उसे याद आया कि उसने उसे आखिरी बार कोर्ट कब देखा था, जब उसने उस पर

बेटियों के लिए उसका परित्याग करने का आरोप लगाया था और अब वह अपनी दंडित बेटी के लिए खड़ा था।

कला विष्णु और उनकी दोनों बेटियों से बदला लेना चाहती थी। और तब्बू से। सबसे ज्यादा तब्बू से। उनके पूर्व पति की पहली प्रिय पत्नी। जिस पत्नी को उसने मौत के घाट उतार दिया। वह पत्नी, जिसे वह मृत देखना चाहता था।

अभियोजन पक्ष के वकील ने कोर्ट को कालिदास के शरीर पर चालीस से अधिक घाव वाली पोस्टमार्टम की तसवीरें दिखाकर हत्या की गंभीरता साबित करने की कोशिश की।

तसवीरों और अभियोजक ने अपने सम्मन में सनी को 'शैतान' और मानवता के लिए 'खतरा' बताया। अभियोजन पक्ष उसके लिए सबसे गंभीर सजा की माँग कर रहा था। भीषण तसवीरों से स्तब्ध अधिकांश जूरी सदस्य घृणा की नजरों से इधर-उधर देखने लगे।

'क्या आप इस अपराध को अंजाम देनेवाले को खुला छोड़ देंगे?'

अभियोजक नाटकीय रूप से जूरी पर चिल्लाया।

'मैं हमेशा डरा हुआ रहता था। मैंने उसके पिता को चेतावनी दी कि आप जानते हैं कि वह इस तरह की है कि पेट भर गोलियाँ खाकर और अपनी बाँहों में सुई लगाकर मर जाएगी। भ्रष्ट⋯ विकृत⋯'

'उसके घर पर आनेवाली लड़कियों को तो आपने देखा ही होगा⋯सभी रंग-बिरंगी पुतरियाएँ! हम न्याय माँग रहे हैं।' कला भड़क गई।

अदालत ने उन्हें अपनी भावनाओं को काबू में रखने की चेतावनी दी।

{अपनी सादी और कुरूप लड़की को माता-पिता एक प्रेमहीन कठोर वैवाहिक जीवन को सौंपकर खुश थे।

वह काफी पहले से यह जानती थी कि विष्णु ने तब्बू के लिए अपना प्यार कभी नहीं खोया।

पूरी तरह से हावी होनेवाला उसका प्यार और बाद में अपनी पहली पत्नी के लिए नफरत ने उसे प्यार करने में पूरी तरह से असमर्थ करके छोड़ दिया था। वह बहुत देर से उस आदमी के बारे में सच्चाई के बारे में जान सकी, जिसके लिए उसने अपना जीवन दे दिया था। और उसके बाद वह इस सच्चाई की

स्वीकृति को सामने आने से डरती रही कि विष्णु के जीवन में पत्नी के रूप में उसकी मान्यता हमेशा व्यर्थ रहेगी। वह उसे सिर्फ अपनी दो लड़कियों की एक माँ के रूप में चाहता था। वह केवल उसके बच्चों की रखवाली करनेवाली थी और उसके व्यर्थ जीवन की निरर्थकता ने उसका दिल मोड़ दिया।}

'के.डी. गया, डैनी गई, के.डी. गया, डैनी गई, सनी जा रही है।'

'जा रही है, चली जा रही है।' कला दो पंक्ति दूर बैठे विष्णु पर धीरे से फुसफुसाती है।

'तुम्हारी बेटियाँ भी मर जाएँगी। नाश होगा तुम्हारा! अब सनी की बारी है।'

'मैं तुमसे बात नहीं करना चाहता।' वे उससे घृणा के चरम पर हाँफने लगे, उनका पतला चेहरा तनाव में कुछ अतिरिक्त इंच सिकुड़ रहा था।

'के.डी. गया, डैनी गई, के.डी. गया, डैनी चली गई, सनी चली गई।'

'सनी चली गई।' उसने जैसे पागलपन से मंत्रोच्चार किया। 'मेरे शब्दों को नोट कर लो, तुम्हारा अंत जल्द ही आ रहा है।'

कला ने कहा, उसकी आकृति अजीब तरह की कड़वाहट से विकृत हो गई थी।

'डैनी मेरी भी बेटी थी।' विष्णु घूमे और एक गहरी उदासी के साथ कहा, 'तुम खुद को उसकी माँ कहती हो? तुम उसके बारे में कुछ नहीं जानती थी।'

'तुम्हारी फूहड़ पत्नी ने इसे शुरू किया। तुम्हारी फूहड़ पत्नी ने फूहड़ लड़कियाँ पैदा कीं।'

'चुप रहो, साइको', और वे काँपते हुए चले गए। कला के पागल क्रोध की परिणति रीढ़ की ठिठुरन के रूप में हुई।

'और तुम्हारा बीज तुम्हारे साथ सड़ जाएगा। जैसा बोओगे, वैसा ही तो काटोगे।' उसके होंठों पर एक धूर्त मुसकान दुबकी, उसकी आँखें किसी दोषी रहस्य को छिपाने लगती थीं। वह सनी की जवानी को सेल में सड़ते हुए देखेगी। उस इनसान से बदला, जो उसे सौंपा गया था, जिसके प्यार के लिए वह तरस गई थी। कला तब्बू से बदला चाहती थी, जो आज उसके समक्ष आज अदालत में दंडित होनेवाली थी। वह सनी को सजा देगी।

कश्यप स्त्री को सजा दो।

'के.डी. गया, डैनी गई, के.डी. गया, डैनी गई, सनी जा रही है।'

'जा रही है, जा रही है, जा रही है।' उसने रटा, विजय में मुसकराई। उसकी खाली आँखें दुनिया का मजाक उड़ा रही हैं, एक दोषी गुप्त रहस्य को उसने अपने मन की गहराइयों में कसकर बंद कर लिया।

□

बदसूरत चंद्रमा

'मुझे लगता है कि आप एक बहुत दु:खी अलग-थलग व्यक्ति हैं।' उसने उसे अभागा कहा था, जब वह पहली बार पुनर्वसन से वापस आई थी।

'आपका क्या मतलब है?'

'हम साथ हैं, लेकिन केवल देह से। मानसिक रूप से मुझे आप सबसे दूर रहनेवाले ऐसे इनसान लगते हो, जिसे मैंने आपसे पहले किसी को नहीं देखा। मुझे लगता है कि आप हर समय अकेले और हर समय अलग रहना चाहते हैं।' उसने कहा।

'यह बकवास है।'

'आपको मुझसे घृणा क्यों है?'

'मुझे तुमसे नफरत नहीं है। मुझे हताश लोगों से नफरत है,' विष्णु हताश इनसान थे।

शादी के समय तब्बू केवल सत्रह साल की थीं और जाहिर तौर पर वह शादी की जिम्मेदारियों के लिए तैयार नहीं थी। उसका अभिनय कॅरियर शुरू होने से पहले ही खत्म हो गया था, वह अपने कॅरियर के प्रति कभी गंभीर नहीं दिखी। लेकिन फिर उसके अपने पति ने उन्हें अपनी फिल्मों में कास्ट करने से मना कर दिया, जिससे उनके नाजुक आत्मसम्मान को और धक्का लगा। इसके कुछ समय बाद उसे क्रिस्टल मेथ की लत लग गई थी, जो जल्दी ही उसके जीवन का एकमात्र उद्देश्य बन गया, जब तक कि वह एक पार्टी में बेहोशी से निकल गई थी। उसका पुनर्वास आसान था।

'तुमको अपने पास वापस लाने के लिए यह करना पड़ा। तुम मुझसे घृणा

करते हो। तुम मुझे अपने से उलट पाते हो। तुम घर से दूर रहने की वजह ढूँढ़ते हो।'

'तब्बू, तुम्हारे दिमाग में बहुत कुछ चलता है। अपने भीतर ऐसी ऊटपटांग बातें सोचना बंद करो। अपने आप को इन चीजों से हटाओ। भगवान् के लिए किसी शौक में ध्यान लगाओ।'

'तुम्हारे भीतर कुछ है, जहाँ तक मैं नहीं पहुँच सकता। और तुम मुझे जाने नहीं दोगी,' उसने उस समय कहा था, जब वह कई अंतरराष्ट्रीय फैस्टिवलस के लिए दुनिया की यात्रा करने के लिए रवाना हुआ था और फिर एक रात, जब वह तुर्की में था, उत्तेजित बीना ने उसे बताया कि तब्बू के गर्भ में जुड़वाँ बच्चे पल रहे हैं।

'तुमने मेरी बच्ची के साथ क्या किया है? वह ऐसी नीरव और उजड़ी हुई क्यों दिखाई दे रही है?' बीना विलाप करते हुए बोली। 'मुझे लगा कि तुम उसे अपनी फिल्मों में रोल दोगे। इसके बजाय अठारह साल की उम्र में वह बच्चे पैदा कर रही है! कैसी बरबाद है!' बीना ने यह नहीं छिपाया कि वह तब्बू की जल्दी शादी और उसके जल्दी माँ बनने के कारण पछता रही है। उन्हें यकीन हो गया था कि बेटी गंभीर अवसाद से पीड़ित थी और वाकई में वह खुद की देखभाल करने की स्थिति में नहीं है, जुड़वाँ बच्चों की तो बात ही छोड़ दीजिए।

'मुझे विश्वास नहीं हो रहा है कि आप इस तरह बात कर सकती हैं। मुझे खेद है कि आपको यह स्वीकार करना होगा कि उसके पास फिल्में और किसी कॅरियर को अपनाने के लिए कुछ नहीं है।' विष्णु अपनी बात पर जमे रहे।

'अब वो, वह लड़की नहीं है, जो वह पहले कभी हुआ करती थी।' बीना जोर से चिल्लाई।

'अधिकतर लड़कियाँ बड़ी हो जाती हैं, आप तब्बू को जानती हैं। तब्बू को तेजी से बड़े होने के बारे में बताना चाहिए।'

'हे भगवान्! तुम कितने कठोर आदमी हो! तुम लोग इतने—उसकी पढ़ाई ज्यादा प्रगतिशील थी। मुझे लगता है, तुमने भी यह देखा है। मुझे खेद है कि मैंने उसे तुमसे शादी करने दी। उसे बाहर निकलने की जरूरत है। उसे ध्यान देने की जरूरत है। उसे समाजीकरण की जरूरत है। लोगों से मिलने की जरूरत है। जैसी

लड़की वह थी, अब वह वैसी लड़की नहीं है।'

'अच्छा तो बीना, यह जानकर कि आप अपनी बेटी को मुझसे अधिक समझती हो, जितना उसे मैं एक पत्नी के तौर पर समझता हूँ, मैं जो पत्थरदिल हूँ। आप इसके बारे में कुछ क्यों नहीं करती? मैंने तब्बू को जैसी लड़की वह है, वैसा होने से कभी नहीं रोका और मुझे माफ करें, मैं एक फिल्म पर काम कर रहा हूँ।' यह विष्णु का सबसे सफल साल था। उसने एक के बाद एक हिट फिल्में बनाई थीं और सुपरस्टार उसके साथ काम करने के लिए कतार में लग रहे थे। फिल्म उद्योग में शासन करनेवाली नायिकाएँ सच में उनकी फिल्मों में काम करने के लिए कुछ भी करने को तैयार थीं। और फिल्मी पत्रिकाओं ने विष्णु को उनकी फिल्मों की नायिकाओं के साथ जोड़ने में थोड़ा भी समय नहीं गँवाया।

वे करीब छह महीने से घर नहीं गए और बीना ने अपनी बेटी को अवसाद से बाहर निकालने के मामले को अपने हाथों में ले लिया।

वह ठीक से पहचान नहीं पाया कि कब उसके इस मामले का जन्म हुआ।

उसे याद आया कि वह डरी-सहमी और बिना किसी कारण के खुश रहने लगी थी और वह चौंक गया था। तब्बू की बढ़ती रूढ़िवादिता और उनकी लंबी अनुपस्थिति की स्वीकृति ने उन्हें आश्चर्यचकित कर दिया। उसे शक था कि वह उससे कुछ छुपा रही है।

तब उसने तब्बू को चुपके से कई बार घर के भीतर और बाहर देखा, लेकिन उन्हें कुछ भी अजीब या संदेह करनेवाला नहीं लगा। उनके भीतर के एक हिस्से को राहत महसूस हुई कि उसके पास अपने को व्यस्त रखने के लिए शायद कोई शौक था। विष्णु को राहत मिली, वह मेथ से दूर थी और उन्होंने उसे ज्यादा समय अकेला छोड़ दिया था। भोली शिशु सी रमणीय बच्चियाँ उसके करीब थीं और अपना थोड़ा सा कीमती समय उन्होंने अपने परिवार के लिया बचाकर रखा था। और फिर वह खबर एक टैब्लॉइड में निकली। जिसे कई दूसरे अखबारों ने भी तसवीरों और सबूतों के साथ छापा। उनकी एक प्रसिद्ध न्यूड कलाकार के फार्महाउस की सैर और कुछ अंतरंग तसवीरें। उन्होंने इसे झूठी अफवाह समझ

नजरअंदाज कर दिया कि यह कोई भेद खोलनेवाली तसवीरें नहीं थीं।

और फिर तब्बू के डॉक्टर से मुलाकात हुई। डॉक्टर, जो थकी हुई और भावुक तब्बू की नसों के लिए सबसे सुपरिचित प्रकार का उपचार दे रहा था। जिसमें पूरी तरह से नग्न तब्बू को रात के समय उसके घर में एकांत में ऊपर और नीचे रगड़ना शामिल था। विष्णु को यह सब बुरा लगा, उनकी दुनिया उलट गई। तब्बू उसके मुकाबले सुर्खियाँ बटोर रही थी। गॉसिप अखबारों में छलक उठे, जब कप्तान, जिसके साथ वह अकसर देखी जाती थी, ने कहा कि तब्बू को पाना 'आश्चर्यजनक रूप से एक आसान विजय की बात थी'। उनके प्रेम-प्रसंग का सनसनीखेज विवरण प्रकाशित किया गया और वह शहर में चर्चा की विषय बन गई। तब उसके बाद प्रसिद्ध लेखक और फिर दूसरा लेखक। विष्णु को टैब्लॉयड्स से उसके प्रसंगों के बारे में पता चला।

जब उसे तब्बू की बदनामी के बारे में पता चला, तब वे बहुत दिनों तक ऐसे ही रहे, जैसे वे कुछ नहीं जानते। उन्होंने कभी इस बात का कोई संकेत नहीं दिया कि कुछ अलग घटा है। लेकिन उन्हें नींद आनी बंद हो गई। वे अंतर्मुखी हो गए थे।

लेकिन तब्बू को इस अंतर का पता नहीं था। वे देर रात तक तब्बू को घूरते रहते और चिंता से ज्यादा-से-ज्यादा स्याह होते रहे। क्रोधित एकांत और अनिद्रा के दुष्प्रभाव के चलते विष्णु और तब्बू के बीच अनुकूल बातचीत लगभग असंभव हो गई। जैसे ही वह पहले से अधिक आत्मकेंद्रित हुई, वे भी अटल रूप से एक स्थायी अवस्था तक पहुँचकर उग्र गुस्से में स्थिर हो गए, कभी-कभी उस चीज को रोकने के लिए, जिसे वह अपना पूरा अपमान समझते थे, के लिए किसी भी हद तक जाने को तैयार हो जाते। उसे तब्बू की उपस्थिति घिनौनी लगती थी और वह उससे अपना विरोध छिपाने की कोई कोशिश नहीं करते थे।

लंबे समय तक पागलपन वाली दुश्मनी का सामना करने में असमर्थ, बदसूरत मौखिक हमले और लंबी पूछताछ ने तब्बू के जीने की ताकत खो दी। विष्णु ने तब्बू को बाहरी दुनिया से सभी संपर्कों रखने से मना कर दिया था। बाहरी दुनिया के साथ उसकी बातचीत पर पूरी तरह से प्रतिबंध लगाने का फैसला कर लिया था। तब्बू में जो कुछ बाकी बचा था, वह खो गया, वह उदास हो गई और

नीचे की ओर जानेवाले अथाह अंधकार के कड़वे और एकांकी मानसिक चक्कर जारी रहे, लुप्त होती कल्पनाओं के साथ लंबे समय से खोए हुए कोमल क्षण उसकी एकमात्र शरणस्थली थी। उसकी बच्चियाँ और उसका बगीचा उपेक्षा का सामना करता रहा। फिर एक दिन जब वह अपने पौधों को सींच रही थी, विष्णु फूटा। एक पागल आदमी की तरह चिल्लाने लगे, उनकी आँखें निराशा से काली हो गईं, विष्णु ने बड़ी बेरहमी से अपने बगीचे में उसके पसंदीदा फूलों के पॉट को तोड़ दिया। वे तब्बू को बेरहमी से बगीचे के एक कोने से घसीटकर उसे बगीचे को दूसरे के पास ले गए और उसे बेरहमी से फूलों की क्यारियों में फेंक दिया, उनका चेहरा अडिग निर्णय से खींचा हुआ था। और उसकी आँखों के सामने बेरहमी से और व्यवस्थित रूप से उसने अपने बगीचे को उखाड़ फेंका, जिसे तब्बू ने अपनी देखभाल से पोषित किया था और जो उसके लिए बेशकीमती था। केवल बगीचा उखाड़ने से ही वे संतुष्ट नहीं हुए, उन्होंने उस पर हल चलाया, तोड़फोड़ की और उसे कुचल दिया और तब्बू का बड़ी मेहनत से लगाए हुए हरेक गमले को तोड़ दिया, यह करते हुए वे पूरा समय अपशब्द बोलते रहे, गाली-गलौज करते रहे, जब तक उसके मुँह से झाग नहीं निकलने लगा।

सुहाना और सुनहरी आँगन की ओर दौड़ी और कोने में खड़ी अपनी माँ के पास भागी। विष्णु ने डरी-सहमी लड़कियों को पकड़ लिया, जो अपने पिता के भय से काँप रही थीं, जो उस दिन कुछ बदसूरत और बेहद डरावने रूप में थे। वे समझ नहीं पा रही थीं कि उनके पिता उनकी माँ को गलियाँ देते हुए क्यों चिल्ला रहे हैं। विष्णु ने जुड़वाँ बच्चियों को उनकी माँ से दूर खींच लिया और चेतावनी दी कि यह वह आखिरी बार अपनी लड़कियों को देख रही है। उस दिन तब्बू के अंदर हमेशा के लिए कुछ टूट गया। उसने अगले हफ्ते हर रात उलटी करते हुए बिताए, मानो उसका शरीर भी अपनी मालकिन के खिलाफ विद्रोह कर रहा हो। विष्णु लड़कियों को अपने नए अपार्टमेंट में ले गए, एक दुर्भाग्यपूर्ण कदम, जिसके लिए आनेवाले वर्षों में विष्णु खूब पछताए। वे अब भी उस भयानक रात को खौफ और भय के साथ याद करते हैं। उनके दोस्त इकट्ठे हुए थे, जिनमें मीडिया के प्रतिष्ठित सदस्य और आलोचक भी थे। मित्र मंडली के साथ शाम का यह जमघट था, जिसमें स्क्रिप्ट पर चर्चा की जा रही थी, जब तब्बू ने बिना

किसी घोषणा के वहाँ प्रवेश किया। वह उत्तेजित लग रही थी, विष्णु को चेतावनी के संकेतों को पढ़ लेना चाहिए था। लेकिन उन्होंने तब्बू को वहाँ से जाने के लिए कहा, उनकी सुनहरी आँखें अवमानना और तिरस्कार से फटी हुई थीं, वे अवहेलना से फर्श को देख रहे थे। उन्होंने तब्बू को अपने आप को लेकर इतना निश्चित कभी नहीं देखा था और वे भीड़ के सामने कोई सीन नहीं बनाना चाहते थे। विष्णु उसका हाथ पकड़कर भीतर ले गए और उनके दोस्त उनकी सुंदर पत्नी के पास इकट्ठे हो गए। और फिर तब्बू ने शांति से वह बड़ा सा कोट उतारकर सभा को स्तब्ध कर दिया, जो वह पहने हुए थी। तब्बू, श्रीमती विष्णु कश्यप, उनकी पत्नी, उनके बच्चों की माँ, पूरी तरह से और पूरी तरह से नग्न। हाई हील्स में और हाथ में वाइन गिलास लिये।

फिर तब्बू डमी घोड़े पर लेट गई और नग्न पोज देने लगी, जिसे मीडियावालों ने क्लिक कर लिया। विष्णु पत्थर हो गए।

इस स्त्री पर उनका कोई नियंत्रण नहीं था। यह एक ऐसी अजनबी स्त्री थी, जिसे विष्णु ने पहले कभी नहीं देखा था। अंत में, मेहमानों में से एक ने तब्बू पर दुपट्टा फेंक दिया और उसे कमरे से बाहर ले गया, लेकिन उससे पहले वह भावी पीढ़ी में बदनाम हो गई।

विष्णु उसके पागलपन की हद समझ गए थे, मगर बहुत देर हो चुकी थी। तब्बू के पागलपन ने उसे घर से निकलकर कुछ दिन सड़कों पर रहने के लिए मजबूर कर दिया। बाद में कई दिनों तक सड़कों पर रहने के बाद में वह बायोस्कोप स्टूडियो के शौचालय में छुपी हुई मिली। उसने खुद को छुपाने के लिए अपने बाल छोटे कर लिये थे और देखभाल करनेवालों ने उसे कोई बेघर महिला समझा। उसने अपना काफी समय गत्ते के बक्से और धुएँ से भरे टूटे हुए पाइपों में रहते हुए बिताया था। एक लफंगे ने उससे बलात्कार की कोशिश की, उसके पेट में लात मारी, विरोध करने पर उसके चेहरे पर प्रहार किया और उसके सामने के दाँतों पर लगी टोपियों को हटा दिया, चार माह से घर से गायब होने के बाद वह जूँ और गंदगी तथा गोबर में लिपटी मिली। यह आखिरी बार था, जब तब्बू घर से भागी थी। फिर उसके बाद किसी ने उसे जिंदा नहीं देखा।

17

इतना बुरा नहीं है उसने सोचा। बिल्कुल बुरा नहीं। प्रिंस सुलेमान।

कपूर ने सोलहवीं शताब्दी के महल के सेट में लंबे रोकोको गिल्ट मिरर में अपनी छवि देखते हुए यह माना। एक भेदी टकटकी, जो मुड़ी हुई नाक और एक मजबूत सेक्सी मुँह पर स्टील सी चमक रही थी। प्रिंस को वह समय याद आया, जब एक जवान भूखे मॉडल के रूप में उन्हें कठोर प्रोड्यूसर्स के प्रोडक्शन में छोटा सा रोल, कैसा भी पार्ट करने के लिए इंतजार करना पड़ाता था। पाँच फीट ग्यारह इंच, हमेशा से सेक्सी धूप से तप्त चमड़ी वाला प्रिंस, दिन की शूटिंग खत्म होते ही हमेशा काफी डिमांड में रहता था और उसने इसका अधिक-से-अधिक फायदा उठाया। जो वह सोचता था, उसके चेहरे में कुछ कमी रह गई थी, वह करिश्मा कर देता था।

और जल्द ही उसे एक फिल्म में अपना पहला दो-पंक्ति वाला रोल मिल गया। एक मरते हुए पुलिसवाले की भूमिका। शुक्र है फिल्म असफल हो गई और ड्रीम स्टार प्रोडक्शन ने उसकी खोज की। प्रिंस सुलेमान कपूर मानते हैं दालान की धनुषाकार छतें, आग से जली हुई ईंट की चिमनी आश्चर्यजनक रूप से किसी शानदार महल के डाइनिंग हॉल की याद दिलाती है। बड़े पैमाने पर सजाए गए वॉल पेपर, दीवार पर लगी मोमबत्तियाँ, और मध्यकालीन युग के चित्र, कलात्मक रूप से सजी हुई बाथरूम की दीवारों की सजावट सेट डायरेक्टर मिथिला ने छोटी-छोटी बातों को ध्यान में रखा था। वास्तव में, वह मध्ययुगीन वास्तुकला की कला का प्रशंसक नहीं था, लेकिन इस बार वह काफी प्रभावित हुआ। मिथिला वास्तव में खुद से आगे निकल गई थी। उसका फ्रांस यूनिवर्सिटी से किया गया फिल्म-सेट डिजाइनिंग कोर्स कमाल कर रहा था।

उसे पता होगा, उसने उसे इसके लिए पैसे दिए गए थे या कम-से-कम

उसने उसे यही बताया गया था। उसे बस एक कॉल करनी थी—आखिरकार, वे उससे मानद फैलोशिप चाहते थे। यह एक विन-विन एक्सचेंज था। प्रिंस यह सोचकर उत्साहित हो गया कि मिथिला ने उसके लिए एक अहसान किया है। उसके तंग नितंब और छोटे स्तन, अति-संपन्न स्त्री के रूप में बदलाव ले रहे थे। एक समय था, जब वे काफी बड़े नहीं हो रहे थे, तब उसने पैक-अप के बाद इन दूधिया पहाड़ों में गहरे गोता लगाकर प्यार करने के अलावा कुछ और नहीं किया। लेकिन सनी के पूरी तरह से गठित शरीर के साथ उसका टेस्ट काफी बदल गया था। वह और अधिक समझदार हो गया था।

'क्या मुझे किसी आइटम गर्ल को हीरोइन के रोल में लेकर उसके साथ फिल्म करनी चाहिए?'

'दिलों का राजकुमार, एक सुपरस्टार, एक बी-ग्रेड डांसर के साथ सूर्यास्त में घूमता हुआ?' उसने आराम से एक रुचिपूर्वक अधूरे बने रेशम के बिस्तर पर आराम करते हुए पूछा।

'आप इसे हटा नहीं सकते, भले ही इस पर फर लगा हुआ है!'

स्टूडियो की रोशनी में मिथिला का चेहरा पकड़ में आ रहा था और उसे वह असंदिग्ध दिख रही थी।

'यह वही है, जो आपकी नायिका ने पहन रखा है, अगर आप इसे कमर से इस तरह पकड़ लेती हैं...बीच में से किया गया विभाजन जाँघों तक जा रहा था।'

'मुझे सारे रिस्क प्रिय हैं। लाइव डेमो के बारे में क्या खयाल है?'

बिना पलक झपकाए मिथिला स्कर्ट को अपनी जाँघों तक ले आई और पोज बनाने लगी।

'इस आइटम से तुम्हें बस इतना ही रिस्क मिलेगा, प्रिये।'

'अब एक अच्छा लड़का बनो और अपनी वेशभूषा को परखो।'

और फिर उसने किसी आदमी को देखा। प्रिंस का चेहरा एकाएक काला पड़ गया।

चमनजी ने उन्हें ड्रीम स्टार्स की विशेष टीम के बारे में बताया था, जिन्हें आज सेट पर होना था, लेकिन प्रिंस को यह उम्मीद नहीं की थी कि वे इतनी जल्दी आ जाएँगे। सच्चाई यह थी कि वह उन्हें सेट पर बिल्कुल भी देखना

नहीं चाहता था, लेकिन वह इसके बारे में कुछ नहीं कर सकता था। वे निगरानी रखनेवाले लोग थे, जिनको ड्रीम स्टार्स ने उस पर नजर रखने के लिए नियुक्त किया था, ताकि वह किसी मुसीबत में न फँस जाए, चमनजी ने प्रिंस को शांत कर दिया था। लेकिन वह इस गड़बड़ के लिए केवल खुद को दोषी ठहराता था। इसकी शुरुआत वजन घटाने की गोलियों, नसों को नियंत्रित करने के लिए कुछ पेय और रचनात्मक शॉट्स के लिए ड्रग के बीच स्विच करने की एक साधारण आदत से हुई। कुछ ही समय के भीतर उसने ड्रग के नशे को लंबे समय तक बनाए रखने के लिए लालचियों की तरह कोकीन ड्रग को कुयालूडेस और उपपेर्स में डुबोकर लेने का गोरखधंधा शुरू कर दिया था। और फिर यह सब हुआ। वह अपनी इस लत को छिपाने को लेकर लापरवाह था। किसी ने निशा पोद्दार को उसके कुछ बिना शेव किए हुए, अनाकर्षक, अचंभे में लड़खड़ाते हुए अपने हाथों से अपने चेहरे को ढके हुए—सभी किसी उच्च-पावर वाले टेलीफोटो लेंस से कुछ कैंडिड शॉट्स मेल कर दिए थे। ड्रग्स और बॉलीवुड स्टार्स पर कुछ खास तीखे खुलासे के लिए निशा की खोज को अब विराम मिला। उसने लेख में संकेत दिया था कि वह कोई बड़ा खुलासा करनेवाली है।

और वह जानता था कि उसका मतलब उसकी अनमॉर्फ्ड तसवीरों से है। गुस्से में प्रिंस ने वेतनभोगी को लगभग पीट डाला था, जब वह एक पार्टी में निशा के साथ रास्ते से गुजर रहा था। प्रिंस के कॅरियर को तबाह करने की धमकी जारी रही, जब ड्रीम स्टार होन्चो ने इस मामले को अपने हाथों में ले लिया था और बॉलीवुड ट्रुथ के मालिक को इसकी शिकायत कर दी। निशा को निराधार तथ्य पर आधारित संभावित मुकदमे के आमंत्रण वाली कहानी छापने के लिए जमकर फटकार लगी थी। बेशक चमनजी ने कुत्ते के स्वभाव के साथ एक कड़ी जाँच की और साथ में सेट पर एक बावले के अंदरूनी सूत्र की मदद से छछूंदर का शिकार करने में कामयाब रहे। पता चला कि एक स्टाइलिस्ट, अपनी नौकरी के लंबे घंटों और कम वेतन से परेशानी में चल रहा था, जिसने अपने जिज्ञासु किराए के नौकर से सुपरस्टार की वैनिटी वन में क्या चल रहा है, इसका पता लगा किया था। प्रिंस गुस्से में उबल रहा था। उसने अपने हेयर स्टाइलिस्ट पर ठीक से जैल न लगाने के बहाने से थप्पड़ जड़ दिया और उसके जबड़े को

अपनी जगह से अलग कर दिया, पर उसके बाद से बद्हवास स्टूडियो प्रबंधन, किसी अप्रिय घटना के दोबारा घटने से बचने के लिए बेताब था और उन्होंने किसी तरह से नुकसान से बचने के लिए कर्मचारियों और सेट पर अपने स्टार पर नजर वालों की नियुक्ति कर दी। उन्हें अपनी रक्षा करनी थी। देखरेख करनेवालों ने अपनी ड्यूटी को गंभीरता से लिया। उन्हें सिर्फ सावधान याद रहता था। वह मुसकरा रहा था, लेकिन मुसकान उसकी आँखों तक नहीं पहुँच रही थी। किसी ने करीने से बॉलीवूड ट्रुथ की एक कॉपी अपनी वैन में रखी हुई थी। उसकी नजरें निशा पोद्दार के नए कॉलम पर जम गईं।

'इंडिया वाला हीरो' में प्रिंस का चरित्र पुरानी शराब नई बोतल की तरह सुपरस्टार की तरह अधिक आत्म-आक्रामकता से ग्रस्त है!

पोद्दार ने लिखा था—

'सुहाना कश्यप : नए युग की सबसे होनहार निर्देशक'।

सुपरस्टार का चेहरा उस समय गुस्से से भर उठा, जब उसने आगे पढ़ा—

टिप्पणीकार ने यह संकेत दिया कि प्रिंस MCMM में काम करना चाहते थे, मगर उन्हें निकाल दिया गया, क्योंकि प्रतिभाशाली सुहाना कश्यप, जो कई मामलों में श्रेष्ठ हैं, का सोचना है कि उनकी परिकल्पना में प्रिंस, मुंबई सिटी में मौत फिल्म के लिए उपयुक्त नहीं है।

कमीनी सुहाना, उस वेश्या की बहन।

उसे याद आया कि प्रोड्यूसर की पार्टी में उसने उसे ऐसे देखा था, जैसे वह कोई गंदगी हो। फूहड़, उसने सोचा, फिर उसने चमनजी का नंबर डायल किया।

'चमनजी, मेरे पास अभी भी स्क्रिप्ट नहीं आई! कहाँ है MCMM की स्क्रिप्ट?? कहाँ है वह विज्ञापन, जिसकी आप बात कर रहे थे, उसका क्या हुआ।'

वे स्क्रिप्ट को लेकर बिल्कुल चुप रहते हैं। मैंने पहले कभी ऐसा कुछ नहीं देखा। मेरे सभी भेदियों को कुछ नहीं मिला। शून्य, बिल्कुल शून्य। मुझे लगता है कि कोई भी अगले दृश्य के बारे में नहीं जानता। मुझे लगता है कि वह इसके साथ सोती है।

'भगवान् के लिए यह सिर्फ एक स्क्रिप्ट है। इसे कहीं पर टाइप किया

जाना चाहिए। कहीं प्रिंट की जानी चाहिए। इसे किसी हार्ड ड्राइव पर होना चाहिए¨ MCMM की कहानी! उस निशा ने इसे शोले जैसी स्क्रिप्ट कहा है इसे, कमबख्त।'

'मुझे पता है, मुझे पता है। मैंने उसका लेख देखा है। उस कुतिया को भूल जाओ। मैंने मुंजाल से बात की है, एक तरीका है, क्या आप सुन रहे हैं? सुनो, उन सभी को वापस पाने के दूसरे तरीके हैं। मैंने मुंजाल से बात की है। वह आपके फोन की उम्मीद कर रहा है।' प्रिंस ने चमनजी की बात को ध्यान से सुना।

अभिनेता ने अपनी कॉलर ने नीचे गरमी महसूस की और उसकी उँगलियाँ एक परिचित नंबर की तरफ बढ़ गईं।

'व्हाइट वुड्स में एक फिल्म की शूटिंग हो रही है।'

'हमऽऽऽ'

'उसे रोक दो, उसे बंद कर दो। रोक दो।'

'टाइम बाउंड?'

'हाँ, MCMM के सेट पर कुछ विदेशी क्रू मेंबर हैं।'

'उन्हें हटा दो।'

'मैं चाहता हूँ, न्यू स्टूडियो में तुम कोई हँगामा खड़ा करो।'

उस नए स्टूडियो में नोइर चिल्लाया, 'मैं उस सुहाना कश्यप को डराना चाहता हूँ, उसे थोड़ा कँपकँपाना चाहता हूँ कि वह मुंबई या कहीं शूटिंग नहीं कर सकती।'

'हम्मम।'

'उससे अनुमति भी न माँगो. उनके पास सब कागजात हैं।'

'बस कुछ कुरसियों को तोड़ना है, लाइटों को नुकसान पहुँचाना है, हुल्लड़बाजी करनी है, गोरों को डराना है और चीख-चीखकर उनके खिलाफ नारेबाजी करनी है। ध्यान रखो, शूटिंग बंद हो जानी चाहिए। उन्हें दिन की रोशनी में डराओ।'

❑

18

बारिश नया जीवन लेकर आई और कई कीड़े व मच्छर भी। और अजीब से चाँदी जैसे सफेद और गुलाबी तिलचट्टे, उसी तरह के जैसे वह अकसर बचपन में अपने घर पर देखती थी। उसे याद आया कि विष्णु ने उसे बताया था कि ये एल्बिनोस हैं, ठीक वैसे ही जैसे उसके पड़ोस के रंगहीन जुड़वाँ, जो छीलकर लॉबस्टर की तरह लाल हो जाएँगे, अगर वे बीस मिनट से अधिक समय तक धूप में रहे तो। वह मौत से डर गई थी, यदि वे उसके मांस और खून में घुल गए तो। वह अकसर सोचती थी कि क्या उनका खून बहुत रंगहीन था। उसने विश्वास जताया कि उनमें नीचे से उस पर कूदने का पर्याप्त साहस नहीं होगा। जल्द ही बारिश का पानी उनके ठंडे अँधेरे क्वार्टर में उनके साथ बह जाएगा।

वह यकीन है कि वे उससे उतना ही नफरत करते थे, जितना वह उनसे नफरत करती थी। उसे किसी किताब से एक पंक्ति याद आई···या वह कुछ टेरेंटिनों फिल्म थी

हम कीड़े हैं, आपकी त्वचा को काट रहे हैं, आपके मांस में छेद कर रहे हैं, ताकि आपके दिमाग तक पहुँचने के लिए रास्ता बना सकें।

सनी ने अपने हाथों को हिलाने की कोशिश की, लेकिन नाकाम रही, वे भारी पत्थर हो चुके थे। वह वहाँ फर्श पर अपाहिज की तरह पड़ी रही। वह झूठ बोल रही थी। वह अब तीन घंटे से अधिक समय के लिए वहाँ निर्जीव लेटी रही। वह इतनी डरी हुई थी कि अपनी मांसपेशियाँ भी नहीं हिला रही थी। पहले तो उसने सोचा कि वह एक भयानक दुस्स्वप्न था, जब किसी–न–किसी हाथ ने उसे उसकी नींद में पकड़ लिया था और आँखों पर पट्टी बाँधकर हर समय उसे कोसते हुए उसकी छाती को गूँथता रहा था। उसके चेहरे पर दो तीखे थप्पड़ों ने उसे अहसास दिलाया कि यह सब असली में हो रहा था। वह अपने ढीले हाथ

से लड़ी, अंत में एक कील लगी और नीचे की ओर उसे एक मांस मिला। कोई चिल्लाया और उसे अपने सीने पर हृदय को रोकनेवाला थप्पड़ पड़ा। उसने अपने सिर पर भयंकर दर्द की चोट को महसूस किया। और फिर किसी के गीलेपन ने उसे भद्दे तरह से टटोला और वह पीछे की ओर गिर गई। वह फर्श की पैंटिंग पर पड़ी रही और सुबकती रही, जैसे कई आवाजों ने उसके कानों में भद्दी अश्लील आवाजें कीं।

'अगर तू चुप नहीं होगी सनी, तो शहद हम तुझे दबा देंगे और उसमें बंद कर देंगे····! कोई हँसा। सामान और एक प्लास्टिक की रस्सी और आँखों पर पट्टी के साथ हथकड़ी, वह उबलती गरम रात में एक घंटे तक घुटने टेककर बैठी रही।

'साली जोर से मत मार। मर वर गई तो?'

'नायिकाजी, मजा आ रहा है? सन्नी-हन्नी?'

'प्लीज····'

'तू बॉलीवुड की कई पार्टियों में थी।'

'अब यह तेरी वैल्कम पार्टी है, ठीक है। बस आराम कर, मजा कर।'

उसने महसूस किया कि किसी ने उसके स्तनों को नजदीकी से छुआ है। डर से उसकी साँसें बंद हो गईं, जब एक गीले मुँह ने उसके होंठों पर चूमा और एक जीभ उसके अंदर घुसा दी गई।

एक दबी गहरी आवाज उसे पूछा, चुप रहो और स्थिर रहने को कहा।

'आज ही सारा करेगी? चल, अगली बार के लिए कुछ छोड़ दें।'

'यदि तूने इस बारे में किसी को बताया···हम तेरे साथ हर रात ऐसा ही करेंगे।'

किसी ने बेरहमी से उसकी जाँघों पर चुटकी काटी। उसके कानों में अश्लील फुसफुसाहट में उसे पेट के बल लेटने का आदेश दिया। इससे भी बुरा होने का डर, फुसफुसाहट से सनी ने वैसा ही किया, जैसा उसे बताया गया था, अचानक से जैसे मारपीट बंद हो गई। किसी के रूखे हाथों ने उसकी आँखों पर पट्टी बाँधी।

'जब तक हम तुझे छोड़ नहीं जाते, तब तक अपनी आँखें बंद रख। यह

याद रख, तू कुछ साबित नहीं कर सकती। अगर तू अपना मुँह खोलेगी तो⋯।'

उसने कसकर अपनी आँखें बंद कर लीं और बिना ढलके आँसुओं के साथ तिलमिलाकर रह गई। लेकिन वह घंटे बाद भी नहीं हिली, उनके आँखों पर पट्टी और उसे खोलने के बाद भी। वह एक ही जगह, एक भ्रूण की स्थिति में लेटी रही, अँधेरा सुबह में बदल गया। बीच में वह बह गई और फिर वापस आई, लेकिन वह हिलने की हिम्मत नहीं कर सकी, जब तक कि जब सुबह गार्डों ने हर सेल के बाहर अपने लकड़ी के हथौड़े से आवाज की।

सुबह में हर सेल के बाहर स्टील बार, उसकी सेल के बाहर वे थोड़ा रुके।

वह जानती थी कि वह यहाँ पर नए-नए पर्यटकों के लिए आकर्षण की चीज थी।

जब उसे जेल से सेल में शिफ्ट किया गया, कैदियों, स्टाफ से लेकर गार्ड तक हर कोई किसी भी समय उधर झाँकने लगता था।

वे हर आधे घंटे में नौ से दस लोग इधर झाँकते थे।

हर कोई जेल में मौजूद बॉलीवुड अभिनेत्री को देखना चाहता था। सोते हुए, फ्रेश होते हुए, खाते हुए, साथ लड़कियों के साथ ग्रुप में नहाते हुए, वह सुन्न हो जाती, जब सब उसे निर्वस्त्र रूप में देखते। उसे बताया गया था कि भीशा में आम आबादी से पाँच गुना अधिक आत्महत्या की दर है।

भीशा में उम्मीद दूर हो गई थी और इसलिए बातचीत भी शिथिल थी। एक कैदी ने भीशा की 'आँखें' और 'कानों' से बचने के लिए चेतावनी दी। छोटे पैराबोलिक माइक जैसे उपकरण, बातचीत और मजाक को दलान, सेल ब्लॉक और मैस हाल से रिकॉर्ड करते थे। कोई दूसरे की गंदगी को जानना नहीं चाहता था। वे सब भी अपने में गहरे डूबे हुए थे।

इस घटना के बाद भी सदमे में सनी ने हमले की कोई रिपोर्ट नहीं की। उसने सीटी और कैटकॉल पर और जानबूझकर छूने तथा अपशब्द कहने, नाश्ते के दौरान उसे अपशब्द कहने, खासकर बार नर्तकी मनचली द्वारा जो जुँओं ने भरी हुई थी, जिन्हें बालों से निकालकर उसे सन्नी की लंच की थाली के सामने एक धीमी आवाज के साथ गिराना पसंद था, पर कोई प्रतिक्रिया व्यक्त नहीं की थी। मनचली का ट्रैक रिकॉर्ड एक नीच और आक्रामक व्यवहार वाली लड़की

का था। भीशा में हमेशा दवाइयों की पंक्ति में खड़ी रहनेवाली मनचली को प्रोलिक्सिन की लत थी, लेकिन जब उसकी प्रोलिक्सिन बंद कर दी गई थी, तब वह आत्मघाती व्यवहार और आक्रामक क्रोध में झूलती रहती। उसे पहले से ही दो अलग-अलग जेलहाउस रूममेट्स पर हमले की वजह से एकांत में रखा गया था।

भीशा, मनचली जैसों के साथ उसी तरह का व्यवहार करता था, जैसा भीशा के विद्रोही कैदियों के साथ किया जाता था।

चरण #1 : परिवार से उनके संपर्क को खत्म करना।

चरण #2 : कैदियों के रिश्तेदारों को अपमान करने तक की सीमा तक धमकी देना।

चरण #3 : पाशविक, जानवरों की तरह और 'समाजोपैथिक' छवि पेश करने की वजह से कैदी का पूरी तरह से अलगाव।

चरण #4 : और वहाँ विद्रोही कैदियों की क्रूर मारपीट को लाउडस्पीकर से सुनाना। मनचली अभी तक उस चरण तक नहीं पहुँची थी, लेकिन सलमा पहुँच चुकी थी। पाँच साल के बाद अपराध-सजा का चक्र दोहराने से वह इस बात का जीता-जागता उदाहरण बन गई थी कि भीशा में कैदियों के साथ क्या किया जाता है। सलमा एक कंकाल में तब्दील हो गई थी, क्षय और मृत्यु ने उसे घेर लिया था, मनचली को छोड़कर सबसे क्रूर भयानक कैदियों में डर पैदा करने के लिए वह काफी थी।

'ओए आइटम! तेरा वो नंगा वीडियो था ना?' मनचली ने उस पर फिर से अंकुश लगाने की कोशिश की। सनी के शरीर में भयानक चोट से दर्द और पीड़ा हो रही थी, उसने नीचे भोजन की थाली में देखा और यंत्रवत् उसकी बेस्वाद दाल अपने मुँह में डाल ली।

'कुतिया, हमसे अच्छी है क्या? मैं बढ़िया डांस कर सकती है।'

'तू मैडमजी!'

हुटिंग की कर्कश आवाजें और सीटी बजाई।

भद्दे चुटकुले, अपनी कुर्ती को ऊपर कर अपने स्तन दिखाते हुए और एक-दूसरे की सलवार नीचे करते हुए, उसके हिट आइटम गीत गाते हुए, युवा

कैदी उछलकूद वाला विलासी नृत्य करने लगीं।

'हीरोइन जी हैं, अब तो टट्टी भी हमारे साथ ही धोएगी।'

'अरे, अपना फिगर दिखाओ ना। हम लड़के नहीं हैं, शायद यही दिक्कत है। नो मैन, नो शो?'

'हम पहले ही तुम्हारे डीवीडी पर सबकुछ देख चुके हैं, बेबीजी तुम्हारा नंगा शरीर नेट पर है। मैं तो इसके कपड़े निकालूँगी···'

'सती-सावित्री की माँ भी एक हॉट आइटम थी। मनचली ने उसके चेहरे के सामने अपने पाँव हवा में लहरा दिए और अपने हाथ उसकी छाती के सामने लहरा दिए। सनी ने मनचली के गरदन पर नाखूनों के चीरे के ताजा घाव की झलक देखी।

एक गड़गड़ाहट की कर्कश ध्वनि सनी ने केवल अपने भीतर गहरे में बह निकले एक काले से संडास जैसी एक चीज के बारे में सोचा। उसने स्टील का गिलास उठाया, अपने हाथ को पीछे किया और अपने पूरे बल के साथ मनचली की तरफ फेंक दिया। जैसेकि यह काफी नहीं था, गुस्से से तेज कदमों से कमरे में घूमने लगी और लड़की के चेहरे पर प्रहार किया। उसने मनचली को अपनी बड़ी स्टेनलेस स्टील की प्लेट से मारा। वह बार-बार मारती रही, जब तक मनचली की नाक एक गुलाबी लुगदी में तब्दील नहीं हो गई, जब तक जेल के चार गार्डों ने बलपूर्वक उसे अलग नहीं किया।

जेल का हॉल गुस्से में भड़क उठा।

'हरामजादी···'

'कुत्ती, ये क्या किया रे?'

'उसकी हड्डियाँ तोड़ दीं। हम तेरी हड्डियाँ तोड़ देंगे।'

मनचली की नाक काफी टूट गई थी। सजा बदल दी गई थी। सनी को एकांत में भेज दिया गया था।

बुरी तरह से डाँटने के बाद सनी को एकांत में सीमित कर दिया था। तुरंत प्रभाव से सनी की आवाज को रोक दिया था। अपील के लिए कोई मौका नहीं के वाक्य पर सनी दंग थी।

नई सेल में से स्थानांतरित करने पर उसने नरमी का परिचय दिया।

मुश्किल से पतले, गंदे गद्दे से ढकी हुई बड़ी सी मंजिल। थोड़ी सी कंक्रीट लगी दीवार के पीछे एक फूहड़ सा शौचालय था। वही बदबू वाला बिना खिड़की वाला कमरा। कंक्रीट की खुरदरी डरा देनेवाली बेकार सी दीवारें; नींद में रुकावट डालती, लगातार जलती ओवरहेड लाइट।

दरवाजे के नीचे के छोटे से झरोखे से आनेवाले खाने से दिन और रात के अंतर का पता चलता था। लेकिन उसे सुन्न होने का डर नहीं था, वह कुछ भी महसूस नहीं करना चाहती थी। किसी भी चीज को याद नहीं रखना चाहती थी। लेकिन उसके दिमाग के कोहरे के लिए कोई गोलियाँ नहीं थीं, जो पहले से ही मिलनी मुश्किल हो गई थीं। वे यादें अब स्थिर थीं।

{सनी कश्यप। महान् निर्देशक विष्णु कश्यप की बेटी। पेशा : आइटम गर्ल। व्यवसाय : पुरुषों का समागम। पार्टी में नशे में धुत्त पुरुष उसे घूरते और और भद्दी टिप्पणियाँ करते हुए उसका उन्मादी नाच देखते हैं।

'जंगल-में-आज-मंगल-होगा/भूखे शेरो-से-खेलूँगी मैं'

'मैं अभी इसके नाच में शामिल होकर उसे पाना चाहता हूँ।'

उसने स्तब्ध होकर इन शब्दों को सुना। अश्लील दृश्यरतिक।

हवा उसकी शर्म की गंध के साथ फैल गई थी, दवाओं और धुएँ और पसीने के साथ मिली हुई तिरस्कार की गंध उसके होश की सराहना कर रही थी, अभी भी वह उन गोलियों से, जो के.डी. ने प्रिंस सुलेमान के फार्महाउस के प्राइवेट गेस्ट्स के लिए परफॉर्म करने के पहले लड़कियों के साथ उसके गले में ठूँसी थी, से वह मुक्त नहीं हुई थी।

मैं एक शिकारी हूँ, वह मेरी बंदूक देखना चाहती है/जब मैं उसे बाहर निकालता हूँ, औरत भाग जाना चाहती हूँ।

'मेरी बंदूक देखो'''मेरी बंदूक देखो', कोई कोरस में चिल्लाया।

'सनी-हनी, चिंता मत करो। मैं तुम्हें एक फिल्म दूँगा। मैं एक फाइनेंसर हूँ, तुम्हें पता है।'

उसने दूर जाने की कोशिश की, लेकिन उसके पैर यंत्रवत् किसी राक्षसी चोट से ऐसे हार गए, जैसे वे उसके अपने पाँव ही नहीं थे। उसके डांस के बीच में ही मोटे लालची हाथ उसकी जाँघों को गूँथ रहे थे।

'प्लीज इसे बंद करो।' उसने बोलने की कोशिश की, लेकिन उसकी जीभ जमी हुई महसूस हुई।

'अरे चमनजी आराम करो। आप दो बच्चों के साथ खुशहाल विवाहित हो।'

'हम सभी दो बच्चों वाले खुशी-खुशी शादीशुदा हैं। बेहद परिपूर्ण जीवन जीनेवाले।'

'तो क्या हुआ?' उसने चमकती आँखों से उसे आँख मारते हुए कहा। 'मुझे परिपूर्णता नहीं चाहिए, बस मेरे क्रिएटिव रस को आग चाहिए। वैसे भी सब आग तो इसकी झोली में है?' सुलेमान के सेक्रेटरी चमनजी ने ग्रेड-ए कोकीन को सूँघते हुए टोस्ट उसकी तरफ बढ़ाया।

'माला जाओ दे, मला जाओ दे'

'बस करो, बस करो!'

उसने फुसफुसाने की कोशिश की, हाथों और धुंध से लड़ने की कोशिश की। मजबूत हाथों ने उसे उसकी गरदन से पकड़ रखा था। उसने खुद को सलेम की बेरंग पानीवाली आँखों से घूरते हुए पाया।

'जाओ दे? कहाँ जाओ दे? ओ वुमेनिया यह एक नृत्य शो है, इसलिए अपने शरीर को हिलाओ, हमारे प्रतिष्ठित मेहमान के सामने।'

वह चिल्लाया और दूसरी लड़कियों ने अपना नृत्य फिर से शुरू कर दिया

आई नो यू-वांट यू, तेरे हाथ कभी न आनी

'तुम कुछ भी कहो, मैं तुमसे कहता हूँ, यह एक हॉट ब्यूटी है, अपनी माँ की तरह, पुराने ब्लॉक की चिप! ये छोटी आइटम गर्ल्स, ये अपना रास्ता बनाने के लिए इतने पुरुषों को शिकार बनाती हैं कि और अचानक वे डिटॉक्स होना चाहती हैं।'

'लेकिन यार, मैंने देखा है, सबसे उत्तेजक चीज मैंने देखी है…'

उसने सुलेमान के करीबी दोस्त और बड़े वितरक की वर्षों से एम्फैटेमिन की लत की कर्कश आवाज को पहचान लिया।

'चार-बोटल-वोदका-काम-मेरा-रोज-का-चार-बोतल-वोडका-काम-मेरा-रोज-का…'

'वोडका''वोडका! लड़की मेरी गोदी में बैठ।'

मिडिल ईस्ट के अमीर शेख अचानक इसमें शामिल हो गए थे।

'मैं कोई वेश्या नहीं हूँ।' शेख के क्रूर आलिंगन से बचने की कोशिश करते हुए सनी ने सुलेमान की सिल्क जैकेट पकड़ ली।

उसके ऐसा करने से अभिनेता आगे की तरफ झुक गया और उसने सनी को उसकी गाल पर प्रहार करते हुए दीवार की तरफ धकेल दिया। सनी के प्रति उसकी नफरत ने उसे स्याह कर दिया। हलकी रोशनी वाले कमरे में ऐसा लग रहा था कि कोई बीमार रोगी है।

मैंने –होंठों–से–लगाया–तो–हँगामा–हो–गया

'मेरी जैकेट पर सलवटें मत डाल! क्या तुमने सुना, वेश्या यहाँ तुमने मेरा नाम लिया!! यह क्या है? तुम्हारा चाल-चलन खराब है, हे भगवान् मुझे आशा है कि वह मुझसे प्रेम नहीं करती होगी। इश्क-विश्क? शीट! इन लड़कियों के लिए अच्छा बनो और वे पत्नी की भूमिका निभाने लगती हैं।' उसकी महीन आवाज ने हवा को चीर दिया। महत्त्वाकांक्षी बनो, वेश्या बनो, कम-से-कम वेश्या को पैसा तो मिलता है।' उसने कहा और अपने पीछे के दरवाजे को बंद करने से पहले एक पुलिंदा उसकी दिशा में रखा।

'मुझे लगता है कि परी चेहरा यहाँ फिल्मी भूमिका नहीं चाहता। मैं घायल हुआ हूँ! तुम्हें पता है कि मैं एक बड़ा आदमी हूँ। बिग मनी। क्या यह बात तुम्हें उत्साहित नहीं करती? चलो, बहादुर बनो, मुझे अपनी आग दिखाओ, हमें अपना जानवर दिखाओ, जैसा तुम अपने आइटम डांस में करती हो।' सलेम सनी को टटोलने की कोशिश कर रहा था। 'जाओ और उसकी गोद में बैठो। उसके साथ अच्छा व्यवहार करो। इसे अपना ऑडिशन समझो। तुम्हारे पास जो कुछ है, उस पर उड़ेल दो, इसे एक व्यापार समझो।'

सलेम ने एक कपट तंदुरुस्त स्त्री की ओर इशारा किया, जो सनी के ऊपर लार टपका रही थी।

'नहीं–नहीं–नहीं–मैंने–पी–नहीं–है–मैंने–पी–नहीं–है।'

'ठीक है। मुझसे एक अनुबंध करो। मुझे दो मिनट में खुश कर दो, फिर फिल्म का आइटम नंबर तुम्हारा।'

'दो मिनट ? तेरा समय तो मेरे कुत्ते से भी कम है।'

'ऐसा इसलिए है, क्योंकि तुम्हारी कुत्ते में गरमी है। यहाँ एक ककड़ी सा ठंडा आदमी है, उसकी माँ की तरह लाल हॉट नहीं।'

रिंगरिंगरिंगरिंगरिंगा–रिंगरिंगरिंगरिंगरिंगा

'नहीं…नहीं…नहीं', लेकिन उसके लकवाग्रस्त मुँह से कोई शब्द नहीं निकला।

वह चाहती थी कि कोई इसके बीच में आ जाए। इस मसखरी को बंद करे, उसका सिर तैर रहा था। अब उसके गरम शरीर का पसीना उसकी गरदन के पिछले हिस्से में इकट्ठा हो गया, जो उसकी पीठ से होता हुआ उसके नितंबों की दरार में गिर रहा था। उसने धुँधले रूप से शेख को अपनी ओर बढ़ते देखा। हालात तब और खराब हो गए, जब किसी ने उसका टॉप उतार दिया और उसे सलेम की गोदी में डांस करने को कहा। सनी को अहसास हुआ कि जब उसके शरीर ने उसकी बात माननी बंद कर दी, तब उसके साथ कुछ गलत हुआ। उसके हाथ अजीब तरह से धीरे-धीरे घूम रहे थे और विरोध के शब्द उसके होंठों पर जम गए और वह जानती थी कि उसका शरीर के खून में बहते शक्तिशाली एम्फैटेमिन से वह लड़ने में असमर्थ थी।

उसने अपने पूरे शरीर पर खुरदुरे हाथ महसूस किए और उनसे बचने के प्रयास में वह अनाड़ी ढंग से शेख को अपने ऊपर लेकर जोर से फर्श पर गिर गई। उसकी दुनिया ढह रही थी और वह अपनी एक भी मांसपेशी को नहीं हिला सकती थी। उसने उसकी बात को सुनना बंद कर दिया और अचानक वह चला गया। वह चाहती थी कि दर्द दूर हो जाए। उसे चक्कर और उलटी आ रही थी और गरम पेशाब उसके जाँघ और धड़ के जोड़ के हिस्से को भिगोकर उसके पैर के नीचे बह गया। अब उसका अपने मूत्राशय पर अधिक नियंत्रण नहीं रहा।

वह मेजपोश के साथ हाथों और पाँव के बल पेशाब पोंछने के लिए बैठ गई।

शेख और उसके आदमी भड़क उठे और वे चिल्ला रहे थे, वह समझ नहीं पाई। उसका सिर अब तक धड़क रहा था। वह यातना से निकल आई थी।

ओओओओओ वोमेनिया–वोमेनिया

ओओओओओ वोमेनिया–वोमेनिया

पार्टी खत्म हो गई थी। उसे और दूसरी लड़कियों को बुरी तरह से धक्का देकर कमरे से बाहर निकाल दिया। किसी और कमरे में। कमरा नंबर 909।

और दुस्स्वप्न अभी खत्म नहीं हुआ था। उसने लहूलुहान के.डी. का खून देखा, जिसने उसकी ओर अपना रास्ता बना लिया, यह देखकर वह डर गई थी।

वह इतना लहूलुहान कैसे हो गया? चाकू उसके हाथ में कैसे आ गया था? घंटों बाद वह तेज बुखार के साथ उठी, फिर भी स्ट्रॉंग दवाइयों के प्रभाव से वह उदास थी, उसके गले में जैसे आग लगी हुई थी। इसका मतलब उसे कुछ समझ नहीं आ रहा था।

क्या दुनिया पागल हो गई थी? पुलिस ने उसे हथकड़ी पहना दी थी। शोर करते पत्रकार, चिल्लाती भीड़। एक-एक कर वे सब चले गए थे, उसे गंदगी और कीचड़ के छोटे से पैच और पेशाब में छोड़कर।

वह फर्श पर गिर पड़ी और जोर से भेदनेवाला विलाप करती रही, अंत में त्रासदी की समझ आने पर उसकी कराह और सिसकियाँ कम हो गईं।}

उसने अपने निजी नरक की कोठरी के सेल के दरवाजे से सुना। इसमें एक नया नंबर लगा हुआ था। सेल नंबर 36। सनी कश्यप अपनी सेल के फर्श पर लेट गई और फर्श से ताजी मिट्टी को चाटने लगी।

□

19

बावसा के बाहरी इलाके में दो हजार एकड़ क्षेत्र में बनाया गया अनतता आश्रम 1968 में बहनों के पुण्य आदेश से बना था। अनतता की पवित्र बहनें साधारण जीवन जीती थीं। उन्होंने निजीपन से परे और गैर-मालिकाना विचारों को लागू किया था। बहनों का मानना है कि यह उनका आत्मा के देह के मिलने का उपक्रम है। उनकी मान्यताएँ और दर्शन अहिंसात्मक हैं। न छूने योग्य, पवित्र। वहीं सख्त और एकांत समाज, कट्टरपंथ की अनुमति नहीं देता, त्रिमूर्ति पर विश्वास पर प्रतिबंध लगा दिया और किसी अनजान परमेश्वर पर विश्वास की परंपरा को खारिज कर दिया। उन्होंने मनोगत विज्ञान और रस-विधा, टैरो, कैबला, विज्ञान और ज्योतिष की मनाही की। उनका मानना था कि लगातार और निष्ठुर ढंग से सामान्य काम करने से मनुष्य अपने मालिकाना हक से अलग हो सकता है।

एक सामान्य दिन में आप सुनाई देनेवाले शोर से वक्त की भविष्यवाणी कर सकते हैं। ठीक सुबह 6 बजे चपलता वाली कड़क सैर, 8 बजे सुबह शंख बजने का मतलब है नाश्ता—गाढ़ी दही, दो चपाती और उबले हुए आलू, सभी आश्रम के चौड़े रास्ते में उगाई गई चीजों से बनी हुई। लकड़ी काटी जा रही है और 1 बजे दोपहर तक आश्रम के कुओं से बड़े ताँबे के बरतनों से पानी भर का रसोईघर में लाया जा रहा है। तब तक सिस्टर दया की कड़क चपलता बगीचे में काम करते समय जारी रही। वह अपने बगीचे से प्यार करती थी, जो सुंदर था, मगर ऐसा सुंदर नहीं, जितना सुंदर सिस्टर सच्चा का लुभावना बगीचा, दया ने उत्साह से सोचा। आज सिस्टर दया अपने मन को शांत रखने के लिए कड़ी मेहनत कर रही थी। सच्चा के बगीचे में पानी भर गया था और वह कहीं भी नहीं थी। मामले को और भी बदतर बनाते हुए, उसके खेत के क्वार्टर से मुरगियाँ

फरार हो गई थीं। दया को उन्हें वापस बाड़े में लाने के लिए पूरी और आधी सुबह लगी। भौंह चढ़ाते हुए सिस्टर दया ने एक लकड़ी के डोंग को उठाकर गाय की घंटी पर मारा। इससे एक हलकी सी झनझनाहट उत्पन्न हुई, यह सच्चा के लिए एक संकेत था कि वह खलिहान या कहीं भी हो, इस घंटी की आवाज को सुनकर लौट आए। दया व्यर्थ में पैंतालीस मिनट तक गाय की घंटी से बार-बार पिटते हुए बेकार इंतजार करती रही। जानवरों के उछलने और चिल्लाने और अपनी ही सुगंध को मथते, भूख के कारण मिट्टी को लात मारते रखने की, जिसकी वजह से बाड़े का शोर हर पल तेज होता गया। मुरगे और बत्तख तथा भेड़ बेचैन थीं और मिमियाती हुई भेड़ें इतनी परेशान हो गई थीं, वे लगभग हर आवाज पर डूब रही थीं। दया ने पहले जानवरों को खिलाने का फैसला किया और फिर सच्चा की खोज के लिए बाहर निकलने का सोचा। बाड़ों के खंभों के सामने उसने दाने बाड़े में डाल दिए और ढेर सारे पक्षियों के लड़ने-भिड़ने की कुड़कुड़ाहट को देखती रही। उसके बाद उसने बकरियों, बिल्लियों और कुत्तों को खाना दिया, जो सच्चा के खासतौर पर पसंदीदा थे। अब तक दया को पक्का पता नहीं था कि कुत्तों को भी ठीक से खाना नहीं दिया गया है या नहीं। यह सच्चा के व्यवहार से कहीं अलग था, सच्चा जो अपने बगीचे के प्रति लगन की भावना से समर्पित थी और उससे भी कहीं ज्यादा अपने जानवरों के लिए और अभी तक सच्चा के काम में किसी तरह की कोई कमी नहीं मिली थी। सिस्टर दया उससे बात करने के लिए ध्यान के लिए बनी झोंपड़ी की तरफ आगे बढ़ गई थी। आसमान में सूरज तेज था, अभी दोपहर के 3 बज रहे थे, वह समय जब सिस्टर सच्चा अनतता जीवन के अधिकतर कठिन सिद्धांतों, ज्ञान और ध्यान का अभ्यास करती थी और रूप ज्ञान की मजबूत एकाग्रता की स्थिति में पहुँच जाती। क्योंकि यह बुधवार था और हर सप्ताह इसी दिन इस अलग संप्रदाय की बहनें यकखा को स्थिर रखने के लिए प्रार्थना करतीं। यकखाः एक शक्तिशाक गैर-मानव मनुष्यों की एक शक्तिशाली श्रेणी है—घातक और क्रूर—आमतौर पर परियों की कहानियों के ओरगेस की तरह। ध्यान की झोंपड़ी की पूरी तरह से खोजबीन करने के बाद भी सिस्टर सच्चा का कोई सुराग नहीं मिला।

बहन सच्चा को एक औपचारिक कॉल करने से पहले बहन, दया ने संचार

रूम की तरफ जाने का फैसला किया, वह जगह जहाँ कम बोलनेवाली सिस्टर के मिलने की संभावना कम थी।

पिछले सात वर्षों से वह इस संप्रदाय में शामिल हो गई थी, बहन सच्चा ने बाहरी दुनिया से मेलजोल के सभी रूपों से सबसे ज्यादा कड़ाई से परहेज किया था।

कोई समाचार-पत्र नहीं, कोई कंप्यूटर नहीं, कोई टेलीविजन नहीं, कोई पत्रिका नहीं, शायद उसे उस झोंपड़ी को फिर से देखना चाहिए। कभी-कभी सच्चा यहाँ कई घंटे बिना किसी से बात किए यहाँ रहती है। शायद कोई चीज उसे परेशान कर रही हो। वह सच्चा के लिए कसम खा सकती है कि पिछले सात सालों में उसने संप्रदाय का एक भी नियम नहीं तोड़ा था और वह अनतता के आदेशों की सबसे आज्ञाकारी और अनुकरणीय बहन बन गई थी। या शायद वह किसी दुर्घटना का शिकार हो गई थी?

सिस्टर ने संभावनाओं का एक ढेर बना दिया, जो संभवतः कहीं जाकर सच हो सकती हैं, खासतौर यदि सच्चा फिसलन और दलदल से भरे पश्चिमी हिस्से की झाड़ियों में अपनी रसोई के बगीचे के लिए छोटे पेड़ की खोज में गई हो। चिंतित, सिस्टर दया, सच्चा के संचार कक्ष में जाने से लगभग चूक गई, जहाँ उसने सिस्टर सच्चा के पीले चेहरे को कुछ घूरते हुए देखा। दया लगभग छितराई हुई टीवी वाले कमरे में पहुँची, जहाँ सभी खुश दिख रहे थे। कोई नहीं देख रहा था कि उन्हें क्या नहीं करना चाहिए और उसने उन पर शक करने में शर्म महसूस की। इससे पहले कि दया उसके उसके स्वास्थ्य के बारे में पूछती, सच्चा के भाव ने उसकी सोच को किनारे पर ला दिया।

मृदुभाषी प्यारी सिस्टर ने ऐसे देखा, जैसे उसने एक भूत को देख लिया हो। सिस्टर सच्चा अचानक से अजीब तरह से लगभग बेरूखी से उठकर उसे लगभग उसे कड़ाई से रास्ते से धकेलकर कमरे से बाहर चली गई।

सिस्टर दया लगभग हाँफने लगी और इस सिस्टर को पुकारती रही, जो उसकी आवाज को अनसुना कर चली जा रही थी। दया उसकी पीठ को घूर रही थी। सिस्टर सच्चा तेजी से चलने लगी, लगभग भागते हुए, जब तक कि उसके आश्रम के दूसरी तरह बना हुआ उसका बगीचा नहीं आ गया।

शांत, साफ पहाड़ी हवा के बावजूद उसके गाल जल रहे थे और माथे से पसीना टपक रहा था, उसने चिपचिपा सा महसूस किया और उसके सिर ने धड़कना बंद नहीं हुआ।

उसने अपने सिर को पेड़ के साथ टिकाया और पेड़ की खुरदरी छाल में अजीब तरह के आराम की अनुभूति महसूस की।

बहन सच्चा को उलटी सी महसूस हुई और अचानक उलटी करने के लिए मजबूर हो गई। दया ने उसे काफी चिंता के साथ देखा।

☐

बुरा मौसम

उस सुबह की शुरुआत एक साधारण सुबह की तरह हुई थी। शानदार पीला सूरज, उस भयंकर आतंक के घटने का कोई आभास नहीं दे रहा था, जो सामने पेश होनेवाली थी। विष्णु, सितारा मैटनी के साथ अपनी नई फिल्म 'दिलदार : भाग्य के विनाश की प्रेम कहानी', जिसमें काम करने के लिए वे बड़े अभिनेता कतार में थे, जिनके साथ उन्होंने कभी काम किया था, के काम के बोझ तले दबे हुए थे। कई हफ्तों से वे अपने घर नहीं गए थे, इस घटना के बारे में उन्होंने रेडियो पर सुना।

मशहूर फिल्म डायरेक्टर विष्णु कश्यप की पत्नी, तब्बू कश्यप एक आग दुर्घटना में गंभीर रूप से घायल हो गई हैं। चश्मदीदों ने पुलिस को बताया कि पीड़िता ने किसी ज्वलनशील पदार्थ से खुद को आग लगा ली थी। हाल ही में पूर्व अभिनेत्री अपने डायरेक्टर पति, जो इस हादसे के समय घर से दूर थे, से अलग हुई थीं।

विष्णु घर पहुँचे। हालाँकि उस समय तक सब खत्म हो चुका था।

जब वे घर में दाखिल हुए, एक घातक खालीपन ने उन्हें निगल लिया, घर की हवा ने उन्हें सोख लिया, उस समय तक वे साँस नहीं ले सके। घर को किसी बीमार आत्मा ने घेर रखा था और भीड़ के एकत्र होने के बावजूद घर में चुप्पी पसरी हुई थी। खबर तेजी से फैली। वे देख रहे थे कि सनसनीखेज पत्रकार दूधवाले से बातचीत कर उसे अपने पन्नों पर लिख रहे थे। फोटोग्राफर्स बढ़िया कोण के बारे में बातें कर रहे थे और किसी को कह रहे थे, अगर खिड़की को खोल दिया जाए तो अच्छी रोशनी आएगी। कुछ फालतू रिश्तेदार अपनी सूजी हुई

आँखों से चकित जुड़वाँ बच्चों के बगल में खड़े हुए थे। दुर्घटना से समय बीना अमेरिका से वापस आ रही थी।

बीना ने अपने कुछ नजदीकी दोस्तों को उनके पहुँचने तक अपनी नातियों को सँभालने के लिए बुलाया।

'क्या मम्मी मरने जा रही हैं?

'वे सफेद कपड़ों से क्यों ढकी हुई हैं?'

'शशशश···' पुराने फैशन की शिफॉन पहने बीना की सहेली, एक बूढ़ी स्त्री किसी के साथ अपनी शांत बातचीत के बीच में उन्हें दिलासा देने के लिए संघर्ष कर रही थी। सभी बरबाद परिवार के अवशेषों को उदासी से घूर रहे थे। तीन साल की सनी पहली इनसान थी, जो इन्हें ऐसे देख रही थी।

'पापा! आंटी कह रही हैं पापा, मम्मी को सजा देने जा रहे थे, क्योंकि मम्मी एक बुरे अनजान आदमी से रोमांस कर रही थी, इसलिए उन्होंने खुद को मार दिया।' सनी की बच्चों सी आवाज ने चुप्पी को तोड़ दिया, सभी चौंक उठे। भौचक्के पत्रकारों ने उनकी प्रतिक्रिया को देखने के लिए अपनी बातचीत बीच में ही रोक दी।

'डैडी, डैडी, डैडी, आपको परेशान नहीं करना चाहती।' अपनी गुड़िया को चिपटाए हुए सनी मीडिया पर चिल्ला रही थी, उसका चेहरा गुस्से में तमतमा रहा था। वे बच्ची के प्रश्न से स्थिर वहीं खड़े रहे, घूरती नजरों की परवाह किए बगैर। जो कुछ लिखना चाहें, वे लिख सकते हैं। उनके दिमाग में यहाँ से भाग जाने का विचार आया। वे जानते थे उनके लिए अब सामान्य जीवन हमेशा के लिए ठहर गया है। और फिर, कुछ नहीं। यह ऐसा था, जैसे उनके दिमाग में अचानक से सभी कुछ खत्म हो गया है। जले हुए ए.सी. को हटा दिया गया और भीतर खतरनाक गरमी थी। वे अपने कानों के पीछे पसीने के चूने को महसूस कर रहे थे। गहरे पत्थर वाला फर्श, दैनिक पूजा-पाठ के दौरान सरसों के तेल की बत्ती से चिपचिपा फर्श थोड़ी जली हुई बदबू पैदा कर रही थी। आवाज करते हुए, घूमते हुए, वे चलने लगे और उन्होंने वहाँ पतंगों को आसपास मँडराते देखा कँपकँपाहट से अपने कंधे के ऊपर से देखा। वह बस एक बढ़े पेट वाला एक बड़ा मोटा पतंगा था, जो गरमी से सफेद हो गई दीवार पर बैठने के लिए तैयार

था। कमरे के परदे मुस्तैदी से लगे हुए थे, लेकिन वे देख पा रहे थे कि भारी पत्थरों का फर्श धधकती आग के कारण टुकड़ों में फट चुका था। खिड़कियाँ कालिख से काली हो गई थी। पंखे और फोटोफ्रेम फ्रेम से बाहर मुड़ गए थे। दीवार उस हिस्सों से उघड़ गई थी, जहाँ उन पर पानी डाला गया था, जिससे वहाँ फफोलों जैसा आभास होने लगा था। कमरे के बीच गरमी की वजह से जमीन फट गई थी। यह वही जगह थी, जहाँ किसी जले हुए चिथड़े की तरह बिना किसी खरोंच के आग से झुलसी हुई तब्बू भ्रूण जैसी स्थिति में मिली थी, उसके पैर बेड़ौल हो गए थे, जैसे वह आग को गले लगा रही थी। फुसफुसाते हुए छोटे कीड़ों का झुंड, कुछ गीले और मृत चीज पर मँडरा रहे थे। उनके हाथों ने कोने में पटकी हुई एक लंबी कुरसी को पकड़ा हुआ था, जो आश्चर्यजनक रूप से आग के प्रकोप से बच गई थी। एक स्याह धुंध उसके कंधे पर बैठ गई, हवा उनकी आँखों में डंक मार रही थी और उनके हर छिद्र में प्रवेश कर रही थी। उन्होंने विवेक और तर्क के दायरे से परे भीड़ के पागलपन को महसूस किया। और तब उसका हृदय पछतावे, वेदना और क्रोध से भर गया। बहुत अधिक दर्द और अपार वीरानी तथा गहरा कुतरनेवाला अपराध-बोध, जिसने उन्हें अपंग बना दिया। वे उलटी आने जैसा और चिपचिपा महसूस कर रहे थे। वे उलटी करना चाहते थे, मगर नहीं कर सके। उनकी जीभ मोटी और रोमदार और तार जैसी महसूस हो रही थी। अब वे एक भयानक दुस्स्वपन की चपेट में किसी अन्य आदमी की तरह कमरे में चल रहे थे। इस बात से अनजान कि उसने दूर जाने की जल्दी में क्या कदम उठा लिया। वे साँस नहीं ले पा रहे थे। लेकिन उनकी टाँगें उन्हें धोखा दे रही थीं। कई बार पानी डाले जाने की वजह से उस जगह एक खारी गंध फैल गई थी और जलती हुए पत्थर से मृत मछली की दुर्गंध आ रही थी। अचानक वे झुक गए और उनकी हिम्मत फिर से खत्म हो गई। वे काफी लंबे समय तक उलटी करते रहे, जब तक कि उलटी करने को कुछ नहीं बचा। उसके बाद आखिरकार वे शोक करनेवालों में शामिल हो गए। ऐसा लग रहा था कि वे अपने भीतर चकरा देनेवाली उदासी का बोझ ढो रहे हैं, उनके भीतर का वह हिस्सा जो जिंदा होना चाहिए था, वह अब मर चुका था। तब से उनके हृदय में एक ऐसा अँधेरा छाया हुआ था, जिससे हर कोई, यहाँ तक कि उनकी अपनी

बेटियाँ भी, हमेशा के लिए बहिष्कृत कर दी गई थीं।

बीना ने अपने गुस्से को छुपाने की कोई कोशिश नहीं की और सार्वजनिक रूप से उन पर अपनी पत्नी को मौत के घाट उतारने का आरोप लगाया। चीजें टूटने के कगार पर पहुँच गईं, जब टूटे हुए हृदय वाली स्त्री बीना ने लड़कियों को उसे सौंपने से इनकार कर दिया। वे उन्हें बरबाद करने की धमकी देने लगीं।

विष्णु ने इसके लिए उन्हें इनकार किया। बीना ने इरादतन आत्महत्या करने के लिए उकसाने का मामला उन पर लगा दिया और उसे तीन हफ्ते तक सलाखों के पीछे पहुँचाने में कामयाब रही, लेकिन पुलिस को पर्याप्त आरोप नहीं मिले। बदला लेनेवाली बीना ने जुड़वाँ बच्चों को उन्हें सौंपने से इनकार कर दिया और उन्हें हिरासत की महँगी लड़ाई में शामिल करने की धमकी दी।

शायद उन्होंने सितारा मैटिनी के सेट पर वापस आने के लिए मिले सम्मन को नजरअंदाज कर लिया। लेकिन एक गैर-हाजिर निर्देशक के साथ किसी दूर स्थान पर शेड्यूल खत्म करने के लिए स्टूडियो को बहुत अधिक पैसा खर्च करना पड़ रहा था। विष्णु अपनी बेटियों के साथ फिर से अपना जीवन शुरू करने को बेताब थे, लेकिन अपनी इस स्तब्ध और पीड़ित स्थिति में वे काम करने की स्थिति में नहीं थे। यह आपदा घटने का इंतजार कर रही थी। उनकी सजगता अधिक तेज नहीं थी। दूसरी तरफ से आते ट्रक को विष्णु देख नहीं पाए। एक भयानक कार दुर्घटना ने उनके शरीर को बरबाद कर दिया और उन्हें एक सप्ताह के लिए आई.सी.यू. भेज दिया। विष्णु को गरदन और पीठ पर भयानक चोटें लगीं, तेज दवाओं ने उनके दिमाग को काफी नुकसान पहुँचाया और किसी भी रचनात्मक काम करने के लिए उन्हें नकारा कर दिया। उन्हें स्टूडियो से हटा दिया गया। सितारा मैटिनी ने उनके बदले दक्षिण का एक युवा निर्देशक रख लिया, जो काम करने के लिए इतना उत्सुक था कि वह टोकन मनी पर ही विष्णु के अधूरे प्रोजेक्ट्स को पूरा करने को तैयार हो गया था। उदारता का परिचय देते हुए सितारा स्टूडियो ने उनसे अपनी साइनिंग राशि वापस करने को नहीं कहा, लेकिन अपने इलाज और कोर्ट केस के बीच में विष्णु कश्यप जल्दी ही कंगाल हो गए। उनके दोनों बच्चे शत्रुता का भाव रखनेवाले एक रिश्तेदार से दूसरे रिश्तेदार के बीच घूमते रहे। साल के काफी बड़े हिस्से तक बीना और विष्णु की दोनों बच्चियों को

पाने के लिए लड़ते रहे। अपनी कुचली हुई अनुभूतियों की यादों के दुःख और दर्द के एक ब्रह्मांड से वे चक्कर खा गए थे। बच्चे असहनीय रूप से विनम्र रिश्तेदारों की बेरहम करुणा और मीडिया की चकाचौंध के गिरफ्त में आ गए।

मुसकराहट, तीखी टिप्पणी और संदिग्ध बातों पर विचार करते हुए, जब भी वे बच्चों के पास गए तो बच्चों ने उनका स्वागत किया।

अभागे अनाथ बच्चे! खा गया तब्बू को हरामजादा।

क्या तुम सोचते हो, उसने उसे इसलिए मार डाला, क्योंकि उसे तब्बू के अफेयर के बारे में पता चल गया था?

अब हमें इनका पालन-पोषण करना होगा, क्योंकि हम तब्बू को बहुत मानते थे।

वे घोर क्रूरता और लगातार की छानबीन से पीड़ित होकर लगभग कुचल ही गई थीं, दोनों जुड़वाँ बहनें कम-से-कम इसे सार्वजनिक रूप से दरशा नहीं रही थी। आखिरकार बूढ़ी होती बीना को अपनी दोहतियों के साथ जो हो रहा था, उसे लेकर होश आया, कड़वी सच्चाई को उसने देखा और अंत में वह लड़कियों को उनके पिता के पास इस शर्त पर वापस भेजने के लिए सहमत हो गई कि विष्णु उनकी भतीजी कला से विवाह करेगा, जो उसके बच्चों की देखभाल करेगी। विष्णु राजी हो गया, मगर इसके लिए काफी देर हो चुकी थी। वह अपनी बेटियों के पास वापस लौटा, लेकिन वे दोनों अब पहले की तरह देर तक अपने दुःखों को प्रकट न करनेवाली लड़कियों से अलग लड़कियाँ थीं। सुहाना एकांतप्रिय और शांत हो गई थी और सनी की आक्रामकता भीतर की तरफ मुड़ गई थी। श्रीमती कश्यप के ग्लैमरस जीवन जीने का अवसर पानेवाली कला को इस बात से निराशा हुई कि जिस आदमी का प्यार वह चाहती थी, वह पहले ही खो गया था। उसके पास कला को या अपनी योग्यता और फिल्म उद्योग को देने के लिए कुछ बाकी नहीं बचा था। विष्णु कश्यप ने स्वास्थ्य के साथ एक हारी हुई लड़ाई से पहले वापसी के दो निराश प्रयास किए, जिन्होंने उन्हें सेवानिवृत्ति के लिए मजबूर किया। सितारा मैटिनी ने उनकी तरफ अपनी पीठ मोड़ ली और वे नर्वस ब्रेकडाउन का शिकार हो गए। कुछ ही समय में विष्णु कश्यप बॉलीवुड के हाशिए पर चले गए।

20

यह एक आकर्षक सेट था। एक बड़े स्टूडियो का बहुत बड़ा सेट। बॉलीवुड का पहला स्थायी सेट, जो ड्रीम स्टार या डी.एस. स्टूडियोज की बड़ी सी जगह पर था। जिसे धन्ना सेठ ने खरीदा था, डी.एस. स्टूडियो इंडस्ट्री का सबसे पुराना और बड़ा स्टूडियो था, जिसकी शुरुआत मामूली से सितारा मैटिनी के रूप में हुई थी और अब सबसे शानदार तरह से सुसज्जित आधुनिक स्टूडियो में से एक में वह विकसित है। हाई डेफिनेशन पर स्विच करने के लिए तैयार पहला स्टूडियो होने का दावा करते हुए ड्रीम स्टार फिल्म सेट एक विशाल अज्ञात आकृति पर बनाए गए थे, जाहिर तौर पर जिस पर सैकड़ों करोड़ बहाए गए थे। स्टूडियो ने केवल तीस दिनों में एक पूरी लंबी व्यावसायिक बॉलीवुड फिल्म की शूटिंग को शुरू से खत्म होने तक के शेड्यूल पर पूरा करने का गौरव अर्जित कर किया था। एक स्थायी सेट होने के कारण बाहरी और अंदरूनी जगह बहुत ध्यान दिया गया था, कई सड़कों के फर्श पर बड़े पत्थर और पेड़ और फुटपाथ था, जिस पर पंक्ति से एक श्मशान घाट, एक गैरज एक बॉक्सिंग रिंग थी। सड़कों में से एक सड़क पर सत्तर के दशक की रेट्रो लुक थी, जिसके एक छोर पर सीढ़ीदार घर थे और दूसरे छोर पर एक कोने की दुकान थी। मुख्य अभिनेताओं को अपने स्वयं के ड्रेसिंग रूम दिए गए थे, जिस पर उन्हें शूटिंग के दौरान रहना होता था, ताकि जब वे सेट पर हो, तब प्रोडेक्शन हाउस को हर समय उनके ठिकाने के बारे में पता चल सके।

धन्ना सेठ के प्रोडक्शन में किस्मत ही कीवर्ड था और प्रिंस उसके स्टूडियो के लिए लकी था, दिन-रात नियमित रूप से बड़ी फिल्में उगलता। यही कारण है कि एक्टर को स्टूडियो ने तीन फिल्मों की डील की पेशकश की थी और निश्चित ही प्रिंस सुलेमान कपूर एक बहुत ही प्रसन्न व्यक्ति था।

डी.एस. स्टूडियो में मेटल मैन फिल्म के सेट पर प्रिंस को अभी एक खबर दी गई थी कि गुटका किंग सुभाष वीरानी ने उसकी फिल्म के अधिकार के लिए काफी बड़ी और गोपनीय राशि दी है। वीरानी ने इवेंट मैनेजमेंट में भी भारी मात्रा में निवेश किया था और अपने पहले फिल्म पुरस्कारों के आयोजन को लेकर काफी उत्साहित थे।

'यह सब वैसी ही बकवास है। लेकिन कम-से-कम तुम्हें यहाँ करीना, कैटरीना देखने को मिलेंगी। यही मेरा लालच है।' वीरानी ने प्रिंस को कहा।

'सेट पर शांत रहिए!'

'सेल बंद करें, अन्यथा जब्त कर लिया जाएगा' और कोई अखबार नहीं और एक्शन प्रिंस सुलेमान के सीन में उसे रुफ्फियन से हीरोइन की पक्की दोस्त, जो रोल फिल्म में डेसी कट्टा निभा रही थी, से बचाने की जरूरत थी। रुफ्फियन अब मृत पड़ी थी, हीरो जो अपनी अपहरण की गई नायिका को ढूँढ़ रहा था, ने उनका गला घोंटकर उसे मार डाला था। खलनायक, जो उसके प्रेम और हीरो के रास्ते में खड़ा था, का दर्दनाक मृत्यु इंतजार कर रही थी।

क्लैप की आवाज के साथ प्रिंस लड़की की तरफ मुड़ा, जो फटे कपड़ों में अवचेतन पड़ी हुई थी। वह चौंक गया और उसका चेहरा कठोर हो गया, लेकिन उसकी आँखें दूर तक देख रही थीं।

'टेक!!' फिल्म निर्देशक जयराम मंगवानी को खासतौर पर लड़ाई के दृश्यों को निर्देशित करने के लिए माइक्रोफोन पर बूम किया था।

'स्टंट को-ऑर्डिनेटर स्क्रिप्ट की एक कॉपी चाहता है।'

'चुप करो। पागल हो, फाइट सीन की स्क्रिप्ट की उसे क्या जरूरत है? मैं उसे फेंक दूँगा, अगर मुझे कोरिओग्राफ्ड लड़ाई देखने को मिली। तुम जानते हो, हर निर्देशक कहते हैं कि तुम इंटेसिव फाइट एक्शन सीन्स को 10 दिनों में शूट नहीं कर सकते, इसके लिए तुम्हें 25 दिन चाहिए होंगे। और मैंने उनसे पूछा, तुम्हें 25 दिन क्यों चाहिए? बस एक-दूसरे को मारने के लिए?' जयराम गुस्से में था।

'प्रिंस, तुम्हें भी अपने चेहरे पर एक चोट के निशान की जरूरत है। तुम हरामजादों, अन्नी, प्रिंस की देह को लटकना है, हाँ? तुम्हारे डुप्लीकेट को चोट पहुँचाओ।'

'अरे तुम जानते हो, मैंने उस लड़के के बारे में सुना है, जो अपनी च्यूइंगगम में गन पाउडर डालकर और उसे अपनी जबाड़े के नीचे रख लेता है।'

'यह बढ़िया है! सीन में पंच आएगा। हीरो को उसे च्यूइंगगम में लेने दो और उसे गन पाउडर से भरो, बंदूक की नोक पर विलेन इसे चबाएगा और धमाका होगा! इसमें काफी नुकसान दिखना चाहिए और खून, देह को नुकसान बहुत क्रूर और खूनी। अबे डुप्लीकेट नहीं करेगा। तुम देसी कट्टे के साथ नृत्य नहीं कर सकते। तुम यहाँ एक चोट खाए हुए बैग हो। शायद एक टूटे हुए जबड़े वाले? कम-से-कम, उसके कुछ दाँत तो जरूर टूटने चाहिए? यह चाकू लो और हीरो के खुले हुए मुँह और उसके गालों को और उसे चीरने दो और खलनायक को मारो, हाँ? मैं कोई खास तरह की फाइट की तकनीक नहीं चाहता। उसी समय प्रिंस पकड़ेगा और खींचेगा तथा मुक्का और लात मारेगा। कुछ लड़ाई चाकू से, तलवार से और छड़ी से होगी, कई मारनेवाले भेड़ियों के झुंड की तरह और कुछ एक-एक कर उसके करीब आएँगे। इसी तरह चलेगा। यह सबसे बढ़िया फाइट सीन होनेवाला है।'

'मुझे एक मिनट दो। मुझे कुछ करना है।'

प्रिंस ने निर्देशक को खारिज किया और सुभाष वीरानी के साथ गंभीर बातचीत में शामिल आइटम गर्ल डेजी कट्टा की तरफ मुड़ा।

'तुम एक रॉक स्टार हो, प्रिंस। मैं तुम्हारी नंबर वन फैन हूँ।' डेजी ने दाँत निपोरे और जुराबों और बहुत छोटे शॉट्र्स से अपनी पतली लंबी टाँगें बाहर निकालीं। वीरानी उसे अपनी गोल आँखों से घूर रहा था।

'क्या हमारे गाने में तुम यह पहनने जा रही हो?' प्रिंस अपनी सुस्त आँखों से उसके पैर पर प्रहार कर रहा था।

'हाँ, तुम्हें पसंद है?' डेजी की मुसकान चौड़ी हो गई।

'ब्रा पहनोगी? प्रिंस ने पूछा।

'क्या?' डेजी ने जो सुना, उस पर उसे विश्वास नहीं हुआ।

'मैं कह रहा हूँ, क्या तुम ब्रा पहनोगी? ब्रेजियर? गाने के लिए।'

'अपना पेट दिखाओ।' प्रिंस ने डिमांड की।

'हूँ?' डेजी लाल हो गई।

'अरे लड़की, मैं तुम्हारी छेद की गई नाभि को देखना चाहता हूँ?'

डेज़ी कट्टा ने प्रिंस को अपनी नाभि दिखाने के लिए अपना टी-शर्ट ऊपर किया।

'बढ़िया है और टैटू।'

'ओह मेरी जाँघवाला।'

'मुझे दिखाओ।' उसने निर्देश दिया।

'यह या मेरी बिकिनी लाइन के नजदीक।' डेजी ने नर्वस उत्तेजना के साथ कहा।

'तुम मुझे कुछ नहीं दिखा रही हो, मैंने यह हजारों बार नहीं देखा है। दिखाओ, मुझे कुछ तो केमिस्ट्री दिखाओ।'

डेजी कट्टा ने एक तेज गति के साथ अपने शॉट्र्स उतार दिए, ताकि उसकी छोटी सफेद पेंटी उसके सोफे पर आराम से रखी जा सके। उसने अपना एक पाँव उठा लिया और उसे प्रिंस की जाँघ पर रख दिया।

'निश्चित रूप से यह आनंद की पवित्र बौछार लाएगा।'

सुभाष वीरानी ने मक्कारी से प्रिंस को देखा।

'यह पूरी तरह से मेरी हाथ में है।' प्रिंस ने एक पल गँवाए बिना कहा।

जैसे ही प्रिंस सुलेमान, डेजी कट्टा की जाँघ के टैटू को देखने के लिए आगे बढ़े, उनकी जगह उनके डुप्लिकेट ने आगे के कड़े लड़ाई की सीन्स के लिए अपना स्थान ले लिया।

'मिस्टर रॉकस्टार, हम प्रेस को इंतजार नहीं करवाएँगे, क्या हम करवाएँ?'

चमनजी ने टोका, 'अब हम प्रेस मीट के लिए ब्रेक करते हैं। कई सारे इंटरव्यू लाइन में हैं। प्रिंस, हमें प्रेस ब्रीफिंग से पहले बात करने की जरूरत है!'

'एक मिनट चमनजी, कमरे में मेरा इंतजार करिए।' प्रिंस ने चमनजी की दूर जाती हुई पीठ को अवहेलना से कहा और सुभाष वीरानी की ओर देखकर मुसकराए।

'वीरानीजी, मुद्दे पर आइए। अवार्ड शवार्ड दिलवा रहे हो या नहीं!'

'बेस्ट एक्टर या बेस्ट फिल्म?' वीरानी ने पूछा।

'तुम उन मूर्ख फिल्म क्रिटिकस की तरह बात कर रहे हो। यदि वे अपनी

न्यूयॉर्क परेड में मार्शल के रूप में देखना चाहते हैं, तब मुझे एक से ज्यादा चाहिए। क्रिटिकस और पॉपुलर-शोपुलर। मुझे दोनों चाहिए।' प्रिंस ने कुटिलता के साथ कहा। यदि मुझे प्रेस से बात करनी होती तो वह अपने नए रूप का प्रचार भी कर सकता था, उसने अपने बालों को सँवारते हुए सोचा, जिसमें उसकी नया बॉडी लुक और कुछ—क्रूर सा रूप सामने आया है। हो सकता है कि वह केल्विन क्लेन शर्ट एक नीले सिल्क के स्कार्फ और खाकी ढीली पतलून से बदल जाए। वह जानता था कि वह अच्छा दिख रहा है। उन्हें उम्मीद थी कि चैनल की वह लड़की, जो हमेशा अच्छे सवाल पूछती थी और उसकी खुशी को कम करने की कोशिश नहीं करती थी।

'नहीं-नहीं, नहीं, बिल्कुल नहीं! सर प्लीज, आज का शेड्यूल बहुत टाइट है। एक मिनट भी खाली नहीं है। एस.पी. साहब कह रहे थे, तुम कल आओगे। हमने इस मुलाकात को आज के लिए कब फिक्स किया?'

'मुझे नहीं पता, चमनजी एक हट्टे-कट्टे पुलिस ऑफिसर से बहस कर रहे थे।'

'हमने नहीं सोचा था कि हम एक मौका लेंगे। अगर आप हमें एक या दो मिनट दे सकते हैं।'

आवाज खुरदुरी और बेहूदा थी।

'इतना शोर क्यों है?' प्रिंस ने पूछा और दो पुलिसवाले सुपरस्टार को घूरते हुए पीछे मुड़े।

'पुलिस उस क्राइम के बारे में कुछ बातचीत करना चाहती है। तुम जानते हो सनी वाली बात।' चमनजी ने कहा। प्रिंस हलका सा मुसकराया।

'मेरा बहुत ज्यादा बिजी शेड्यूल है, खैर चमनजी मेरे सभी अपाइंटमेंट्स सँभालते हैं।'

'यदि आप चाहो तो हम कल आ सकते हैं। हालाँकि इसमें ज्यादा समय नहीं लगेगा।'

'सॉरी सर, यह संभव नहीं है।' चमनजी ने प्रिंस की तरफ चोरी से देखते हुए कहा।

'ठीक है। आओ, इसे अभी निपटाते हैं। बताओ मुझे, मैं कैसे आपकी मदद

कर सकता हूँ? प्रिंस ने अपने डिंपल वाले गाल चमकाए। हमें पुलिसवालों की हरसंभव मदद करनी चाहिए।' प्रिंस ने उदारतापूर्वक कहा और चमनजी ने अपने हाथ आत्मसमर्पण की तरह नीचे कर दिए।

'हम आपसे अकेले में बात करना चाहते हैं। मैं ए.सी.पी. कबीर हूँ।' हृष्ट-पुष्ट ऑफिसर ने प्रेस को तथ्यात्मक लहजे में सूचित किया।

'पर मुझे इसकी कोई जरूरत नहीं दिखती।' चमनजी ने रोका।

'चमनजी शांत रहें, ए.सी.पी. आप मेरे सेक्रेटरी को दूर जाने के किए मजबूर नहीं कर सकते। लेकिन मैं हमेशा कानून की मदद करने के लिए हूँ। चमनजी प्लीज।'

'मैं पूरी तरह से अब आपकी सेवा में हूँ, ठीक है ए.सी.पी.?' चमनजी ने अपनी झुंझुनाहट को निगल लिया और सख्ती से चलने से पहले कुछ सेकंड के लिए पुलिसकर्मी की ओर देखा।

'प्लीज उस पर ध्यान न दें। वह मेरी बहुत चिंता करता है। मुझे परेशानी से दूर रखता है।' प्रिंस ने षड्यंत्र रचा, 'मुझे लगता है कि आप यहाँ मुझसे सनी के साथ मेरे तथाकथित संबंध के बारे में बात करने के लिए आए हैं, मुझे बताओ ए.सी.पी. क्या आप पत्रिकाओं से अपनी जाँच की लीड लेते हैं।' प्रिंस ने साहस के साथ अपनी बात रखने की कोशिश की।

'सिर्फ तब जब हम बॉलीवुड में मर्डर की खोज कर रहे होते हैं।' कबीर ने मुसकराते हुए जवाब दिया।

'यह काफी खतरनाक है।' प्रिंस ने कबीर को गौर से देखा।

'हाँ, कुछ लोगों को यह काफी खतरनाक लगता है।'

'इस तथाकथित पत्रकार निशा की तरह जो मेरे बारे में लिखती है, एक बुढ़ाता प्लेबॉय जरा कल्पना करो'''ये मेरे असली बाल हैं। सौ प्रतिशत असली। लेकिन हम सितारे इस तरह की दिल दुखानेवाली बातों को एग्नोर करते हैं।' उसने गंभीरता से कहा। ए.सी.पी. कबीर भोंसले की मुसकराहट उसकी आँखों तक नहीं पहुँच रही थी।

'यह बहुत हिंसक शहर है। आप खासतौर पर क्या पूछना चाहते हो, ऑफिसर?'

'मैं ए.सी.पी. कबीर भोंसले हूँ। मैं यह जानना चाहता हूँ कि आप सनी को कैसे जानते हो?

'मैं उसके साथ रिश्ते में नहीं था, ऑफिसर ए.सी.पी.। यदि यही आप पूछना चाहते हो। मैं उसे जानता था, सिर्फ थोड़ा सा ही जानता था।'

'आप दोनों की पार्टी की ये तसवीरें मुझे दोस्ती से कुछ अधिक दिख रही हैं।'

'वह सुंदर लड़की थी। मैं क्या कह सकता हूँ? आप इसे कास्टिंग काउच या इसी तरह की चीज बना रहे हैं या कुछ और वह काफी जवाबदेह थी। यह उन चीजों में से एक है। आप इन टैबलॉइड्स पर विश्वास नहीं कर सकते, वे एक सुपरस्टार को देखने हैं, जो एक पार्टी से बाहर जा रहा है और एक लड़की भी उसी समय पार्टी से बाहर जाने के बारे में सोचती है और बिंगो वे एक जोड़ी हैं, लड़की कुछ कहती है और बिंगो वे एक-दूसरे से प्रेम करते हैं। उन्हें एक स्कूप मिलता है!'

'नरगिस खालिद ने कहती है।'

'प्लीज, मैं नहीं जानता कि उस महिला की बात क्या है। मैं बस सच्चाई जानना चाहता हूँ। तो हाँ, मैं उसे एक बीयर ला देता हूँ और उसे पब तक लिफ्ट दे देता हूँ, लेकिन क्या आप मुझे उसके लिए सजा देंगे? आप किसी लड़की के साथ अच्छे हो, उसकी मदद करो, उनकी सिफारिश करें। मैं उनका दिल नहीं तोड़ना चाहता, आप उनके लिए बीयर लाइए, कुछ अच्छा और फिर आप खुद को एक अजीब सी स्थिति में पाते हैं और आप उनसे कहते हैं कि आपको कॉल न करें और वे इसे व्यक्तिगत रूप में लेते हैं। यह ऐसा ही है, जैसे आप लोगों के साथ अच्छे नहीं हो सकते। और जब उन्हें वह नहीं मिलता, जो वह आपसे चाहते हैं तो वे कास्टिंग काउच की बात कहकर चिल्लाने लगते हैं।'

'गवाहों का दावा है कि सनी के साथ पार्टी में मेहमानों ने छेड़छाड़ की थी।'

'मेरे मेहमान ऐसे नहीं है, जैसे आप समझ रहे हैं, वे सभी परिवार वाले सम्मानित लोग हैं। मैं एक सुपरस्टार हूँ, ए.सी.पी. यह मेरी फिल्म की पार्टी थी, सभी खुशी के मूड में थे। कुछ हुआ होगा। मैं नहीं जानता। मैं चला गया था; यदि

कुछ घटा था, वह मेरे जाने के बाद घटा था। मैं यह साबित नहीं कर सकता, ए.एस.पी. आप इन सबका पता लगाने के लिए हैं। हालाँकि मैंने सुना है, वह काफी नशे में थी, इसलिए आप सच में उसके जैसी लड़कियों के बारे में कुछ नहीं कह सकते।'

'के.डी. के बारे में क्या?'

'उसके बारे में क्या?' अभिनेता ने सूनी आँखों से पूछा।

'आपने उसकी एजेंसी से बहुत सारे मॉडल कास्ट किए थे।'

'लेकिन मैं उन सभी को नहीं सँभालता। कास्टिंग आदि मेरा काम नहीं है। उसे स्टूडियो सँभालता है।'

'आपको क्या लगता है कि उसकी हत्या क्यों की गई?'

'वह क्रूर कुत्ता था और उसका समय आ गया था।'

'मैं ऐसा कह सकता, अगर मैं उसे जानता होता, हाहाहाहा मैं मजाक कर रहा हूँ। उसने साफतौर पर किसी को इतना गुस्सा दिलवाया था कि वह उसे मार डाले! मुझे नहीं! मैं किसी को मार डालनेवाला इनसान नहीं हूँ...ये सभी सीन आप फिल्मों में देखते हैं...मैं खून बर्दाश्त नहीं कर सकता। मुझे लड़ाई-झगड़ों से नफरत है। मैं उसे नहीं चाहता था या नफरत करता था, इसका साफ कारण था कि मैं उसे अच्छे से नहीं जानता था। ओह, मेरे दिमाग में आया, स्टार स्टूडियो ने सोच-समझकर इन आदमियों को यहाँ भेजा है, जो मेरी देखभाल करते हैं, मेरी सुरक्षा करते हैं, यह देखने के लिए कि मैं किसी परेशानी में न पड़ूँ। मैं एक संपति हूँ, यदि आप मुझ पर अपना पैसा लगाते हैं तो आप भी मेरी रक्षा भी करेंगे।

जैसे ही पुलिसवाले बाहर निकले, प्रिंस ने ए.सी.पी. को चिल्लाकर कहा, 'प्लीज ऑफिसर, सनी को न्याय मिलना चाहिए!'

'यही मेरा उद्देश्य है मिस्टर प्रिंस सुलेमान। सही में यही मेरा इरादा है।'

~✤~

जब स्टूडियो के गेट नंबर 4 पर शोर-शराबा हुआ तो प्रिंस ने कदावर पुलिस ऑफिसर को बाहर निकलते हुए देखा। प्रिंस भी बेचैन होकर वहाँ चल दिया। पिछले गेट से कुछ लोग फिल्म सेट पर घुस आए थे।

'शूटिंग रोको! बे शूटिंग रोक दो!'

बावले आ गए थे, जिनका नेतृत्व धूर्त छोटा कर रहा था।

फिल्म के स्पेनिश स्टंट को-ऑर्डिनेटर को घेर लिया गया और वे लोग माँग कर रहे थे कि या तो उसकी सेवाएँ बंद कर दी जाएँ या उसकी फीस का तीन गुना दंड के रूप में भुगतान किया जाए। कुछ ही मिनटों में ड्रीम डांस के मौजूद विदेशियों की भी धुनाई कर दी गई।

'हाय-हाय, वापस जाओ! मुंबई छोड़ो, वापस जाओ! हम विदेशियों को हिंदी फिल्म के लिए शूटिंग नहीं करने देंगे।'

'क्या तुम जानते हो, तुम किससे बात कर रहे हो? मैं छोटा हूँ। और यही से आपकी मुसीबतें शुरू हो जाती हैं।'

'सुनो, यह प्रिंस सुलेमान कपूर का सेट हैं, तुम यह नहीं कर सकते!' एक असहाय प्रोडक्शन कंट्रोलर ने स्थिति को सँभालने की कोशिश की।

'मैं कहता हूँ, मैं।'

'चुप करो।' प्रिंस गुस्से में फट पड़ा, 'क्या तुम पागल हो? क्या तुम पागल हो! तुम यहाँ मेरे सेट पर क्यों हो?' अभिनेता स्थिर खड़े बावलों पर चिल्लाया।

'तुम बेवकूफ हो, क्या तुम मुझे सुन रहे हो? तुम्हें अगले स्टूडियो में जाना है। व्हाइट-वूड स्टूडियो में। वह व्हाइट-फोरसेट स्टूडियो है। यह मेरा स्टूडियो है। निकल जाओ। निकल जाओ अभी।'

पहली बार असमंजस में दिखे छोटा ने अचानक नारेबाजी बंद कर दी और किसी से फोन पर बात करने के बाद उसके अपने चकित आदमियों को सेट छोड़कर जाने को कहा।

'सर, मिस अंडरस्टैंडिंग हो गया। लड़के नए हैं।' छोटा ने कहा, उसके भीतर जरा भी पश्चात्ताप दिखाई नहीं दे रहा था।

'तुम पागल हो! तुम सभी!'

'जाने दो ना बॉस। यह छोटा की पर्सनल रिकुएस्ट है। लड़के व्हाइट फॉरेस्ट और व्हाइट वुड्स में गलती कर गए? वे कैसे जानते?'

'जाओ।'

'क्या हम दूसरे स्टूडियो में जाएँ?'

'भाड़ में जाओ।'

'हम वहाँ पंद्रह मिनट में पहुँच जाएँगे।'

'कुतिया ने पैक कर लिया है। तुम हरामजादो। अपने हरामजादों को मेरे सेट से ले जाओ। अभी।'

□

21

वह सुबह 4:15 बजे तेज सिर दर्द और खोने की गहरी भावना के साथ उठी। वह डाँवाँडोल और घंटों से उदासी की स्थिति में लग रही थी। पक्षी अपने कोरस गा रहे थे। एक बाईक ने शोर मचाया। उसके बाद कुते कर्कश आवाज में भौंकने लगे। शोर अटपटा और आम सा और दयनीय लग रहा था। उसने गुजरनेवाले वाहनों के शोर को दूर करने के लिए अपने कानों पर तकिया लगा लिया। दूधवाले ने दूध दरवाजे पर जोर से फेंका और फिर से कार का दरवाजा जोर से मारा और एक बच्चा रो पड़ा। जानी-पहचानी आवाजें आज अजनबी और अपरिचित लग रही थीं। सुहाना इस सुबह से गुजर जाना चाहती थी और कोशिश कर रही थी कि सड़क से न घबराए और सनी के जेल के बारे में न सोचे।

वह तीन दिनों से MCMM के सेट पर भी नहीं गई थी और किसी ने उसे फोन भी नहीं किया था। प्रिंस सुलेमान के बिग्गी मेटल मैन के सेट पर बावलों द्वारा किए गए हँगामे की बारे में किसी गपशप के बारे में भी नहीं। उनके सेक्रेटरी की ओर से कोई कॉल भी नहीं आई, उनके प्रोडक्शन स्टाफ की घातक चुप्पी और न ही बिद्दू की एक झलक। महीनों और महीनों MCMM के शोर-शराबे के जीवन के बाद उसे यह चुप्पी अजीब सी लगी।

यंत्रवत् हलचलों से गुजरते हुए, उसने अपनी दिनचर्या को पूरा करने के लिए उसने खुद को अपने बिस्तर से खींच लिया और अंततः वह कँपकँपाता हुआ और अपराध-बोध डूब गया और क्रोध और हताशा की पहली पीड़ा उसके जरिए फट गई।

अंडा टूट गया और पैन से एक मील दूर तक फैल गया। पत्थर के फर्श पर अंडे की जर्दी के साथ चारों तरफ चिपचिपा तरल पदार्थ सड़ी हुई यादों की

तरह इधर-उधर बिखर गया। वह एक पूरा एक मिनट स्थिर खड़ी रही, वह साँस लेने से भी डर गई थी। एक चीख के साथ वह आखिरकार बगीचे में भाग गई, इस उम्मीद के साथ कि ऐसा करने से उसके धड़कते हुए दिमाग की सनक निकल जाएगी।

सड़ी हुई सब्जियों के सड़ने की एक मीठी गंध ने उसका स्वागत किया। बगीचा धूल में मिल गया था। पौधे जिंदा सड़ रहे थे। पेटुनीया पर धूल थी, पत्तेदार कोलियस सूखा और मर गया था था, मनीप्लांट लँगड़ाकर गिर रहा था, एक बीमार, धूसर पीले फव्वारे से लटकते हुए मकड़ी के जाले, जिसकी जमीन कीड़ों से भरी हुई थी। चींटियों और दीमकों तथा तिलचट्टों ने पहले ही अपने इलाके पर कब्जा कर लिया था और अपने रोज के मामलों को दृढ़ निश्चय के साथ ढो रहे थे, बगीचे के बरबाद भाग्य में हठपूर्वक विश्वास के साथ जीते हुए। सुहाना ने अपनी माँ के बगीचे को दोबारा सँवारने की अपनी योजना को लगातार स्थगित करने के लिए खुद को दोषी महसूस किया, लेकिन तब वह सनी नहीं थी। उसने देखा कि एक पुलिस कार ड्राइव-वे में प्रवेश कर रही है और पड़ाव की धूल से फिसल रही है। पुलिस की वरदी में एक मजबूत कद-काठी का आदमी बाहर निकला और उसकी ओर तेजी से चला आया। सुहाना ने आह भरी। ए.सी.पी. कबीर के साथ घर पर बैठक का उसका ही विचार था। पारिवारिक मुद्दों के साथ वह सेट पर नहीं जाना चाहती थी। रूखेपन से दिया गया परिचय समाप्त हो गया और सुहाना को अपनी झुँझलाहट छिपाने का मन नहीं कर रहा था।

'आप सच में क्या जानना चाहते हैं?' वह बेरहमी से बोली।

'एक्सक्यूज मी?' ए.सी.पी. कबीर ने सुहाना की सीधी निगाहें और रूखे लहजे को पकड़ा। उन्होंने जल्दी से अपने हाव-भाव ठीक किए।

'आप साफतौर पर पहले से ही सोचते हैं कि वह दोषी है, है ना?'

'क्या-कौन! एक मिनट रुको!' उन्होंने अविश्वसनीय रूप से कहा।

'प्लीज ऑफिसर, आपको लगता है कि हम सभी एक जैसे बॉलीवुड टाइप के लोग हैं कि हम भ्रष्ट लोग हैं, बेशर्मी का जीवन जीते हैं, अनैतिक कार्यों में लिप्त रहते हैं, है ना? और इसलिए जो हमें पीड़ा मिलती है, हम सभी उसी के

लायक हैं।' सुहाना की आँखें नाराजगी से चमक उठीं।

'ठहरो! हैलो। तुम कैसे इतनी आश्वस्त को सकती हो कि तुम्हारे पास कोई सुराग है कि मैं क्या सोच रहा हूँ।' उन्होंने अविश्वास से कहा।

'यह आपके चेहरे पर लिखा है।' उसने गुस्से से कहा।

'मेरे चेहरे पर क्या लिखा है?' कबीर रहस्य में थे।

'कि हम बॉलीवुड टाइप के लोग चौबीस घंटे ड्रग्स के नशे में रहते हैं और हम सब इसी जीवन के लायक हैं।'

कबीर उसके गुस्से को युद्ध के मैदान का गुस्सा मान रहा था। टीवी ने सुहाना के लुक के साथ न्याय नहीं किया। हालाँकि उसके पास अपनी बहन जैसी सुलगती कामुकता नहीं थी, उसके पास जो कुछ था, वह पूरी तरह से उसका अपना था और विशिष्ट रूप से आकर्षक था। सुहाना के छोटे बॉब ने उसके हृदय के आकार के चेहरे, पूरी तरह से अनुपात वाले मुँह और एक उत्तेजक नाम और उसके पास अब तक देखी गई सबसे गहरी आँखें थीं, जिन्हें मोटी काली पलकों से रेखांकित किया गया था और आपको देखने का एक तरीका उसकी दुनिया में एकमात्र व्यक्ति था और एक आकृति, जिसने लड़कों को कामुक सपने दिए दे, उसने उसे एक नजर दी, जिससे संकेत मिला कि वह जानती थी कि उसके दिमाग में क्या चल रहा है।

कबीर ने जोखिम उठाते हुए कहा, 'मुझे लगता है कि आप बहुत ज्यादा सोच रही हैं।'

'इतनी नफरत और ईर्ष्या सिर्फ इसलिए है, क्योंकि मेरी बहन जैसी इतनी बोल्ड लड़की कि वह अभी अपनी तरह से जीवन जीने को तैयार है। लापरवाह और बेवकूफ लड़कियाँ, लेकिन नौ से पाँच तक के उबाऊ अंत में फँसने से बेहतर मेरी बहन जैसी लड़कियों को उस जीवन जीने के लिए दंडित करना चाहता है, जो जीवन वे खुद नहीं जी सके।' सुहाना ने कहा।

'क्या आप कह रही हैं कि मेरा काम एक उबाऊ है और मैं हस्तियों को अपने उबाऊ जीवन से पैसा देता हूँ?' कबीर हँसे।

'दूसरा आँकड़ा कौन बनाना चाहता है!' उसने कबीर की अविश्वसनीय अभिव्यक्ति को नजरअंदाज किया। 'आज के समय में अच्छी नौकरी कौन सी

है ?' आखिरकार सुहाना ने थकी हुई मुसकान और एक कप गरम कॉफी के साथ संघर्ष विराम की पेशकश की। बेशक उसे यहाँ कोई माफी नहीं मिलनेवाली थी।

'मैं आपको बता दूँ कि काम करने के लिए यह उद्योग शानदार है। लेकिन फिर हमारे पास गंदगी के थैले भी हैं, जो इसे पूरी तरह से खराब कर देते हैं, उद्योग को खराब नाम देते हैं, जब मैं बच्ची थी, मैंने इस उद्योग को सबसे शानदार कपड़ों, रंगीन प्रतिभाशाली कलाकारों के कारण प्यार किया है और वे एक शानदार कॉमिक ओपेरा की तरह चित्रित चेहरे हैं। एक काल्पनिक मेकअप वाला फंतासी का संसार फिर भी किसी दूसरी चीज से इतना असली, क्योंकि हम लोगों को हँसाते और रुलाते हैं और आशा और चुंबन और सपने देते हैं। सनी एक सपने देखनेवाली लड़की थी, वह बहुत कुछ चीजों से गुजरी थी, लेकिन सनी हत्यारिन नहीं है। आपके पुलिस ऑफिसर और प्रेस, वे पहले से ही उसे दोषी करार दे चुके हैं। क्या आपने टीवी पर कचरा देखा है ? क्या बकवास है! आप मेरी बहन को नहीं जानते, जैसे मैं उसे जानती हूँ।' उसने कहा।

'मुझे उसके बारे में बताओ।' कबीर ने कड़वी कॉफी की घूँट भरी और सोचा कि वे उसकी बातें पूरे दिन सुन सकते हैं।

'यह बगीचा'''कभी सुंदर होता था, जीवन से भरपूर। जीवंत। जिसकी देखभाल वह करती थी। सनी के उन्नति पौधों के साथ ही थी।' उसने बरबाद बगीचे की तरफ इशारा किया। कोई व्यक्ति, जो उसकी तरह पेड़ उगा सकता है, हत्यारा हो सकता है ?' वह कबीर के साथ सुनसान, बिना खुशी के बगीचे में चल रही थी। झुलसी घास पर उसके पाँव नाजुक और सख्त लग रहे थे। इस बगीचे में सबसे कोमल घास थी और थोड़ी सी हवा इसकी सुंदरता में चार-चाँद लगा देती थी।

एक सफेद घूमनेवाली बेंच थी, जिसमें दिल के आकार में एक सुंदर स्नैप-ड्रैगन लगाए गए थे, हर जगह गुलाब और लिली और जंगली गुलाब भी थे, जो उसके पसंदीदा थे।

पुलिस ऑफिसर उसके चारों तरफ मुरझाए हुए बगीचे को देख रहा था, उसने यह कल्पना की यह कैसा रहा होगा, पर ऐसा करने में वह असफल रहा था।

'यह हृदय के आकार की चीज डैनी का आइडिया था। डैनी, मेरी सौतली बहन। त्रासदियों के पास इस परिवार को खोजने का रास्ता है।' उसने धीरे से कहा।

'समझ नहीं आ रहा हमने उसकी बॉडी को खोजने की पूरी कोशिश की।'

'मैं इसके लिए पुलिस को दोषी नहीं मानती। हर रहस्य को सुलझाना मुमकिन नहीं।' हैरतअंगेज दरियादिली से उसने कहा।

डैडी हमेशा महसूस करते थे कि डैनी ही है, जो वाकई में उपेक्षा से पीड़ित थी। इसके लिए वे खुद को दोषी मानते थे। वे कहते थे, 'डैनी की प्रतिभा के नजदीक सनी की सुंदरता नहीं है! वे हमेशा कहते थे कि डैनी के भीतर एक महान् अभिनेत्री होने के गुण हैं, जिसने सनी को उग्र बना दिया। मैं सोचती हूँ कि वे सही थे, लेकिन सनी हमेशा इस बात को गलत साबित करना चाहती थी। सिर्फ पिता होते, लेकिन तब यदि सिर्फ मेरी होती, कई सारे यदि सिर्फ, आइए मैं आपको हमारा कमरा दिखाऊँ।' उसने उसे बहुत बड़ी खिड़कियों वाले कमरे में ले जाते हुए कहा।

'ये बड़ी फ्रेंच खिड़कियाँ सनी का आइडिया था, वह बहुत बड़ी खिड़कियाँ चाहती थीं, जैसे वह चाहती थी कि सारे संसार की रोशनी उसके कमरे में आ जाए।' एक चार पोस्टर बेड बीच में था, जिसकी छत ढकी हुई थी और गुलाबी साटन और लेस से रजाई के किनारे ढके हुए हैं।

सफाईकर्मी हर हफ्ते इसकी सफाई करते हैं, पापा ने कभी उम्मीद नहीं खोई– उन्हें विश्वास था कि सनी वापस आएगी कि वह अंततः फूहड़ चीजों और उस पागल गिरोह से थक जाएगी, जिसके साथ वह घूमती है और देखो, वह अब कहाँ है, केवल पापा ने उम्मीद नहीं छोड़ी है।

डेविड बौइए के जिगी स्टारदुस्त और स्पीडरस फ्रम मार्स ने पूरी एक दीवार ढक रखी थी। चमकदार पोस्टर में कोयले जैसी आँखोंवाले सिगरेट पीते हुए डेविड के सिर पर धुआँ ऐसा लग रहा था, जैसे उनके सिर में आग लग गई हो।

'सनी का पहला प्यार। वह डेविड बौइए की दुलहन बनना चाहती थी। सामनेवाली दीवार पर परफ्यूम की बोतले और कछुए की शैल का कंघा और

ब्रश मैनीक्योर के उपकरण और लिपस्टिक, नेल पॉलिश और काँच की मूर्तियाँ।

'उसका कमरा वैसा ही है, जैसा वह इसे छोड़कर गई थी।' अपनी उदासी को छिपाने के लिए सुहाना मुसकराई।

'प्रेस हमें अलग हो चुकी बहनें कहता है, पत्रिकाएँ हमें एक टूटा हुआ परिवार या इन सबमें कोई बातचीत नहीं है, ऐसा कहता है। वह यहाँ लंबे समय से नहीं है। दो साल और नौ महीनों से।'

'कोई खास कारण?'

'सिर्फ एक कारण, कालिदास—के.डी., मुझे उसका कला के भाई के साथ जाना पसंद नहीं।'

'आप अपने अंकल को इतना नापसंद क्यों करती हैं?'

'वे कभी मेरे अंकल नहीं थे। वह उस जानवर स्त्री का छोटा भाई है, जिससे मेरे पिता ने विवाह किया है।'

'आप के.डी. को नापसंद करती हैं।'

'नापसंद एक तुच्छ और बहुत छोटा शब्द है। मैं कालिदास या जो वह खुद को कहता है, के.डी. से नफरत करती हूँ। मैं उसका तिरस्कार करती हूँ, उससे घृणा करती हूँ। जो उसने सनी के साथ किया, जो भीड़ उसने उसके भीतर भर दी। मैं उस दिन को शाप देती हूँ, जिस दिन वह हमारे घर का सदस्य बना। मैं हर उस पल को शाप देती हूँ, जो सनी ने उसके साथ बिताए। मैंने उसे अपने दिल की गहराइयों से नफरत की है और इसे रिकॉर्ड कर ले, मैं बहुत बहुत खुश हूँ कि वह मर गया। क्या ऑफिसर? तो क्या आप मुझे संदिग्ध मानोगे? जिसने भी उसका खून किया है, उसके संसार पर अहसान किया है। लेकिन सनी निर्दोष है।'

सुहाना की आँखें गुस्से में जलने लगीं।

'यह अदालत को तय करना है, लेकिन क्या आपके पास असली सबूत के रूप में कुछ और है? क्या आपके पास कुछ है, जो आपके इस कथन को सपोर्ट करता हो, विश्वास के अलावा कुछ और? कभी-कभी परिवार के लिए यह स्वीकार करना कठिन हो जाता है कि उनका अपना खून किसी क्राइम में शामिल है, लेकिन हर अपराधी का एक परिवार होता है।'

'आप सिर्फ विश्वास कहते हैं ? विश्वास ही सबकुछ है। सनी दोषी नहीं
है।'

'सबूत उसके खिलाफ हैं। साक्षी हैं।'

'आपके सबूत गलत हैं और आपके साक्षी झूठ बोल रहे हैं। उन्होंने उसे
सिर्फ उस पर हमला करते हुए देखा है। गुस्से में। लेकिन मारते हुए नहीं।'
सुहाना कालिदास के विकृत शरीर को याद कर सिहर उठी। भोंसले रुक गए,
जब उसने एक ब्लैक एंड व्हाइट तसवीर देखी। उन्होंने पुराना फ्रेम उठाया और
उसे ध्यान से देखा। छोटी सी डैनी की जुड़वाँ बहनें सुहाना और सनी के साथ
की तसवीर थी। दानेदार तसवीर में डैनी को ताजमहल की पृष्ठभूमि में एक
स्लैब-टॉप पर खड़ा दिखाया गया है, जिसके एक तरफ सुहाना और दूसरी तरफ
सुनहरी है। डैनी का हाथ अपनी सौतली बहनों के बालों पर है, जिनके साथ वे
शरारत से चुलबुली मुसकान के साथ खिलवाड़ कर रही है। तीनों उत्साह से
कैमरे की तरफ मुसकरा रही थी, तीनों बच्चियों के बीच एक सहज स्नेह था।
एक आदर्श परिवार की आदर्श तसवीर। तसवीर पर लहरदार शब्दों में लिखा
हुआ था—'दुनिया की सबसे सेक्सी लड़कियों के लिए और सिर्फ मैं संसार का
सुपर-डूपर राजा।'

'थेट मी, यह के.डी. ने लिखा है, उसने डैनी को तोहफा दिया था। जब
कला उसे ले गई थी तो वह मेमोरी चाहती थी, एक उपहार-के.डी. ने डैनी को
खुश करने के लिए यह तसवीर ले ली। तब तक वह बाल कलाकार बन चुकी
थी। तीन साल की उम्र से ही डैनी स्टार थी। बाद में उसने हमें छोड़ दिया, चली
गई अपना जीवन जीने। श्रीमती कला कश्यप के साथ उनकी बड़ी कलात्मक
चीजों से भरी हवेली में। आप जानते हैं कला अपने घर को कलात्मक चीजों से
भरा हुआ रखती थी।' सुहाना ने कहा, 'मैं उसके कलापूर्ण घर और उनकी चुप
दीवारों से नफरत करती हूँ। इतने सारे कैनवासों ने हवा के लिए हाँफते कमरे के
साथ उसे सूली पर चढ़ा दिया। …' सुहाना सिगरेट पीते हुए, हैरान हो रही थी
कि वह इस व्यक्ति के सामने इन सब चीजों का खुलासा कर रही है, जिससे वह
अभी ही मिली है और वह भी पुलिस के आदमी के सामने। लेकिन दुःख लोगों
के लिए अजीब चीजें करता है, जो उसने सोचा था और उसके डर के बारे में

बात करने से किसी तरह यह सब सहनीय हो गया।

उसने अपनी लंबी पतली उँगलियों से अपना माथा रगड़ा, मानो उसके सिर को चिकना करने की कोशिश कर रही हो।

'आप जानते हैं, सनी, डैनी के कमरे से नफरत करती थी। मेरा मतलब है, जब वह हमारे साथ रहती थी। उसका अच्छा साफ कमरा था। और वह बहुत बड़ा था।

हम गुस्से में थे कि उसे उसका खुद का बड़ा कमरा मिला था, जबकि सनी और मैं, हम एक छोटा सा कमरा शेयर करते थे। सनी ने उसके कमरे में बड़े-बड़े कॉकरोच डालकर बचकाना काम किया था, वह गलत था, आज जब मैं उन सब चीजों के बारे में सोचती हूँ, क्योंकि वह कभी हमको लेकर बुरी नहीं थी। डैनी अपनी माँ कला से इतना डरती थी कि वह हमें तभी अपने कमरे में बुलाती थी, जब कला कहीं दूर गई होती थी। जैसेकि हम कोई वर्जित चीज या ऐसी ही कुछ हैं। यह आपको सच में दुःख देता था। कबीर ने कॉफी का गहरा बड़ा घूँट लिया डरती थी। सनी ने कप उठाया और पाया कि उसका मग खाली है। उसने सावधानी से खाली कप को तीनों लड़कियों वाली तसवीर के बगल में रख दिया।

मुझे उसके कमरे से प्रेम हो गया था। दीवारों पर बिली जीन, डेविड बोवी और जिमी हेंड्रिक्स की मदहोश कर देनेवाली तसवीरें थीं। और उसके पास वे गुड़िया थी, जो कला उसके लिए उसकी विदेश यात्राओं से लाती थी। छोटी-छोटी बिस्कुए गुड़ियाँ...इतनी सुंदर...इतनी नाजुक...गाउनस, टोपियाँ, कमीज, जूते और उनके अपने पालने...सनी उनके लिए पागल थी। मैं डैनी की गुड़ियों के कपड़े चुरा लेती थी, ताकि वह उन्हे फेंक दे और मुझे वे मिल जाएँ, मुझे इस बात से नफरत थी कि सजावट के लिए हमारे कमरे की दीवार पर स्कूल के टाइम टेबल के अलावा कुछ भी नहीं था। डैनी की दीवार पर तलवार चलाते मांसल राक्षस थे और उसके अटारी में ग्रेंलिन्स भरे हुए थे। उसकी डेस्क पर कंप्यूटर सेट था। सिर्फ यही वह समय था, जब मुझे सच में उससे नफरत हुई थी। उसे कंप्यूटर मिला था। लेकिन फिर वह मुझे इतना कम इस्तेमाल करने को देती थी कि वह सब भुला दिया गया। मैंने उसे अपने कुछ भंगार दिए, आप जानते हैं, बट्समैन, सुपरमैन और बहुत बहुत पुरानी फैंटम और टार्जन की

पुरानी डीसी कॉमिक बुक्स। उसे उस कबाड़, फटी हुई कॉमिक्स को कई दिनों तक पागलों की तरह देखना बहुत मजेदार लगता था।' सुहाना की आवाज एक कोमल फुसफुसाहट की तरह हो गई, जैसे वह सिर्फ खुद से बातें कर रही हो।

'वह हम बच्चों में पहली बड़ी स्टार थी। यहाँ तक कि जब वह बच्ची थी, तभी वह सुपरस्टार थी। तीन साल की उम्र में सेलेब्रिटी। लेकिन मैं उससे कभी जलन महसूस नहीं करती थी, सच में मुझे उसके लिए बुरा लगता था, डैनी एक छोटी बच्ची की तरह थी—पीले चेहरेवाली, इतनी साफ और उसका कोई सेक्सुयल पहलू नहीं था। यदि आपको मालूम हो मेरा क्या आशय है।'

'मुझे याद है, कला डैनी को इसके लिए मजबूर करती थी। वह चाहती थी कि डैनी परिवार की सबसे बड़ी स्टार बने। कालिदास, मेरा मतलब है के.डी. ने उसे फिल्म पेश की, जब वह बच्ची थी। सनी नाराज हो गई आखिरकार, उसे बताया गया था कि डैनी ही परिवार की सबसे खूबसूरत लड़की है। सनी के.डी. का ध्यान आकर्षित करने की कोशिश करती, उसे अपनी खूबसूरती दिखाने की कोशिश करती। यह चीज पापा को परेशान करती थी।

अगर सिर्फ, काश मैं और अधिक मजबूत होती, लेकिन मुझे लगता है कि उसने मेरी नैतिक पुलिसिंग के लिए अपना धैर्य खो दिया था। लानत है, चलिए मैं आपको कुछ दिखाती हूँ।

सुहाना अपनी एक बिगाड़ी हुई तसवीर के साथ वापस लौटी, जिसमें उसकी आँखें निकाल दी गई थीं।

'यह वह तसवीर है, जो के.डी. ने मुझे उस समय दी थी, जब मैंने उसे अपने घर से बाहर निकाल दिया था, जब मुझे खोज लिया था कि पता चला कि उसने सनी को दुनिया की सबसे बड़ी छिनाल बनाने के लिए अपने काँटे में फँसा लिया है। तेरे सभी बुरे सपने सच हो जाए और जितने भूत-प्रेत का सपने तुम्हें देखे हैं, वे सब आकर तुझे दावत दें। यह के.डी. ने मेरी तसवीर पर लिखा था, मेरे लिए उसके आखिरी शब्द।'

जब कबीर भोंसले अपना अगला सवाल पूछने के लिए तैयार हुए, तब उसने सवाल में अपनी बेरूखी दिखाई। उसने क्रनबेरी जूस का गिलास उठाया, चप्पल की एक आरामदायक जोड़ी को छोड़कर अपने जूते बदले, जो उसकी

सुडौल टखनों को दिखा रहे थे और एक किताब में डूब गई। इसका मतलब
था कि उसकी मुलाकात का समय अब समाप्त हो गया है। वह गुडबाय कहने
के लिए मुड़ा¨उसे परेशान नहीं होना चाहिए था। वह अपने फोन में व्यस्त थी।

'हाँ बेला, न आज मैं नहीं आऊँगी।'

'न टोनी को कहना, क्या हुआ? क्या? ठीक है। मैं अपने रास्ते पर हूँ।'

कबीर को जाते हुए देखने के लिए सुहाना मुड़ी और सोचने लगी, उनमें
कुछ तो आकर्षण है। बल्कि काफी लंबे समय के बाद वे पहले पुरुष थे, जिनके
सहज पौरुष ने उसे आकर्षित किया। उसे अब तक दो तरह के आदमी मिले थे,
जिम वाले कठोर पुरुष और पैडिक्योर तथा मैनिक्योर करनेवाले पुरुष। उसका
फोन दोबारा बजा और उसके पहले आवेग ने उसे फोन को नजरअंदाज करने
को कहा। फिर उसने फोन पर पी.की. डांग का मैसेज देखा।

जेल की लड़ाई में सनी। उसने साथी कैदी की नाक तोड़ दी। उसे खास
सेल में भेजा गया है।

सुहाना की विकृत तसवीर को सावधानी से प्लास्टिक के बैग में रखकर
कबीर चला आया, उसके भारी जूते रूखी मिट्टी को भेदते हुए निशान बना
रहे थे। उदास घिसा-पिटा फव्वारा गंदे पाने के दागों के साथ खड़ा था, जहाँ
से क्रिस्टल क्लियर पानी कभी बहता होगा, आज गंदगी और अपनी ही अजीब
बदसूरत जीवन से भरा हुआ है। एक उदास और खेदजनक बगीचे का बरबाद
और नीरस दृश्य, अपने खुद के एक अजीब से बदसूरत जीवन के साथ खड़ा है।
हालाँकि एक बात को लेकर सुहाना सही थी। कबीर की बकवास नौकरी के बारे
में और तनख्वाह उससे भी खराब। शायद वह इसके बारे में नहीं जानती थी। लंबे
काम के घंटों में कोई रोमांस नहीं। वह पुलिस ऑफिसर नहीं बनना चाहता था,
मगर उससे यह उम्मीद की जाती थी। उसके पिता घर में अकेले ही लड़के थे,
उनके दादा फौज में थे। उसके चाचा भी एक ही थे और उनसे फौज में जाने की
अपेक्षा की जाती थी। और वे चाहते थे कि उसका बेटा भी फौज में जाए। इसके
अलावा, वह क्या कर सकता था? लेकिन इतने सालों के बाद फोर्स से उन्हें यह

मिल रहा था। इतने सालों में कीचड़ वाली गलियों में घूमते रहने पर भी कुछ नहीं बदला था। तिलचट्टे हमेशा अधिक मोटे और मजबूत खाल के साथ वापस आ जाते थे। कबीर तिलचट्टों से डर गए थे। परमाणु युद्ध की स्थिति में यह उम्मीद की गई थी कि तिलचट्टे ही अकेले जिंदा बचेंगे।

कठोर परिस्थितियों को अपनाने की उनकी क्षमता विस्मयकारी थी। तब वे मानव तिलचट्टे थे। कबीर उन्हें मानव तिलचट्टे कहते थे। अविनाशी। मनुष्य-तिलचट्टे को किंग तिलचट्टे; अपराधी, शिकार तिलचट्टे और पुलिस के रूप में विभाजित किया जा सकता है। स्पेक्ट्रम के दूसरे छोर पर आपके पास तिलचट्टे चारा था। तिलचट्टा चारा वह था, जो किसी भी तरह से स्विंग कर सकता था। लेकिन एक नियम के रूप में वे दोनों सिरों से खराब हो गए। राजा तिलचट्टा खुद अपने आप से कुछ नहीं करता था। उनके पास समर्पित नौकर तिलचट्टों की विशाल आर्मी थी, जो उनके लिए लूटती, मार्टी, रेप, ब्लैकमेल और अपहरण करती थी। तिलचट्टा साम्राज्य में एक नियम का बोलबाला है। आप राजा-तिलचट्टा को इग्नोर कर जीने की आशा नहीं कर सकते। वह कोई शापित भाग्यशाली तिलचट्टा होगा, जो एक तरह के प्रयास से बच जाएगा। मुंबई में समंदर किनारे रात का जीवन ऐसे ही तिलचट्टों से साथ फूट रहा था।

ए.सी.पी. कबीर भोंसले अपनी कार में बैठकर नोट्स बनाने लगे। वे अपनी विस्तृत रिपोर्ट्स के लिए जाने जाते थे और वे इस बात को पक्का करना चाहते थे कि उनसे कोई चीज छूट न जाए। जब स्मृति में चीजें ताजा-ताजा हों, तभी वे लिख लेते थे, यह बढ़िया तरीका था। सामने से देखने में यह केस सीधा था कि एक आइटम गर्ल ने उसके मैनेजर पर हमला किया है। लेकिन बस चीजें बस बँध नहीं रही थीं। जैसे सनी के अलावा सनी के कमरे में कौन था, क्योंकि अब यह साफ था कि चाहे उसने के.डी. को मारा हो या न मारा हो, कई लोग इसमें शामिल थे। कबीर को कई इत्तेफाक पसंद थे। हालाँकि परोक्ष रूप से अब वे इसे डैनी की मृत्यु से जोड़कर खारिज करने के लिए तैयार नहीं थे और वह आदमी डैनी की डैड-केस फाइल को खोलने से खुश नहीं था।

'पूरी तरह से बदमाश काम! बॉलीवुड को सच्चाई से एलर्जी है। मैंने अपने

फोन वाले कान बंद कर दिए, लेकिन किसी ने सच में डैनी को याद नहीं किया। कोई बावलस के बारे में जानना नहीं चाहता और इस जॉनी डिसूजा के बारे किसी ने कुछ नहीं सुना।' शिंदे ने कार चलाते हुए कहा।

'बैंक? हॉस्पिटल?'

'कोई जन्म का रिकॉर्ड नहीं, कोई फोन की सूची नहीं, बैंक का पता झूठा है। सच्चाई यह है कि बैंक ही पहली जगह है, जहाँ उसका नाम लिखा गया था—यह ऐसा है, जैसे हरामजादा उससे पहले भी मौजूद नहीं था।'

साधारण सा ओपन और शट केस, जो इतना सरल नहीं था। एक नया मर्डर, कुछ पुराने संबंध और कुछ प्रकट कहानियाँ। धागों से बुना हुआ होने पर भी उलझा दिया गया था। और उस रात के.डी. के साथ वास्तव में क्या हुआ था, इस बारे में सच का पता लगाने के लिए कोई भी उनके पास नहीं था। भोंसले नाराज था। के.डी. भोंसले का नाम बोलते समय डर क्यों रहा था। उसने इतना गुस्सा कहाँ से पाया था? के.डी. के लॉकर ने खुद उस व्यक्ति के बैंक डिटेल्स के रहस्य का खुलासा किया था, शायद उस आदमी का खुद का पता फर्जी था और न पता लगाए जाने योग्य भयानक दिखनेवाले चश्माधारी आदमी, जो संभवत: नकली तसवीर थी, जिसकी असली पहचान का कोई सुराग नहीं। एक हैरान कर देनेवाला तथ्य था, हालाँकि के.डी. की मौत से कुछ दिन पहले ही जॉनी डिसूजा का अकाउंट बंद कर दिया गया था।

मैंने अपने खबरी को बैंक और कर विभाग को भेजा और उनका कहना है कि सिल्की के साथ उनके पंजीकृत इवेंट मैनेजमेंट व्यवसाय में शायद ही तीस–चालीस हजार से अधिक पैसा था और बावला का उसमें रोल पर होने से शायद ही मुनाफा हो रहा होगा, अगर वह कहीं दूसरी जगह से पैसा नहीं कमा रहा होगा।

'असली में के.डी. और सिल्की का साथ में किया जानेवाला कौन सा व्यापार है?'

'निर्माताओं और इवेंट मैनेजरों का कहना है कि भारत, दुबई और कुछ दूसरे देशों में स्टेज शो करते रहे हैं और बहुत से छोटे-छोटे मॉडल और कलाकारों के खातों को सँभाल रहे हैं, लेकिन वास्तव में यह एडल्ट फिल्में निर्माण को कवर करने के लिए हैं, कौन जानता है?

'वह वहाँ पैसा कमा रहा हो सकता है या कोई साइड बिजनेस शायद किसी ने उसका परदा उड़ा दिया हो।'

वास्तविक टाँका यह था कि के.डी. के खाते में जानेवाले रहस्यमय धन के निशान को के.डी. का अकाउंट साबित करना असंभव साबित हो रहा था, इसका सरल कारण यह था कि यह खाता दुबई के जरिए आता था। इस पहेली का कहीं-न-कहीं उत्तर था और कबीर साफतौर पर यह जानना चाहते थे कि यह सब क्या है।

स्टेशन पर पहुँचते ही उन्होंने खुद को शोरगुल में घिरा हुआ पाया। कागज का एक टुकड़ा हाथ में लेकर होलकर बेदम उनकी ओर ही दौड़ा हुआ चला आ रहा था।

'यह सिल्की मेहता का सुसाइड नोट है!'

'क्या बकवास है?'

'सुसाइड नोट! एक जिंदा आदमी का सुसाइड नोट, एक व्यक्ति का जो पूरी तरह से जीवित है! क्या बकवास प्लानिंग बनाने जा रहे हो तुम, जॉनी डिसूजा और के.डी. तुमसे इतना डरता क्यों है? और तुम क्या छिपा रहे हो?'

□

22

मनोविकृतिकारी स्वारोवस्की क्रिस्टल नाक पर ऊँचे पहने हुए, गहरा सिंदूर उनकी मांग में लगा हुआ था और उत्तेजक लाल रंग प्रदान कर रहा था। जीभ से नमी दिए गए लटकते हुए होंठ खून के रंग से आलता जैसा लगा रहे हैं, जो उनके पाँवों पर सौंदर्य प्रसाधन के तौर पर लगा हुआ है। आइटम नंबर के लिए आडिशन का नजारा लड़ाई के मैदान सा दिख रहा है।

आल जी आला जी बाई आला जी

आला आला आला आला

पाडला पिललाई आंबा

वेलवेट रेड स्टूडियो में अलग-अलग उम्र की लड़कियाँ और स्त्रियाँ चमकदार लंबी झिलमिलाती नौ गज की साड़ियाँ पहने हुए टुंटुना और मंजीरा और ढोलकी की धुनों के साथ चक्कड़ और जुन्नार लवनितों का अभ्यास कर रही थी और अपने ऑडिशन का इंतजार कर रही थी। नरगिस खालिद कोशिश कर रही थी कि वह इस कंपटीशन को न घूरे।

एक बड़े बजट की मल्टीस्टारर में लावणी आइटम के लिए तीन हॉट चेहरों की तलाश थी।

'चलो लेडीज पार्टी, मैं मलाई मालिनी। लेकिन तुम सबके लिए 'मास्टरजी' हम संगीत बारीस करने जा रहे हैं। क्या तुम बैठकिची लावणी जानती हो? तुम्हें एक ही जगह पर बैठे रहना है···और अपनी छाती, हाथ और आँखों को हिलाना है। इस तरह गोल-गोल। गोलाकार और गोलाकार। डांस मैडम, मलाई मालिनी अपने सीने को उठाती हैं और हर अदा, नखरा और नौटंकी दिखाती हैं।

'सिर्फ ऊपर का शरीर हिलाओ। अपने हिप्स मत हिलाओ, तुम्हारी आँखों की अभिव्यक्ति से ही तुम्हारी भावनाएँ प्रदर्शित होनी चाहिए। बहुत नटखट और

बहुत कामुक···सस्ती नहीं, सेक्सी लगना है! मलाई मालिनी उस भीड़ को समझा रही थी, जो साफतौर पर दो समूह में विभाजित थी, जूनियर आर्टिस्ट्स, जिनकी उम्र 17 से 35 तक थी और ज्यादातर युवा मॉडल्स, जो अपने युवावस्था या बीस की शुरुआत के लोग थे।

'हैलो, तुम सबसे पीछे, तुम अपने दाँत क्यों दिखा रही हो? क्या यह मजाक है? लावणी का एक इतिहास है, ठीक है। शादीशुदा स्त्री की माहवारी, सैनिक के कामुक कारनामे, व्यभिचारी प्रेम, व्यभिचारी जुनून की तीव्रता, ये सभी लावणी के विषय हैं। यह तुम्हारे लिए नौटंकी है? जोकबाजी मत करो हाँ? चलो···एक-एक करके मुझे दिखाओ कि तुम्हारे पास क्या है।

नरगिस ने सोचा कि आज यहाँ कुछ नई लड़कियाँ हैं। युवा और अच्छी दिखनेवाली, ब्रांडेड कपड़े पहने हुए, महँगे जूतों में, डिजाइनर पर्स, लापरवाही से मैनीक्योर किए नाखूनों और अविश्वसनीय रूप से छरहरी लड़कियाँ।

'इन मॉडल्स को देखो', मोटी जूनियर आर्टिस्ट ने अपने जहर को बगल में बैठे एक मॉडल पर थूक दिया। ये मुन्नी से कैसे अलग हैं? अब ये मॉडलनियाँ हमारी नौकरी लेंगी।'

'ये लड़कियाँ अपर क्लास की लग रही हैं? किस एंगल से? साले ये सभ्य हैं और हम बी ग्रेड? यूनियन के बिना मॉडल हमारी नौकरी ले रही हैं।'

'अरे चुप रहो!' डिजाइनर कपड़े पहने एक आश्चर्यजनक रूप से पतली लड़की ने जोर से मुँहतोड़ जवाब दिया।

नरगिस ने लड़ाई को अनदेखा किया। उसके पास अपने मसले थे। तीन बुरे सप्ताह। उसके सामने कुछ भी नहीं आया था। इस तरह जैसे वह मौजूद ही नहीं है। नरगिस भावनाओं से नफरत करती थी। कोई शो नहीं, कोई साक्षात्कार नहीं, कोई रियलिटी टीवी नहीं, कोई वॉक ऑन की पार्ट नहीं। वह एक बड़ा शून्य महसूस कर रही थी। तुनती से बंजारन कैरी से उसका पत्ता काट दिया था। वह ब्लैकलिस्ट कर दी गई थी। और वह जानती थी कि इसके पीछे कौन है। उसके लिए मामला और भी असहनीय बन गया, जब उसने ग्रेपवाइन में सुना कि डेजी कट्टा को मेटल मैन आइटम मिल रहा था और डिजिटल डॉली को लोकप्रिय रियालिटी शो के सबसे 'बिगगेस्ट टीज' में आमंत्रित किया गया है।

'मैंने कहा कि ये वेश्याएँ हैं। क्या अब मैं उसका नाम लूँ?'

'उसको क्या दिक्कत है? सिर्फ वह बुरा मानेगी, क्यों, क्योंकि सच्चाई चुभती है, हाँ? मोटी जूनियर आर्टिस्ट पतली मॉडल का मजाक उड़ा रही थी।'

'सच सामने आ जाएगा और तुम्हारे नितंब पर चुटकी काटेगा, यदि तुम अपने ढीले होंठों को जिप नहीं करोगी।' मॉडल गुस्से में चीखती है।

'हाँ, तेरे दरवाजे पर तो सलमान खड़ा है ना, साइनिग अमाउंट के साथ?'

'वे यहाँ सिर्फ मजे करने के लिए हैं।' जूनियर आर्टिस्ट ने कड़वाहट के साथ कहा। 'वे डिस्को में पैसे उड़ाने के लिए हैं। मुझे बिल चुकाने पड़ते हैं।'

'बस...चुप कर! हरामजादी!' यह जगह भड़क उठी, जब एक जूनियर कलाकार ने काफी ज्यादा सजी-धजी मॉडल को उसके बालों से पकड़कर खींचा और उसे दीवार पर ठोक दिया।

'यह शटअप-शटअप फिर से बोल! यह बात दोबारा बोल।'

'हे-हे! यह तुम्हारा वेश्याघर नहीं है, सभी चुप हो जाओ!' मैडम मलाई मालिनी का भारी स्वर उनके माईक से फूट पड़ा।

'अपनी लड़ाई को कहीं और ले जाओ, यह प्रोफेशनल जगह है मूर्खों।'

विशाल हाल में एक उदास सन्नाटा छा गया। यह आर्टिस्ट्स एसोसिएशन का हैडक्वार्टर था, जहाँ जूनियर आर्टिस्ट्स, टीवी आर्टिस्ट्स, एक्सट्रा, मॉडल्स, आइटम गर्ल्स, कुछ समय के लिए अभिनेता रह चुके लोगों और बॉलीवुड के सपने के साथ आनेवाले लोगों की फौज थी। एक्सट्रास को यदि काम मिल जाता हैं तो वे 800 रुपए तक कमा लेते हैं। जूनियर आर्टिस्ट्स एसोसिएशन में शामिल होने के लिए उन्हें मोटी सदस्यता फीस देनी पड़ी, लेकिन वे बहुत हताश थे।

'तुममें कुछ अकल है। मैं जूनियर आर्टिस्ट नहीं हूँ। मैं एक एक्टर हूँ। तीस साल के प्रेम पंडित, जिनके नाम की अंग्रेजी में स्पेलिंग है—PrremmPandeet, व्यापारी का बेटा, छह महीने पहले जयपुर से आया था। एक कोण से वह पूरी तरह से जवानी वाला शाहरुख खान लगता है। हर सुबह, अपने सिर पर कफन बाँधकर वह स्टूडियो और प्रोड्यूसर्स के पास पहुँच जाता था। असिस्टेंट्स उसकी तसवीरें लेते, उसे ऑडिशन पर बुलाने का वादा करते। बहुत कम उसे वापस बुलाते। लेकिन प्रेम पंडित को विश्वास था, कोई उसे ब्रेक देनेवाला है।

'यहाँ हमारे जूनियर शाहरुख कहाँ आ रहे हैं! मास्टर प्रेम पंडित, नहीं–नहीं पंडित,' तालमेल बितानेवाला अतिशयोक्तिपूर्ण अंदाज में हँसा और हॉल ठहाकों से गूँज उठा।

'तुम कुछ और चाहते हो, तुम्हें कहीं और जाना चाहिए। लुखों और हरामियों के साथ। सबकी फट जाती है। अरे, कैसा चल रहा है व्यापार? पोर्टफोलियो के भारी बैग को सीट पर सँभालते हुए, प्रेम पंडित मलाई मालिनी की दूसरी महिला सहायक को छेड़ने लगा। यहाँ मुंबई में सबसे शुष्क कीमत आती है। छोटे लड़के, अपने जैसे खंबस्त आइटम को कोई कमी नहीं! युवा लड़की ने बदसूरती से उसकी बात का जवाब दिया।

'हा–हा! बाजार विदेशी लड़कियों से भर गया है, कौन तुम्हारे आइटम में दिलचस्पी रखता है?' प्रेम साफतौर पर मस्ती करने के लिए निकला था।

'चुप रहो बांद्रा गट्टर लाइन···! साला! मैं देखती हूँ, यह चुभन क्या कर सकती है! कौन उलझा? कौन पहले लड़ा, किसने लफड़ा किया! ओए···ये··· यह क्या है?'

'हे! उसके बैग में कैमरा है? छुपा हुआ कैमरा? तुम इसकी रिकॉर्डिंग क्यों कर रहे हो···किसी सस्ते न्यूज चैनल को फुटेज बेचने के लिए, वे तुम्हें कितना पैसा देते हैं?

'आइटम ऑडिशन के पीछे की तुम्हारी सच्चाई, तुमने पहले से ही मिंक मकोविच को इस लावणी आइटम के लिए ले लिया है। तुम सभी! प्रोड्यूसर ने पहले ही मुख्य डांसर को कास्ट कर लिया है। ये सिर्फ साइड डांसर्स को कास्ट कर रहे हैं।'

'आक्क–हेल्ल्प मी, इसे बहार निकालो!!'

'नहीं छोड़ूँगी साली चू!'

'यह क्या बकवास चल रही है?'

एक हँगामा भड़क उठा, जिसके कारण हाथापाई हुई, प्रेम पंडित अपने कीमती कैमरे के साथ भागने की कोशिश कर रहा था, ऑडिशन अचानक रोक दिया गया।

नहीं! अब उसके साथ ऐसा नहीं हो सकता, इस लेवल पर नहीं, क्या यह

उसके लिए खत्म हो गया था ?

वह फिर से टू-बिट प्रोड्यूसर्स के चक्कर लगाने से डरती थी। लेकिन उसे बताया गया था कि वह थ्रू ऑडिशन में एक ठोस मौका देती है। बस अपना चेहरा दिखाओ, हाँ ?

तुम एक शू-इन हो, यह सब औपचारिकता है।

लेकिन एक फटाफट की योजना नरगिस के दिमाग में बन रही थी। उसकी आँखें प्रेम पंडित और उसके कैमरे पर चिपकी हुई थी, वह कुछ महसूस कर रही थी, उसका हृदय उत्साह में भाग रहा था। वह अब उन्हें झटका देगी। उस पर लाइमलाइट होगी।

वे इंटरव्यू के लिए उसका दरवाजा खटखटाएँगे।

कमीने आपको वही मिलेगा, जो आ रहा है।

वह निश्चित रूप से चुप नहीं रहनेवाली।

एक दृढ़ हावभाव के साथ उसने तय किया कि उसका जीवन निश्चित रूप से इसके बाद बहुत अलग होगा, उसे बात करनी थी। उसे सुहाना कश्यप से बात करनी होगी। लेकिन पहले कोई और था, जिससे उसे बात करने की जरूरत थी। प्रेम पंडित का पीछा करते ही नरगिस ने निशा पोद्दार का नंबर डायल किया।

□

23

सिल्की ने अपने लाल मुँह में गुटके का एक टुकड़ा भर लिया, दम घोंटनेवाली छोटी लिफ्ट में वह अपने सामने खड़ी मॉडल की ओर झुका। काम से बाहर हो चुकी अभिनेत्री, उसे अभिनेत्री का टीवी-एड याद आया। उसका शानदार फिगर और बेदाग त्वचा उसकी आँखों में हताशा से धोखा देती है। हताशा को वह हमेशा मील दूर से सूँघ सकता था। उसने कड़वा गुटका उगल दिया और कुछ पान मसाला लिया और छत पर बने अपने ऑफिस का बटन दबाया। सिल्की टैलंट और सुंदरता से नफरत करता था। लेकिन उसे टैलंट और सुंदरता की जरूरत थी, क्योंकि वह केवल 'सौदा' करने में होशियार था। वह इन सबको अच्छे से हैंडल कर सकता था, क्योंकि बॉलीवुड 'सौदों' से भरा हुआ था। इन लड़कियों के रूप में भूखे हताश सौदे किए थे और हाल ही में, अगली नई लड़की की उम्मीद में इस झिलमिल शहर में मक्खियों के झुंड की तरह लड़के भी उसके ऑफिस में उमड़ पड़े थे। कुछ हार्ड-नॉक और कुछ होर्नी सस्ते किस्म के प्रोड्यूसर के क्विक रीलर के पुरजों पर चलने से भी वे खुश थे। यह वही समय था, जब वे कुछ सी-ग्रेड अभिनेता की वेश्या बनने की कोशिश में नहीं थी या अपने शरमीले कर्म को कोस रहे थे और उस लड़की से ईर्ष्या कर रहे थे, जिसने इसे बनाया था। जब सपने धुँधले होने शुरू हो गए थे और एक खाली वादे पर सैकड़ों रातें बिताने के बाद और बिना किसी किस्मत के बकवास करने के बाद उसके पास आए थे। वह उनके लिए बड़ा व्यक्ति था। उनका सांता क्लॉज जो चीजों को घटित करता था। वह नाम पसंद करता था। सिल्की ने बॉलीवुड में आखिरी बारह साल अधिकतर इन सौदों से लालचियों की तरह खाया है। वे यहाँ बार में मिलते हैं, फैशन पार्टियों में कहीं भी हर जगह मिलते हैं, उनकी भूख और हताशा उनके चेहरे पर दिखती है। उनके साथ कई

तरह की दिक्कतें हैं, छोटे शहरों की ब्यूटी क्वींस, बल्लीमारन की मिस नाइस हैयर, भोजपुरी नाइस लिप्स, आगरा की सेक्सी हिप्स। और अब विदेशी मादाएँ। दुबई, लाहौर, इस्लामाबाद, यूक्रेन और ऐसे देश वाली, जिनके नाम भी सही से बोले नहीं जा सकते, आती हैं। सिवाय इसके कि जिन्हें सच में बड़ा ब्रेक मिल रहा था, वह तब था।

ऐसा तब होता, जब आप कोई कुत्तरीना हो! इसमें कोई हैरानी की बात नहीं वे सभी कुत्तरीना बनना चाहती हैं। और वे सभी अपने सुलेमान को खोज रही हों, उसने अपने दिमाग में सोचा।

'हे ब्यूटीफूल, यह कैसे हुआ?" सिल्की नताशा को घूर रहा था, वह मॉडल, जिसे उसने बुम्बू प्रोडक्शन की नई फिल्म के लिए भेजा था।

'सिल्ल्की! यह हिस्सा बहुत छोटा है। बस कलम उठानी थी और हीरो के पास ले जाना था! एक तंग जोड़ी जींस और ऑफ शोल्डर ब्लड रेड टॉप में एक बोझिल लड़की शिकायत करने के लिए उसके पास चली गई।

'तुम क्या चाहती हो मुगल-ए-आजम? उसके लिए मैं यह अनारकली भेजूँगा।' उसने फ्रॉक में एक सुंदर लड़की की ओर इशारा किया, जो खालीपन से मुसकरा रही थी।

'मैंने तुम्हें बता दिया था, यह छोटा हिस्सा है। सुनो, तुम पोर्टफोलियो शूट क्यों नहीं करवाती। वेलंटाइन डे टाइप, एक बड़े से दिल को अपनी जंघा पर लेकर और बिकनी पहनकर।'

'लेकिन वेलंटाइन डे तो अभी दूर है। ऐसा करना बेवकूफ लगेगा।' नताशा ने अपने लाल होंठों को चिड़चिड़ेपन से सिकोड़ा।

'शटअप कमीनी। कौन परवाह करता है? और तुम्हें टोनअप करने की जरूरत है। अपने शरीर को देखो। बाप रे! ये क्या हैं? तुम्हारी जाँघों में फ्रीग्गिंग क्रेटरस हैं।

सिल्की ने नताशा की स्कर्ट वहाँ तक उठा दी, जहाँ उसकी अंडरवियर दिख रही थी और उसके पहेलीनुमा नितंबों की नोक दिख रही थी।

'जिम-विम नहीं जाती? तुम एक आंटी की तरह दिख रही हो! दो बच्चों की मम्मी! इस तरह तुम्हें कोई नहीं लेगा, बिकिनी शूट को भूल जाओ, एक

परदर्शिता साड़ी पहनो और उसे भिगो दो। ब्लाउज मत पहनो।' नताशा अपनी जंघाओं को आँसू भरी आँखों से देखने लगी।

'अरे, तुम उदास क्यों हो गई, संता टा सिल्की के पास आओ, गले लगाओ, अब जाओ। और डार्लिंग मुझे मेरे 30 प्रतिशत दो प्रिय।' उसने उसे लक्ष्य करके कहा।

'तुम बहुत दाम लेते हो सिल्की, लेकिन मुझे तुमसे अकेले में बात करने की जरूरत है।' वह अपने सामने खड़ी कुफ्फ परेड लड़कियों को घूर रहा था। कुतियाँ, ये सब हरामजादियाँ हैं। सिल्की कुफ्फ परेड लड़कियों और बांद्रा बेब्स से नफरत करता था, उसके अनुसार इनमें पर्याप्त भूख नहीं थी। वे उससे उम्मीद करती थीं कि थी वह उनसे बात करे और मैनीक्योर, उनके मेकअप, बालों और कपड़ों के लिए उन्हें पैसा दे! और वे इतना फँसाती हैं कि वे केवल प्रसिद्ध ऊँची उड़ान भरनेवालों और पावर ब्रोकर्स के लिए अपने पैर खोलेंगी।

'अब कोई गंभीर बातचीत नहीं···मेरे 30 प्रतिशत मेरे अकाउंट में पहुँच जाने चाहिए या मुझे नकद दो। आज ही।' वह जानता था वह इस बारे में बातचीत करना चाहती है। एड फिल्म प्रोड्यूसर उसका नाजायज फायदा उठाना चाहता था। और वह निश्चित नहीं थी कि यह उसके कॅरियर प्लान के लिए सही होगा या नहीं. उसने सोचा कि वह खुद को कम बेच रही थी। हे भगवान्, यही कारण है कि वह महत्त्वाकांक्षी लोगों से प्यार करता था, वास्तव में जो वह बनने की कोशिश कर रहीं थीं और जो वह कभी नहीं बन पाएगी। उसने सोचा कि वे अधिक आभारी होती हैं और कम-से-कम परेशानी का कारण बनती हैं। उन्होंने कभी भी बड़े फिल्म अनुबंध या टीवी शो या एड फिल या आइटम नंबर के बेवकूफ सपने नहीं देखे. उसने उन्हें वो मौका दिया, जो उन्हें कभी नहीं मिलेगा। निर्माताओं, सितारों के साथ नजदीकियाँ और वास्तव में घनिष्ठ होने का प्रस्ताव और यदि वे किसी सौदे पर झूमने के लिए कामयाब रहती हैं तो यह उनके लिए अच्छा है। निश्चय ही, उसकी किसी भी लड़की अभी भी किसी मोटे सौदे में झूलने के सक्षम नहीं थी। उन्हें छोटे हिस्से मिले, भूख लगी हुई सी भूमिकाएँ, साइड डांसर, कुछ जेड-ग्रेड की फिल्मों में कुछ दुःखद आइटम, लेकिन कुछ भी गंभीर नहीं। लेकिन वे उसके पास आना जारी रखती हैं। सिल्की मुसकराया

और अपने रोशनी से जगमगाते कमरे में प्रवेश करने लगा। वह अभी अपने लाल चमड़े के सोफे पर बैठा ही था, ए.सी.पी. कबीर अंदर दाखिल हुए। सिल्की ने उन्हें टीवी समाचारों से तुरंत पहचान लिया। वह घबराकर उठा और पुलिस ऑफिसर को संदेह से अधिकारी को घूरने लगा।

'बढ़िया ऑफिस।'

'शुक्रिया आपका, मैं—अरर—मैं पूरे दिन से आपका इंतजार कर रहा हूँ।'

'तो यह जगह आपकी कंपनी का ऑफिस है?'

'हैड ऑफिस। हमारी शाखाएँ हैं। के.डी. और मैं संयुक्त रूप से चलाते हैं। बेचारा गरीब, मेरा मतलब हैं गरीब इनसान, उसने बहुत मेहनत की, यह कंपनी मेरी थी, लेकिन सभी आइडिए उसके थे। वह जीनियस था।'

'तुमने इसका नाम पर्पल वेल्वेट बदल दिया था, क्या असली में इसका नाम के.डी. प्रोडक्शन नहीं था?'

'मुझे लगता है कि उसकी को मौत के बाद इसे रद्द कर दिया गया है। यह व्यापार के लिए बुरा है। के.डी. को याद रखने का कोई मतलब नहीं। बेचारा आदमी, जिस तरह से उसकी मृत्यु हुई, मैं यह हजम नहीं कर सका। मैं विश्वास नहीं कर सका, अरे छोटू, ठंडा ला! सर के लिए। पुलिस के हैं। घबराहट के साथ वह मुसकराया।

'कई सारे युवा यहाँ आते हैं?'

'मैं सिर्फ एक कामकाजी लड़का हूँ। एक समाजसेवी। मैं हमेशा इन युवा लड़कियों और लड़कों की मदद करता हूँ, जो सपनों और थोड़े आराम के लिए मुंबई आते हैं। उदासीन स्टूडियो हाउस के दरवाजे पर खड़े खूबसूरत लड़कियाँ और प्रतिभाशाली लड़के खड़े रहते हैं। सेट के द्वारा उनके साथ गंदा व्यवहार किया जाता है। मैं उन्हें देखता हूँ। अगर यह मेरे लिए नहीं होता तो उनमें से आधे किसी भी घटिया जगह पर व्यापार करने के लिए चले जाते''हैं, जी! आप जानते हैं, वे आइटम नंबर करने लगते हैं, वे प्रसिद्ध होने के लिए स्टेज शो करने लगते हैं''मैं यह सब दिल से करता हूँ हैं, जी। मैं इन लड़कियों और लड़कों के लिए महसूस करता हूँ। वे मुझे उनका सेंटा कहते हैं। सेंटा सिल्की!'

'आपका परिवार है।'

'मैंने शादी नहीं की। माँ की मृत्यु हो चुकी है, पिता नहीं हैं, कोई परिवार नहीं। बिल्कुल अकेला हूँ श्रीमान। लेकिन ये बच्चे ही मेरा परिवार हैं। जैसे मेरे ही बच्चे हों। ये बच्चे आप जानते हो, ये बच्चे चमकीली आँखों के साथ मुंबई में आते हैं ··· इसे वे सोने की नगरी सोचते हैं ··· यहाँ कुछ बड़ा करने का सोचते हैं, कुछ के पास बहुत सारी इच्छाएँ होती हैं, लेकिन प्रतिभा शून्य होती है, कुछ के पास थोड़ी प्रतिभा होती है, लेकिन भाग्य नहीं होता ··· और हजारों इसके बीच में रहते हैं। कुछ प्रसिद्ध हो जाते हैं, कुछ थोड़ा पैसा बना लेते हैं और उससे भी तेजी से खो देते हैं ··· गलत सोहबत में चले जाते हैं और तब उनके पास जाने को कोई जगह नहीं रहती। अगर यह मेरे लिए नहीं होता तो उनमें से कुछ मुसीबत में पड़ जाते। लेकिन वे जंगल में खोये हुए निर्दोष नहीं हैं। वे जानते हैं, वे क्या कर रहे हैं, उनमें से अधिकतर वहाँ पहुँचने के लिए कुछ भी करेंगे। और मेरा मतलब है कुछ भी। यह बाहर की भीड़ ··· उनके चेहरे से मूर्ख मत बनना मेरा मतलब है कि मैं मजाक नहीं कर रहा हूँ।'

गुड़िया सा चेहरा, जो अभी-अभी इस कमरे से निकला है, आपने उसे देखा? वह भारी चीज है, सिल्की ने अपने होंठों को चाटा और कबीर से तिरछी नजर से बात की।

एक अलग वर्ग। वह प्रतिभाशाली है, मगर उसमें कुछ ऐसा है, जो खतरनाक है ··· जैसे सनी में वैसी विशेषता है, वास्तव में मैं उसे रोकता हूँ ··· आखिर एक लड़की को फिल्म के अलावा भी जिंदा रहना होता है, हाँ।

'आप सनी को कितना जानते हो?'

'वह कश्यप परिवार से है। अच्छा परिवार। सभी उनके बारे में जानते हैं, जी. उनके पिता मशहूर निर्देशक, अब तो उनका समय अच्छा नहीं चल रहा। उनकी मम्मी जी भी ··· सर सब ही जानते हैं, मेरा मतलब है कि वह भी काफी प्रसिद्ध थी।'

आपके दोस्त और साथी कालिदास—के.डी. के बारे में?

'सर न्यूजवाले गलत जानकारी फैलाते हैं। वह मेरा दोस्त नहीं था। बस मेरी कंपनी में बिजनेस पार्टनर था। कोई निजी रिश्ता नहीं जी।'

'आपकी कंपनी! मुझे नहीं लगता कि यह असली सिल्की है?"

'उह! सिल्की का चेहरा उनके सामने सफेद हो गया। तो यह जानकारी सही थी।'

'आपको भारी घाटा हुआ है?'

'उतार-चढ़ाव व्यापार का हिस्सा है, यह क्षणिक है।' सिल्की कुछ देर शोकाकुल रहने के बाद बोला।

'लेकिन बावलस आपकी कंपनी के अकाउंट्स क्यों देख रहे हैं?

'यह सब के.डी. की गलती है। वह अकाउंट्स सँभालता था?

सिल्की ने खिन्नता से निराशा में हाथ मलते हुए कहा। 'वह ऐसा हरामज-उहह—वह सोचता था कि मैं कुछ नहीं जानता, मैं आपको बता दूँ, मैं हैरान हुआ था, जब मुझे पता चला था कि कंपनी के खाते में कोई पैसा नहीं बचा, पैसा कहाँ था? हम अचानक से कंगाल हो गए थे। मैंने लोगों से खूब सारा पैसा ले रखा है। मुझे लोन चुकाने हैं। हमारे पास पैसा नहीं है!' सिल्की की नस नियंत्रण से बाहर हो रही थी।

'मैं सही कह रहा हूँ, सिल्की। आपके पास पैसा नहीं था। हमेशा से के.डी. के पास पैसा था, है ना? इससे जरूर आपको धक्का लगेगा। आप लड़कियों और लड़कों के साथ मुश्किल काम करते रहे, उन्हें प्रशिक्षित करते रहे और फिर भी आप टूट गए। लेकिन के.डी. के पास रहस्यमय तरीके से सारा पैसा था!'

'आप उसके पास मौजूद धन के बारे में थोड़ा भी उत्सुक नहीं थे?'

'मुझे वह थोड़ा ही बताता।' उसने अनमने मन से कहा।

'उससे नाराज होने का यह कारण हो सकता है?'

'आप कहना चाहते हैं कि मैंने उसे मार दिया। हालाँकि मुझे खातों में गड़बड़ियों के बारे में नहीं पता था। वह बावलस को भी धोखा देता था। कुछ समय के लिए प्रोड्यूसर्स को किनारे कर देता था। वह सोचता था मुझे उसके इन रहस्यमयी खातों में बारे में कुछ अनुमान नहीं है। पैसो के चेक की हेराफेरी, छद्म नामों के तहत आरामदायक छोंसला-अंडे, लापता जो कभी भी इच्छित सितारों तक नहीं पहुँचे। लिस्ट बहुत बड़ी है। लेकिन क्या वह मुझे हिस्सा देता था? नहीं, सिर्फ दस प्रतिशत? चुप रहने के लिए?? नहीं। आखिरकार यह सब

मैं कंपनी के लिए करता था। वह कहता था, वह कड़ी मेहनत कर रहा है। कहता था—पैसों पर मेरा कोई हक नहीं है!"

'यह सही नहीं है।' शिंदे ने कहा।

'उसके पास काम करने के लिए कुछ लड़के थे। बहुत सारे लोगों से पैसे लेने के लिए उसकी छवि को एक बावला की तरह इस्तेमाल करते थे। मैंने उसे फ्रीलान्स प्रोड्यूसर्स से रिश्वत लेते हुए पकड़ा था, जो स्टूडियो का सहारा चाहते थे। लेकिन वह हँस देता था। कहता था, यह बावला का काम है और मैं कुछ नहीं जानता। लेकिन वह सबकुछ जानता था।

'वह और क्या करता था?'

'मुझे पता था कि उसने मुनाफे को छुपानेवाले सिंगल-स्क्रीन डिस्ट्रीब्यूटर्सस से कैसे अपना हिस्सा लिया था।

कटौती के लिए उनके लिए निश्चित हिस्सा. मैं उस पर पागल था, उसने मुझे अंदर नहीं जाने दिया। और फिर वह दुबई जाना चाहता था। सिल्की ने कहा, गुस्से में उसके हाथ मेज के किनारे पर प्रहार कर रहे थे।

'आप काफी गुस्से में हो।'

'बिल्कुल, क्यों न होऊँ? अगर आपके पूरे जीवन की बचत बेकार हो जाती है और ये क्या आप मुझ पर संदेह कर रहे हैं। मैंने पुलिसवाले को उस दिन बता दिया था, मैं जयराम मंगवानी की पार्टी में था। उसे कुछ मॉडल्स चाहिए थे, आप उनसे पूछ सकते हैं···'

मेरे पास सबूत है, बेहद मजबूत सबूत—खून देखते ही मैं बेहोश हो जाता हूँ, अभी इन लड़कियों से पूछ लीजिए—एक दिन मोलिना ने अपने हाथ की नस काट ली थी और मैं बेहोश हो गया था।

'उसने मेरा दिल तोड़ा है।' शिंदे ने कहा।

'लेकिन यदि मुंजाल को यह पता लग गया था कि के.डी. की नियत में खराबी आ गई है, उसकी इतनी सारी धोखाधड़ी के बाद, उसे के.डी. को खारिज करना चाहिए था, आप यह जानते हो···आपको चुप नहीं रहना चाहिए था।'

'यह मेरा विवेक था और वह सोचता था कि मैं उसके आरामदायक छुपने के स्थान को नहीं जानता था! मुंजाल बावला हमारी देखभाल करता था। मैं इस

चीज को और ज्यादा बर्दाश्त नहीं कर सकता था। मैंने बावला को बता दिया था, ताकि के.डी. को रोका जा सके। उनकी बात हुई या कुछ और लेकिन के.डी. ने कभी मुझे कुछ नहीं बताया। मैं सोचता हूँ, वह मुझ पर संदेह करता था··किसी भी मामले में उसने मेरी कॉल लेना बंद कर दिया था।'

'क्या आपको लगता है कि बावलास को कुछ करना था?'

'वे बड़े लोग हैं। मेरे पास कोई आइडिया या जानकारी नहीं है, जो मैं आपके साथ शेयर कर पाऊँ और मैं अपने अधिकारों को जानता हूँ। मैं पूरी तरह से सहयोग कर रहा हूँ। पुलिस को सबकुछ बता रहा हूँ, फिर क्यों? यदि आप सोचते हो··'

'मैं कुछ नहीं सोचता, यहाँ शिंदे कुछ सोच रहा है··तुम क्या सोचते हो, शिंदे? और उसने के.डी. के माल असबाब को कहीं छोड़ दिया है। जॉनी डिसूजा कौन है?' कबीर ने पूछा।

सिल्की जम गया और इस प्रश्न पर उसकी आँखें अपने खड्डे से बाहर निकल आईं। कबीर को ओग्गी एंड द कोक्करोच की याद आई, वह कार्टून जिसे देखने का उनका भतीजा आदि था। उनकी आँखें भी हमेशा चौंकते वक्त सिल्की की तरह बाहर निकल जाती थीं।

'जॉनी-को-कौन?' सिल्की अपने भारी मखमली सोफे में गहरे धँस गया और फुसफुसाने लगा।

'तुम अपनी याद को ताजा कर सकते हो या तुम पुलिस स्टेशन में जाकर ताजा कर सकते हो, लेकिन मुझे नहीं लगता कि बाहर बैठे तुम्हारे ग्राहक पुलिस के साथ तुम्हारी इस छोटी सी मुलाकात की तारीफ करेंगे।' शिंदे ने साफतौर पर कहा, उसकी मुसकान मुश्किल से उसकी आँखों तक पहुँच रही थी।

'लेकिन आप मुझे जैसे गरीब व्यक्ति को क्यों प्रताड़ित कर रहे हो। मैं कुछ नहीं जानता उहह! मैं··के.डी. ने मुझे कभी उससे नहीं मिलने दिया। मैं के.डी. को कुछ डॉक्यूमेंट भरते हुए देख रहा था और जब मैं जॉनी डिसूजा के बारे में उससे पूछने लगा, वह काफी डर गया। हाँ, पहली बार मैंने उसे डरे हुए देखा। मुझे लगा मैं कुछ करने जा रहा हूँ। यह कल्पना करते हुए कि वह हरामजादा किसी चीज से डर रहा है! मुझे लगा, शायद उसके पीछे वहाँ के कलेक्टर थे,

शायद उनके पास जॉनी डिसूजा के पैसे बकाया थे।'

'जॉनी डिसूजा के लॉकर में तुम्हारा सुसाइड नोट कैसे था?'

'मेरा क्या? मेरा सुसाइड नोट!... यह कैसे संभव है?'

'यही हम तुमसे जानना चाहते हैं। जॉनी डिसूजा कौन था और उसके लॉकर में तुम्हारा सुसाइड नोट कैसे था? वह तुम्हें मारना क्यों चाहता था।

'मैं...नहीं...जानता...मैं...मेरा सुसाइड नोट!' सिल्की ने ऐसे देखा, मानो वह मरनेवाला हो।

'गाइज, बैठ जाओ, यह एक लंबा दिन होनेवाला है।' कबीर बैठ गया और उदासी से नाराज इवेंट ऑर्गनाइजर को देखने लगा।

'के.डी. को मेरा जॉनी डिसूजा के बारे में बात करना पसंद नहीं था, मैंने कसम खा ली थी कि मैं इस नाम को किसी के बारे में नहीं बताऊँगा, वह कहता था कि हम दोनों गहरी मुसीबत में पड़ जाएँगे, मैंने उसे इतना डरा हुआ कभी नहीं देखा, यहाँ तक कि उसने पैसों की भी की थी।' सिल्की ने कहा, अब वह शांत हो गया था।

'तुमने पैसे ले लिये और फिर भी के.डी. को मुसीबत में डाल दिया?'

'नहीं! ऐसा नहीं था। मैं अब भी नहीं जानता कि जॉनी डिसूजा कौन था। अभी भी नहीं जानता कि के.डी. जॉनी डिसूजा के नाम का जिक्र करते ही क्यों डर जाता था। मैं सोचता हूँ कि यदि मैं थोड़ा सा भी उसका नाम लेता, मैं कुछ जान पाता...मैं अभी भी नहीं, किस्से यह पूछा जाए। तभी मैंने कई लड़कियों से जिक्र किया था डिजिटल...नरगिस...जो सब जानती है...लेकिन कुछ नहीं हुआ। उसके बाद कई निर्देशकों से, मगर कुछ नहीं हुआ। बस यही सब है। मैं नहीं जानता कि इस जॉनी नाम के व्यक्ति के पास मेरा सुसाइड नोट है, जैसा आपने कहा?'

ए.सी.पी. के जाने के बाद, सिल्की घबराहट के साथ अपने कमरे की तलाशी लेने लगा। समाचार वाचिका मर्डर के बारे में बता रही थी।

जॉनी डिसूजा के पास उसका सुसाइड लेटर था? यह सब क्या मामला है? क्या वह उसकी हत्या की योजना बना रहा था...लेकिन क्यों...क्यों! इसका कोई मतलब नहीं!

शायद पुलिस झूठ बोल रही हो! हाँ, ऐसा हो सकता है। शायद वे उससे कुछ कहना चाहते हों, जिससे बाद में उसे पछतावा होता—लानत है, वे झूठ बोल रहे थे, सिल्की ने सोचा और राहत से आह भरी। क्या इन शिकारी कुत्तों के पास बात करने के लिए और कुछ नहीं था? तो के.डी. के बारे में किसने बकवास की? वह किसी ट्रक के नीचे क्यों नहीं कुचला गया और उस पर किसी का ध्यान भी नहीं जाता।

सिल्की ने आईने में अपनी एक झलक देखी। बैगनुमा गंदी सपाट आँखें, हलके से रँगे बाल और चालाक भौहें।

एक समय था, जब उसने लगभग इसे एक अभिनेता के रूप में किया था, जो अब दूसरी तरफ पार कर गया। लेकिन एक जूनियर आर्टिस्ट के उस पर अश्लील रेप के आरोप ने उसे भीतर का''दिया था। यह दावा करते हुए उसका चेहरा नीला पड़ गया था कि यह सब आपसी सहमति से हुआ था, लेकिन उस बिच ने इसे सार्वजनिक कर दिया था, जब टीवी सीरियल में उसके रोल को शामिल नहीं किया था। इतना ही नहीं, उसने जेल में अपना समय बिताया, बल्कि उसे लगभग पाँच साल के लिए काम से बाहर कर दिया गया था। उनके जीवन के प्रमुख वर्ष बेकार हो चुके चुके थे और यहाँ तक कि अब, तेरह साल बाद कोई भी बड़ा व्यक्ति उससे जुड़ना नहीं चाहता था। कैसे के.डी. ने इस मौके को उसके मुँह पर फेंकने का कोई मौका नहीं छोड़ा। उसके प्रति कृतज्ञ होने के कारण वह कितना बीमार महसूस कर रहा था। और वह प्रिंस को नितंब और बेकार तथा एक डरपोक इनसान कहकर उसके मुँह पर ही हँसा था। उसने अहंकारी के.डी. को धोखा देते हुए पकड़ा था न? अब कौन हँस रहा था!

□

24

'हम बैरक 13 की हर गतिविधि पर नजर रख रहे हैं, जहाँ सनी को रख गया है।' भीशा जेल सुपरिंटेंडेंट मंटो सिंह ने अभ्यास के साथ मीडिया के प्रश्नों का आसानी से उत्तर किया।

'प्लीज, मीडिया के दोस्तों, एक-एक करके सुनहरी कश्यप पर कुछ दिन पहले हुए हमले के मद्देनजर उनकी सुरक्षा सुनिश्चित करने के लिए बैरक में वार्डन नियुक्त किए गए है। एक जाँच पैनल पहले से ही इस हमले की जाँच कर रहा है और मैं आपको विश्वास दिलाता हूँ, दोषियों को ढूँढ़कर लाया जाएगा, हमारी जेलें काफी सुरक्षित हैं...'

'मैं आपको सुन सकता हूँ...हाँ, सुनहरी कश्यप के स्वास्थ्य जाँच की गई है। उन्हें तनावग्रस्त और कमजोर पाया गया है। यहाँ खास उपचार की सुविधा नहीं है...उन्हें बैरक का आम भारतीय स्टाइल का टॉयलेट और सामुदायिक स्नानघर का इस्तेमाल करना होगा। सुनहरी को जेल कर्मचारियों द्वारा दिए जानेवाले मैट और तकियों का इस्तेमाल करना होगा और जेल नियमावली में निर्धारित दिनचर्या का पालन करना होगा। मैडम, कृपया उत्तर को खत्म होने दीजिए। वह सुबह 5:30 बजे उठ जाती है, जब हैड काउंट शुरू होता है। वह कॉमन रूम में चाय और बन/ब्रैड का नाश्ता करती हैं, उसके बाद दोपहर के भोजन और रात के लिए दाल, रोटी, सब्जी और चावल। बरैक पंखों और टीवी से सुसज्जित है। भीशा जेल के सभी कैदी अपने कपड़े और जेल के कर्मचारियों द्वारा दिए गए बरतनों को मैट के पास ही रखते हैं। उन्हें ठीक 7:30 पर रात का भोजन मिलता है।

ए.सी.पी. कबीर भोंसले ने प्रेस छोड़ दी और जल्दी से जेल परिसर में सनी की अदालत में पेशी के लिए उससे मिलने पहुँच गए। जेल की झड़प के बाद

सनी की पहली पेशी। उसने कबीर भोंसले से तपाक से हैलो किया, जो काफी विचलित करनेवाला था, क्योंकि इतनी खूबसूरत लड़की उन्होंने इससे पहले कभी नहीं देखी थी। उसके कटे हुए बाल उसे स्कूल जानेवाली लड़की बना रहे थे, पूरी तरह से असहाय और कमजोर। उसकी गरदन में एक तरफ पर दो मुँहे साँप का टैटू था। और तब वह मुसकराई तो उसके चारों ओर एक साधारण वैभव दिखा। कबीर एक पल के लिए बँधे हुए खड़े रहे।

'तो सुहाना मुझे अपने बारे में बताओ। आपको लगा होगा कि मैं एक सामंत हूँ।'

'वह काफी आदर्शवादी इनसान है।' सुहाना ने कोमलता से कहा। कबीर का हृदय धड़कना भूल गया।

'मेरी और मेरे सहयोगियों की अपराध की यादें। मेरे ऊपर हजार बार उछाली गई। व्यवस्था भाड़ में चली गई है, एक समय में एक सिपाही। समय का कभी व्यर्थ न होना, जब तुम सारे समय व्यर्थ हो रहे हो, आप एक छोटे गीत की तरह हो? मैंने उसे बनाया है। जब तक कि तुम्हें एक असली लेखक नहीं मिल जाता!' सनी ने कहा।

'क्या तुम्हें अब ठीक से नींद आ रही है?' उन्होंने पूछा।

'कोई सपने नहीं''बिना रुकावट नींद का आनंद! मैं सोचती हूँ, जब हम सपने नहीं ले रहे हैं, मैं खिड़की बंद कर दूँगी''शायद''मैंने सोचा।'

बिना देखे वह रुकी, जैसे उसे किसी उत्तर की उम्मीद है।

'आप जानते हैं, मैं सबसे ज्यादा किसे मिस करती हूँ। डैनी, मेरी सौतेली बहन। मुझे हमेशा लगता है, वह मुझे सुहाना से ज्यादा समझती है। निश्चय ही मैं उस समय डैनी से नफरत करती थी, जब वह पास होती थी। मैं सुंदर थी'' लेकिन प्रतिभा''वे सभी डैनी की तारीफ करते थे। उसके सामने मुझे भूल जाते थे। वे सिर्फ तभी मुझे याद करते थे, जब वे मेरी माँ के बारे में बातें कर रहे होते थे। जैसे मेरा चेहरा किसी शर्मनाक बात की याद दिलाता था। क्या आप शुरुआत से ही ऐसे जीवन की कल्पना कर सकते हैं? उसकी आँखें उसकी भावनाओं को धोखा नहीं दे रही थी।

'मजेदार बात यह है कि कला को इस बात से नफरत थी कि मैं डैनी से

इतनी अच्छी तरह से घुल-मिल गई थी। सच्चाई यह थी कि वह खुद अपनी ही बेटी से गहरा रिश्ता बनाने में असमर्थ थी, मैं नहीं जानती थी। शायद वह बहुत नफरत और गुस्से से भरी हुई थी। एक बच्चा इस बात को महसूस करता है। यहाँ तक कि एक शिशु भी। डैनी एक काली और पतली सी बच्ची थी, जरूरतमंद, कर्कश और कमजोर, साथ ही स्वाभाविक रूप से सिमटी सी प्रकृतिवाली लड़की। उसकी देखभाल सही से नहीं हुई, वह घंटों रोती और रोज उलटी करती। कला अपनी ही बच्ची से नफरत करती थी, उसने दो साल तक अपनी बच्ची से आँखें नहीं मिलाईं।

केवल वह उसे देखकर उस समय ही मुसकराती, जब बच्ची के पिता या फिर जब हम उनसे मिलने जाते थे, जो कला को असहनीय लगता था। कला ने हमसे और फिर पिताजी से भी उससे मिलने पर प्रतिबंध लगा दिया, यह महसूस करते हुए कि हम उसके खिलाफ उसकी बच्ची को जहर दे रहे थे। पिताजी की उपस्थिति डैनी के लिए अद्भुत काम करने लगी थी। वे उसके साथ हँसते हुए दहाड़े लगा सकते थे।

'जैसे कभी वे मेरे साथ थे। बहुत पहले!' वह शानदार ढंग से मुसकराई और कबीर ने अपनी साँसें रोक लीं।

'लेकिन आप जानते हैं, हैरतअंगेज रूप से वह मेरे ही जैसी थी। डैनी। हमेशा कुछ और बनने की कोशिश करनेवाली। मैं ऐसा बरताव करती थी, जैसे मैं नाटक कर रही हूँ। वह ऐसा दिखाती थी, जैसे वह नाटक नहीं कर रही। लेकिन मैं जानती थी''मैं जानती थी। वह हर समय अभिनय कर रही होती थी, एक बार मैंने उसकी गुड़िया चुरा ली थी। उसकी बिस्कुए गुड़िया। जबकि वह गुड़िया मुझे पसंद भी नहीं थी। लेकिन मैंने वह चुरा ली थी। वह जानती थी, मैंने उसे छुपा दिया है, लेकिन वह चिल्लाना या कुछ भी नहीं करना चाहती थी। बस उस निगाह से उसने मुझे देखा, जो बहुत दुःख देनेवाली नजर थी, यार सच में उसकी बहुत याद आती है।'

'तुमने उसकी गुड़िया लौटाई?' कबीर ने पूछा।

'आप पागल हैं! वे सिर्फ ईश्वर-शापित गुड़िया थीं। किसलिए? वह फट पड़ी, उसकी आँखें अचानक चमक उठीं, आवाज लड़खड़ाने लगी। और आज

मुझे क्या ऑफर देना चाहते हैं, श्रीमान ऑफिसर?'

'सनी मुझे माफ कर दीजिए, मेरे पास सांत्वना देने के लिए बहुत कम शब्द हैं। अभी आपकी बेगुनाही के रूप में कोई तथ्यात्मक प्रमाण नहीं है। मैं यहाँ जेल हमले के बारे में पूछने के लिए आया हूँ, जिसकी जाँच की जा रही है। मैं आपसे यह जानना चाहता हूँ कि आपने अपने चाचा पर हमला क्यों किया?'

'मैंने उन पर हमला कर दिया। मैं बहुत गुस्से में थी। मैं सोचती हूँ, मैं उन्हें कई चीजों के लिए दोषी ठहरा सकती थी''ये सभी एक साथ आईं''जब उन्होंने मुझे धमकी दी। मैं उनसे नफरत करती थी।'

'पार्टी में क्या हुआ था? वह पार्टी थी, जो सुलेमान के फार्महाउस में आयोजित की गई थी।' कबीर ने कहा।

सनी पीली पड़ी हुई थी और दूर देख रही थी''

'मुझे दूसरी लड़कियों से पता चला कि प्रिंस के एक अतिथि सलेम हसन से बहस हुई थी?'

वह टालमटोल कर रही थी, कुछ बताने की इच्छा नहीं थी।

'''मैं''हम अदाकार हैं। आवारा नहीं। वे मानते हैं, हम ऊपर से मर चुके हैं, शायद मैं मर चुकी हूँ?' सनी की आवाज काँप रही थी। कबीर को अहसास हुआ कि उन्हें नजरअंदाज दिया जा रहा है, लेकिन वे अभी भी पीछे हटनेवाले नहीं थे।

'आप इसके लिए किसे दोष देती हो? नरगिस ने कहा था कि के.डी. ने आपको बाथरूम में बंद कर पीटा था, तुम क्यों नहीं जाना चाहती थीं? क्या आप सलेम की प्रतिष्ठा से डरती थी?' कबीर ने पूछा।

'कृपया मेरे बारे में बुरा महसूस कर अपना समय बरबाद मत करिए। मैं कुछ महसूस नहीं करती। मैं समाज के दोहरे मापदंड से मुक्त हूँ, इसके पाखंडी नियमों और इसके प्रतिबंधों से मुक्त हूँ। वहाँ अच्छा पैसा था और मुझे अभिनय करना अच्छा लगता है। जो मैं करती हूँ, उसमें कुछ भी बुरा नहीं है। यदि दर्शक हीरो को देखने के लिए पैसे देते हैं, उन्हें हमें देखने के लिए भी पैसे देने चाहिए। क्या फर्क पड़ता है? और मुझे इसकी जरूरत है।' वह चुप हो गई।

'आपकी लत के लिए?'

'शुरुआत में यह नहीं थी। मैं हमेशा से ऐसा नहीं होना चाहती थी। पिल्स सिर्फ दर्द से छुटकारा पाने के लिए थी।' सनी की आवाज शुष्क हो गई थी।

'उस रात···'

'के.डी. पाजी था, मैं नहीं जानती मुझ पर क्या घटा, कैसे मैं अचानक कुछ और बन गई···कुछ ऐसी मजबूत कि उसे रोक सकूँ, उसे रोक दिया, इसलिए मैंने उसे अपने हाथों में लेने दिया और उसे रोक दिया, मैंने उसे जो भी मिला, उससे मारना शुरू कर दिया, मैं उसे पीड़ा देना चाहती थी, वह बहुत आहत हुआ था और मैंने उसे छोड़ दिया, मैं दूर जाना चाहती थी, मेरा सिर चकरा रहा था। मैं निश्चित थी कि मैं उसे मार डालूँ। मैं खुश हूँ, ऐसा हुआ। मैं खुश हूँ कि वह मर गया। मैं खुश हूँ, उसे वह अंत मिला, जैसा उसका अंत हुआ। लेकिन मैंने ऐसा किया है···मुझे कुछ याद नहीं।'

'क्या तुम सोचती हो, कोई और ऐसा कर सकता है?'

'नहीं।'

'हरेक को बचने की जरूरत है ऑफिसर! वह उनकी पीठ पर चिल्लाई।

'हरेक को बचाव की जरूरत है!' ए.सी.पी. कबीर भोंसले के जाने के बाद सनी लंबे समय तक भावशून्य सी बैठी रही। वह ठंडे पत्थर के फर्श पर तब तक बिना हिले बैठी रही, जब तक कि वार्डन जमानत की सुनवाई के लिए उसे पहरा देने के लिए नहीं आ गई थी।

~ ❖ ~

'हमला करनेवाले ने के.डी. के सिर को दीवार पर मारा था, उसके सिर के पिछले हिस्से पर चोट लगी थी और उसके बाद अंडरगारमेंट से उसका गला घोंटने की कोशिश की गई थी। ज्यादा-से-ज्यादा पीड़ा देने की कोशिश में उसकी खोपड़ी का लगभग आधा हिस्सा बुरी तरह से जख्मी हो गया था और गुच्छे में जड़ों से बालों के बड़े-बड़े टुकड़े खींच लिये गए थे।'

कोर्ट में के.डी. के मर्डर को लेकर काफी विस्तार से बताया जा रहा था।

सनी अपने आसपास के प्रेस के शोरगुल से अप्रभावित रहती थी और अब कोर्टरूम की घुटन भरी गरमी में किए जा रहे अवास्तविक नाटक से प्रभावित

नहीं होती थी। उसके और दुनिया के बीच अलगाव की एक मजबूत दीवार के पीछे तक सीमित, सनी एक पर्यटक की तरह महसूस करती थी, जो दूर से अपने जीवन की अराजकता को देख रही थी। वह अपने पसंदीदा कुरकुरे टसर में अपनी सौतेली माँ को घूरने के आवेग को रोक नहीं सकती थी, उसके चारों ओर एक तंबू की तरह गुब्बारे, उसके पीछे उसका कड़ा पेटीकोट। कला का चेहरा दुश्मनी की भावना के कारण बहुत खराब हो गया था।

सनी को पसीना छूट रहा था, जो उसके कमजोर मूत्राशय के कारण मिलकर उसकी जाँघों से नीचे टपक रहा था, यह उसके बचपन का एक जाना-पहचाना अनुभव था।

सनी की तरफ से पी.के. दाङ ने अपील के दौरान पीड़ित की बहन द्वारा मीडिया में सनी के बारे में जनता की राय को पूर्वग्रहित करने के लिए के.डी. की बहुत सारी तसवीरों का इस्तेमाल किए जाने के खिलाफ औपचारिक शिकायत दाखिल की। उन्होंने यह सब अभियोजन पक्ष को बुरा बनाने के लिए यह काम किया, ताकि उनकी मुवक्किल के चरित्र पर 'शैतान' का लेबल लगाकर उस पर व्यक्तिगत हमला किया जा सके। बचाव पक्ष ने तर्क दिया कि नशे से भरी हुई पार्टी, जिसमें सनी को के.डी. ने भेजा था, में सनी और के.डी. के बीच चीजें नियंत्रण से बाहर हो गई थीं, जिसमें उसने सनी के साथ छेड़छाड़ की थी।

'अपनी कमजोरी से ऊपर होने के लिए उसने सनी के डर को उसने अपनी शक्ति बनाया।

'ऐसा डर, जिसे एक पेडलर के रूप में समझाया जा सकता है, जिसका उपयोग किया जाता है, लेकिन यह डर बहुत गहरा डर होता है, जो सालों तक उस डर के साथ रहने से बनता है, यदि आपका जीवन पिटाई, गाली-गलौज, नशीली दवाओं से भरा होता है।

'सनी के चाचा के.डी. का उस पर इतना अधिकार था कि वह अपने ही परिवार, अपनी बहन, अपने पिता के विरुद्ध हो गई थी। मैं चाहता हूँ कि अदालत सिर्फ एक ऐसे रिश्ते की कल्पना करे, जो इतना शातिर और घिनौना था, जहाँ एक चाचा अपनी ही भतीजी को सभी तरह के नशे की लत में डाल देता है, जिसकी कीमत आरोपी ने पहले ही चुका दी है, वह समाज की नजरों में बरबाद

खड़ी है—और यादें इतनी भयानक हैं कि उनसे छुटकारा पाने में शायद उसका अपना शेष जीवन लग जाएगा।' कोर्ट में मौजूद कटघरे में खड़ी नाजुक बच्ची पर कई लोगों की नजर गई।

मेकअप के बिना वह बहुत छोटी लग रही थी।

'अकेली हत्या के आरोप का सामना करती हुई। जरा कल्पना करें कि दस साल की उम्र से पीड़िता को उसके पिता द्वारा उसकी देखभाल करने के लिए आरोपी और उसकी बहन का स्वागत किया, लेकिन जो हुआ, वह क्रूर कल्पना से परे है।

सौवीं बार उस सुबह कचहरी में दाखिल होने के बाद, सनी ने कला को अपनी ओर ध्यान से देखते हुए पाया। उनकी आँखें एक शिकारी की तरह अपने शिकार को देख रही थीं, वह टकटकी सनी की देह में छेद कर रही थी।

सनी के वकील पी.के. डांग ने बहस करते हुए कहा कि के.डी. पर उसका हमला पूर्व नियोजित नहीं था, लेकिन खुद की सुरक्षा के लिए ड्रग, जिसे खुद पीड़ित ने दी थी, के प्रभाव में यह कदम उठाया गया था। उन्होंने बहस की कि सनी के मैनेजर ने धोखे से उसे डांस पार्टी में जाने के लिए मजबूर कर उसे ऐसी स्थिति में डाल दिया। कोर्ट की दूसरी तरफ बैठे विष्णु का चेहरा सफेद पड़ गया। सुहाना ने अपने आप को कँपकँपाहट से रोकने के लिए अपने पिता का हाथ कसकर पकड़ लिया।

'सनी, निर्दयता और क्रूरता को किसी भी माप से परे देख रही थी, वह उस शारीरिक अवस्था में थी, जहाँ उसे सिर्फ एक भेदी, आक्रामक नजर के साथ अपनी पवित्रता से मुक्त किया जा सकता है, नफरत आपको पागल कर सकती है, जैसे प्रेम में पागलपन की भावनाएँ होती हैं।' सूरज की रोशनी एक ऊँची खिड़की, जिसके चारों ओर सुंदर लकड़ी के पैनल के पालिश पेटिना की रोशनी से प्रवाहित होती है। उसने जज के गंजे सिर पर नजर डाली। यह कई हफ्तों में तीसरी बार था, जब अभियोजक और पी.के. डांग ने संदिग्ध को पागल घोषित करनेवाला अपना भोंपू बंद कर दिया था और इसलिए उनके समय को जेल से बचाने में असमर्थ हो गए थे।

'वह भी बहुत समझदार थी और उससे भी बदतर वह अपने भले के लिए

वह बहुत चालाक है। यह पागल नहीं है, हालाँकि शिद्दत से मिस्टर डांग हमें यह विश्वास दिलवाना चाहते हैं...'

टिप्पणियों से अप्रभावित, डांग के नाटकीयता के साथ, अभियोजक के पक्ष में दृढ़ संकल्प के साथ चले गए, उनका कोट उनकी बाँह पर लटका हुआ था।

'मेरी राय में सुनहरी कश्यप उर्फ सनी दूसरों के लिए उतनी ही खतरनाक है, जितनी खुद के लिए और जेल शायद उसके पुनर्वास के लिए अधिक अच्छा वातावरण नहीं है।' उसने सहजता से चिल्लाना बंद किया।

न्यायाधीश की आँखों में परिचित दृष्टि और अभियोजक की आँखों में छिपे हुए संदेह के धीरे-धीरे बनने पर एक आत्मसंतुष्टि तेजी से महसूस हो रही थी। अभियोजक उपहास से आगे बढ़ा, 'क्या तुम सच में एक ऐसी लड़की के बारे में सोचते हो, जो किसी आदमी की हत्या करती हो, उसे जेल में नहीं होना चाहिए?' उसने चुनौती दी, उसकी टिकी हुई निगाह जूरी का चेहरा खोज रही थी।

'मैं शायद ही इसकी गवाही देता, लेकिन यह सच नहीं है।'

डांग की आवाज चुनौतीपूर्ण और अभिमानी थी, तभी अभियोजक उनका रास्ता रोकते हुए आगे बढ़ा।

'आपको अपने मुवक्किल को पागल घोषित करने और उन्हें अस्पताल भेजने की आदत है।' उसने धीरे से कहा, उसकी आवाज से कटाक्ष टपक रहा था।

'मुझे सच्चाई का साथ देने की आदत है।' डांग ने जवाब दिया

'क्या हम इस दिखावे को जारी रखेंगे?'

'आरोपी को जाने देने से आप कानूनी व्यवस्था का मखौल उड़ा रहे हैं? मामला चल रहा है। प्रतिवादी के खिलाफ केस जाने लगा, तब अचानक श्री डांग आदत से मजबूर एक प्राणी, पेंगुइन की तरह शोर करना शुरू कर देते हैं, गवाह को बुलाते हुए प्रतिवादी की कुरसी के नीचे से सब्जियाँ खींचते हुए गवाह के पालतू को प्रमाण देने के लिए बुलाते हैं। शायद वह समय को रोक रहा है, जब एक सहयोगी आरोपित को सही दिशा में दिखाने के लिए सबूत खोजने की कोशिश करता है या शायद वह अंत में बस वह मामले के तनाव को व्यवस्थित करते हैं।' अदालत भड़क उठी और इसलिए वकील और न्यायाधीश ने बचाव

किया। इसके बाद पूरे हँगामे में जज की यह कहती हुई आवाज बमुश्किल सुनी जा सकी।

'कुछ भी नहीं कह पाने की अधिक संभावना के चलते गंभीर रूप से अनुशासित रहें, यदि ऐसा नहीं हुआ तो जैसे ही बार एसोसिएशन एथिक्स पैनल ने इस बारे में सुना।' पूरी तरह से सन्नाटा था

'मुसकराना बंद करो तुम वेश्या!' जब अदालत में कला की चीख ने काररवाई में रुकावट पैदा की, 'देखो इसके चेहरे पर। शर्म की कोई बात नहीं है। जबकि तेरी माँ भी एक वेश्या थी, वेश्या की औलाद···'

'इस कोर्ट में यह क्या हो रहा है? कला की भड़ास देख कोर्ट में हँगामा होने से नाराज न्यायाधीश ने कला को तुरंत अदालत से बाहर ले जाने का आदेश दिया। एक नरम आवाज ने अराजकता तोड़ दी, सनी मुसकरा रही थी, उसने कहा, 'जब वह गले लगाती है, आपका हृदय पत्थर में बदल जाता है, रात में तब वह आती है, जब तुम अकेले होते हो और तब वह फुसफुसाती है, तुम्हारा खून ठंडा होने लगता है, बेहतर है छुप जाओ, इससे पहले ही वह तुम्हें ढूँढ़ ले।' एक ठंडी आवाज में सनी ने कला को ताना मारा।

अब पूरा हँगामा हो गया।

'आप अदालत में इस तरह से बात नहीं कर सकते।' जज लाल हो गए थे।

'जरा शैतान की बेटी को देखो, जरा इसकी तरफ देखो, वह है, वह चुड़ैल तब्बू है।' कला चिल्लाई। उसकी आँखों से पागलपन टपक रहा था, उसके चेहरे पर एक पतला लाल घाव साफ दिखाई देने लगा।

कोर्ट के आदेश से कर्मचारी कला की ओर बढ़े, लेकिन उस दीवानी महिला की सजगता बहुत तेज साबित हुई। वह उनके पास से भागी और इससे पहले कि कोई उसे रोक पाता, उसने लपककर सनी के गाल पर थप्पड़ मार दिया।

थप्पड़ का शोर कोर्ट के कॉरिडोर के चारों ओर गूँज उठा। चेहरे पर चोट लगने से गहरे बैंगनी रंग की धारी सनी के चेहरे पर फैल गई। कमरे में एक तीखी अस्पष्ट चीख सुनाई दी और एक पल के लिए सभी लोग कला को घूरते रहे।

उसके अंदर कुछ टूट गया था।

'ऑर्डर! साइलेंस, साइलेंस! गार्ड!'

विशेष न्यायिक दंडाधिकारी ने अगले महीने तक सनी की जमानत खारिज की और तब तक उसे पुलिस हिरासत में रहना था। जिस लड़की ने दो बार जमानत याचिका दायर की थी, उसे ठुकरा दिया था, उसके लिए कोई रियायत नहीं थी।

उसे वापस भीशा जेल की 36 बैरक में भेज दिया गया था।

□

सड़ी हुई गरमी

उसने सोचा, उसे काफी देर तक की सजा मिली है। पक्षी एक साथ झुक रहे थे और अस्वीकृति से उसे देखते रहे। जहाँ वह खड़ी थी, वहाँ गंदी मिट्टी के छोटे-छोटे टुकड़े थे। अब तीन से अधिक समय हो चुका था। छह साल की सनी बगीचे की घुटन भरी गरमी में तीन घंटे से अधिक समय से खड़ी थी, उसे बिस्तर गीला करने की सजा मिली थी। सूरज की तेज किरणें उसे गरमी में झुलसा रही थीं। सूरज का प्रहार उसे चुभ रहा था, लेकिन उसने सोच लिया था कि वह वहाँ से नहीं हिलेगी।

उसके पापा इसी हालत में उसे ढूँढ़ेंगे, उसने हठपूर्वक कसम खाई। पसीना जो उसकी गरदन के पिछले हिस्से में जमा हो गया था, अब वापस उसके नितंब की दरार में और फिर उसकी जाँघों के नीचे गिर रहा था।

पसीने के जाँघों तक पहुँचने तक सनी हमेशा इंतजार करती थी, गरम द्रव से उसकी जाँघों को बीच-बीच में रगड़ने की उसकी आदत थी··यह अच्छा अहसास दिलाता है, क्योंकि वह जानती थी कि सजा के लंबे घंटों में चोरी करने के पाप पर उसकी सौतेली माँ और अधिक नाराज होगी। उसके सामने ही कला अपनी डार्क वुड रॉकिंग चेयर पर बिना रुके बुनाई कर रही थी।

उसकी सौतेली माँ के हाथों से लगी हुई सुइयाँ उसके चारों ओर हवा को खतरनाक गति से भेद रही हैं। उसकी नजर नन्ही सनी पर टिकी है, वे रेशमी कपड़ों पर अजीब पैटर्न बना रही थीं, उसकी सुइयाँ चलती जा रही थीं।

अटैक स्प्लिस कट, अटैक स्पिन कट स्प्लिस

जब रेशम खत्म हो गया तो वे नीच कपास पर सुइयाँ चलाने लगीं, उनकी

उँगलियाँ निश्चितता से चक्कर काटती हैं।

रूई की आकृति को इस तरह की गति के साथ ढाला जा सकता है, मानो वह निर्भीकता के कच्चे कपड़े के वास्तविक सार को बाहर निकालना चाहती थी¨

स्प्लिस-स्प्लिस कट्ट अटैक-अटैक

जब कला बुनाई और सिलाई शुरू करती सनी हमेशा डर जाती और अपना अँगूठा चूसने लगती। लेकिन समय के साथ सनी कल्पना करने लगी कि वह सुइयों की भाषा समझती थी। उसने कल्पना की कि नाचनेवाली सुइयाँ उसे कुछ बताने की कोशिश कर रही थीं। उसने कल्पना की वे उसकी दोस्त हैं। वे उसे कला की क्रोधित होने पर तेज फुर्तीले मनःस्थिति के बारे में चेतावनी देती।

शांत होने पर कोमल कैंची से काटती।

कला के भड़कने पर ऊँची-नीची होती। तब वह भागना चाहती।

पेशाब से पत्थर अब नम और काले तथा घिनौने हो चमकने लगे।

सनी को अपनी ही दुर्दशा एक अश्लील, एक ढोंगी पर्यटक की तरह महसूस हुई।

दो साल की डैनी चमकती आँखों से अपनी चारपाई से सनी को देख रही थीं। सनी ने उगते हुए सूरज से आँखें बंद होने के आवेग का विरोध किया। वह बहुत बुरे को घटते हुए देखना चाहती थी, लेकिन ऐसा कभी नहीं हुआ। सन्नाटा गुस्से से बैठ गया, बगीचे के पक्षियों को और भी उदास बना दिया। इस बार उसे सबसे लंबे समय तक सजा दी गई थी, उसने अपने होंठ चबाते हुए सोचा और उसने सोचा कि क्या इस बार कला उसे सारी रात सजा देगी। उसने एक पेड़ के रूप में खुद की कल्पना की। उसने कल्पना की कि उसके पैर धीरे-धीरे लकड़ी के होते जा रहे हैं, और उसकी कोमल त्वचा पपड़ीदार और काली और सख्त हो रही है। शायद वह एक लकड़ी की परी में तब्दील हो रही है। उसने कल्पना की कि उसके पैर जमीन को चूमे जा रहे हैं और उसकी जड़ें बढ़ती जा रही हैं और जब उसकी सजा होनेवाली थी, वह ऐसे मुड़ी, जैसे एक लकड़ी की परी को हिलना चाहिए। लेकिन आज वह अपने पेशाब और पसीने में लथपथ लंबे समय से खड़ी है।

सनी अब लकड़ी की परी या किसी परी की तरह महसूस नहीं करती थी।

उससे ज्यादा वह एक भयानक चुड़ैल की तरह महसूस करती। शायद इसलिए अभी उसे इतनी महक आ रही थी। उसने दोबारा पेशाब को आने दिया। मिट्टी वाला हिस्सा एक खराब शौचालय में बदल दिया था, एक गरम बदबू से लिपटे दलदल में। वह जानती थी कि सजा का कोटा खत्म होने के बाद, उसे इस गंदगी को खुद साफ करना होगा।

लेकिन सिर्फ कला को नाराज करने और नाराज करने से ही हर चीज की भरपाई हो जाएगी। इस बात ने उसे आनंद के रोमांच से भर दिया।

'इस सनी पर इतने बड़े कीड़े पड़े हुए थे, जब मैंने उसे पहली बार देखा था। यह फर्श से कीचड़ उठाकर खाती थी, छोटी जंगली लड़की!' कला ने अपनी बाँहों से इशारा किया, 'इसके पेट में इतने बड़े कीड़े होते थे। वे भीतर से इसे जिंदा खाए जा रहे थे! लगभग अपनी माँ की तरह इसका दिमाग बाहर है।' कला घृणा से कहती, 'गंदी बंदरिया, तुझे अपनी माँ का पागलपन विरासत में मिला है, तुम दोनों ने गंदे कपड़े पहने हुए थे‥और यह सनी इसकी आँतें बाहर लटक रही थीं! तुम दोनों बगीचे में बकवास करती रहती थीं, तेरी पागल माँ ने तुझे शौचालय जैसी चीज के बारे में भी नहीं बताया।'

'तुम्हारी माँ ऐसी थी! दो बच्चों की माँ, जिसके पास मक्कार कामों के लिए समय था! वेश्या को वही मिला, जिसकी वह हकदार थी। छोड़कर चली गई‥मुसीबत‥उसने तुम्हें छोड़ दिया और अपने यार के साथ चली गई।'

कला ने गाली-गलौज की और लड़कियों और उनकी मृत माँ को श्राप दिया। और बस से बाहर होने पर गुस्सा और शत्रुता जुबानी हमलों और गंभीर पिटाई में बदल गया। सनी बगीचे के सबसे अँधेरे और दूर के कोनों में, बिस्तर के नीचे, सोफे के पीछे, अटारी में, स्टोर रूम में शरण लेती थी और वहाँ बैठ जाती थी और अपना अँगूठा चूसती थी और घोंघे की तरह या कर्ल करते भ्रूण की तरह कसी हुई स्थिति में होती, हर समय उसके लंबे बाल उँगली को कर्ल कर रहे होते और कई बार उसके खुद के पेशाब के गरम शोरबा में भीग रहे होते। जब कला उसे पकड़ लेती तो वह बच्ची डर से गूँगी हो जाती। हालत तब और खराब हो गए, जब सनी को बिस्तर गीला करने की आदत पड़ गई, कला ने उसे

सजा देने के लिए भयानक तरीके खोजे। उसे सनी को सजा देने में विशेष आनंद आने लगा, शायद अपनी खास खूबसूरती से पागल होकर जिसने सभी को तब्बू की बहुत हद तक याद दिला दी, उसे घंटों भूखा रखने के अलावा दूध न देना, उसे हर समय कड़वे टॉनिक पिलाना, बच्चियों की माँ को गाली-गलौज करते हुए कला ने पहले से ही पीड़ित बच्ची को डराने के लिए मारना शुरू कर दिया।

जब सबकुछ विफल हो गया तो उस स्त्री ने सनी को ठीक करने के लिए और भी घिनौने तरीके अपनाए। *वह बच्ची की योनि में मिर्च मलती रही, जब तक वह पीड़ा से चिल्लाने नहीं लगती। कभी-कभी उसने सनी के पेशाब से लथपथ गद्दे पर उबले हुए चावल फेंके और उसे वे चावल खिलाए। डर से पीड़ित बच्ची समझ नहीं सकी कि उसे मूत्र में सने गद्दे पर छिड़के चावल क्यों खिलाए जा रहे हैं और वह दिन में भी अपना बिस्तर गीला करने लगी। ऐसा होता रहता, यदि सुहाना ने विष्णु से इसकी शिकायत नहीं की होती तो हालत और खराब हो जाती। पिता के वापस आने के बाद डरी-सहमी बच्चियाँ वहाँ छिप गईं।*

अपने कानों पर हाथ रखकर कला की भेदी चीखों की आवाज को रोकती, 'मैं मीडिया, पत्रिकाओं से बात करूँगी। वे फिर तुम्हारे बारे में लिखेंगे, अब उन्होंने फिर तुम्हारी फिल्मों के बारे में लिखना बंद कर दिया है। तुम फिर से प्रसिद्ध हो जाओगे! तुम और तुम्हारी जंगली बंदर लड़कियाँ।'

कला उन्माद में बेशर्मी से अपने स्तनों को पीट रही थी, उसके मुँह से झाग निकल रहा था, उसकी यह स्थिति जुड़वाँ बच्चों को डरानेवाले बुखार में और उनके पिता को लंबी चुप्पी में डाल रही थी। उसकी आक्रामक नफरत और हिंसक व्यवहार ने विष्णु को बहुत डरा दिया। वह आखिरी चीज थी, जब उन्होंने देखा कि सनी फर्श से मिट्टी खा रही है और बैठी हुई है और बगीचे में बैठ प्रलाप कर रही है। बस वे इससे अधिक नहीं देख सके और बीना से मदद के लिए कहा।

वृद्ध बीना ने अपने भतीजे कालिदास को उसकी बहन कला की सहायता के लिए भेज दिया, लेकिन तब जो बात साफ थी, वह थी—गंदी और अपने उलझे हुए बालों से सनी को बेदाग, सब उलझा हुआ गड़गड़ाहट और सुनहरी

आँखों और गंदे कपड़ों को परेशान करना, कीचड़ खाना दिन में फर्श से उतरना और रातों में फर्श को गीला करना, एक असामान्य परेशान करनेवाली सुंदरता में बदलना। यह साफ था कि सनी उस प्राणी, जो उसकी माँ थी, की कार्बन कॉपी बन रही थी।

25

'सलाह देना कोई गधापना है। सलाह हर किसी के पास है।'

अपने समूह के अधीनस्थों में से एक अधिकारी ने डींग मारी, वह अपनी सहजता से की गई मसखरी से खुश दिख रहा था।

'लड़के, यह यहाँ है। यहीं पर जहाँ डर है।' उसने खुशी से कहा।

अपने सिर पर अपनी ठूँठदार अनामिका की ओर इशारा करते हुए नए रंगरूटों ने उसकी बात बड़े ध्यान से सुनी।

'मैं कहता हूँ कि पुलिस में एकमात्र खाकी की दौड़ है,' वे बोलते रहे। ए.सी.पी. भोंसले ने आँखें मूँद लीं और पुलिसकर्मियों के समूह से दूर धुएँ से भरे ऑफिसर मैस के कोने में आखिरी खाली जगह में चले गए, अभी मंगलवार की रात थी, लेकिन यहाँ इसके अंदर हमेशा क्रिकेट मैच शनिवार को होता था।

चिकन बर्गर की महक बहुत तेज थी और वह मुश्किल से जलते तेल की बदबू के बीच साँस ले पा रहे थे। उन्हें आश्चर्य हुआ। कैफे ने डिब्बे लगाने की जहमत क्यों उठाई।

उनका उपयोग करने के लिए कोई इच्छुक नहीं था। कोई खाली टेबल न देखकर उन्होंने अपना खाना ऑर्डर करने के लिए नीचे का रास्ता चुना। वह युवा लड़का, जो अपनी उम्र से अधिक लग रहा था, थका हुआ, संसार भर का उबाऊ, रसहीन। एक बड़ा वेज-बर्गर, बड़ी फ्राइज और एक चॉकलेट मिल्कशेक का ऑर्डर आ गया था। कबीर ने बेमनपन से तुरंत अपने मुँह में फ्रेंच फ्राई रख ली। यह दिखने में जितनी खराब थी, उतनी ही स्वाद में भी। चिकनी, सेहत के लिए खराब। लेकिन ए.सी.पी. कबीर भोंसले ने स्वयं को हलका महसूस किया क्योंकि इस घटिया जगह ने उसका ध्यान कुछ देर के लिए मामले से हटा दिया था। आभारी महसूस किया कि घटिया जगह ने मामले से उसका

ध्यान भले ही कुछ देर के लिए हटा लिया था।

ओपन एंड शट केस में गहन जाँच के केवल भ्रमित करनेवाले परिणाम मिले थे। मीडिया की गहन छानबीन ने इस मामले की गति को प्रदर्शित करने के लिए उनकी टीम पर दबाव को दुगना कर दिया था।

कबीर भोंसले ने मामले के लिए कठोर और पूरी तरह से कदम-दर-कदम अपने दृष्टिकोण को काफी तीथा किया था।

लेकिन अदालत की सुनवाई ने उन्हें और उसके सहयोगियों को नाराज करके रख दिया था। उन्हें न्यायालयों के नए प्रारूप के आधार पर एक दोबारा से काम किए सारांश का लेआउट प्रस्तुत करने के लिए कहा गया था। अब कोर्ट में प्रस्तुतीकरण और क्राइम सीन और घटना के घटने की कड़ियों को समयानुसार, बिना किसी राय के, बिना विश्लेषण या पूर्वग्रह से इनकार के बिना किसी उपसंहार के, अपराध के स्थान पर कड़ी निगरानी के दस्तावेजीकरण के कागजात, फिर से लिखे गए नोट्स, हत्या के पीछे की नियत का फिर से निरीक्षण करना था, कबीर इस मामले को लेकर निश्चित नहीं थे। कबीर को विश्वास था कि इस मामले में विशेष रूप से प्रगति के किए एक ही रास्ता बना सकता है कि उन लोगों को दूर कर दिया जाए, जिनका हत्या से कोई संबंध नहीं था।

यह सख्त कानून नहीं था, लेकिन उसने कालिदास के मामले और उस पर सभी आधिकारिक दस्तावेजों की फोटोकॉपी कर ली थी, उन्होंने हर विवरण को स्कैन कर लिया था, जो तथ्य उसके मस्तिष्क में जमे हुए थे। उनकी टीम घंटों की गिनती करना भूल चुकी थी, जो उन्होंने खराब लिखाई वाले नोट्स, खाता संख्या की सामग्री, चेकों के ठूँठ और भोजन संबंधी परचियाँ उसके अपार्टमेंट में बॉयलर के पीछे छिपे हुए बक्से के पहाड़ में से छानने में बिताए थे।

कोर्ट की सुनवाई के लिए सबकुछ एक बुरे सपने जैसा साबित हो रहा था। सभी सूचनाओं का नए लेआउट से दोबारा काम करना कठिन था और इस बात को लेकर कोई आश्चर्य नहीं कि अधिक काम करनेवाली उनकी टीम इस समय दुःखी और घिनौने लोगों से भरी हुई थी।

लंबे समय से काम करते सुस्त-जबड़े और बेदम चेहरे, शिंदे ने चेज लाउंज पर अपने कंधे झुका लिये और वह सो गया।

'यह सो क्यों रहा है?'

'डबल शिफ्ट, काम रुकने से कुछ ही घंटे पहले अगली पाली शुरू होती है।' होल्कर ने कहा।

'उसे उठने के लिए कहो। नहा ले, खाना खाओ और काम के लिए वापस आ जाओ''शिंदे, चल उठ!'

शिंदे तुरंत जाग गए, साथ में लगे रसोईघर में गए और खुद ही भुना हुआ दलिया और दूध का कटोरा लिया और साँस पकड़ने से पहले जोर-जोर से अनाज को उसके मुँह में डालने से पहले रुक गए। इसके जवाब में होल्कर रेफ्रिजरेटर के पास दौड़े चले गए, संतरे के रस का एक कंटेनर लिया और लालच से एक बड़ा घूँट किया और गत्ते के डिब्बे को अपने लिए रख लिया।

'क्षमा करें भोंसले सर।'

'माफी नहीं मिलेगी।'

'मनुष्य को पेशाब करने के लिए क्षमा नहीं किया जा सकता?'

'आपको कहना चाहिए कि पेशाब कर लो।'

'लीक''पेशाब या पिशाब''मतलब मूतने से है। जाऊँ सर श्रीमान''।'

कबीर को किसी भी तरह से परेशान नहीं किया जा सकता था।

'हाल ही में मुझसे पंद्रह साल पहले के एक मृत केस की जाँच पर राय देने को कहा गया था। डैनी का मामला। मैं एक नजर डालने के लिए सहमत हो गया। अपराध स्थल की हर चीज पर नजर डालने के लिए अपनी व्याख्या देने में सहमत हो गया। मैंने मूल फाइलों से रिपोर्ट और तसवीरों के लिए का आदेश दिया। आप देखिए उन्होंने मुझे क्या भेजा? एक छोटे से पैराग्राफ की कहानी!'

कबीर ने अपने कंधे उचकाए और तब तक ठंडा हो चुका बर्गर और गुनगुनी फिजजी का टुकड़ा लिया।

'सर, पनवेल फार्महाउस लॉकर की चीजें।'

'कुछ मिला?'

'वही चीज, लड़कियों और लड़कों की नग्न तसवीरें और डैनी की बहुत सारी तसवीरें। उसकी भतीजी डैनी याद है?'

'हाँ, मुझे डैनी याद है।' भोंसले ने तसवीरों, टेपों और निजी पत्रों के फेंक

दिए गए विशाल भंडार पर ध्यान दिया।

एक पल के लिए रुकते हुए, कबीर ने डैनी के चित्र को तीन, पाँच, दस के बच्चे के रूप में सोचा। बचपन में भी यह साफ था कि उसके पास असामान्य सुंदरता थी, जो दरशा रही थी कि वह कभी अभिनेत्री बनेगी और अब तक देखे गए सबसे तराशे हुए सिरों में से एक थी वह।

अफसर को इस बात ने हैरान किया कि अभिनेत्री अपनी किशोरावस्था में कुछ अधिक ही छोटी दिखती थी।

एक पीले चेहरेवाला कार्यालय में काम करनेवाला लड़का बिना सोचे-समझे कमरे में घुस गया और यह पता लगाने की कोशिश करने लगा कि पहले से भरी हुई मेज पर और सीलबंद पैकेट कहाँ पर रखे जाएँ।

'अबे, क्या और भी सामान है? कमीने इसे मेज पर रख दे, पहले मुझे यह बकवास खत्म करने दे।'

'कुछ खास?'

'भोंसड़ी का···लड़के की तसवीरें, लड़की की तसवीरें और भी ठाठ-बाट···विकृत साला···चेक के टुकड़े, स्टूडियो के पते वाले कागजात, निर्माताओं के विवरण, बहुत सारी बेकार जानकारी।'

'आप जानते हैं कि टीवी पर क्या चला रहे हैं?'

'के.डी. की हत्या की वजह को लेकर मीडिया में तैर रही कुछ शानदार थ्योरी···ताजा यह है कि शराब की नाजायज बिक्री में उसका झगड़ा हो गया था!'

'एक बात पक्की है। उन लोगों की कभी न खत्म न होनेवाली लिस्ट है, जो श्रीमान अलोकप्रिय के साथ हिस्सा चाहते थे। एकमात्र जीवित खून की रिश्तेदार, जिसे के.डी. अपने पीछे छोड़ गया है, वह उसकी साइको बहन कला है। उसका बिजनेस पार्टनर सिल्की नाराज है और उसने बावलों को भी परेशान किया है।' कबीर के सामने पड़ी हुई सारी चीजें अपनी छुपी हुई सच्चाइयों से उसे ताना मार रही थीं और आश्चर्य कर रही थी कि वह क्या स्थापित करने में सफल रहा? अधीरता से उसके कार्यालय के पतले से लड़के को हाथ लहराकर बुलाया और उसे मेज पर और कूरियर पैकट को डंप करने का संकेत दिए और तुरंत ही उसे

लड़के पर छींटाकशी करना बुरा लगा। बेचारा आदमी। क्रोधी पुलिसकर्मियों से भरे हुए स्टेशन में देर रात की शिफ्ट कोई समुन्द्र तट की सैर नहीं थी।

वे सभी तड़क-भड़क और थके हुए और गुस्से में सारांश को फिर से तैयार करने, वे सभी केवल इतना करना चाहते थे कि मैदान में कठोर प्रहार करें, मामले को तोड़ें और घर जाए। जरूरी नहीं कि इसी क्रम में करें।

'हे लड़के! वापस चलें। थोड़ी चाय पीएँ। उसे थोड़ी चाय और पकौड़े दो। पतला पेसटी जैसे चेहरेवाला लड़का, खाकी में बहुत सारे गुस्सैल पुरुष, जो नरक की तरह परेशान थे, को देखकर सकते में आया हुआ दिख रहा था। यह अंतिम जगह थी, जहाँ वह रहना चाहता था।

'लड़के, डरो मत।'

'यह लो चाय, ठीक है। यह पैसे लो और कुछ खाने के लिए खुद खरीदो। और यह एक आदेश है।' उसके आदमियों ने कहा।

लड़के ने ए.सी.पी. भोंसले के हाथ से पैसे लगभग छीने और कमरे से बाहर हो गया।

'पीछे हटो⋯! बेचारा बेवजह डर गया।'

'अरे, मुझे एक चाकू दे दो। हरामजादे यह टाइट है, अक्षर भी चेन लगाकर भेजेंगे।'

कबीर ने बची हुई आखिरी गठरी से जोर-आजमाइश की और आखिर में उसे खोलने में कामयाब रहे। और अधिक तसवीरें। शिट।

'अरे! यह क्या है?'

कबीर ने तसवीरों को देखा, लेकिन कुछ समय के लिए उन्हें कुछ समझ में नहीं आया। एक पल के लिए वे स्तब्ध बैठे, समझने की कोशिश कर रहे थे कि वे क्या देख रहे हैं। फिर एक जोरदार गाली से ए.सी.पी. कबीर भोंसले ने कमरे में साथ मौजूद लोगों को चौंका दिया।

टीम ने उन्हें चिल्लाते हुए दरबान से ऑफिस के लड़के को रोकने के लिए कमरे से बाहर बहुत तेज भागते हुए देखा। लेकिन वह पतला लड़का अँधेरे में गायब हो गया था।

'हे, उसे लेकर आओ! उस लड़के को ढूँढ़, उसे लेकर आओ!! उसकी

तलाश करो, हरमजादा दूर नहीं गया होगा¨।'

सिस्टर सचा, साँचे में पिघलकर सड़क के उस पार खड़ी थी और रात भर
ए.सी.पी. को ट्रैफिक और गिरती बारिश में घूर रही थी। किसी ने पतली सफेद
चेहरेवाली लड़की पर ध्यान नहीं दिया, जो वेटिंग टैक्सी की पिछली सीट पर
सिकुड़ी देखकर सहमकर पीछे हट गई, जो उसके बीच एक पुरानी सुरंग के
जरिए एक अचिह्नित गली के दो भवनों के आपूर्ति के ढेर से उसका मार्गदर्शन
कर रही थी। उन्होंने भरे हुए डंपस्टरों को पार किया, एक अनिश्चित सड़क
और टैक्सी पर रिम और भित्तिचित्र वाली दीवारें, कारचालक कुछ संदिग्ध लग
रहा था।

'मैडम, आपको इधर ही जाना? यहाँ क्या है? बारिश सबकुछ बिगाड़ने
पर तुली थी, लेकिन वह रास्ते को, खासतौर पर घर को पहचान सकती थी।
मुझे रास्ता पता है। रास्ता आगे से है। एक रास्ता यहाँ से है।' दरार के माध्यम
से बुनाई का एक और चौथाई मील में दरार के जरिए डामर और गंदगी से
भरी सड़कें, मुड़ी हुई गली और मुड़ी हुई दूसरी गली में बाईं ओर एक कार
उसका यात्री इंतजार कर रही थी। टैक्सी ड्राइवर ने पैसे से भरे हाथों को देखा
कि लड़की इंतजार कर रही कार में सवार हो गई, जो तेजी से भागी। उसने
देखा कि फ्लाईओवर और फिल्म होर्डिंग्स और रात में उदासीनता से भीड़ और
मनोविकृतकारी शहर की रोशनी उसके पीछे, वहाँ तक सिर्फ आसमान और पेड़
थे और सुदूर उत्तर में स्मॉग-ग्लेजेड पर्वतों की रूपरेखा। वह शहर से बाहर नहीं
निकल सकती थी काफी तेजी से, वह शहर जिसने उसकी पहचान को चूस
लिया था। एक और जीवन की यादें वापस दौड़ती हुई आईं। एक और जीवन
का समय।

जब इन्हीं होर्डिंग्स पर उनका चेहरा लिपटा हुआ था। वे उसे डैनी कहते
थे। डैनी द ड्रीम गर्ल।

उसने कसम खाई थी कि वह कभी पीछे मुड़कर नहीं देखेगी और उसने
कभी नहीं देखा। एक पल के लिए अपने फैसले पर वह पछताई। आखिर में वह
शांति से थी। वह लड़की, जो कई साल पहले अनतता आश्रम में आई थी, जीवन
में आगे बढ़ गई थी। उसने अपने कॅरियर, अपने परिवार और अपनी पहचान को

पीछे छोड़ दिया था। उसने सोचा था कि वह अपना अतीत भूल गई है, लेकिन यह सभी एक ही कमजोर पल में वापस भागते हुए चले आए थे।

हमेशा असहायता की भावना का लगातार अभिनय। कभी नहीं हो पाना।

डैनी कभी भी अभिनेत्री नहीं बनना चाहती थीं, लेकिन उसके शुरुआती बचपन की यादें टैल्कम पाउडर, पेंट, लिपस्टिक, आईशैडो, कपड़े और इत्र की थी। वह परफ्यूम की आकर्षित खूशबू की महक से नफरत करती थी, उसके कपड़े हमेशा लाजवाब लगते थे।

हमेशा पुती हुई और अच्छी तरह से रँगी हुई। उसकी माँ कला इस वंडर बेबी के लिए कुछ कम आश्चर्य नहीं थी। उसके लिए यह बात साफ थी कि वह अपनी बेटी को सुपरस्टार बनते हुए देखना चाहती थी और उसे अकसर सत्तर के दशक की ड्रीम गर्ल अपनी शानदार मौसी बीना के किस्से सुनाती थी, केवल यही वह समय था, जब उसने अपनी माँ को अपने पिता के प्रति घृणा और अपनी दो सौतेली बहनों को कोसते हुए गुस्सा चबाते हुए नहीं देखा।

और डैनी ने अपनी माँ की गहन आकांक्षाओं को पूरा किया।

तीन से आठ साल की उम्र में डैनी सबसे ज्यादा प्यारा और अनूठी आकर्षक चाइल्ड स्टार थी, काफी पैसा कमानेवाली। उसके पास काफी बड़ी फिल्में थीं और वह सुपरस्टार्स के साथ काम कर रही थी।

बेबी डैनी ने कई फिल्म के लिए पुरस्कार जीते और कई जुबली फिल्मों में लिटल क्वीन बनी; छोटी राजकुमारी, जिसने सुनहरे कपड़े पहने हुए थे। उसे चॉकलेट और कोकाकोला दिया जाता, ताकि वह सुंदर मुसकान दे सके। अपने कॅरियर के चरम पर उसने प्रति फिल्म बीस लाख रुपए से अधिक कमाए। वह एक चाइल्ड स्टार के लिए बहुत ज्यादा पैसे थे।

एक योजना मन में लिये कला ने यह तय किया कि 'बेबी' लंबे समय तक दस साल तक नहीं पहुँच पाए और डैनी बच्चे के कपड़ों, बालों में चोटी और रिबन में काफी लंबे समय तक घूमती रही। वह जिस चीज से सबसे ज्यादा नफरत करती थी, वह थी—कठिन खाना, उसे हलका उबला हुआ खाना दिया जाता था, ताकि उसका चेहरा और शरीर बढ़िया तथा इंफेक्शन से दूर रहे। लेकिन उसने विज्ञान पाठ्यक्रम लिया और फिर बेचैन कला, बच्ची की स्क्रीन

मौत से डरने लगी और फिर उसके लिए फिल्मों के ऑफर कम होते गए, 'बेबी' डैनी की छाती को स्तन के विकास को रोकने के लिए रिबन के फ्लैट स्ट्रिपस बाँधे जाने लगे। लेकिन सच्चाई यह थी कि प्यारी वंडर बच्ची हमेशा बदलती रही और वहाँ चारों ओर हमेशा पूरी तरह से विकसित होनेवाले बच्चे थे।

एक बाल कलाकार के रूप में बेबी डैनी का कॅरियर ग्यारह साल के बाद खत्म हो गया। बाद में कुछ टीवी शो और एक रियलिटी शो में भूतिया हस्ती बनने की कगार पर वह चल रही थी, जब अचानक ड्रीम स्टार द्वारा उसे खोजा गया। कैमरे का अप्रत्याशित रूप जिस जादुई तरीके से उसके बदले हुए चेहरे से प्यार करने लगा था।

कैमरे ने उसके ऑफस्क्रीन पेस्टी चेहरे और दुबले-पतले रूप को बदलकर सबसे सम्मोहक और संवेदनशील चेहरे में बदल दिया, जिन्हें स्क्रीन ने लंबे समय में देखा था। जादुई रूप से डैनी द वंडर बेबी से डैनी द ड्रीम गर्ल में तब्दील हो गई थी।

दर्शकों को उसकी चुंबकीय आभा ने आकर्षित किया था और जब उसकी पहली फिल्म हिट साबित हुई, तब उसने ड्रीम स्टार के साथ तीन फिल्मों का अनुबंध किया। दुनिया उसके कदमों में थी। स्टूडियो ने सुनिश्चित किया कि वह अपनी माँ के साथ से अलग हो, उसके पास काफी रुपए थे। अब डैनी के काम खातों को सँभालने के लिए संचालक एवं सक्रेटरी की नियुक्ति की गई। उसने मुंबई के सबसे खूबसूरत हिस्से में आलीशान घर बनाया। अब डैनी प्रोड्यूसर और स्टूडियो को खुश करने में लगी हुई थी और इस काम में वह अच्छी थी। हमेशा अभिनय करती हुई। कभी खुद में नहीं रहती थी वह। जब तक कि उसे प्यार नहीं हो गया।

जब डैनी को पहली बार प्यार का पता चला तो उसे अहसास हुआ कि पुरुष के छूने से वह कितनी नफरत करती थी। उनके छूने से उसे नफरत थी। कितनी देर तक वह बिना भावनाओं के कठपुतली की तरह चलती रही, उसने सोचा कि वे भावनाएँ, जोकि उसे किसी पुरुष के लिए महसूस करनी चाहिए।

सच तो यह था कि उसने पुरुषों के लिए कभी कुछ महसूस नहीं किया था। जिस दिन उसने देखा कि मोनालिसा अपनी फिल्म के सेट पर पसीने से तरबतर

हो गईं, उसके घुटने काँपने लगे, उसका दिल पागलों की तरह धड़कने लगा। एक पल के लिए वह डर गई। उसे लगा कि उसे दिल का दौरा पड़ रहा है, तब तक मोनालिसा ने डैनी को देख लिया था, वह मुसकराई और वह गरम और पूरी तरह से भरी हुई महसूस कर रही थी। उसे याद आया कि वह इतनी खुश थी कि उसने अपने नए नायक प्रिंस सुलेमान कपूर, सुंदर युवा सपनों का राजकुमार के साथ परफेक्ट शॉट दिया। उसे स्टैंडिंग ओवेशन मिला। यहाँ तक कि खुद प्रिंस भी ऐसा करनेवालों में शामिल था और वह खुश थी।

हरी आँखोंवाली मोनालिसा अब तक की देखी गई सबसे खूबसूरत लड़की थी। उसकी बिस्कुए डॉल जीवंत हो उठी है। उसे अपनी आँखों पर विश्वास नहीं हो रहा था।

डैनी को जल्दी से पता चला कि कांस्य की अप्सरा मोनालिसा एक पंद्रह वर्षीय मॉडल है, जिसे स्टूडियो द्वारा के.डी. की एजेंसी से एक छोटे से आइटम नंबर के लिए लिया गया था। उनका पहला लव सीन सरासर जादू था। वे एक-दूसरे के कपड़े फाड़ते हुए एक-दूसरे को चूम रहे थे। एक-दूसरे को डटकर प्रेम करते हुए।

मोनालिसा के नाजुक शरीर में गजब की ताकत थी और वह अप्रत्याशित साहस के साथ प्यार को लौटा रही थी। जल्द ही वे भीड़ में दो खुशहाल प्रेमी हो गई थे। उन्होंने बॉलीवुड में नामुमकिन को मैनेज कर लिया।

वे अपने अफेयर को सीक्रेट रखने में कामयाब रहीं। उन पर किसी को शक नहीं हुआ और डैनी तथा मोनालिसा ने एक-दूसरे के लिए अपने दिल के करीब अपना प्यार बनाए रखा। एक सुपरहिट फिल्म के बाद, ड्रीम स्टार स्टूडियो ने डैनी के साथ अपनी अगली दो बड़ी फिल्मों की शूटिंग शुरू कर दी थी, प्रोमो रिलीज हो गए थे। वह दुनिया की चोटी पर थी और फिर उसकी दुनिया नीचे गिरने लगी। ड्रीम स्टार स्टूडियोज के संरक्षक को गुप्त रूप से उसकी प्रेमिका के साथ उसके बेलौस प्रेम की शूट की डीवीडी मिली।

वैनिटी वैन में एक-दूसरे से प्यार करतीं डैनी और मोनालिसा।

अपार्टमेंट में, उसके बाथरूम में, उसके निजी पूल में। स्टूडियो को डर था कि अगर उनकी हीरोइन के बारे में सच सामने आया तो प्रिंस सुलेमान कपूर

और उनकी ड्रीम गर्ल की हिट जोड़ी पर सवार करोड़ों की उनकी फिल्मों के लिए कयामत का जादू कर देगा। अभिनेता डर से सकते में आ गया था। उसे डर था कि वह अपने साथ सिनेमाघरों से बाहर अपनी समलैंगिक नायिका के साथ उसकी हूटिंग होगी। सिवाय डैनी के जो सिनेमाघरों में आई अपनी अगली फिल्म से इस डीवीडी से बाहर आ जाएगी, यह सोच रही थी। स्टूडियो ने उसे सख्त नतीजे की चेतावनी दी, लेकिन डैनी ने हस्ताक्षर राशि वापस कर दी।

उसने अपना मन बना लिया था। हालाँकि फिल्म के खत्म होने से दो दिन पहले अंतिम कार्यक्रम में, डैनी को ड्रीम स्टार स्टूडियो में बुलाया गया और उसे दो आदमियों के साथ अपनी नन्ही मोनालिसा का सेक्स टेप दिखाया गया था।

टेप ने कल्पना के लिए कुछ नहीं छोड़ा। यह वह मोनालिसा थी, जिसे उसने पहले कभी नहीं देखा, दो आदमी जुनून से भरे हुए एक अप्सरा को अपने भीतर भरने की कोशिश कर रहे थे। उसके भूखे हाथ उनके शरीर पर तेजी से प्यार की तलाश में थे।

डैनी जम गई। उसकी दुनिया उसी में सिमट गई। वह एक दयनीय शराबी की तरह ऑफिस से बाहर भागी, उसका दिल गरज रहा था, जैसे सच्चाई ने उसे तेजाब की तरह खोज लिया हो।

डैनी की विश्वास पर बनी दुनिया दुर्घटनाग्रस्त हो गई थी। यह सब उसने बार-बार खुद देखा। ड्रीम गर्ल डैनी के किरदार में सीमित कर लिया। विश्वासघात के कारण कठोर होकर डैनी ने मोनालिसा को अपने घर से निकाल दिया और पूरे भारत और विदेशों में फिल्म के प्रचार दौरे के लिए एक व्यस्त कार्यक्रम के लिए चली गई। मोनालिसा उसके जीवन से गायब हो गई। उनकी फिल्म की ओपनिंग डे में काफी धूम मची 30 करोड़ और व्यापार विश्लेषकों ने 100 करोड़ के पार के विकराल कलेक्शन का अनुमान लगाया।

डी.एस. स्टूडियो की जश्न पार्टी के दौरान जब वे डैनी-प्रिंस की हिट जोड़ी के साथ अपने नए प्रोजेक्ट की घोषणा कर रहे थे, तब उसे मोनालिसा का पत्र मिला। यह एक साधारण पी.टी.आर. था, जो मोनालिसा ने अपनी कलाई काटने से पहले लिखा था।

'डैनी, तुमने मुझे शर्मनाक कहा! तुमने मेरी बदनामी देखी और तुमने मुझ

पर आरोप लगाया, वीडियो में दो आदमी मेरे प्रेमी नहीं हैं ''उन्होंने जबरदस्ती
घंटों मेरे साथ बलात्कार किया। तुमने जो देखा, उसमें दो लोग मुझे नोच रहे
थे, मेरे शरीर को लूट रहे थे और उन्होंने मुझे तबाह कर दिया। तुमने मुझे कहा
कि मैं वेश्या हूँ! अंकल के.डी. ने मुझे तुम्हारी वैन में यह कहकर बुलाया गया
था कि तुम मेरा इंतजार कर हो और फिर मुझे पीने के लिए कुछ दिया, जिससे
मेरी ताकत चली गई, वे मेरे शरीर के साथ कुछ भी करने के लिए स्वतंत्र हो
गए। डैनी, मेरा रेप किया गया। उनमें से एक आदमी बहुत शातिर था और मैं
उस शराबी को नहीं भूल सकती, मेरे शरीर पर उसकी शराबी साँस, जब वह
बार-बार मुझे नोच रहा था ''मुझे उन जगहों पर टाँके आए हैं, जिन जगहों की
तुम कल्पना भी नहीं कर सकती। मैं एक प्राइवेट नर्सिंग होम में थी और उम्मीद
करती थी और हर रोज प्रार्थना करती थी कि तुम मेरे लिए आओगी।

'उन्होंने मुझे मेरी रिकॉर्डिंग दिखाई। उन्होंने कहा कि वे सबको बता देंगे
कि वे मेरे प्रेमी हैं। उन्होंने कहा कि तुमने इसका विश्वास कर लिया है। और
तुमने कर लिया। लेकिन अब कोई फर्क नहीं पड़ता, बहुत देर हो चुकी है।

'हमेशा ड्रीम गर्ल बनी रहो—मोनालिसा'

इस सच्चाई के भयानक पलों को डैनी ने बुरी तरह से प्रभावित किया।

अपनी प्रेमिका को बदनाम करने और उसको जिंदगी से बाहर निकालने
की साजिश का सबसे भयानक तरीका। मोनालिसा की घिनौनी कहानी ने डैनी
का दिल जख्मी कर दिया और एक निर्णायक पल में उसने अभिनय न करने का
फैसला कर लिया। बस अब और अभिनय नहीं। ड्रीम गर्ल को मरना होगा। उसने
ड्रीम गर्ल के सपने की हत्या कर दी और जीने चली गई। सिस्टर सच्चा ने अपने
शानदार, सुंदर, लंबे टेरेस गार्डन पैच के बारे में सोचा, जो असाधारण रूप से
खूबसूरत था, वहाँ झींगुरों और मैनाओं के साथ गायन की आवाज गूँज रही थी।
कार से बाहर शहर का काला धुआँ एक फीकी पूर्वी चमक के विभाजन के रूप
में आकाश में साफ हो रहा था। वह जिस ग्रामीण इलाके की लालसा करती थी,
उसकी नरम पीली रोशनी से आती हुई धूसर हवा का पता चला। सिस्टर सच्चा
अनतता के अपने बगीचे में वापस जाने का इंतजार नहीं कर सकती थी।

□

26

दोनों बेहद प्यार में नजर आ रही थीं। निर्वस्त्र डैनी की कई कोणों में उस लड़की के साथ पचास तसवीरें थीं। कबीर ने दोनों लड़कियों की अश्लील तसवीरों को देखा। कोई हरकत नहीं।

'कुछ सेकंड के भीतर ही वह गायब हो गया।'

शिंदे हाँफते हुए दौड़ पड़े, उसके साथ दो पुलिसकर्मी भी उखड़ती साँसों के साथ बाहर आ गए। 'मुझे लगता है, कार उसका इंतजार कर रही थी। एक झटके में वह उड़ गया। वह सिर्फ गली में गया और फिर गायब हो गया।'

'कौन सी कार थी?'

'यह हमारी मुंबई की टैक्सियों में से एक थी।'

'ओह! हैरानी की कोई बात नहीं। यह स्मार्ट था। मेरा मतलब है कि हजारों लोग किसी भी समय सड़कों पर उतरते हैं। आप शायद किसी गलत को देख रहे थे।'

'हरामजादा। मैंने इस बारे नहीं सोचा।'

'फिर से डैनी की तसवीरें? और मुझे लगा कि के.डी. विकृतकामी था, जिसने उसकी तसवीरें भेजीं...और ऐसी तसवीरें!' होल्कर ने शांति से कहा। बाकी पुरुष बस खामोशी से स्तब्ध हो इन तसवीरों को देखते रहे। ए.सी.पी. भोंसले और उनके आदमियों को पता था कि क्या चित्र वही थे, जो वे चाहते थे, तब ये बी-टाउन के सबसे गुप्त रहस्यों में से एक थीं। डैनी, एक ड्रीम गर्ल, समलैंगिक। यह अविश्वसनीय था कि जो नायिका हमेशा मीडिया जाँच के दायरे में रही हो, वह इस तरह का एक विस्फोटक रहस्य छिपाने में सक्षम थी।

'आप देख रहे हैं कि डैनी के साथ वाली लड़की बहुत युवा लग रही हैं, मुश्किल से चौदह साल या उसके आसपास।'

'लेकिन कोई अब हमारे पास इस तरह की चीजें क्यों भेज रहा है, के.डी. की मर्डर की जाँच के बीच में धमाका करने के लिए?'

'जब उससे संबंधित सभी पार्टियों के चेहरे गायब हो गए हैं! जब तक कि हत्या और इसके बीच कोई संबंध न हो?'

'लेकिन बॉलीवुड का इतना बड़ा राज छिपाना बहुत मुश्किल है।' शिंदे ने कहा, उसका मुँह खुलकर लटक गया।

'बिल्कुल। तो शायद किसी को रहस्य का पता चल गया है।'

'तो के.डी. की लसबियन भतीजी का अफेयर है। और अब कोई हमें ये सब सबूत भेज रहा है! किसलिए? इतने सालों के बाद? वह टेप जो इस पैकेट में थी, उसे चलाओ, क्या तुम चलाओगे।' शिंदे टेप के साथ संघर्ष कर रहे थे।

'हरमजादे, शिट, यह नहीं चल रही, रुको⋯'

कबीर ने स्क्रीन पर देखा, जिसमें जीवन फूट पड़ रहा था।

यह डैनी के साथ वाली लड़की की तसवीरें थीं, जो धीमी गति से स्ट्रिपटीज कर रही थी। कैमरा उसके चेहरे पर टिका हुआ था और उन्होंने देखा कि उसकी बड़ी हरी आँखों की पुतलियाँ कुछ ज्यादा ही फैली हुई थीं। जैसे अधिक अफीम लेने पर होती है। मोजे बाँधने की पट्टी को नीचे करना और ऊँची एड़ी के जूते खुद को छूते हुए, झुकते हुए, फैलाते हुए, कैमरे के लिए खेलते हुए। कैमरा दरवाजे की कुंडी की तरफ घुमाया गया और दो आदमी अंदर चले गए। कैमरे ने उन पर ध्यान केंद्रित किया और केवल इतना ही देखा जा सकता था कि एक चौड़े कंधों वाला आदमी था और दूसरा थोड़ा उससे कम चौड़ा (या क्या यह एक लंबा लड़का था?) उस लड़की की ओर बढ़ रहा था, जो पलंग पर लेटी हुई थी। लड़की उठी और एक आदमी को गले लगाने लगी और फिर क्लोजअप शुरू हुआ। उन्होंने उसके निपल्स को चुटकी काटी, उसकी गरदन को चाटा⋯ सब जबकि उनका चेहरा हलके केंद्र में रहा, पहचाना नहीं जा सका।

कैमरा उसके चेहरे पर बना रहा। उसका शरीर फुर्तीला था। फिर यह सब आक्रमक हो गया और कबीर दूर देखने लगा। स्थिति में तेजी से बदलाव और बिगड़े हुए चेहरों के क्लोजअप झकझोर देनेवाले थे और उनमें इसको लेकर बेचैनी का भाव था। नुकीला और बेचैन तरीका, जिसमें फिल्म की शूटिंग ने उन्हें

कुछ ऐसा याद दिलाया, जिसमें वे किसी एक पर उँगली नहीं रख सकते थे। जैसे उन्होंने कोई फिल्म देखी हो। सिर्फ यही संभव नहीं हो सकता, क्योंकि यह दिन की तरह स्पष्ट था कि उनके जीवन में पहली बार इस तरह की वीडियो सामग्री देख रहे थे। जब यह सब खत्म हो गया था, तब वे घुटन, क्रोधित और उदास महसूस कर रहे थे। दयनीय रूप से कमरे में कुछ देर अँधेरा रहा। एक वीडियो, जिसने उपस्थित लोगों को चौंका दिया,और उसे उतना ही भ्रमित और परेशान किया, जितना उसने कमरे में उपस्थित लोगों को किया था। कबीर को आश्चर्य हुआ कि एक लड़की खुद पर कैसे मांस के टुकड़े की तरह व्यवहार करने दे सकती है!

'शो बिज में मुखर फिल्में होती हैं"लेकिन यह मुखर नहीं है। एक तरह से यह ऑफ-किल्टर है, इसे काफी रचनात्मक रूप से बनाया गया है, जैसे— इसकी कल्पना करना मुश्किल है कि कोई इतने साल पहले दृश्यरतिक रूप से शूटिंग कर रहा था। शिंदे, अब तुम अजीब तरह से किसे घूर रहे हो?'

'मुझे लगता है कि मैंने इस दृश्य को एक फिल्म में देखा है, मैं कसम खाता हूँ।'

'मैंने इसे पहले देखा है! मेरा मतलब है कि लड़की इस बच्ची से अलग थी"लेकिन बिल्कुल वही सेटअप था। नशे में जवान लड़की और बलात्कार, वे ही आदमी, वही कोण, यहाँ तक कि भावनाएँ भी ठीक वैसी ही"'

'बाप रे, तुझे ऐला जवला काला कुत्र शिंदे! हरामजादे किस तरह की फिल्में तुम देखते हो?'

'वे घटिया फिल्में नहीं हैं। मैं आपको बता दूँ कि वह महत्त्वपूर्ण फिल्म है, बड़ी संख्या में उस फिल्म का अनुसरण किया जाता है, अरे, अब मुझे याद आया! मैं कसम खाता हूँ कि यह जयराम की तरह का कैमरावर्क है। आप जानते हैं, उनकी फिल्म 'द रेप'? इसके लिए उन्हें एक पुरस्कार भी मिला! इसमें एक प्रसिद्ध है रेप सीन, आप इसे यू-ट्यूब पर देख सकते हैं"यहाँ रुकिए!' शिंदे ने कीवर्ड टाइप किया। जयराम मंगवानी का 'द रेप' कुछ नैनो-सेकंड के भीतर सामने आ गया।

'बस, रुको और देखो। यह दृश्य काफी कुछ वैसा ही है, जैसा इस टेप में

चल रहा है ?' ए.सी.पी. कबीर भोंसले ने गौर से देखा। शिंदे सही था। वैसा ही तेज अनसुलझा प्रारूप ऐसी दृश्यरतिक शैली में एक जैसा शूट किया गया, जिसे उन्होंने तुरंत पहचान लिया।

फिल्म के दृश्य में दो लोगों ने एक नशे में धुत्त लड़की के साथ बलात्कार किया था। यहाँ भी उसी तरह शुरू किया!

'लेकिन आपने देखा? फिल्म रेप का यह वीडियो इस सेक्स टेप के बहुत बाद में बनाया गया था···और अगर इसे अभिनेताओं और निर्देशक को छोड़कर किसी और ने नहीं देखा है तो एक बहुत ही सही मौका है···'

'क्या?' शिंदे अचानक रुक गए, जब उन्होंने करीब के चेहरे का नजारा देखा। कबीर ने मुसकराए बिना कहा, 'हो सकता है कि उन्होंने इस पर हस्ताक्षर भी किए हों।'

यह 'द रेप' फिल्म के पुरस्कार विजेता घुमक्कड़ फिल्म-निर्माता जयराम मंगवानी से मिलने का समय था।

'ओह और बॉस, मुझे लगता है कि हम जानते हैं कि हमारी डैनी के रहस्यमयी दोस्त कौन है ?' होल्कर ने एक पत्र लहराते हुए कहा, जो उसे पैकेट से मिला था।

'लगता है, हमारी प्रतिभाशाली मिस मोनालिसा ने उसकी प्रेमिका को लिखा था।'

□

कड़ी सर्दी

यह एक उदास, मैला, सराय सा छोटा कमरा था। पुरानी यादों की महक, बासी शब्द, मूत्र की एक खारी गंध के साथ मिश्रित पसीना और खराब होता खाना। खिड़की का किनारा पीली सफेद गंदगी से भरा हुआ था। सफेद गंदगी, जो कभी रसोईघर के लोहे के स्पंज से भी नहीं निकलती। गंदगी ने खुद को काँच के शीशे में इस गहराई से जकड़ लिया था कि सुनहरी के इसे साफ करने के सर्वोत्तम प्रयासों के बावजूद काँच पहले की तरह खराब लग रहा था। गंदगी काँच के पोरों में घुस गई, जिसमें बाहर की दुनिया से उस पर अपना बीमार पीला रंग डाल दिया था। एक नीली खिड़की से आसमान एसिड की तरह पीला हो गया। दुनिया हमेशा उस खिड़की से इन जुड़वाँ बच्चों को तिरछी नजरों से देखती प्रतीत होती थी और वहाँ उनकी अलमारी में दीमक लगी हुई थी और जो तिलचट्टे अपने सुनहरी के कपड़ों पर उसके पागलपन के चलते खुलेआम घूमते हैं।

सुहाना ने कभी इतना ध्यान नहीं दिया, लेकिन लगातार डर की स्थिति में रहने के परिणामस्वरूप सनी के पैरों और टाँग पर बड़े बदसूरत घाव हो गए थे। सुहाना अभी जुओं के बुरे मामले से दूर हुई थी, जिसने उसके स्कूल जाने के वर्षों को दयनीय बना दिया था।

कला ने किसी भी तरह की जिम्मेदारी लेने से इनकार कर दिया था, बस इतना ही था। डैनी के नए-नए फिल्मी कॅरियर में वह बहुत कुछ कर सकती थी। जबकि सुहाना ने उसे कभी लानत नहीं भेजी, सुनहरी भी डैनी की तरह अभिनेत्री बनने के लिए बेताब थी।

उसने भी डैनी की तरह गुलाबी, रेशमी तथा लेस और खुशबू का बड़े कमरे का सपना देखा, जिसमें दुनिया भर की सुंदर गुड़िया व शानदार उपहार थे। फिल्म इंडस्ट्री का वंडर बेबी होने के फायदे। चेहरे पर रोज के अभाव की पीड़ा, सुहाना का इम्युनिटी सिस्टम खराब हो गया था। वह तेजी से एक अकेले चरित्र के रूप में विकसित हो गई थी और अपनी रोज की दुर्दशा से बाहर निकलने के लिए छल करने में थोड़ी मनगढ़ंत बातें बनाने में विशेषज्ञ बन गई थी, लेकिन सुनहरी ने अपनी बहन के अलग खुद को प्रकृति के प्राणी में ढाला।

वह कला की इच्छाओं के आगे झुकने की कोशिश में घरेलू नट बन गई थी, जो फटकार लगाते समय बड़ी आँखें निकाल लेती, हमेशा से वह कला को खुश करने की कोशिश में बच्चों जैसे छोटे-छोटे अहसान करती, जैसे—डैनी को देखना, मेकअप करवाना या उसकी पसंदीदा फिल्म को टीवी पर देखना, डैनी को उपहार में मिली लुभावनी खूबसूरत बिस्कुए गुड़ियों में से किसी एक को पकड़ने का मौका पाना।

उसने एक चमकती हुई तलवार लिये हुए शूरवीर का सपना देखा, जो उसे गंदगी की दुनिया से बचाने के लिए चला आता।

के.डी. कश्यप परिवार में अपनी किशोरावस्था के अंतिम दिनों में आया था। वह फालतू, सामान्य और उथला था। पहली बार सुहाना ने जब उसे देखा तो उसके मन में उसकी यही छाप पड़ी थी। लेकिन उनके पास एक अजीब शोहदे जैसा रूप था, जिसने दोनों लड़कियों के लिए एक अजीब तरीके से प्रभावित किया। इसके अलावा, उसने उन्हें कला की भारी सजाओं से बचाया और शुरुआत में वह उसकी सबसे बड़ी अपील थी। के.डी. धूर्तता से धूम्रपान करता, वर्जित स्पिरिट पीता था, जिसे उसने कोला की बोतलों में छिपा रखा था, अश्लील चुटकुले सुनाता था। उसने आमतौर पर उन लड़कियों के लिए एक बड़े चोर की भूमिका निभाई।

उसने लड़कियों के लिए रंगीन मोतियों से बने चमकीले बांदना और कंगन खरीदे। सुहाना के लिए एक रेशमी दुपट्टा, वह जानती थी कि वह रेशम का नहीं है। सुनहरी के लिए गुलाब के रंग का चश्मा, जिसका उपनाम उसने सनी रखा, खरीदा एक नाम, जिसे वह प्यार करती थी। के.डी. कला के भद्दे कार्टून

बनाता, उसके सिर से उगते सींगों वाले, जिनमें ग्रेमलिन की पूँछ उसके पिछवाड़े से चिपकी हुई थी, उसके कानों से धुआँ निकल रहा होता था। वह लड़कियों को कला के बारे में उसकी दुष्ट कहानियों से रूबरू करवाता—कैसे वह अपना बिस्तर गीला करती है, उसने मिट्टी कैसे खाई, उसने दीवारों को कैसे चाटा, कैसे उसने कक्षा पाँच में रोज ऐसा ही किया। यह सब अंतहीन चलता रहा।

लड़कियाँ जितनी ज्यादा हँसती, कहानियाँ उतनी ही बेतुकी और अजीब होती जातीं।

सुहाना को तब तक यकीन हो गया था कि कालिदास सिर्फ उन्हें हँसाने के लिए यह सब गढ़ रहा है, लेकिन इससे कोई फर्क नहीं पड़ता। बल्कि सच में वह अभिभूत थी कि कोई सच में उन्हें हँसाने की कोशिश कर रहा था। तो क्या हुआ, अगर वह झूठ बोल रहा था। वह इतना दुष्ट हो गया कि उसे रात के खाने के दौरान शारीरिक रूप से खुद को जोर से हँसने से रोकने के लिए तीनों एक-दूसरे के षड्यंत्र वाली नजरों का आदान-प्रदान करते थे। विष्णु को राहत मिल गई थी कि लड़कियों ने फिर से हँसना शुरू कर दिया था।

उसे समझ में नहीं आया कि के.डी. का हाथ पकड़ने के बजाय वह उसकी गोदी में बैठती है, जब वह उसे कला के गुप्त किस्से बता रहा होता है। सुनहरी हँसकर मुझे पहले बताओ कहकर चिल्लाते हुए उसकी गोद में कूद जाती। के.डी. ने बोलना बंद नहीं किया और जुड़वाँ बच्चे मंत्रमुग्ध होकर सुनने लगे, लेकिन सुहाना इस बात से अनजान नहीं थी कि के.डी. ने सुनहरी को कई बार छूना शुरू कर दिया था। और जब उसने पहली बार उसे उसकी पैंटी के पास प्यार करना शुरू किया तो वह पत्थर में बदल गई। उसके रात का समय शर्म से लेटने का भयानक समय बन गया और दिन डरकर बैठने का लज्जाजनक समय। उस समय वह इक्कीस का था और वह लड़कियों की खोज कर तलाश करके उनके साथ अपना समय बिताता था।

लड़कियों को अपनी पीठ से उतारकर कला खुश थी और यहाँ तक कि विष्णु पर अप्रत्यक्ष ताना मारा था कि कैसे उसका भाई भी 'अनाथों' की देखभाल कर उन्हें खड़ा कर रहा है, कैसे उसका परिवार दाई का काम कर रहा है। विष्णु ने उसकी बातों का कभी उत्तर नहीं दिया। सुहाना पापा की चुप्पी के बारे में

जानती थी, वह यह सोचकर काँप उठी कि अगर उसके पिता को इस बात का पता चल गया तो क्या होगा और उसने लंबे समय तक खुद को कव्वों को घूरते देखते हुए छत पर बंद कर लिया। ऐसे समय में वह अपनी माँ के लिए तरसती थी। उसने अपनी माँ को छोटे-छोटे हिस्सों में याद किया। यहाँ एक साँस वहाँ ̈ एक साँस वहाँ ̈ किसी पल का कोई स्पर्श किसी और समय का दूसरा स्पर्श ̈ पत्रिका में एक तसवीर, टीवी पर उनका चेहरा, वह अपनी साँस रोककर रखती थी और वे याद करने की कोशिश करती, जितना वह कर सकती थी। भरे हुए होंठ, मुड़ी हुई नाक, कोमल सुनहरी आँखें, खिलखिलाती हँसी, हलकी पॉलिस्टर की साड़ियाँ और उनके सीने के सामने बँधे हुए लो कट ब्लाउज। अपने मन में वह अपनी माँ के चेहरे की छवि में बड़ा कर ले, लेकिन उनकी छवि हमेशा बहुत बुरी तरह से उसके ध्यान से बाहर ही रही।

शुरू में वह मानती थी कि अगर वह बहुत मेहनत से ध्यान केंद्रित करे तो वह उन्हें देख सकेगी। कभी-कभी वह अपनी साँसें रोक लेती, जब तक कि वह नीली नहीं हो जाती, इस कोशिश में कि भगवान् उसे इशारा कर रहे हैं कि उसकी माँ उसे चारों ओर से ओट से देख रही है। बेशक, माँ कभी नहीं आई।

तब भी नहीं, जब के.डी. और सुनहरी के बीच परेशान करनेवाली बातें शुरू हो गईं। सुहाना को लग रहा था कि उसकी बहन उसके साथ रहना पसंद करती है। जितना उसने उससे बात करने की कोशिश की, उतना ही वह जिद्दी और गुस्से में होती और सुहाना के.डी. के साथ दिखने की कोशिश करती, ताकि सुनहरी का विरोध न सुन पाए। उसे अपने बचकाने तरीके से यकीन था कि उनके बीच में जो कुछ भी हो रहा है, वह निश्चित रूप से सुनहरी के लिए अच्छा नहीं था। सुहाना ने फैसला किया, जब भी के.डी. आसपास हो, वह सुनहरी पर नजर रखेगी। एक खास दिन उसे सुनहरी की अलमारी में कुछ ग्राफिक चित्रों के साथ सफेद पाउडर मिला, जो निश्चित रूप से पाउडर नहीं था। अपनी बहन की नंगन तसवीरों को देखकर शर्म की एक भयानक भावना नीचे गरम तेल की तरह उसकी गरदन से टपकने लगी, सुहाना हार गई, उस दिन उसका मिजाज बहुत खराब था। के.डी. से ज्यादा यह सुनहरी थी, जिसे सुहाना के बेहिसाब गुस्से का खामियाजा भुगतना पड़ा। एक चिल्लाहट भरी लड़ाई के साथ सुनहरी ने उसके

और के.डी. के साथ बोलने से मना कर दिया। कला ने इसका समर्थन किया और उसे पीछे हटने की चेतावनी दी। भयभीत सुहाना ने विष्णु को सच्चाई बताई। के.डी. का उनके घर में फिर से प्रवेश वर्जित हो गया और कला फिर कभी न लौटने के लिए चली गई डैनी को अपने साथ लेकर। सुनहरी रोई और चिल्लाई और उसे ऐसा दौरा पड़ा कि उसे कमरे में बंद करना पड़ा। वैसे भी बहुत देर हो चुकी थी।

27

जयराम मंगवानी के मंद रोशनी वाले स्टूडियो में सोफे पर छह नग्न पुरुष मॉडल बैठे थे।

'मुझे वह चाहिए। अच्छा लड़कियाँ, अब बाहर निकलो! वे चौंकानेवाली चीज चाहते हैं? मैं उन्हें क्रूर चीज दूँगा··क्या ठीक कर रहा हूँ, मैं लड़कियों?'

जयराम मंगवानी का अपने के अल्ट्रामॉडर्न अत्याधुनिक स्टूडियो J-ARTS VFX में व्यस्त था। शॉक फोटो कैटलॉग के ग्राहक काफी माँग कर रहे थे। जयराम पारखी लोगों के इस चुनिंदा गिरोह को निराश करने का जोखिम नहीं उठा सका।

सच में, वे उनकी शैली की छायाचित्र की सराहना करते थे और वार्षिक कैलेंडर के एक संग्रह के बारह चित्र, हर मौसम के लिए एक माह के लिए भारी भुगतान करने के लिए तैयार थे। सिवाय इसके कि वे काफी हद तक तक उनकी फिल्मों की तरह वे शॉक वैल्यू पर समझौते के लिए मना कर दें। फिर भी जयराम खुश और घबराया हुआ दोनों था। खुश इसलिए, क्योंकि उसकी उम्मीद से भी बेहतर तसवीरें निकल रही थीं और घबराया हुआ, इसलिए कि दो पुलिस अधिकारी लॉबी में उसकी शूटिंग खत्म करने का इंतजार कर रहे थे। उन्हें इंतजार करने दो।

'लड़की, तुम्हारे चेहरे पर यह भाव होना चाहिए कि मैं अपना बलात्कार होने देना चाहती हूँ! ठीक है लड़कों। यह कहना चाहिए कि मैं यहाँ सबसे बड़ी प्रोस्टीट्यूट बनना चाहती हूँ। यह कहना चाहिए, आओ मेरे साथ संबंध बनाओ मैं नग्न हूँ, आओ मेरे साथ व्यवहार करो।'

जयराम ने अपने पुरुष मॉडलों को कोंचते और उनकी खाल पर चुटकी बजाते हुए रूखाई से उनका मुआयना किया, 'यह दृश्य है—लड़के को एक

कपड़े की दुकान से एक चाकू मिलता है। वह उसका इस्तेमाल पकड़ने और रेप करने के लिए करता है। चाकू की नोक पर सेक्स का असली सीन। करतब यह है कि चाकू हमेशा पलटकर वापस आ जाता है। किसी तरह से उस दिन चाकू बरकरार रहता है। ओह्ह्ह्ह! किसी ने करतब वाले चाकू को असली चाकू में बदल दिया है। स्टील का एक बहुत तेज चाकू। शॉकक्क! बेचारे लड़के को कुछ पता नहीं था, यही तो हम चाहते हैं...अरे, काले परदे कहाँ हैं? यह परेशान करनेवाली नारंगी रोशनी कहाँ से आ रही है?'

~✤~

बाहर हवा उमस भरी थी और शुष्क दोपहर का सूरज, आकाश में एक धधकते आग के गोले में बदल गया था। लेकिन स्टूडियो के अंदर लाल या बैंगनी सी सर्दियों की रात थी, वैसी जैसी जयराम ने कामना की थी। कबीर भोंसले ने विशाल J आर्ट्स को भावभीनी दृष्टि से देखा, जो पूरी नियोन के वैभव में टिमटिमा रहा था, रोशनी जयराम मंगवानी के शानदार प्रोडक्शन हाउस के ग्लास और स्टील पर प्रतिबिंबित हो रही थी, वह उसकी शूटिंग खत्म होने का इंतजार कर रहा था।

किसने सोचा था कि जयराम मागवानी एक छोटा सा फोटो खींचनेवाला था, जो अपनी बाइसाइकल से बोर होनेवाली गृहिणियों, अस्थिर आदमियों और कामोत्तेजित बच्चों को वीडियो कैसेट लाइब्रेरी से किराए पर देता था। लाइब्रेरी में उसकी पहुँच फिल्मों के बड़े संग्रह तक होती, जहाँ जयराम जो दसवीं कक्षा तक नहीं पहुँच पाया था, अपने जागते रहनेवाले घंटे ऊपरी तौर से दिलचस्पी आधारभूत फिल्म बनाने और प्रोडक्शन, जिसमें कई सी-ग्रेड फिल्मों का छोटे डायरेक्टर्स के काम उसके पास थे। उसके दुस्साहस ने उसे कामयाबी दी एक फ्लॉप शॉप के दुर्भाग्यपूर्ण टीवी पारी और उसकी अधिकतर जूनियर आर्टिस्ट्स के साथ, जो बॉक्स ऑफिस पर नजरअंदाज कर दिए गए थे, के साथ पहली फिल्म्स की।

जयराम ने सी, डी और ई ग्रेड की हिंदी फिल्में कीं, जो ए-ग्रेड के अभिनेता और बड़े बजट बिना बनती थी, से अपने कारोबार की गंभीरतापूर्वक शुरुआत

की थी। कामुकता और सस्ते रोमांच की भारी खुराक वाली इन फिल्मों के लिए
केवल लड़कियों की जरूरत थी, जो कुछ भी करने के लिए पूरी तरह से बेताब
हों। जयराम ने अपनी बेतहाशा कल्पनाओं को इन फिल्मों के जरिए व्यक्त
किया। उनकी फिल्मों को अन्य डी-ग्रेड फिल्मों से उनका उत्कृष्ट संपादन और
औसत से ऊपर अभिनेताओं का होना अलग करता था। जयराम ने थोड़े समय
के फिल्म-निर्माता की भूमिका में तेजी से खुद को कास्ट किया और उनके
जीरो-बजट रीलर्स अपनी अधिक हिंसा और रक्त यौन सामग्री पर फिल्में थीं।
जयराम जल्द कामुक हिंसा का बेताज राजा बन गया। लेकिन वह जल्द ही डी-
ग्रेड टू-रीलर्स से ऊब गया, जिनसे उसे पैसे तो मिले, लेकिन वह मान्यता नहीं,
जिसके लिए वह प्यासा था। उनकी विवादास्पद रुग्ण फिल्मों के साथ हिंसा और
भयानक कॉमेडी की उसकी भयावह जुनूनी हैंडलिंग वाली विवादास्पद रुग्ण
फिल्में उसे शुरू से ही अलग करती थीं। इसे जयराम के फिल्म-निर्माण की
शैली रूप में चिह्नित किया गया था। हालाँकि उसके काम में दृश्यरतिकता की
मजबूत भावना थी।

डेड सीन को उन्होंने कैसे किया, इसको लेकर चर्चाएँ थीं, जिसमें उन्होंने
मुर्दाघर की असली लाशों का इस्तेमाल किया। बेशक यह सभी को उस स्टूडियो
जिसका वह प्रतिनिधित्व करता है कि क्रिएटिव लाइसेंस और साधारण डर के
नाम पर सबको चुप कर देता था। निर्दयी ग्राफिक हिंसा, दीवार-से-दीवार
मुक्का-मुक्की वाली लड़ाई और गोलीबारी व तेज तनावपूर्ण सेक्स के साथ
खतरे की सदमे की एक अंतर्निहित भावना, चकित कर देती थी, फिल्म-निर्माता
जयराम बहुत अँधेरे, भयावह, थकी हुई व अवसादग्रस्त और निराशाजनक शूटिंग
में अपनी असली रूप में मिला।

'नमस्कार ऑफिसर, मुझे आशा है कि वे आपकी देखभाल कर रहे हैं?
साहेब को पिलाया ठंडा पानी? बस एक काम और फिर मैं आप सबका हूँ, यह
एक व्यस्त दिन है।'

और इससे पहले कि कबीर जवाब देने के लिए अपना मुँह खोल पाता,
निर्देशक अपने सहायकों को फुफकारते हुए कमरे से बाहर निकल गया।

'स्त्रियों के कामों को लेकर बात करनेवाले लिबरल्स का जुलूस हो रहा है,

वे मेरे पिछले कैलेंडर को लेकर जुलूस निकाल रहे हैं। मीडिया से कुछ पाने को याद रखो। मुझे पूरा कवरेज चाहिए।' जयराम का हालिया नग्न कैलेंडर, जिसमें दुनिया भर की छह चुनिंदा मॉडल शामिल हैं, जिस पर मीडिया के निगरानी रखनेवाले आग उगलनेवालों की कतार में है।

'मेरे वेजाइना कैलेंडर में ये सभी स्त्रीवादी स्त्रियाँ चीखती-चिल्लाती खूनी हत्या कर रही हैं···यह कितना मजेदार है, टीवी पर पूरा पैनल चर्चा कर रहा है, मेरे लिए मुफ्त की पब्लिसिटी। उन्हें तब कोई समस्या नहीं थी, जब मैंने लिंग कैलेंडर लॉन्च किया गया था। लेकिन उन्हें योनि के साथ एक समस्या है।' जयराम न्यायपूर्वक चिल्लाया, उनके दर्शकों में कट्टर पुलिस अधिकारियों का एक समूह है।

'कितने नमूने हैं!' उसका लड़कों जैसे चेहरेवाले सहायक मिमियाया। 'तसवीरें कैसे लीक हो जाती हैं?'

'आप जानते हैं कि हमने लॉन्च को गुप्त रखा था, यह इस फार्महाउस पर निजी तौर पर दिखाया जाना था, लेकिन एक दुष्ट रिपोर्टर ने कई ग्राफिक तसवीरें क्लिक करके इसे लीक कर दिया, प्रेस बड़ा काइयां है।'

'तो निरीक्षण अधिकारीजी, मैं आपके लिए क्या कर सकता हूँ?'

'आपके पास एक बहुत ही आकर्षक स्टूडियो है।'

'क्या, यह छोटी जगह?' उसने खुशी से कहा, 'हाँ, यह मुंबई में सबसे अच्छी है। मैंने इस मल्टी लेवल बेबी को तीन साल पहले बनवाया था···'

'बहुत खर्च हुआ होगा।'

'हाँ ऑफिसरजी, लेकिन यह किस बारे में है···'

'चिंता मत करिए, हम आयकर से नहीं हैं।' उनके सहायक ने दखल दी।

'हम सिर्फ कुछ तसवीरों और एक डीवीडी फिल्म, जो हमें दी गई है, पर आपकी राय चाहते हैं, यह एक छोटा सा वीडियो है, थोड़ा खराब सा है—शायद आप इसे किस प्रकार के कैमरों ने इसे शूट किया है, इस बारे में हमारी सहायता कर सकते हैं। कौन ऐसे कैमरों का उपयोग करता है या शायद अगर आप शूटिंग की इस शैली को पहचानते हैं?'

'यकीनन! मैं एक नागरिक के रूप में अपना काम करूँगा—आइए, देखते

हैं कि ऑफिसर आप क्या करते हैं।'

'जयराम इसमें ज्यादा समय नहीं लगेगा, आपने मेरी बात रखी है। मेरे साथ हमारे आधिकारिक फोटोग्राफर हैं ''छोटे-मोटे आप जैसा कोई बड़े व्यक्ति नहीं। कैमरा और वीडियो भी उनका पैशन है।

'इस डीवीडी पर उसका विचार है, लेकिन मुझे यकीन नहीं है ''

'ओह, पुलिसकर्मी फोटोवाले को देखकर अच्छा लगा! मैं बस रोशनी को रोकने के लिए परदे और दरवाजे बंद करता हूँ—हम एक बेहतर ''देखो ?' जयराम ने ताली बजाई और कुछ लड़कों ने खिड़की पर भारी काले परदे लगा दिए। स्क्रीन टिमटिमाने लगी और एक पीली सफेद रोशनी ने कमरे को उसकी भूतिया चमक से धो दिया। यह अँधेरे में एक लड़की और दो पुरुषों का तेज शैली में फिल्माया गया दृश्यरतिक सेक्स वीडियो था।

'अरे, ये कौन है ? क्या बकवास है। ये नहीं हैं ''

जयराम के चेहरे का रंग उड़ गया, उसकी आँखें उभरी हुई थीं, जैसे ही उसने उस वीडियो को देखा, जो अब उसके कंप्यूटर पर चल रहा था।

'क्या आप इसे पहचानते हैं ? सीपिया में लगभग आठ साल पहले फिल्माया गया। बहुत उत्तेजित काम।' जयराम सलाख की तरह सीधे बैठ गए, उनके आँखों का सफेद भाग चौड़ा हो गया। वे अपने होंठों से तंबाकू चबाने जैसे संकेत दे रहे थे, मानो वे सही शब्द अपनी जुबान पर लाने की कोशिश कर रहे हों। जब आखिर में वे बोलने लगे तो उसकी आवाज कमजोर और काँपनेवाली थी

'आपको यहाँ कोई घोटाला नहीं मिलेगा, यह सब ठीक '''

'हम उस परिकल्पना का परीक्षण करने को तैयार हैं।'

'उफ ''आपको यह कहाँ से मिली ?' जयराम की आवाज डर से कर्कश हो गई थी।

'किसी हाथ ने यह हमें दी थी। जयराम आप इसे इनकार करने की जहमत भी न उठाएँ।'

'हमने द रेप फिल्म देखी है ''काफी संयोग है कि यह बिल्कुल एक जैसी है ? अपने कैमरे के कोणों के नीचे। इसमें सभी जगह आपका प्रिंट है।'

'यह एक संयोग है, मेरा इससे कोई लेना-देना नहीं है।'

'अपने प्रशंसकों को यह तय करने दें, हाँ? अगर यह क्लिप नेट पर हिट होती है, आपके द रेप के साथ-साथ आपने खुद कहा कि लोग आपके सिग्नेचर स्टाइल शैली को लोग‧‧‧आइए देखें कि आपके प्रशंसकों का क्या कहना है?'

'आप काफी ट्रेंड करेंगे। सुना है, आप ट्विटर पर बहुत सक्रिय हैं‧‧‧आपके पास कितने फॉलोअर्स हैं? हम उनकी राय लेंगे।'

'पॉर्न शूट करना कोई अपराध नहीं है, भले ही हम इसे स्वीकार कर लें कि मैंने इसे शूट किया है, जिसका कोई प्रमाण नहीं है।'

'जरूर। बहुत को विश्वास नहीं होगा। लेकिन कुछ विश्वास करेंगे और वे इसको लेकर बात करेंगे—और मैं अनुमान लगा रहा हूँ कि आप मिस्टर पॉपुलर बिल्कुल नहीं हैं। आप उद्योग को बेहतर तरीके से जानते हैं, यहाँ सब यहाँ धारणा की बात है।'

'ओह्ह्ह‧‧‧इस वीडियो में नाबालिग बच्ची ने आत्महत्या कर ली थी, प्रेस, मीडिया‧‧‧मुझे नहीं लगता कि वे 'सिर्फ एक संयोग' की बात के साथ बहुत सहानुभूति रखेंगे।'

'उहहर्क‧‧‧' जयराम का चेहरा बैंगनी हो गया था और उसके गले का सेब खतरनाक तरीके से बाहर निकल रहा था।

'आपको नहीं पता था कि वह कम उम्र की थी, है ना? क्या आपको पता था‧‧‧हम इस प्रश्न को थाने में भी समाप्त कर सकते हैं। शायद सेल की एक रात आपकी याददाश्त को ताजा कर देगी? लेकिन आपको वहाँ की कंपनी पसंद नहीं आएगी—वहाँ के पुरुष‧‧‧वे कैसे होंगे, अपने जैसे किसी आदमी के साथ वे कैसा व्यवहार करेंगे‧‧‧'

'आप क्या जानना चाहते हो? मैंने इनमें से बहुत को शूट किया है। लड़कियाँ नायिका बनकर आती हैं और नग्न होकर नृत्य करने को तैयार होती हैं और फिर रेप कहकर रोती हैं।' जयराम फुसफुसाया।

'इस शब्द का प्रयोग न करें। यहाँ यह लड़की एक बच्ची है।' कबीर ने जयराम को गहरी उदासी से चेतावनी दी, 'क्या आप उसे जानते हो?'

'मैं हजारों लड़कियों को जानता हूँ‧‧‧मेरे लिए इन लड़कियों को याद रखना असंभव है। मेरा मतलब है, वे सभी मेरे पास शूट के लिए आती हैं।'

'वह आपके पास नहीं आई। आप उसके पास शूटिंग के लिए गए थे। इन दो आदमियों के साथ।'

'तो मैंने उसे दो पुरुषों के साथ शारीरिक संबंध बनाने के लिए शूट किया। इसके लिए मुझे गिरफ्तार नहीं किया जा सकता। यह अपराध नहीं है। मुझे और कुछ नहीं पता, यह बहुत पुरानी बात है।' एक बुरा ठहाका लगाते हुए उसने कहा।

'संबंध बनाते हुए किसी लड़की को शूट नहीं कर सकते। यह एक नाबालिग लड़की के साथ अश्लील फिल्म है, हर देश में यह घोर अपराध है। यहाँ तक कि वे देश, जिनके फिल्म फेस्टिवल्स आपकी फिल्मों के प्रीमियर करते हैं, आप जानते हैं कि विदेशों में इस तरह की चीजों को लेकर बहुत सख्त कानून हैं!'

'उह्ह्ह्ह', जयराम ने एक दर्दनाक विलाप किया।

'आपने उसे क्यों शूट किया?'

'ऐसा कोई सबूत नहीं है, जो मुझे उनसे जोड़ता हो।' इस बिंदु पर जयराम के मुँह के हिलने को छोड़कर पूरे शरीर को हिलाना बंद हो गया या जोकि मछली की तरह उन्मुक्तता से खुल बंद रहा था।

'आप जिन लोगों के बचाने की कोशिश कर रहे हैं, वे आपको सबसे पहले नकारने आएँगे। स्टूडियो से किसी तरह का संबंध इसमें नहीं है। लेकिन क्या आप जानते हैं कि वह लड़की तेरह साल की भी नहीं थी, मैं अखबारों की इन सुर्खियों की कल्पना कर सकता हूँ। टक्कर देनेवाले फिल्म डायरेक्टर और प्रवीण फोटोग्राफर जयराम मंगवानी ने एक बच्ची से रेप को अंजाम दिया। कोई भी सबूतों की जाँच को लेकर परेशान नहीं होगा…राष्ट्रीय फिल्म पुरस्कार विजेता एक विकृत यौन प्रेमी है! सब आपका सिग्नेचर स्टाइल जानते हैं, बदमाश आदमी! आप सबसे निचले स्तर के यौन शिकारी हैं। वह किस्म, जो हताश युवाओं के समूह, जूनियर कलाकारों और नर्तक आपकी मनोभ्रंश कल्पनाओं को संतुष्ट करती हैं, अगर कोई इसे नेट पर डालता है तो लोग आपकी कला को पहचान लेते हैं और वे इसे लेकर बात करना शुरू कर देते हैं…और वह वायरल हो जाती है! जरूर, शायद कुछ नहीं होता। लेकिन फिर हमेशा लोग इसे प्राप्त करने का मौका ढूँढ़ते हैं, वे आपने जो यह बकवास काम किया है, उसे प्राप्त

करते हैं···आप खत्म हो जाएँगे। खत्म, प्रतिबंधित कर दिए जाएँगे। और बेशक जेल में जाएँगे।' जयराम अचानक बहुत थका हुआ और काफी पीला लग रहा था।

'मुझे नहीं पता था कि यह बलात्कार है। मैं उसकी उम्र कैसे जानूँगा?'

'आप क्या जानना चाहते हो?'

'आप जानते हैं कि वे जेल में आप जैसे लोगों के साथ क्या करते हैं? चूँकि आप वहीं जा रहे हो। मैं आपको बिना वारंट 24 घंटे पूछताछ के लिए रोक सकता हूँ।' कबीर ने कहा।

'हे भगवान्, ओह भगवान्, भगवान्-भगवान्, प्लीज भगवान् नहीं! के.डी.···' के.डी. ने बताया।

'उसने किसी के लिए फिल्म की शूटिंग की थी। उन्होंने कहा कि इसके लिए वे बड़ा भुगतान करने के लिए तैयार हैं।' जयराम चिल्लाया।

ए.सी.पी. कबीर भोंसले ने मुसकराते हुए सोचा कि पूरे दिन में एक छोटे से झूठ के सिवा कुछ नहीं मिला।

'बकवास मत करो, मेरे साथ खेल मत खेलो। इसमें के.डी. के अलावा और कौन शामिल था?' कबीर का लहजा सख्त था।

'मैं-वे-हे भगवान्! मुझे नहीं पता कि वे कौन थे। वहाँ वे हमेशा लोग के.डी. को संदेश देते थे।

'मैं एक स्ट्रगलर था, फिर···मुझे एक बड़ी धनराशि की पेशकश की गई··· मुझे स्टूडियो सेट करने के लिए पैसों की जरूरत थी—कोई मेरी मदद करने को तैयार नहीं था, कोई मेरी कला को समझने को तैयार नहीं था, कोई मोटा व्यापारी मुझे काम नहीं दे रहा था, मैं कौन था···कोई नहीं, मुझे नहीं लगता था कि मैं कुछ गलत कर रहा हूँ, मैं जेल नहीं जा सकता! प्लीज!' जयराम का चेहरा बर्फ हो गया था।

'आप एक बच्ची, जिसका बलात्कार हो रहा है, को शूट करते हैं और आपको कुछ भी संदेह नहीं होता? जयराम आप बहुत लंबे समय के लिए जेल जानेवाले हैं। क्या आपको पता था, उसका नाम मोनालिसा था?'

'उक्कक,' जयराम का दम घुट गया और उसकी आँखें डर के मारे

बाहर निकल गईं और वह फूट पड़ा। 'प्लीज सुनो, आदमी ने कहा कि वह कमबख्त लेस्बों, मैं बस आपको बता रहा हूँ, यह समलैंगिक उसकी लड़की के साथ खिलवाड़ कर रही है। उन्होंने यह नहीं बताया कि कौन और मैंने नहीं पूछा। आप इस उद्योग में बहुत सारे प्रश्न पूछकर काम शुरू नहीं कर सकते। आपको यह साबित करने की जरूरत होती है कि आप काम के हो सकते हो। उसे उस लड़की को समझाने के लिए कुछ कठोर होना चाहिए, यह चू···लड़की मेरा मतलब है···उतनी क्वीर थी, जितनी स्ट्रेट! मुझे एक सेक्स टेप शूट करना था, ताकि उसकी लड़की आश्वस्त हो सके.। उसने कहा कि उसे ऐसा दिखना चाहिए, जैसे वह संभोग का आनंद ले रही हो। मैंने बहुत ज्यादा नहीं पूछा।'

'जयराम, वे आदमी कौन थे?' कबीर ने फिर पूछा।

'मैं कसम खाता हूँ, मुझे नहीं पता और वे बस उसके साथ संभोग कर रहे थे। मुझे नहीं पता था कि यह रेप है। मुझे नहीं पता कि लड़की कौन है, शायद एक मॉडल, जो मुझे याद नहीं है, प्लीज आप मुझ पर विश्वास करें, मुझे नहीं पता था, उस लड़की को ड्रग दी गई है। मुझे यह भी नहीं पता था कि यह दो आदमियों के बीच होगा।

'मैं खुद को दोबारा नहीं दोहराऊँगा और मैं थक गया हूँ। मैं जानता हूँ कि आप झूठ बोल रहे हैं और बाकी काम हमें स्टेशन पर करना चाहिए।'

'क्या आप जानते हैं कि आपको कितनी गिनती के स्टार दिए जाएँ?'

पुलिसकर्मी की आवाज में खतरे को कोई शक नहीं था।

'प्लीज···यह बाहर नहीं जा सकता, प्लीज यह समझें कि मैंने कभी टेप का उपयोग करने की योजना नहीं बनाई। मैं असमंजस की स्थिति में था, मुझे पैसों की जरूरत थी और उसने मुझे बहुत सारा पैसा दिया था। मैं सिर्फ···बस एक कैमरामैन हूँ। गरीब आदमी, जो अपने व्यापार की देखभाल करने की कोशिश कर रहा है।'

□

28

निशा पोद्दार पैदाइशी सुंदर नहीं थी। लेकिन तब वह कभी प्रकृति ने जो उसे दिया था, उससे महफूज नहीं थी। वह मानती थी कि भगवान् ने उसे जो कुछ नहीं दिया, वह डॉक्टर दे देगा।

उसके रूखे बेजान बाल, ऊँचे-नीचे दाँत, दाग-धब्बेदार त्वचा, पिछले कुछ वर्षों में ट्वीक किए गए थे, पिंच किए गए थे, निचोड़े गए थे, खींचे गए थे, टग किए गए, पंप किए गए, स्लैश किए गए और बीफ किए गए। लेकिन बढ़िया काले बाल, चिकनी त्वचा, उलटी नाक और ढके हुए दाँत, जिस पर उसने खर्च किया, ने उसे वह प्रतिष्ठित ड्रीम गर्ल नहीं दी, जो वह चाहती थी।

दो अभिनेताओं के साथ विनाशकारी प्रेम-प्रसंग, जिन्होंने उसे अच्छे रिव्यू और फ्री सेक्स के लिए इस्तेमाल किया था, से बॉलीवुड का असली चेहरा सामने आ गया था।

लेकिन उसने कोई लानत नहीं भेजी और उसके पास उसका भरोसेमंद वाइब्रेटर था।

हालाँकि निशा पोद्दार को अपने सबसे बड़ी खुशी टिनसेल-टाउन की सबसे खतरनाक पत्रिका पाने से मिली।

उसे अभी-अभी प्रिंस सुलेमान कपूर का निमंत्रण मिला था। वह अपने पनवेल फार्महाउस पर पार्टी कर रहे थे।

आप आमंत्रित हैं''निशा पोद्दार।

अगर आपको यह कार्ड मिला है तो आप प्रिंस के लिए खास हैं। कोई नहीं बता सकता था कि यह कार्ड नकली है।

दुबई में जश्न जारी रहेगा''आइए और इसका हिस्सा बनिए।

आइए, यूएई में प्रिंस की अगली सुपरहिट 'इंडियावाला हीरो' का सेलिब्रेशन मानते हैं।

निशा को सुपरस्टार के अभिमानी अहंकार ने फेंक दिया था।

सिंगल प्रिंट से पहले ही फिल्म के हिट होने का दावा सिनेमाघरों में दस्तक दे चुका था! उनकी हाइपर पी.आर. मशीनरी काफी एक पर काम कर रही है। ओवरड्राइव ने पहले ही धन्यवाद एस.एम.एस. भेजना शुरू कर दिया था, फिल्म 'इंडियावाला हीरो' बनाने के लिए पूरी मुंबई ठिठक गई है! उनके पनवेल वाली फार्महाउस में एक बजे पार्टी आयोजित होनेवाली थी। कौन सा···उसने सोचा। पनवेल रोड पर बने पाँच फार्महाउस की पंक्ति उसके पाँच कुत्तों के नाम पर प्रसिद्ध थी। उसके पास अवसर था अपनी पार्टियों में से एक में अपने मोटे बंदरों और बदसूरत दोगले कुत्तों से मिलने के लिए।

बादशाह के बाद औरंगजेब, जिसकी एक हजार रखैलें थीं।

अपने वितरक के पीछे पोंटी। जॉर्ज बुश और रजिया सुल्तान सिर्फ इसलिए कि वह कर सकता था। और लुखखा। पाँचों में से केवल वही था, वास्तव में जिसका नाम लुखखा था।

उसने बदसूरत राक्षसी हवेली को पनवेल के पास प्राचीन पहाड़ियों में बिना लय के झूमते हुए देखा था। वह उससे नफरत करती थी। एक फार्महाउस? उन्होंने इसे फार्महाउस कहने की हिम्मत कैसे की? वह कुछ भी था, लेकिन फार्महाउस नहीं, उसने रंगीन, जंगली और स्थूल कहानियाँ सुनी थीं।

शुरुआत से वह केवल एक चीज जानती थी, वह था—प्रिंस का अहंकार और पार्टी बॉय का मारिजुआना छिपाना। और पार्टियों में आनेवाले लोग और भी विचित्र थे। झटके के साथ लोकप्रिय हुई सस्ती लड़कियाँ और उल्लू पकड़ने वालों से भरे हुए विग और वेव्स, वेश्याएँ फ्लैशर्स और चिंट्स फर-लाइन में घूम रहे हैं। नकली बस्ट और बटलाइन के साथ पेटी, ब्लिंगी शिट पहने हुए और बेकार शीयर और नुकीले जूते और चेहरे के साथ स्टिल्ट सैंडल एम.एस. पेंट कैनवस और दस इंच मस्करा, जिससे लेडी गागा भी शर्मा जाए। धिक्कार है, शायद उसकी वहाँ जाने की इच्छा हो, एक ड्रग बस्ट के लिए चेहरे पर ढके तौलिए वालों को देखने का आनंद लेने के लिए।

वह जिस चीज से डरती थी, वह था निरंकुश रेंगनेवाले, जो इन पार्टियों में प्रवेश करने में कामयाब रहते हैं। जो हमेशा विकास की डार्विनियन प्रक्रिया, लहरों में विकसित होना पसंद करते हैं। निशा खुद को आईने में देखने के लिए खड़ी हो गई। योगा और पाइलेट्स वाकई काम कर रहे थे। वह अपनी छोटी लकीरों से खुश थी। वह अपने छोटे कई रंगों से रँगे बालों से खुश थी, नया रूप जो उसने फैशन वीक में कुछ सोशलाइट से प्रेरित होकर रखा था। ढेर सारे भारतीय आभूषण और फिरोजा भी। उसने अपनी सुडौल टाँगों को दिखाने के लिए एक सफेद झिलमिलाती छोटी पोशाक का चयन किया"और अपने आप पर सीटी बजाते हुए उसे मंजूरी दे दी।

निशा पोद्दार काफी समय तक चमचमाते मखमली और सोने के कार्ड को देखती रही, आई एम गोन्ना हवे माइसेल्फ ए रियल गुड टाइम; ए रियल गुड टाइम और खुद के लिए यह गीत गुनगुनाती रही।

उसे बस यही उम्मीद थी कि नरगिस खालिद अपने वादे के अनुसार उसे दूसरे पार्ट में भी रखेंगी।

                                              ☐

29

'मैंने उन नोटो को लेकर आपके द्वारा तैयार की गई रिपोर्ट को ध्यान से पढ़ा है। मैंने तसवीर पर हस्ताक्षर और हैंड राइटिंग की गंभीरता से जाँच की है। बड़ा करके देखने और स्पष्ट तर्क के बाद मुझे कोई संदेह नहीं है कि दोनों एक ही हाथ हैं। प्लीज, इस बात पर ध्यान दें कि किसी लिखावट के दो नमूनों की तुलना करते समय, सही नियम यह है कि जहाँ तक संभव हो, दोनों नमूनों के कागज और स्याही का रंग एक जैसा होना चाहिए। लेकिन लगता है, यहाँ ऐसा नहीं है, मैं केवल संभावनाओं की ही बात कर सकता हूँ।' कबीर ध्यान से फॉरेंसिक एक्सपर्ट विराट भावे, जो पिछले सैंतालीस वर्षों से अधिक समय से अदालतों, बैंकों, सरकारी उपक्रमों, निजी, अदालती मामलों से संबंधित प्रश्नांकित दस्तावेजों की जालसाजी का पता लगाने में माहिर हैं, द्वारा भेजा गया सतर्कतापूर्वक हाइलाइट किया पत्र पढ़ रहे थे।

'मैं एक ग्राफोलॉजिस्ट द्वारा एक नोट भी संलग्न कर रहा हूँ, जो मुझे लगता है कि इस मामले को जरूरी थी।'

'मुझे यकीन है कि आप जानते हैं कि ग्राफोलॉजी का संबंध इनसान की लिखावट के मनोविज्ञान का विश्लेषण है। चिकित्सा क्षेत्र में, हस्तलेखन के अध्ययन निदान में सहायता के लिए इसका उपयोग किया जा सकता है। निदान में सहायता और मस्तिष्क और तंत्रिका तंत्र के रोगों की ट्रैकिंग या यहाँ तक कि शरीर ली प्रणाली में अफीम की उपस्थिति का संकेत के संदर्भ में इस्तेमाल किया जा सकता है। लिखित स्ट्रोक केंद्रीय तंत्रिका तंत्र में परिवर्तन को दरशाते हैं, जैसे कोई पार्किंसंस रोग से पीड़ित हो या अत्यधिक शराब का उपयोग किए हुए हो तो इसका पता चलता है। मैं जो कहने की कोशिश कर रहा हूँ, वह है भावना, मानसिक स्थिति और बायोमेकैनिकल कारक जैसे मांसपेशियों की जकड़न और

लोच व्यक्ति की लिखावट से पता चलती है। ग्राफोलॉजिस्ट की रिपोर्ट और मेरी, दोनों स्वतंत्र रूप से की गई हैं, ऐसा सुझाव देती हुई लगती हैं। इसी तरह और अत्यधिक भावनात्मक बदलाव से पीड़ित है, जो शराब पीने या मादक द्रव्यों के सेवन या परिस्थितियों के कारण हो सकती है।'

'आप इसे पहले ही दो बार पढ़ चुके हैं। क्या बात है?'

शिंदे ने रुकावट पैदा की।

'मुद्दा यह है कि हम मूर्ख हैं।' कबीर ने कहा। उन्होंने अपनी आँखों को गोल कर फोटो खींची और जोर से कहा, 'दुनिया की सबसे बड़ी वेश्या अंकल के.डी. देख रहे हैं, खासतौर पर विराट भावे जो कह रहे हैं, वह यह है कि जॉनी डिसूजा और के.डी. व्यक्तित्व और टेढ़ेपन में एक जैसे हैं।'

'आप कल से यह बात दो बार कह चुके हैं।'

ए.सी.पी. पर नाक-भौंह चढ़ाते शिंदे अचानक रुक गए।

'उसने किसी अधिकृत व्यक्ति की नकली पासपोर्ट की प्रति के साथ आवासीय पते के नकली प्रमाण के साथ कुछ आसानी से जाली बने हुए कानूनी कबाड़! 1960 के दशक में सिंगापुर और मलेशिया वही थे, जो मनी लॉन्ड्रिंग के मामले में स्विट्जरलैंड है।'

'इसे कैसे किया जाए, यह जाननेवालों के लिए यह आसान है।' कबीर ने कहा।

'मैंने के.डी., मेरा मतलब जॉनी डिसूजा के बैंक को दूसरी संपत्तियों, जो उसके पास हो सकती हैं, को लेकर प्रश्न भेजा था, वे मुझे ग्राहक गोपनीयता और व्यापार के लिए खराब चीज बता रहे हैं।' शिंदे ने कहा।

कबीर ने फिर से एक आदमी द्वारा सुहाना की तसवीर पर सालों पहले उकेरे गए घृणित शब्दों को देखा, जो अब मर चुका है। गहरा रोष और गुस्सा, जो के.डी. ने सुहाना के कहने पर उसे अपमानित होकर घर से निकाल देने पर महसूस किया था। उसने उस समय बहुत ज्यादा डर महसूस किया होगा, जब सिल्की को जॉनी डिसूजा के बारे में पता चला होगा। क्योंकि सच तो यह था कि जॉनी डिसूजा कभी अस्तित्व में था ही।

कबीर को विश्वास ही नहीं हो रहा था कि एक कुछ समय के उद्योगी द्वारा

लिखित सबसे पुराने साथ में पड़ गए हैं।

सिंगापुर का पता, एक नकली नाम और एक अप्राप्य व्यक्ति की स्कैन की गई तसवीर और एक नकली हस्ताक्षर प्रभावी रूप से इसके लिए लिया गया था।

के.डी. अपनी बेईमानी पर परदा डालने के लिए एक कॉरपोरेट बैंक के खाते के लिए नकली हस्ताक्षर।

ए.सी.पी. कबीर भोंसले के सामने शर्मनाक रूप से साफ हो गया था कि जॉनी डिसूजा का पता क्यों नहीं चल सका है। जॉनी और के.डी. एक ही व्यक्ति थे।

'कम-से-कम एक बात तो पक्की है। जयराम मंगवानी कुछ नहीं जानता।

'उसके जैसा आदमी टूट गया होता तो किसी और का इस्तेमाल करके के.डी. ने जयराम से यह वीडियो बनावाया है।'

'असल में, ऐसा लगता है कि एक सेक्स वीडियो की तरह दिखने के लिए यह सब मोनालिसा के रेप से शुरू हुआ था। मोनालिसा की चिट्ठी में के.डी. को रेप का दोषी बताया गया है।'

'तो के.डी. ने जयराम से मोनालिसा का सेक्स टेप बनवाया, मगर क्यों? डैनी-मोनालिसा का ब्रेकअप होने से उसे क्या हासिल हुआ?'

'और अगर नहीं तो"उनके ब्रेकअप से किसे फायदा होता है? यह सबसे बड़ा सवाल है।' कबीर ने आखिर में कहा।

'टेप में दो आदमी कौन हैं? पॉर्न अभिनेता हैं या वे इसमें शामिल हैं? यह प्रश्न नंबर 2 है।'

शिंदे ने कहा।

'जाहिर तौर पर के.डी. इस सेक्स टेप के बारे में जानते थे और जानते थे कि इसके पीछे कौन है और कीचड़ के गोले से आसान पैसे की गंध आती है, उसने जॉनी डिसूजा की फर्जी आई.डी. बनाई, ताकि किसी को उस पर शक न हो। यह बहुत सारे अस्पष्ट धन के आने की व्याख्या करता है।

'डैनी के गायब होने के बाद नकली खाते में नियमित अंतराल बहुत सारा धन आने की बात करता है।

'बहुत सारे संयोग—सभी एक बड़े ब्लैकमेलिंग रैकेट की ओर इशारा

करते हैं। जो उसके चेहरे पर फट गया।

'आखिर के.डी. किसके लिए टेप बनवा रहा था? और जिन लोगों के लिए वह काम कर रहा था, वे उसकी पीठ में छुरा घोंपने के लेकर जानकारियों के बारे में पता लगा रहे थे?

'जाहिर है कि के.डी. ने जोखिम उठाया, लेकिन उसके साथ ही अपनी पहचान छिपाने के लिए किसी भी हद तक जाने के लिए तैयार हो गया। यह तीसरी अहम बात है।'

कबीर ने उदास होकर कहा।

'मुझे लगता है कि गरम नकदी का लालच बहुत ज्यादा साबित हुआ और उसने सोचा कि वह इससे दूर हो जाएगा। और इतने लंबे समय तक वह ऐसा करने में सफल भी हुआ, उसे इसकी आदत लग गई, लेकिन अंत में मामला गड़बड़ हो गया। गलत लोगों को ब्लैकमेल किया।'

'बैंक डिटेल्स के मुताबिक के.डी. ने सात साल पहले जॉनी डिसूजा का फर्जी खाता खोला था। तब हर किसी को बेवकूफ बनाना बहुत अच्छा रहा होगा, यह तो चलता रहता है, जॉनी पैसे बनाता रहता है। इसके बारे में सोचने पर फोन की आई.डी. बिल्कुल उसकी गली की है।

'इससे पहले भी उसने ऐसा कुछ किया था। मुझे लगता है कि वह सिर्फ इस बात पर निर्भर करता है कि आप इसे भाग्यशाली या अशुभ कैसे देखते हैं।'

'जब तक सिल्की जॉनी डिसूजा के बारे में जिज्ञासु नहीं था। उसकी पैंट में गंद है! आखिर उसने अपनी पहचान को रहस्य बनाए रखा।'

'और हर समय सिल्की को लगता था कि के.डी. जॉनी से डरता है!'

'वह आदमी, जिस बात से नश्वर रूप से डरता था, वह था—खुले मुँहवाला मुँहफट लोग थे।'

सिल्की कहीं जोर से उसका नाम बोल देगा और तब उसने जरूर दुबई जाने से पहले सिल्की को ठिकाने लगाने की योजना बनानी होगी।'

'लेकिन किसी को सच्चाई पता चल गई⋯'

'सच्चाई यह है कि कमबख्त कोई जानी डिसूजा नहीं था। और कि के.डी. एक ब्लैकमेलिंग काँटा था। लेकिन सर-के.डी. ने एक हफ्ते में जॉनी डिसूजा का

फर्जी अकाउंट बंद कर दिया था।'

'हत्या से एक सप्ताह पहले...'

'शायद...के.डी. डर गया था कि उनके कवर को उड़ा दिया गया है?'

'और...उसे अहसास हुआ कि किसी को पता चल गया था कि वह और जॉनी एक ही था। और शायद वह 'कोई' उस पर इतना क्रोधित हो सकता है कि वह उसे हानि पहुँचा सकता है।'

'बड़ा नुकसान।'

'यह मकसद है।'

'यह बताता है कि वह सलेम हसन के साथ खुद को उलझाते हुए मध्य-पूर्व की ओर क्यों भागना चाहता था?'

'के.डी. ने अपने अंतहीन लालच की कीमत अदा की और सनी क्रॉसफायर में फँस गई?'

'के.डी. के चेहरे पर लिपस्टिक, पाउडर, उसके मुँह में जाँघिया, मुझे लगता है कि यह सब सिर्फ जाँच को गुमराह करने के लिए था।'

'नशे की लत वाली आइटम गर्ल की तरफ इशारा करता है, जिसका के.डी. के साथ इतिहास रहा है।'

कबीर की पसंद के हिसाब से बहुत सारे अगर-मगर थे और वह इस बात से नाखुश रूप से अवगत था कि उनके अनुमान उसे सच्चाई के करीब नहीं ले जा सकते, जब तक कि उन्हें कोई वास्तविक सबूत न मिल जाए, वह चीज जो उसे कोर्ट में खड़ा कर देगी, लेकिन कबीर अब और नजरअंदाज नहीं कर सकते थे कि सच उसके चेहरे पर घूर रहा है। किसे मोनालिसा के साथ डैनी के संबंधों के खुलासे का फायदा होगा? कोई था, जिसके पास खोने के लिए बहुत कुछ था। कोई है, जो बहुत शक्तिशाली है, जिसका काफी दबदबा हो। कोई ऐसा व्यक्ति, जिसके पास बहुत कुछ दाँव पर लगा हो। शायद कोई है, जो नहीं चाहता था कि सच्चाई उसके भाग्य को प्रभावित करे। किसी भी कीमत पर डैनी की फिल्में घाटे में जाएँ और नुकसान को काबू करने में वह विचलित हो जाए।

'इसकी नजर से, गोलमाल का असली लाभार्थी ऐसा प्रतीत होता है कि डी.एस. स्टूडियोज डैनी पर करोड़ों का दाँव लगा रहा है, उनकी नए जमाने की

पीढ़ी की हीरोइन को इतनी धूमधाम से लॉञ्च किया गया।

उनकी 'जेन-नेक्स्ट' नायिका के यौन अभिविन्यास की सच्चाई उन्हें बहुत शर्मिंदा कर देगी, जो पुराने जमाने के स्टूडियो को अस्वीकार्य है।

'महोदय, आपने जो लेख माँगे थे···' कबीर ने गॉसिप वाली फिल्मी पत्रिकाओं को पढ़ा।

स्टार ट्रुथ के आठ साल पुराने संस्करण को खोजना काफी कठिन था। कहानियाँ जहाँ सभी कुछ देखने के लिए था।

वो किस्से, जिन्होंने बरसों पहले इस तरह के कांड रचे थे।

कबीर, डैनी और प्रिंस की कुख्यात रात पर एक साथ लिखे गए टैब्लॉइड स्कूप्स पढ़ने लगे और हैरान हुए कि कोई स्टूडियो अपनी बेशकीमती संपत्ति की रक्षा के लिए इतना झुक सकता है?

एक बड़ा चकमा, एक जटिल कवरअप मशीनरी को अंजाम दिया जाना इतना अकल्पनीय नहीं था। तो क्या स्टूडियो जानबूझकर अपनी संपत्ति की रक्षा के लिए उनकी तीन बड़ी बजट की हीरोइन की झूठी कहानियाँ गढ़ते हैं? और इससे भी बदतर, क्या उसमें किसी गहरी और अधिक भयावह चीज में उनका हाथ है? कबीर निराश थे। एक प्रतिष्ठित स्टूडियो पर केवल अनुमान और अटकलों के आधार पर उनके खिलाफ कुछ भी साबित करना मूर्खतापूर्ण काम था। लेकिन मुद्दा यह था कि बस डी.एस. स्टूडियो अपने घाटे में कटौती कर सकता था और उन्होंने डैनी के साथ अपनी नई परियोजनाओं की घोषणा नहीं की।

डैनी के बारे में सच्चाई सामने आने पर यह एक बहुत बड़ा मौका था। जनता बहुत क्षमाशील हो सकती है और यह एक जोखिम था, जो कोई स्टूडियो नहीं चाहता था।

स्टूडियो ने डैनी की नई फिल्मों की घोषणा क्यों की, जब उन्हें पता था कि वह जोखिम भरी संपत्ति है? जब तक कि स्टूडियो को इस बारे में नहीं पता था।

कबीर का सिर घूमने लगा। उसने सुहाना के आठ मिस्ड कॉल देखे। वह फोन करनेवाले का नाम को घूर रहा था। वह अपनी कुछ ज्यादा ही कड़वी सिगरेट का लंबा कश खींचने लगा।

जाहिर है, यह कुछ महत्त्वपूर्ण था। वह यह सोचने में समय क्यों बरबाद

कर रहा था कि क्या कहा जाए! मायूसी के बढ़ने से, कबीर को अहसास हुआ
कि उसे अपनी आवाज को स्थिर करने के लिए उसे कुछ समय देना होगा। वह
एक उत्साहित स्कूली लड़के की तरह आवाज नहीं करेगा।

उसके साथ क्या बकवास हो रही है।

'मैं ए.सी.पी. कबीर हूँ ··· क्या आप सुहाना हैं? क्षमा करें, मैं नई प्रोग्रेस में
व्यस्त था ··· मैं ··· नमस्कार जो भी हो!! आप मेरे वॉयस-मेलबॉक्स पर हैं।'

'ठीक है तो मैं बाहर हूँ और आप जानते हैं कि इसके ठीक बाद क्या
करना है ?

बीप ··· और फिर एक बीप ··· कबीर ने अचानक कॉल काट दिया।

'मशीनों से बात करना उसे पसंद नहीं था। उसने उसे वहाँ क्यों बुलाया था,
रात 11 बजे से दोपहर 2 बजे तक आठ कॉल आए थे। आखिर वह फोन क्यों
नहीं उठा रही ···'

कबीर का फोन बज उठा। वह थी।

'हाँ, हाय!'

'नमस्ते!'

'आपने फोन किया था!' वे उसी समय बोले।

सुहाना ने कहा, 'मेरे पास नरगिस का फोन आया था।'

'नरगिस खालिद ?'

'वह जोर देकर कहती है कि उसके पास मुझे बताने के लिए कुछ है।'

'पिछली बार उसने बॉलीवुड स्टार्स के राज पर अपनी छोटी काली किताब
के बारे में बात की थी और अगली सुबह उसने बहाना बनाकर अनजान बनते
हुए कहा कि शराब ने उसकी याददाश्त को धूमिल कर दिया था।'

'मेरे पास उसकी भद्दी दास्तान सुनने का समय नहीं है कि उसने कितने
राज देखे हैं, सॉरी!'

'उसने कहा कि प्रिंस के बारे में कुछ है, जो उसने किया है, उसने कहा कि
वह उसे बेनकाब कर देगी।'

'मुझे लगता है कि आपकी नरगिस खालिद शोहरत की सुर्खियों से दूर होने
से दुःखी महसूस कर रही है।'

'अब वह भी मशहूर होना चाहती है।'

'उसने कहा कि वह हमें सनी और प्रिंस के बारे में कुछ बताना चाहती है।'

'वह आपसे मिलने जा रही है। वह कहती है कि उसके पास कुछ योजना है। लेकिन इसकी कीमत चुकानी पड़ेगी।' कबीर नरगिस के बारे में निश्चित नहीं थे।

'पिछली बार नरगिस ने सबके सामने ऐलान कर सनसनी मचा दी थी और कहा था कि उसके पास एक किताब है, जिससे वह बॉलीवुड में सुनामी लाएगी। कुछ नहीं निकला, झूठे दावे करने के लिए माफी भी नहीं। फिर नरगिस ने ट्विटर पर लिखा कि उसके पास अश्लील साहित्य का भंडार है। इन तसवीरों में बॉलीवुड के बड़े सितारे यौन कृत्यों में लिप्त हैं और कालिदास नशीली दवा भी लेता है, लेकिन उसने 24 घंटे के भीतर यह कहते हुए अपना बयान वापस के लिया कि पुलिस ने उनकी विस्तारित ग्रिलिंग और कठिन रणनीति से उसे भ्रमित किया है।'

'हाय, आई एम हेयर।' इंटरकॉम बज उठा। नरगिस थी।

'यहाँ? कहाँ पर?'

'आपके ऑफिस के बाहर। क्या मैं आ सकती हूँ?'

'कैफे में मेरा इंतजार कीजिए।'

50 फीट × 20 फीट का आयताकार हॉल, जिसमें साधारण धातु की कुरसियाँ, उनींद रबर के पौधे, नंगी खिड़कियाँ और छोटा रंगीन टीवी; नए बने कैफे में यही मूलभूत चीजें थीं।

लाल धातु पर पूरी तरह से जगह से बाहर सिंपल जींस और टी-शर्ट में सजी खूबसूरत नरगिस खालिद कुरसी पर बैठी थी, उसे उसके हूकर मेकअप के बिना पहचानना लगभग असंभव था।

'क्या मैं सिगरेट पी सकता हूँ?' उसने उनके कमरे में प्रवेश करते ही कहा।

'हाँ, जरूर।' वह जिस तरह से सिगरेट पी रही थी, उन्हें पसंद आ रहा था।

फर्श पर चिनगारी और राख के निशान दूर फेंकते हुए अपने लंबे पैरों को दिखाने का एक तरीका था। पुरुषों ने उसे आकार दिया और अपनी तरफ उन सब पुरुषों का ध्यान पाकर वह खुश होती।

'आप पूरी तरह से हिले-डुले दिख रहे हो। क्या यह आपका बरसात का दिन है?'

नरगिस खालिद ने एक और सिगरेट जलाई और हाथ मिलाते हुए उसे शांत करने के लिए एक लंबी खिंचाई की। वह काउंटर पर टिमटिमाती रोशनी को देखती रही, मानो अपना मन बनाने की कोशिश कर रहा हो।

'मेरा कैश कहाँ है?'

'सुरक्षित है, लेकिन हमें यह जानने की जरूरत है कि आप क्या बेच रही हैं?'

नरगिस ने उन्हें लंबी सख्त लुक दिया। उसने सिगरेट का कश लिया। लंबे समय तक सिगरेट के धुएँ के छल्ले फूँकती रही, 'आपको पता है, हमें सुलेमान के फार्महाउस पर जो पार्टी हुई, उसका परदाफाश करने की जरूरत है?'

'हाँ, और आप इसका प्रस्ताव कैसे देंगी कि हम ऐसा करें?' कबीर ने आह भरी।

'हम उनकी पार्टी में गए और उसका परदाफाश किया। वह आज रात अपनी फिल्म 'इंडियावाला हीरो' के प्रीमियर का जश्न मनाने की पार्टी दे रहा है नरगिस ने कैफे बॉय द्वारा पहले से पुलिस अधिकारी के सामने रखे मटन स्टेक और बीयर को लालच से देखते हुए कहा।

'कहती रहें। आपको यह चखना चाहिए, यह बढ़िया फैट है···'

'ओह, मैं नहीं।'

'चलो···या आप आइस्ड लेमन टी पसंद करेंगी?'

'हाँ, वो भी, भगवान् मैं भूख से मर रही हूँ।' नरगिस को फिर से कहने की जरूरत नहीं थी।

कुछ ही क्षणों में उसकी उँगलियाँ रसदार स्टेक को चीर रही थीं।

'आप पार्टी के बारे में बात कर रही थीं।'

'हाँ, हम वहाँ जाते हैं।'

'हाँ, और निश्चित रूप से वह हमें एक गिल्ट-एज आमंत्रण भेज रहा है!'

'चलो, यह क्या है नरगिस, आप यह हास्यास्पद विचार लेकर यहाँ आई हैं, हास्यास्पद विचार?'

'हाँ। मेरा मतलब है हाँ, उसने हमें आमंत्रित किया है।'

'उसे करना चाहिए?'

'मेरा मतलब है कि वह यह नहीं जानता। फिर भी, वह हँसी और पलक झपकते मैं पहले ही मैनेज कर चुकी हूँ।' नरगिस ने अपना हाथ अंतिम निशान को ध्यान से मिटाने के लिए कई बार उँगली का कटोरे के अंदर डाला और आखिरी में उसने सावधानीपूर्वक मैनीक्योर किए गए नाखूनों को पोंछा।

नरगिस ने अपने हैंडबैग से दो खूबसूरत काले और सुनहरा निमंत्रण निकाले।

'आपके और सुहाना के लिए।'

'हमें कैसे पता चलेगा कि यह नकली नहीं हैं? आपको वे कैसे मिले?'

'ईमानदारी से सुडौल फिगर और ब्लीच किए गए बालों से क्या कुछ नहीं हासिल कर सकते! बस यह कह सकती हूँ कि प्रबंधक का बेटा प्रदान की गई सेवाओं की बहुत सराहना करता था।'

'तो किसी पार्टी में जाने से कैसे मदद मिलती है?'

'मैंने प्रिंस की ओर से निशा पोद्दार को भी एक भेजा है!'

उसने धूर्त मुसकान के साथ कहा, 'हाँ, बॉलीवुड ट्रुथ की निशा...बेशक वह जानती है कि यह नकली है...मैं बस इतना ही कह सकती हूँ कि प्रिंस की प्रतिष्ठा हर दिन उसके नथुने के अंदर चली जाती गंदगी से कम होगी।'

अंत में सुर्खियों की महिमा में नरगिस खालिद ने चमकते हुए इनविटेशन कार्ड को जीत की टिकट की तरह थपथपाया। उनकी बातचीत को एक हड़बड़ाते शिंदे ने रोक दिया।

'सर, आपको इसे आकर देखना होगा। अभी! प्लीज!'

'मेरे बारे में चिंता मत करो ऑफिसर। इसे जारी रखो। मैं यहीं रहूँगा और अपना दोपहर का भोजन खत्म करूँगा। नरगिस ने शरबत की बर्फ को जोर-जोर से घुमाते हुए कहा। ईर्ष्यालु पति की तरह मेरा इंतजार न करें!'

~✤~

'हरामखोर, यह सही रहेगा।'

'जब तक आप देख न लें, तब तक इंतजार करें, सर। अच्छी चीज अभी

भी करीब नहीं है। यह एक मानसिक है मुख-मैथुन! जिस बैंक में जॉनी डिसूजा का खाता था। ऐसा लग रहा था कि उसके पास एक लॉकर भी था। बैंक को एक ड़ीवीडी मिली है। लगता है, वे डीवीडी की सामग्री देखने के बाद आए हैं। उन्होंने कहा है कि उन्होंने सोचा है कि इस चीज को आपको सौंपना उनका कर्तव्य है। उन्होंने इसे कुरियर किया है, लेकिन इस वीडियो का लिंक भी भेजा है।'

शिंदे ने झटके से लैपटॉप को टेबल पर रख दिया और जोर से उसका प्ले बटन थपथपाया। उसने जो देखा, उसमें कुछ भी चौंकानेवाला नहीं था।

यह एक लड़की और दो आदमियों का सेक्स टेप थी, जिसमें उनके नग्न नितंब दिखाई दे रहे थे।

'तुमने मुझे इन दोनों को देखने के लिए बुलाया है, भाड़ में जाओ, मैंने इस गंदगी को इससे पहले देखा है।'

'सर, वापस बैठिए और मैं आपको फर्क दिखाऊँगा, अब यह वह वीडियो लिंक है, जिसे जॉनी डिसूजा के सिंगापुर बैंक ने भेजा है।'

शिंदे ने स्विच दबाया और स्क्रीन पर दूसरी फिल्म दिखाई दी।

इसका कोई शीर्षक नहीं था, कोई अभिनेता नहीं था, कोई क्रेडिट नहीं था, बस उछल-कूद वाली वही रूखी क्रिया। सेटिंग उसी वैनिटी वैन की थी। वहाँ प्रसंगों में भी बदलाव नहीं थे। कैमरा स्थिर था।

पूर्ण-दृश्य लंबे शॉट और कभी-कभार क्लोज-अप भी किया गया था, जो कामुकता से कम संबंधित था और फिल्म में शामिल अभिनेताओं, जान-पहचान के व्यक्तियों से अधिक संबंधित था। कि उनकी फिल्म बनाई जा रही है। प्रोफाइल शॉट में कोई गलती नहीं थी

जयराम मंगवानी कैमरा पकड़े हुए। पुरुष भी दूसरी तरह का अभिनय कर रहे थे।

कैमरे के लिए कोई हड़बड़ी नहीं थी, जैसे उन्हें नहीं पता था कि यहाँ कोई कैमरा है। एक छुपा हुआ कैमरा।

कैमरा दो आदमियों के चेहरों पर ज्यादा ध्यान दे रहा था, जो लड़की के साथ मारपीट कर रहे थे। बिजली के झटके से उसकी रीढ़ की हड्डी टूट गई। कबीर अचानक बोल्ट सीधा बैठ गया। उसने रीप्ले करने को कहा और

मोनालिसा पर हावी आदमियों को करीब से देखा।

यहाँ सिंगल फ्रेम था, एक सेकंड का एक अंश बिना किसी गलती की प्रोफाइल का साइड व्यू। रूखा, लेकिन बिना किसी संदेह के कबीर अपने हाथ में एक तसवीर लेकर देखने लगा। बॉलीवुड के सबसे बड़े नाम की संलिप्तता की सच्चाई में तोड़फोड़ का परिणाम। कोई गलती नहीं थी।

एक आश्चर्यजनक प्रोफाइल वाला एक दुबला-पतला लड़का और ऊँची नाकवाला, जिसने डैनी की प्रेमिका का बलात्कार किया था, प्रिंस कैप्योर था, बॉक्स ऑफिस का दूसरा देवता और डी.एस. स्टूडियो का नीली आँखों लड़का भविष्य का अभिनेता और तसवीर में दूसरा आदमी खालीपन से मुसकराता हुआ मुंजाल था। बहुत छोटा और बेहतर दिखनेवाला मुंजाल।

'अच्छा-अच्छा! तो हमारे के.डी. उर्फ जॉनी डिसूजा जा रहे थे, एक बहुत ही बुरे आदमी थे। वे एक वीडियो शूट करने के लिए जयराम से मिलते हैं और फिर उसे इन दोनों के साथ टेप शूट करते हुए पात्रों को रिकॉर्ड करते हैं!'

कमरे का सारा सन्नाटा अचानक टूट गया।

'हैलो लड़को! कृपया ए.सी.पी. को बताएँ···ओह, आप यही हैं···मैं जा रहा हूँ। मुझे एक वीडियो शूट करनी है!'

वरदीवाले पुरुषों से भरे हुए सादे कमरे में सुंदर आइटम गर्ल बेमेल दिख रही हैं। 'और ये कार्ड नकली नहीं हैं। वहीं मिलते हैं!'

इससे पहले कि कबीर कुछ कहते, नरगिस खालिद कंप्यूटर स्क्रीन पर नग्न प्रिंस सुलेमान कपूर और मुंजाल को देखे बिना दरवाजे से बाहर निकल गई।

□

30

यू आर इन्वाइटिड

सजे हुए निमंत्रण-पत्र ने उसका मजाक उड़ाया। कार में बैठी वह काले मखमल और सुनहरे कार्ड को अविश्वसनीय रूप से देख रही थी। अगर आपको यह कार्ड मिला है तो आप प्रिंस की खास हैं। पार्टी के लिए तैयार होना इतना आसान नहीं था, जितना वह सोच रही थी।

उसने पाँच बार अपनी ड्रेस बदली, आखिरकार एक ऊँची-नीची नीली रेशमी ड्रेस, जो उसकी पतली कमर और कूल्हों के सेक्सी मोड़ों को दिखा रही थी, पहनी। उसके स्याह काले बाल साइड से अलग किए गए थे और रेशम की तरह उसके पतले कंधे उसकी लिली सी सफेद त्वचा पर भीतर की तरफ मुड़ रहे थे और उनकी ठंडे जैतून सी आँखें, शांत होने पर हलके हरे रंग की हो जाती हैं और गुस्से के समय स्याह जैतून जैसी हो जाती है। कार में ए.सी.पी. कबीर भोंसले के बगल में बैठना उसे अजीब लग रहा था। एक महीने पहले वह इस बात पर हँसती, अगर किसी ने पुलिसवाले के साथ डेट का सुझाव दिया होता। लेकिन तब से बहुत कुछ बदल गया था। इसके अलावा, उसके बगल में बैठे आदमी ने उसे किसी पुलिसवाले की तरह महसूस नहीं करवाया। वह किसी के प्रति निर्णायक नहीं थी। वह आज एक स्नातक छात्र की तरह लग रहा था, नई शर्ट में सारे बटन लगे हुए और उसे यकीन था कि उसने अपने बालों में थोड़ा जैल लगाया हुआ है।

एक भी बाल अपनी जगह से छिटक नहीं रहा था। कबीर ने उसे घूरते हुए पकड़ा और उसका चेहरा लाल हो गया। उसने अपने बालों को मजबूत हाथ से सहलाया और सुहाना मुसकराई तथा दूसरी तरफ देखने लगी। वे प्रिंस सुलेमान

कपूर के किलोमीटर लंबे रोशनी वाले फार्महाउस में दाखिल हुए, जो उनके आठ फार्महाउस में से सबसे शानदार था। कारों की एक कतार तारे के आकार के ड्राइव-वे तक पहुँच गई, जहाँ सुपरस्टार की लेटेस्ट फिल्म, इंडियावाला हीरो और मेटल मैन की विशाल होर्डिंग आसपास की चीजों को ढक रहे थे। तड़क-भड़क वाली स्त्रियाँ और पुरुष अनुचर और रक्षक पोर्च, फेरारी, वोक्सवैगन, बेंटले, लिमोस, रोल्स रोयस, मर्सिडीज, एक्सकलिबुर्स और कुछ के पास SUVs के पर्सनल देखरेख के लिए इंतजार कर रहे थे।

'यह जगह अजीब है।' सुहाना के रोंगटे खड़े हो गए।

'अब पीछे नहीं हटना है।'

सुहाना ने उत्सुकता से कहा, 'शिट, मुझे उम्मीद है कि नरगिस वहाँ होंगी।'

'क्या आपको सच में लगता है कि नरगिस खालिद को मिस करनेवाली हैं? वह एक शो में अभिनय करने जा रही हैं!' कबीर मुसकराए।

'मुझे नहीं पता कि आपको क्या बनाना है।' सुहाना ने कहा, 'मुझे बताओ अगर आप यह नहीं कर रहे होते तो क्या कर रहे होते?'

'मैं घर जाकर गेम शो देखूँगा।' उसने अपनी कार की चाबियों पर नौकर को देते हुए कहा। सुहाना और कबीर बिना किसी उत्साह से पैड फोटोग्राफरों का समूह के पास से भीतर आ गए। गोल्ड पेंट से ढकी लड़कियाँ, बहलाव के लिए विदेशी विशालकाय टोपी और साथ ही प्रत्येक आमंत्रण कार्ड की सावधानीपूर्वक आखिर बार जाँच की गई, फिर लोगों को प्रिंस सुलेमान कपूर की घूमनेवाली मांद में जाने दिया। प्रत्येक अतिथि को उनके सिर के लिए टोपी दी गई।

'अच्छा, अब मेरे भी सींग हैं!' सुहाना ने उसे पहनकर कहा।

इसके राक्षसी डिजाइन के कारण इसे डेन कहा जाता था।

एक राक्षस की मांद की तरह, जो हर इंच से अश्लील शारीरिक अपव्यय को बाहर निकालता है। रहस्यमयी तीखे तत्त्व सिगरेट के धुएँ की तरह हवा में मँडराते हैं और वातावरण को सबसे तेज सुगंधित खतरनाक वाष्प के साथ मिली हुई स्ट्रॉंग ईथर की परिचित और विदेशी खुशबू, सम्मोहक मादक के साथ मिश्रित खूबसूरत लोगों की खुशबू, अजीबोगरीब माहौल का नशा पैदा कर रही थी।

ऐसा लग रहा था कि मानो पूरी तरह से ग्लैमर और कामों के आवेग को

उकसाने के लिए ही यह प्रोग्राम किया गया हो।

आप अपनी नाक पर स्नोबॉल रखो और उँगलियाँ गले के नीचे इस तरह आपकी त्वचा चमकती है और आपका वजन अपने कोट से कम हो जाता है—

तीस कमरे, पाँच स्विमिंग पूल, एक शूटिंग रेंज, एक मिनी चिड़ियाघर जिसमें बहुत सारी विदेशी प्रजातियाँ और कई अद्‌भुत चिड़ियाँ हैं।

आनेवाले मेहमान चूना-पत्थर की सीढ़ियों से भीतर की ओर प्रवेश करते हैं और ऊपर आनेवाली विशाल जगह है, जो शेरों की फंकी मूर्तियों से घिरी हुई है। एंट्री हाल इतना बड़ा है कि वहाँ स्केटेस किया जा सकता है, यहाँ खेल का मैदान बनाया जा सकता है किसी ने कहा। सफेद मार्बल की तीन मंजिला इमारत और पुरानी हिंदी फिल्मों की तरह दोहरी नक्काशीदार सीढ़ियाँ। विशाल राक्षसी आकार का झूमर, जो सोने की पत्तियों वाली बक्से जैसे डिजाइन वाली छत से मानो गुस्से में चमक रहा था, छत पर काँच से पॉलिश किए गए काले संगमरमर का फर्श का बिंब पड़ रहा था। गिल्ट के फ्रेम वाले प्रिंस सुलेमान कपूर की विभिन्न फिल्मों के चित्र, जो माणिक लाल-मलमल के परदों, जिन्हें मोटे सुनहरी तारों से बाँधे गए स्तंभों के बीच टँगे हुए थे, की पृष्ठभूमि में खड़े लोग आपस में बातें कर रहे थे।

'देखो, कैसी दूषित, अजीब जगह है।'

'मैं इसे डरते हुए प्यार करने की कोशिश कर रही हूँ!' दो स्त्रियों ने उसे पहचान लिया।

'ये कौन हैं?' कबीर फुसफुसाए।

'जब आप ऊँची उड़ान भर रहे हों तो हर कोई आपका सबसे अच्छा दोस्त होता है…'

सुहाना धीरे-धीरे से बोली।

'मैं कल रात हिजरा बाबा से मिली थी। मेरे कैमरे को अपने गले में डाल कैफ के साथ डांस किया, चार बजे भोर वह ट्रांस में चला गया।'

'श्हह्हह्हह्हह्ह उसे जाने दो। अब मत देखो, लेकिन हे भगवान् उसकी जाँघें दिख रही हैं! उसने क्या ड्रेस पहनी है…!

'आप जानते हैं कि उसने सिंगापुर फिल्म पुरस्कारों में उसने क्या किया… वह पूरी पारदर्शी ड्रेस, जिसमें सामने से ढीली जाली थी और पीछे की तरफ धागों

के कुछ टुकड़े''वह इतने नशे में थी कि जब उसे मंच पर किसी को पुरस्कार देने के लिए बुलाया गया तो वह भ्रमित हो गई और सोचा कि उसे पुरस्कार दिया जा रहा है। फिर उसने सभी का धन्यवाद करते हुए उसने न मिलनेवाले अवार्ड के लिए एक रोमांचक भाषण दिया और सभी को बहुत शर्मिंदा करते हुए गाना गाकर अपनी बात खत्म की।

'हाँ, सो व्हाट्स उसके मुँह से झूलती हुई सिगरेट के साथ कहा, 'मेरा मतलब है, क्या आपको यहाँ वर्जिन मैरी मिलने की उम्मीद है? मेरा मतलब है कि वह अपने एक दोस्त की रखैल रही है, जो दक्षिण की एक पुरस्कार विजेता निर्देशक भी हैं। वह एक साल से उसके साथ थी और फिर उन्होंने अपनी-अपनी रखैलों की अदला-बदली की। लेकिन उसके निर्देशक प्रेमी ने दूसरी लड़की को गर्भवती कर दिया और उसने उसका टेप बना लिया और उसे उससे शादी करनी पड़ी! और वह इसमें फँस गई और अपने ही प्रेमी की रखैल बन गई है और वे अभी भी अपनी छोटी 'पुरस्कार-विजेता' फिल्में बनाते हैं!' युवा लड़कियाँ कुछ नहीं तो थोड़ा ढंग के कपड़े पहनें, मस्ती से बॉलीवुड ट्विटर के साप्ताहिक रुझान का मजाक उड़ा रही थी।

'···कई विवाहित सितारे, जिन्होंने अपने अतिथि कमरे में टू-वे मिरर लगाए थे, ताकि वे उन्हें सेक्स करते हुए देख सकें।'

'···वह नायक, जो दो स्त्रियों को साथ में देखे बिना उठ नहीं सकता था।'

'··· सुपरस्टड, जिसने आठ साल की अपनी गर्लफ्रेंड को डंप करने के बाद अभी-अभी अपनी बैंकर मंगेतर से शादी कर ली है। सच्चा प्रेम। वह पहले से ही तलाश में होगा। उसकी वैन एक परेशान करनेवाली हरम है।'

फिल्म नगरी के संसार की सामान्य गपशप। सुहाना और कबीर बिना किसी चुनौती और मान्यता के पार्टी में चले गए थे और नरगिस के लिए अपने आँख-कान छीले रहे थे।

'बॉलीवुड के आधे पुरुषों को मूर्ख बनाने के बाद मैडम किसी आश्रम से जुड़ गई हैं''वह अब माँ प्रेम आशा हैं!'

'आश्रम में शामिल होने के बाद खौफनाक स्त्री को नया अंत:करण मिल गया है!'

'लेकिन तुम मुझसे यह नहीं सुनोगे, लेकिन उसने अपनी छड़ी जैसी पसलियाँ दिखाईं।

'···अरे, क्या मैं उसको जानती हूँ? आप बहुत परिचित लग रहे हो!' मॉडल ने उत्सुकता से उसकी ओर देखा।

'ये लो! जानेमन! नटखट–नटखट लड़कियाँ!'

'इस सामाजिक सेटअप वाली पार्टी में माँ प्रेम आशा की शारीरिक बनावट में परिवर्तन? आप जानती हैं कि अपने शरीर के साथ कट्टर होना सबसे कठिन होता है।'

'पिछली बार एक लड़के ने बॉलिंग बॉल को लटका दिया था।'

'कोकीन को अपने नितंबों में अतिरिक्त ताकत से डालना कि वह लड़की नए युग के तरीकों को जवान रहने में इस्तेमाल करती है···पार्टी के बाद वह चली गई थी और उसके पेट में पंप करके एक गैलन वीर्य निकाला था!!'

'यक्कक जीज! एक गैलन वीर्य? छिह! क्या इससे कुछ हुआ?'

सुहाना ने देखा कि कबीर अब उसके साथ नहीं है और उसने आह भरी।

ऐसी जगह में खो जाना बहुत आसान था। वह यहाँ सर्चलाइट बुलाएगी, भगवान् उसने उसका हाथ क्यों छोड़ दिया।

उसने धड़कती भीड़ पर अपनी गरदन झुका ली और उसके फोन तक पहुँच गई। तभी उसने नरगिस को LAIR के अंदर जाते हुए देखा, लेकिन उसे फोन करने में झिझक हुई।

फार्महाउस के घेराबंदी क्षेत्र से एक दूसरा प्रवेश दरवाजा, जिसकी रखवाली प्रिंस के पाँच कुत्ते करते थे। औरंगजेब, जॉर्ज बुश, रजिया सुल्तान, लुखख और पोंटी। कुत्तों का सँभलना कठिन लग रहा था। वह आसानी से कॉफी और कॉन्यैक और उन चीजों की की महक वाले, जिन्हें वह नहीं जानती थी, के अँधेरे क्लब में चली गई। डीजे अपने कोनसोल से अवैध मनसूबे का प्रदर्शन कर रहा था।

आई एम गोनना बर्न डाउन दिस होस्टल
आई एम गोनना ब्रिंग ए गण थ्रौ कस्टम्स
ई विल स्नोर्ट एंड आई विल हीरोइन ओडी–
जैसे ही उसने प्रवेश किया, लेकिन मिश्रित

धुएँ और पसीने की धुंध की गंध ने उसके नथुनों पर हमला किया, जैसे ही उसने गहरी साँस ली। आह, सौ प्रतिशत निकोटीन की गंध, उसने धधकती भीड़ में अपने शरीर को धक्का देते हुए अपराध-बोध से सोचा। आखिर में कोने में खाली बार स्टूल तक अपना रास्ता बनाया, उसने कबीर की नजर को पकड़ा, अपना सिर हिलाया और नीचे देखते हुए मुसकराई। उसने बारटेंडर को इशारा किया।

'जिन'''और टॉनिक,' उसने मुँह बनाया और उसने सिर हिलाया और सौ अन्य प्यासे संरक्षकों के रोने से दूर हो गई। अब तक उसकी आँखें आसन्न अँधेरे में समायोजित हो रही थीं। चमकीले धब्बे दीवार पर नीयन बीयर के चमकीले धब्बों के संकेत बाहर खड़े थे, चेहरों, क्लीवेज और सिक्स पैक को रोशन कर रहे थे।

'यार, इस पार्टी को देखते जाओ! क्या यह संक्षेप नहीं है! दो अजीब मॉडल ने पार्टी पर चर्चा की।

'प्रिंस, इस बकवास को फंड करते हैं? यह बहुत बड़ा है।'

'प्रिंस का पैसा! बिल्कुल नहीं। यह उनके फाइनेंसर हैं, जो यह करते हैं। जो लोग बिना किसी रोक-टोक वाली पार्टी चाहते हैं और कोई सवाल नहीं पूछ रहे थे, वे दुबई से आए खास मेहमान थे, इसके पारखी, जिनके पास फिलिपिन लड़कों की झोंपड़ियाँ थीं और यूक्रेन की लड़कियाँ—लायर!' उसने LAIR के बारे में सुना था। कुख्यात मांद, जो केवल रात में नीली और लाल बत्ती के साथ जीवित रहती थी और यह रात ऐसी ही थी। यहीं पर खास दोस्त, सिल्की पर झुके हुए थे।'

पानी के बिस्तरों के सिल्की किनारों पर झुके हुए थे उनकी बोली और ऑर्केस्ट्रा की पृष्ठभूमि के लिए, बिल्ली पाउंड, दर्जनों जोन-आउट नगन लड़कियाँ कमर-गहरे पानी में इधर-उधर खिसक गईं,

एलएसडी और बूज और अपर्स से युक्त कैवियार परोसना।

'विस्की टू वाइल्ड टू वे डिमेंटेड आउट। आई लव इट।

'आप मुझे कुछ ड्रग-रेजिंग बीट-योर गधा-इन-द-वफल-हाउस कमबख्त रॉकस्टार बना सकते हैं। मैं वह सब हूँ। क्या मैं, तुम्हें पता है प्रिये?'

सुहाना पीछे मुड़ी। प्रिंस सुलेमान कपूर ठीक उसके बगल में उसकी आँखों में गहराई से खड़े देख रहे हैं। सुहाना ठिठक गई।

'मैं सिर्फ एक प्रशंसक हूँ,' उसने कहा। 'क्या मुझे आपका ऑटोग्राफ मिल सकता है!'

'बिल्कुल प्रिय, तुम्हें पता है, इस प्रशंसक ने एक बार मुझसे पूछा था कि मैं कैसे करूँ?'

'मैं जो कुछ भी हूँ और मैंने जो कहा, वह सब होने का प्रबंधन करें क्योंकि मैं एक फ्रिगिंग कमबख्त सुपरस्टार हूँ!' प्रिंस सुलेमान कपूर ने अपनी प्रसिद्ध मंद मुसकान चमकाई।

'जरूर। एक कमबख्त सुपरस्टार। यही आप हो।'

सुहाना ने कहा। और वह वैसे ही चला गया था, जैसे अचानक आया था। यहाँ तक की उसके सामने उसके जिन और टॉनिक सरकने से पहले अभिनेता गायब हो गया। उसने उसे मुसकराते हुए भीड़ में नाचते देखा और एक दर्जन अन्य पुरुषों और महिलाओं को अंतरंग रूप से छूते हुए देखा। वह विश्वास नहीं कर सकी! सुपरस्टार ने बस उसने पहचाना नहीं था। सुहाना को समझ नहीं आ रहा था कि खुश होए या नाराज, लेकिन जैसे ही उसने ऑटोग्राफ दिए गए नोट को फाड़ा, उसे अहसास हुआ कि उसके पास अभी सौभाग्य का एक शानदार टुकड़ा था। उसने अपने होंठों से साधारण मिश्रण का पहला घूँट लिया, ठंडा और बर्फीला, थोड़ा मीठा और खट्टा। उसने एक पल के लिए ड्रिंक को अपने मुँह में रखा और बर्फ तथा जिन व चूने के गूदे को उसकी जीभ से सटाने दें···

अचानक उसने अपनी कमर पर कुछ हाथ महसूस किए और वह आश्चर्य से उछल पड़ी। जल्दी से मुड़ी उसकी आँखें कबीर की तीव्र दृष्टि पर स्थिर हो गईं, जो उसे चुप रहने के लिए कह रही है।

'श्श हमें देखा जा रहा है। हम अकेले हैं, जो सूँघया छीन नहीं रहे, उसने कहा और उसे बारस्टूल से अपनी मजबूत बाँहों में उठा लिया। उसके हाथ उसके कूल्हों से गिर गए, और उसकी त्वचा स्पर्श से नहा गई। गरमी के बावजूद उसकी बाँहों पर कंपन होने लगी।

उसने अपनी आँख के कोने से निशा पोद्दार को देखा, जो बड़े शौक से

उन्हें देख रही थी। सुहाना शरमा गई, लेकिन एक मिनट तक उसे घूरती रही।

'फफ्फ्क! मुझे लगता है कि यह चलने का समय है।'

LAIR के सबसे अँधेरे कोने में बैठे प्रिंस ने अपने के बुलडॉग पोंटी और जॉर्ज बुश को पुकारा, जब उनके आगंतुक के आने की घोषणा हुई। पोंटी ने जॉर्ज बुश को उत्साह से दौड़ाया और वहाँ हड़बड़ी की आवाज थी।

'उठो, पोंटी''जॉर्ज बुश, मुझसे दूर हो जाओ!!' एक कर्कश आवाज ने उस उत्सुक कुत्ते को आज्ञा दी, जिसने अपने आप को उसके जूतों से मिला लिया था।

प्रिंस मुसकराया। पोंटी और जॉर्ज बुश की नजरें मुंजाल के चमड़े के जूते की तरफ जा रही थी और पंपिंग हमेशा उसके होंठों पर मुसकान लाती थी।

'नीचे लड़कों, नीचे मुंजाल, इससे कुछ नहीं होगा। कुत्ते सोचते हैं कि यह एक कुतिया है।' पोंटी को मुंजाल के जूते क्यों पसंद थे, इस बात से वह चकरा रहा था। पोंटी और जॉर्ज बुश को हरकत करते हुए देख, प्रिंस की पालतू कुतिया रजिया सुल्तान ने छोटा मुंजाल को घेर लिया और उसे गीले चुंबन के साथ चूमने लगी।

'कहाँ है वह?' मुंजाल ने आसपास देखते हुए पूछा, जैसे उम्मीद वह किसी और की उम्मीद कर रहा हो।

'रजिया उतर जाओ। उसे उतारो। मैं इसे लात मारूँगा, 'छोटा मुंजाल जोर से चिल्लाया, उसकी आँखें बाहर निकल आईं।

'धन्ना सेठ रास्ते में है। और जरा ध्यान से छोटा। वह उत्तम दर्जे की चालू है। बहुत अच्छी ब्रीड की—एक स्त्री! रजिया से रिक्वेस्ट करो।

प्रिंस की आँखें खतरनाक ढंग से चमक उठीं। शायद आपके लिए यह पता लगाने का समय है कि आपके चमड़े का जूता बनाने के लिए किसकी चमड़ी इस्तेमाल में लाई गई थी!'

उन्मादी रजिया ने कुछ मिनटों के लिए जूते पर पर सवारी की और फिर उसने जोर से चीख मारी और काफी देर तक जूतों को देखते हुए एक कोने में

सिमट गई। 'कम-से-कम वह जल्द ही चली गई। अरे मुंजाल, अपने भाई को सेंस ऑफ ह्यूमर बताओ-' धन्ना सेठ ने आते हुए वह दृश्य, जहाँ रजिया छोटा के जूते से खिलवाड़ कर रही थी, को देखा और ये उन्माद से हँस दिए। छोटा ने कुतिया को लात मारी और भीड़ के बीच से रास्ता बनाते हुए गुस्से में उसे कुचल दिया।

मुंजाल ने अपने छोटे भाई को नहीं बुलाया। उसने अपने सामने एक प्रकार के पुराने सफेद पाउडर के हस्तलेख छोटे-छोटे क्रिस्टल को देखा, जो सोच-समझकर सफेद कागज में लपेटकर संगमरमर की मेज पर रखे हुए थे, को देखा। उसने इनकार कर दिया। आज उसे अपने मन को साफ करना था।

'सेठ, यह कुछ गड़बड़ है। हमारे कलाकार वितरण के ऊपरी खर्च की शिकायत कर रहे हैं, यहाँ तक कि विज्ञापन का प्रचार और फोन कॉलस, उनका हिस्सा मिलने से पहले फिल्म की लागत से काटे जा रहे थे।'

मुंजाल के पास बरबाद करने के लिए समय नहीं था।

'यह आपराधिक अर्थों में धोखा नहीं है। मुझे उनका अनुबंध दिखाओ, जहाँ इसका उल्लेख किया गया है, उन्हें अपना लाभ इन कटौतियों से पहले या बाद में मिलेगा ऐसा लिखा है। मुंजाल, हमने लोहे जैसे अनुबंध बनाए हैं। उनका मिमियाना उन्हें कहीं नहीं ले जाएगा, सूँघकर ड्रग का सेवन करो और मुझे एक लड़की दिलवाओ।' धन्ना सेठ खुशदिली से मुसकराया।

मुंजाल को स्टूडियो हैड की फिर से प्राप्त नए आत्मविश्वास को लेकर हैरानी हुई। उसे वह समय याद आया, जब उसके आदमियों ने इतनी बड़ी सफलता के साथ स्थानीय सिनेमाघरों में काम करना शुरू किया, तब उनका ड्रीम स्टार स्टूडियोज बना था। बैठक एक नरभक्षी अनाचार सौदे से कुछ भी कम नहीं थी।

स्टूडियो, बावलास को एक प्रतिशत भुगतान करने राजी हुआ था और बदले में वह मजदूरी और स्टूडियो के दूसरे दावों को कम करने के लिए सहमत हो गया था।

उसने उसी समय सदस्यता शुल्क बढ़ा दिया। धन्ना सेठ बावलास के साथ चुपके से कई बड़े स्टूडियो को लेकर व्यक्तिगत, पेशेवर और श्रम विवादों के

लिए मनगढ़ंत डरावनी संस्था बनाई।

कृत्रिम संस्था बना चुके थे। मोटे पोथों के प्रारूपों के अनुबंधों के साथ उन्होंने दो बड़े वकीलों के पीछे मुखबिर लगा दिए।

'मैं लूटकर थक गया हूँ।' मुंजाल ने चुपके से कहा।

'उनके साथ क्या हुआ?' धन्ना सेठ ने कोने में कंधे झुकाए हुए सुपरस्टार के मोटे मिश्रित जाति के कुत्ते औरंगजेब और लुखखा पर जासूसी करते प्रिंस से पूछा।

'बिगड़ गए हैं। ये लाड़-प्यार से बिगड़ गए हैं। इतने अधिक दवा खाए हुए कि हिलना मुश्किल है।'

प्रिंस ने जवाब दिया।

'यह उनकी रिहब की स्थिति है। अब वे सिर्फ दवा चाहते हैं।' प्रिंस ने कहा।

'ब्लडी कुत्तो! तुम जानते हो मुंजाल, मुसीबत प्रोड्यूसर नहीं है। मुसीबत हमारा अपना आदमी है, तुम्हारा भाई जो अब के.डी. की गंदगी को सँभाल रहा है, छोटा बावला काबू से बाहर है। बहुत गरम दिमागवाला!' धन्ना सेठ ने कहा, 'वह पहले ही प्रोड्यूसर्स पर चिल्ला चुका है, जूनियर आर्टिस्ट्स के लिए टोकन कोटा की माँग करता है, अगर उसकी सनक फ्रेम से कुछ बाहर हो जाए तो वह प्रोड्यूसर्स को पीट देता है।'

मुंजाल जानता था कि छोटा, के.डी. नहीं है, लेकिन के.डी. की मौत के बाद, छोटा अपने आप में आना चाहता है। उसके काम करने का ढंग सरल है। हर सुबह छोटा अपने आदमियों के साथ अपनी वेन में जगहों को खोजता है। जब उसे किसी प्रोडक्शन के बारे में पता चलता है, जो जूनियर आर्टिस्ट्स को नौकरी नहीं देती, वह फोन पर दंगाइयों को बुलाने के धमकी देता है। अधिकतर प्रोड्यूसर शिकायत करते हैं या उससे छुटकारा पाने के लिए उसे पैसे दे देते हैं।

'तुम इतने बुरे नहीं हो मुंजाल, जितना तुम्हारे अपने आदमियों ने तुम्हें बना दिया है।'

'छोटा को देखो!! शब्द है तेरा लड़का पागल है—त्याच्य मांझी सटककली! और तुम्हारा कमीना के.डी. पुलिस चारों ओर है।

व्यापार के लिए खराब। हमारी छवि के लिए बुरा है। हमेशा भरोसेमंद ही होते हैं, जो हमें पिछवाड़े को काटते हैं और हम अंत में हम चूतिये और चोर दिखते हैं।

पुलिस को हमारे आसपास सूँघने का बहाना चाहिए, शायद आपको अभी कुछ देर के लिए चले जाना चाहिए''! मैं शराब पीने जा रहा हूँ।' धन्ना सेठ ने चलते हुए कहा। मुंजाल की जलते काली आँखें कोयले सी जल रही थीं और वह गुस्से से फट रहा था।

के.डी. से उसकी पहली मुलाकात को याद करते हुए मुंजाल ने अपने दिमाग में सोचा, हरामजादे जहरीले साँप के.डी. को उसके पिछवाड़े पर सिर्फ काटने से ज्यादा और भी कुछ करना चाहिए था। उसने के.डी. का व्यक्तित्व अपना लिया था, उन्होंने के.डी. को व्यक्तिगत रूप से चुना था, क्योंकि उसमें बदमाशी करने की अपार क्षमता थी। उसने कालिदास की संदिग्ध प्रतिभा की गंध को एक मील दूर से ही भाँप लिया था।

के.डी. हरफनमौला हसलर की प्रोफाइल में फिट और मुंजाल जैसे लोगों की तलाश में था, जो स्टूडियो से होनेवाले राजस्व को प्रवाहित रख सके। के.डी. को मौके पर ही भर्ती कर लिया गया था। और वह प्रतिभाशाली था, चाहे उसके लिए मिनटों के भीतर स्टूडियो या शूटिंग रोकने के लिए विघटनकारी फ्लैश मॉब का आयोजन करना हो। अपने उच्च स्तरीय तरीकों से के.डी. ने कई निर्माताओं और स्टूडियो को गलत तरीके से रगड़ा, लेकिन मुंजाल के लिए यह पूरी तरह से बुरी बात नहीं थी। स्टूडियो बंद करने के लिए उसे अपने जैसे ही आदमियों की जरूरत थी।

और जब सिल्की मेहता उससे मिलने के लिए आया, मुंजाल बावला स्तब्ध खड़ा रह गया। सच्चाई एक शब्द के साथ ही उसके चेहरे पर फट पड़ी।

'जॉनी डिसूजा।'

'शायद धन्ना सेठ सही है। दुबई जाओ या कहीं और।' प्रिंस से सलाह दी''जब तक यह झटका गुजर न जाए।'

मुंजाल ने कोई उत्तर नहीं दिया। लेकिन उसका तना हुआ चेहरा बहुत कुछ कह रहा था। प्रिंस और मुंजाल एक-दूसरे को देखने लगे, लेकिन मुंजाल ने

अपने विचारों को अपने तक ही सीमित रखा। वह मुसीबत में डालनेवाला व्यक्ति था। अब तक केस बंद हो चुका होगा। उनके पास सबकुछ है। गवाह। मर्डर का हथियार। लड़की। उसने दावा किया है कि वह बेहोश हो गई थी, उस पर हमला किया और उसकी हत्या नहीं की। उनके पास सबकुछ है, लेकिन मुंजाल सोचता है कि कोई उस पर विश्वास नहीं करेगा, आखिरकार उसके पास कारण था और सबूत उसके खिलाफ खड़े थे। सभी जानते हैं कि वह के.डी. से नफरत करती थी और उसे अपनी जिंदगी से बाहर करना चाहती थी।

लेकिन पुलिस, वह भोंसले, उसके आदमी उसे जानकारियाँ दे रहे हैं, उस केस में निजी रुचि लेते दिखाई दे रहे हैं। जब यह निजी हो जाता है तो काफी खतरनाक हो जाता है।

ए.सी.पी. इस केस को निपटाने की जल्दी में नहीं दिखता और मैडल लेना चाहता है और विवरणों के लिए बहुत अधिक उठापटक कर रहा था। पुलिस पहले ही सिल्की से बात कर चुकी है और आइटम गर्ल्स के पास भी उन्होंने दौरा लगा लिया है। जितनी देर पोद्दार प्रिंस कपूर और मंगवानी तक थे, सब सही था। लेकिन जैसे ही पुलिस उसके और बावलास के पास सूँघने लगी, वह अपनी योजना बनाने लगा।

शायद कुछ समय के लिए जाना बुरा आइडिया हो सकता था, मुंजाल ने सोचा।

'तुम पोद्दार के साथ अपने प्रभाव का इस्तेमाल क्यों नहीं करते? वह के.डी. के साथ मेरे रिश्ते की तरफ इशारा कर रही थी। उस औरत को ऐसा ऑफर दो, जिसे वह इनकार न कर सके; मुंजाल ने धन्ना सेठ को कहा, जब वह ड्रिंक लेकर आया। उसकी बाँहों में एक नशे में धुत्त मॉडल थी।

'आखिरकार मैंने आपके लिए यह किया?' मुंजाल ने कहा।

'और इसके लिए आपको काफी कुछ मिला। हर बार। आपको हर बार अपना हिस्सा मिला।' मुंजाल ने कहा।

'यह आपको बहुत अधिक महँगा पड़ेगा, अगर वह अपनी दुलहन घर लाती ससुरजी; आपका हीरो शहर के बाहर हँसा होता। हिजड़ों की फिल्मी बातें, साले छक्के आते देखने।' मुंजाल ने कहा।

'इसे देखो मुंजाल, डैनी ने जो इसके साथ किया। उसने फैसला किया कि वह जो अपने साथ करना चाहती है। और वह नहीं किया, क्योंकि अगर आप नहीं जानते कि वह आपके लिए क्या कीमत रखता है?' धन्ना सेठ ने कहा।

~✤~

'लगता है, यह काफी पहले की बात है। प्रिंस सुलेमान कपूर जानता है, बिखरी हुई साख को बनाने में पूरी उम्र लगती है, लेकिन डैनी ने उसकी परवाह नहीं की। यहाँ तक कि वह तब भी नहीं शरमाई, जब उसने फुटेज को सार्वजनिक करने की धमकी दी थी। वह उस समय रह गया था, जब उसने आराम से कहा था, उसका इरादा अपनी प्रेमिका के साथ का है। वह जानता था कि शहर से बाहर उस पर हँसा जाएगा। कौन उसे गंभीरता से लेता, अगर फैल भी गया तो वह भी अपने बॉलीवुड के रोमांस किंग के सपने को अलविदा कह देंगे, वे उन्हें रनियों के प्रिंस कहेंगे। वह उसे बरबाद कर देगी। उसे रोकना होगा। उसको यह बात मनवाना आसान होगा कि उसकी प्रेमिका बेवफा है। और खासा रोमांचकारी भी। और यह तब तक सही रहता, अगर इसमें खतरनाक तरह से विकास नहीं हुआ होता, उन्हें जॉनी डिसूजा की तरफ से एक मेल मिली। यह एक साधारण मेल थी।'

'मेरे पास तसवीरें हैं।'

प्रिंस ने इसे इग्नोर किया और तब दूसरा एस.एम.एस. आया।

'मेरे पास डीवीडी हैं।'

'उसे एक फैन समझते हुए उन्होंने उसे कई तरकीबों से काम पर लगाए रखा।' प्रिंस ने उदारता से उत्तर दिया।

'ओ.के. आपका ध्यान है मिस्टर जॉनी''मैं आपके लिए क्या कर सकता हूँ? मैं अपने प्रशंसकों के लिए कुछ भी कर सकता हूँ।'

'पहला, मैं कोई फैन नहीं हूँ और दूसरा, मैंने कहा कि मेरे पास डीवीडी है। वह सामाग्री, जो आप किसी दूसरे को दिखाना नहीं चाहते। खासतौर पर अपने फैंस को और खासतौर पर पुलिस को।'

'कुत्ते! मेरा सेक्रेटरी इस आई.पी. कोड को अभी ट्रेस करेगा।'

'तुम्हारी और मोनालिसा की डीवीडी अटैचमेंट भेज रही हूँ।'

'यह संभव नहीं है। यह कैसे संभव है?'

उसने अपना मुँह बंद रखने के लिए पैसे माँगने शुरू कर दिए। जो कम पैसों से शुरू हुई थी, लेकिन जल्दी ही उनकी डिमांड छत्त से पार चली गई। जॉनी डिसूजा उसके भीतर के रंज को बाहर निकालने में कामयाब रहे। उसे सबसे लंबे समय तक जब तक वह डर से हिस्टीरिकल नहीं था। मुंजाल बावला उसकी मदद को आगे आया, जिससे सिल्की मेहता को कोई मदद नहीं मिली।

धन्ना सेठ ने कहा।

'बिल्कुल इस तरह?'

'यह व्यापार है।'

'चिंता मत करो, मैं हर चीज की देखभाल करूँगा।' मुंजाल इतना पक्का नहीं लग रहा था।

'इस समय नहीं। मैं सोचती हूँ कि दुबई एक बेहतर आइडिया है। दुबई में पलम जुमेरा घूमकर आएँगे! सलेम के घर जाओ।' अशिष्ट मजाक करनेवाली पार्टी नरगिस की कॉर्नकेक आवाज से पार्टी डिस्टर्ब हो गई।

समूह में एक पारदर्शी पोशाक में लिपटी और बरगंडी बाल रँगे, वह अपने एक जोड़ी कुत्तों को गोद में लिये आई थी।

'यू फककर। तुमने मेरा सालों बलात्कार किया! तुमने वादा किया था कि तुम मुझे डेजी वाला किस्सा दोगे! तुम हरामखोर!' नरगिस खालिद चिल्लाई।

'तुम्हें किसने भीतर आने दिया? किस कुत्ते ने इसे भीतर आने दिया?' वह बिल्कुल अविश्वास के साथ कह रहा था। 'हैलो लवर!' निशा पोद्दार अचानक से अंदर आई। प्रिंस सुलेमान नरगिस को और फिर निशा को हैरानी से घूर रहा था।

'इस कुतिया को किसने भीतर आने दिया?' अभिनेता गुस्से में चिल्ला रहा था।

'तुमने मुझे बुलाया और मैं यहाँ हूँ।' निशा ने कार्ड उसने चेहरे के आगे करते हुए कहा।

'मैंने तुम्हें कोई छोटा कार्ड नहीं भेजा, तुम झूठ बोल रही हो।' प्रिंस ने

लड़की को बुरी तरह धकेला।

'हे शांत रहो, मिस्टर जोक। मैं निश्चित हूँ कि तुम्हारे फैंस जरूर जानना चाहेंगे कि वास्तव में सुपरस्टार की रोचक पार्टियों में आखिर क्या होता है…' निशा ने चालाकी से कहा।

'तुम दखलअंदाजी करनेवाली घटिया औरत! तुम यहाँ अपनी नाक क्यों घुसा रही हो, जबकि इससे तुम्हारा कोई लेना-देना नहीं? तुम नहीं जानती कि यहाँ क्या हो रहा है!'

'तुम बुढ़ाती स्त्री!' प्रिंस निशा पर चिल्लाया।

'मैं तुम्हें मार डालूँगा। यह निजी मामला है और तुम इसमें रुकावट डाल रही हो। अगर तुम समझती हो तो तुम अभी यहाँ से चली जाओ और मेरे बारे में लिखो, मैं तुम्हें चेतावनी देता हूँ।'

'हाँ, मेरे लिए यह ठीक है प्रिंस, क्योंकि मुझे इसे ढूँढ़ने में काफी मजा आया। तुम इसे अखबारों में पढ़ सकते हैं, प्रिय!' उसने धमकाया।

'तुम मुझे डरा नहीं सकते। उससे पहले मैं तुम्हें देख लूँगी, क्या मैं नहीं कर सकती? दुन्न्ड का प्रिंस! चालीस साल का, मोटा बूढ़ा होता, जिसका कॅरियर खत्म है।' निशा मुसकराई।

उसका गुस्सा लाइन पार कर गया। सुपरस्टार गुस्से में फट गया।

'तेरी औकात क्या है साली, दो कौड़ी की जर्नलिस्ट, जो मेरे बारे में कूड़ा-कहानियाँ लिखती है! मैं अपने आप से वादा करता हूँ, जब मैं अगली बार तुझे देखूँगा तो तेरे थप्पड़ मरूँगा, मैं यह अच्छी तरह से कर सकता हूँ।' वह जोर से फुफकारा और उसी समय निशा के पिछवाड़े से लात मारी। वह चूक गया और प्रेम पंडित के भारी बैग के ऊपर से गिर गया।

'अरे सॉरी शाह…अरे आप शाहरुख नहीं हैं…हेय्य…'

'तुम कौन हो?' प्रिंस ने प्रेम पंडित की ओर अविश्वसनीय आँखों से देखा।

'सर, मैं आपका सबसे बड़ा फैन प्रेम पंडित। मैं कानपुर से… 'बहुत हुआ!' नरगिस ने चिल्ली प्रॉन सिजलर से भरी एक प्लेट पकड़ी और राजकुमार के सिर पर डाल दी, जिससे उनका चेहरा चुकंदर सा लाल हो गया।

'जरा रुक कुतिया! जब मैं तुम दोनों को पकड़ लूँगा, तब मैं तुम्हारी

मूँछों का एक-एक बाल फाड़ दूँगा!' अभिनेता ने नरगिस पर झपट्टा मारा, जो एक तरफ कूद गई थी। छीना-झपटी में उसके एक स्तन पर बहुत कम कपड़ा बचा और प्रिंस उसे हथियाने के लिए उछल पड़ा। खुश होकर प्रेम पंडित ने अपने भारी से बैग में रखे गए गुप्त कैमरे में पूरे तमाशे को खुशी-खुशी रिकॉर्ड कर लिया।

'इन कुतियों को बाहर फेंक दो!' प्रिंस चलते हुए चिल्लाया। नरगिस और निशा ने एक साथ एक-दूसरे को देखा। उसके पास दूसरे प्लान थे। उसके पास अभी भी वे विस्फोटक शॉट नहीं थे, जिसकी उसे जरूरत थी।

नरगिस ने जानबूझकर प्रिंस के आदमियों के कमरे में जाकर उसका पीछा किया और उसे धक्का दिया व गाली दी। गुस्से में प्रिंस बाहर आया और नरगिस को एक हाथ से गले से सटाकर दूसरे हाथ से कसकर उसके बाल खींच लिये। प्रिंस ने अब तक गुस्से से पागल होकर नरगिस के बाल खींच लिये। उसका सिर तेजी से पीछे की ओर झटका लगा और वह अपना संतुलन खो बैठी तथा अपने नितंबों के बल जोर से गिर पड़ी। प्रिंस ने उसके बाल नहीं छोड़े। वह अब दर्द से जोर-जोर से चिल्ला रही थी।

'क्या चल रहा है?' किसी ने पूछा।

'वह एक महिला को मार रहा है। अत्याचार। बेचारी एक अभिनेत्री के साथ शारीरिक छेड़छाड़।' निशा ने कहा।

'यह सब टेप पर है,' प्रेम पंडित ने अपने कैमरे की ओर इशारा करते हुए कहा। प्रिंस के अंगरक्षकों, दो मजबूत राक्षसों को डरपोक चमनजी द्वारा बुलाया गया और नरगिस को प्रिंस से दूर धकेल दिया। सिजलिंग आइटम गर्ल ने स्टार के बाएँ गाल पर एक शातिर राइट हुक दिया। प्रिंस ने दर्द में चिल्लाते हुए ठोकर खाई और एक अनाड़ी की तरह से चित होकर गिर पड़ा।

'हे भगवान्, मेरी नाक टूट गई है। वेश्या, तूने मेरी नाक तोड़ दी।' स्टार गुस्से में चिल्लाया और नरगिस पर लपका, जो अब दो मांसल बाउंसरों के बीच खड़ी थी। अभिनेता और आइटम गर्ल एक खतरनाक लड़ाई में गुत्थम-गुत्था हो रहे थे, उधर बाउंसर उन्हें दूर करने के लिए संघर्ष कर रहे थे।

'हम तेरे लिए सिर्फ मांस हैं? मांस के टुकड़े? कुत्ते। मैं तुझे बेनकाब

कर दूँगी।' नरगिस को पता था कि उसका समय आ गया है। यह उससे भी
बेहतर अवसर था, जिसका सपना वह देखती आई थी। वह उससे पीछे हट रही
थी। एक आइटम गर्ल, बॉलीवुड स्टार प्रिंस कपूर से अपना बदला ले रही थी।
आखिरकार वह प्रसिद्ध हो रही थी। नरगिस जानती थी कि लड़ाई के हर पल को
बढ़ाने से उसकी बदनामी की संभावना बढ़ती जाएगी। वह पहले से ही रियलिटी
शो के प्रस्तावों की कल्पना कर रही थी, शायद एक वैंप भूमिका या अपना खुद
का शो क्यों नहीं? नरगिस इसके हर हिस्से को प्यार कर रही थी और उसने
अभिनेता को एक और मुक्का मारा।

'कुतिया, तुझे मदद की जरूरत है।' प्रिंस ने कहा।

'यह एक फककिंग सरकस है।' निशा पोद्दार ने भावुकता से भरकर
नाटकीय अंदाज में कहा, उसकी आँखें अपने सामने घटनेवाले शॉकिंग घटना
पर चिपकी हुई थी और उनकी उँगलियाँ पागलपन से उसके फोन पर तेजी से
चल रही थी।

'बेहतर, किसी सरकस से बहुत बेहतर।' प्रेम पंडित ने कहा।

'पूरा पागलपन···तबाही···क्या रैकेट है! यह ऐसा है, जो मुझे पसंद है! मैं
तो बस नरगिस का इंतजार कर रहा हूँ···'

'उसने जो फुटेज शूट किया है, उसे वह मुझे सौंपने का वादा किया है।'
निशा फोन पर किसी को जानबूझकर चिल्लाने लगी।

लेकिन उसे एक और महत्त्वपूर्ण कॉल करनी थी। निशा ने सीपी डोबले,
वह पुलिसकर्मी, जो हॉकी स्टिक के साथ ऐसी रेव पार्टियों को कुचलने के लिए
प्रसिद्ध था, का नंबर खोजने के लिए अपना टैबलेट निकाल लिया।

'किसको चाहिए आदमी···यह है सच में कामोत्तेजना···!!' उसने खुशी से
सोचा। चमचमाते हुए लाल कालीनों पर लगन से कदम रखते हुए, जो अब तक
सुपरस्टार प्रिंस के गंदे और फटे पोस्टरों से अटा पड़ा था। इंडियावाला हीरो में
सुलेमान कपूर। वह अपने टैबलेट पर उग्र रूप से अपनी ताजा कहानी को टाइप
करने के लिए उत्सुक हो उठी। हॉट स्टोरी से ज्यादा उत्साहित निशा के लिए
फिलहाल और कुछ भी नहीं था। और इस कहानी का बम बनने के लिए उसने
वादा किया था।

लेकिन नरगिस कहाँ है ? आखिरी बार उसने उसे जिस मेहमान से बात करते हुए देखा था, उसकी साइड प्रोफाइल शाहरूख जैसी चौंकानेवाली थी ? क्या सब ठीक है ?

निशा के लिए एक बात पक्की थी। कोई उसकी इस कहानी को उसके पास से नहीं लेगा। फुटेज के साथ या उसके बिना उसे इस इस कहानी को सुर्खियाँ बटोरते हुए देखना है। नरगिस का फोन काफी लंबे समय से स्विच ऑफ था। लेकिन निशा पोद्दार ने परवाह नहीं की। उस कुतिया के बाहर निकल जाने पर भी वह अपने शॉट ले लेती।

यह शो का समय था!

तब तक पुलिस ने प्रिंस की पार्टी में ड्रग पाए जाने का भंडाफोड़ किया, एक अभिनेत्री एक बड़े से कंबल में नग्न थी। इसके अलावा कोई यौन गतिविधि पार्टी में नहीं देखी गई। पार्टी के मानकों के अनुसार, वह बुर्के में भी हो सकती थी।

पार्टी में जानेवालों ने दावा किया कि पुरुष सेक्स नहीं कर रहे थे, बस बिस्तर में नग्न थे, जो आप जानते हैं, पूरी तरह से सामान्य है।

'मैं सभी कमीनों–कमीने पर मुकदमा करने जा रहा हूँ। हर वह कमीना, जो⋯'

'अरे–अरे, इसे रोको, इसे बंद करो! मैं एस.एस.पी. को फोन करूँगा⋯ क्योंकि मैं मशहूर हूँ, इसलिए आप पुलिसवाले मेरे मेहमानों को इस तरह परेशान नहीं कर सकते। मैं हर घटिया स्त्री पर मुकदमा करने जा रहा हूँ।' उसके स्वाभिमान को डंडा लगा था और उसका कुचला हुआ अहंकार हर तरफ फूट रहा था।

सुहाना कबीर की ओर मुड़ी और बोली, 'चलो यहाँ से निकलते हैं।

❑

31

अखबारों ने अपने पहले पन्नों पर प्रिंस सुलेमान कपूर के फार्महाउस पर छापेमारी की खबर दी। बढ़ा-चढ़ाकर लिखे गए शब्दों के साथ, गवाहों की बातचीत, अपने चेहरे को ढके हुए लोगों की तसवीरें और 'लाइटनिंग ऑपरेशन' शीर्षक से पुलिस की सराहना करता लेख, जो हिंसक ड्रग उद्योग की तस्करी के घेरे को उजागर कर रहा था। सफेद रंग के बंडलों के साथ मुसकराते हुए खड़े पुलिस दल और डिजाइनर कपड़ों में अपने चेहरों को कफास, डोल्से गब्बाना स्कार्फ और अरमानी टीज के साथ ढके चेहरों वाली आकृतियाँ।

'191 आमंत्रित लोग हिरासत में, 710 ग्राम कोकीन की कीमत करोड़ों में'

बरामद किए गए कई टन चरस और आनंद के लिए दी जानेवाली टैबलेट मिली। इंस्पेक्टर डोबले के नेतृत्व में छापेमारी में पुलिस ने रोमियो नामक एक ड्रग पेडलर की पहचान की है, जो अभी भी गिरफ्तार नहीं हुआ है, लेकिन उसके साथी पार्टी डीजे सलाखों के पीछे पहुँचा दिए गए हैं। पुलिस के मुताबिक रोमियो ने सुपरस्टार की हाई प्रोफाइल रेव पार्टी में प्रतिबंधित नशीले पदार्थों की सप्लाई की है। पुलिस शहर के हॉटशॉट्स की उस लिस्ट की तहकीकात कर रहे हैं, जिनके द्वारा 'ड्रगफेस्ट' नियमित रूप से आयोजित होते रहते हैं। पुलिस के अनुसार, ये दोनों विदेश से ड्रग्स की तस्करी कर उन्हें अमीर परिवारों के युवाओं को ऊँचे दामों पर बेचते थे।

वे बालीगंज, अलीपुर और साल्ट लेक, जैसे पॉश इलाकों में पार्टियों का आयोजन करते थे व प्रतिबंधित दवाओं और शराब की सप्लाई करते थे। एक अनजान कॉलर ने पुलिस को सूचना दी थी और उन्हें जो कुछ पता लगा, उसके बारे में वे कहते हैं, बहुत ज्यादा नशीले पदार्थ हैं। यह चौंकानेवाला है कि ड्रग पेडलर रोमियो अभी भी गिरफ्तारी से बचने में कामयाब रहा है। अंदरूनी सूत्रों

का दावा है कि पेडलर, जो हाई प्रोफाइल व्यक्तियों को प्रतिबंधित नशीले पदार्थों की आपूर्ति कर रहा है, वह प्रभावशाली है और यदि वह गिरफ्तार होता है तो कई कंकाल गिर जाएँगे।

प्रिंस सुलेमान कपूर के पी.आर. ने बयान जारी कर कहा, 'वे हैरान हैं कि उनकी पार्टी में इस तरह की घटनाएँ हो रही थीं। सुपरस्टार के पी.आर. ने जोर देकर कहा कि प्रिंस कपूर पुलिस का हरसंभव सहयोग कर रहे हैं, क्योंकि उन्हें लगता है कि यह फिल्म उद्योग को नशीली दवाओं के खतरे से छुटकारा दिलाने के लिए सबसे महत्त्वपूर्ण है। लेकिन यह बात बाजार में थी। सुपरस्टार से नशीली दवाओं के भंडाफोड़ से कहीं अधिक गंभीर आरोपों पर पूछताछ की जा रही है। सेक्स टेप जैसे शब्द सामने आ रहे हैं।'

प्रिंस सुलेमान कपूर से इसके बारे में पता लगाने को लेकर कई बातें घूम रही थीं।

❑

32

जो कुछ भी घट रहा था, उस पर कला को विश्वास नहीं हो रहा था। उसकी बेटी डैनी को लेस्बियन कहा जा रहा था और पुलिस निरीक्षक उसे लगातार फोन कर रहा था। वह उससे क्या चाहता था? वे कह रहे थे कि पुलिस के पास डैनी की एक लड़की के साथ आपत्तिजनक तसवीरें हैं।

'वे पागल हैं। वे सभी पागल हैं।' उसने गुस्से से कहा। दिवा, कला की कुतिया ने भुनभुनाकर विरोध किया, जिससे उसकी झपकी टूट गई।

उसी गुलाबी रंग की चमकीली आँखें अविश्वास से टैब्लॉइड पर चमक रही थीं। पीले पड़ गए मुँह से खराब और कड़ी आलोचना जैसा मुँह बनाया। उसके सूजे और भद्‌दे पैर और मुलायम, खिला-खिला चेहरा अब आदि आड़ी-तिरछी रेखाओं और चर्बी से वसा से लदा हुआ है।

उसकी नाक किसी भूरे मटमैले ठूँठ में सिकुड़ गई थी, जो कभी साफ आँखें थीं। समय उसके लिए क्रूर हो गया था।

कला का अपार्टमेंट शराब की बोतलों और बासी भोजन से अट गया था। लेकिन अब वह जी उचाट देनेवाली गंध की अभ्यस्त हो चुकी थी। हाल ही में उसे डरावनी आवाजें सुनाई देने लगी थीं। सड़क में दरारें दिखाई देने लगी थीं, जबकि वहाँ दरार नाम की कोई चीज नहीं थी।

उसे सामान्य चीजों के लिए विकृत विचारों के अनुभव होने लगे थे। बगीचे में मृत भ्रूण इधर-उधर घूमते नजर आते। बाथटब में छिपकली दिखाई देती। उसने अपने एक पड़ोसी का बच्चा, जो पटाखों से खेल रहा था, के ऊपर हमला कर दिया और उस पर कला के घर में आग लगाने और उसे जिंदा भुनने के अजीबो-गरीब आरोप लगा दिए।

उस पुलिस अधिकारी ने उसे यह बताने की कोशिश करने की हिम्मत कि

कैसे उसके अपने ही भाई ने उसे धोखा दिया गया है? वे सब उस घटना में शामिल थे। पत्रिका में छपी सनी की तसवीर जैसे उसे देखकर मुसकराई। पत्रिका ने उसे मुख्य पेज पर छापा था।

'इसे देखो, फूहड़! एक हत्यारी···एक वेश्या! अपनी माँ की तरह। बेहद आवारा···बहुत उपलब्ध! मेकअप से पुती हुई तुरही, जो खुद पर ही अकड़ती है। वह हमेशा इसकी डिमांड करती रही···थोड़ी तीखी, उसके बिस्तर से हर रात कितने आदमी गुजरते हैं। भगवान् जाने! बेशर्म कुलटा!' गुस्से में उसने एक कांस्य की मूर्ति उठाई, जो उसे के.डी. ने गिफ्ट दी थी और मेज पर फेंक दी। काँच की मेज एक हजार या उससे भी ज्यादा टुकड़ों में टूट गई। शुरू में दिवा अपनी टोकरी से बाहर कूद गई और उसकी मालकिन को आतंक में पूरी तरह से अवमानना की एक नजर देकर चली गई।

'जाओ, जाओ, जाओ! तुम भी जाओ। डैनी-गॉन-के.डी.-गोन-विष्णुगोन-तब्बू-गॉन-दिवा-गॉन-गो।'

शायद वे सब उससे छुप रहे थे। के.डी. ऐसा ही था। चालाक। शायद डैनी छुप रही थी। वे सब उससे छिप रहे थे, लेकिन उसे जवाब मिल जाएगा। डायरी उसे कोई जवाब नहीं दे रही थी।

पुलिस ने कहा कि उन्होंने इसे के.डी. के लॉकर से जब्त कर लिया है। कैसे-क्या। उन्होंने उसका लॉकर खोलने की हिम्मत की? उसका भाई पागल हो जाएगा। जब उसे इसका पता चलेगा, तब वह इन सबको सबक सिखा देगा।

जैसे उसने तब्बू को सबक सिखाया था या फिर वह तब्बू थी? वे उसे तब्बू को सनी कहकर क्यों बुला रहे थे···

क्या वे नहीं जानते? वह तब्बू थी। जरा उसका चेहरा देखो। तब्बू उन्हें सनी बनकर बेवकूफ बना रही थी, लेकिन वह उसे बेवकूफ नहीं बना सकी! कला ने तब्बू के झूठ को पकड़ लिया था।

बेवकूफ पुलिसवाले और वह बेवकूफी से भरी डायरी। वे कह रहे थे कि यह डायरी डैनी ने लिखी है। भयानक झूठ से भरी हुई। ऐसा लग रहा है कि वे सभी उससे झूठ बोल रहे हैं। यहाँ तक कि डैनी ने भी उससे झूठ बोला। वह खतरनाक पत्र, जो उसने गायब होने से पहले लिखा था, वह उसे क्यों दिखाया?

यह उसके लिए इतना क्रूर था कि वह उसे यह बताने की कोशिश कर रही थी कि वह उस टेप वाली लड़की से प्यार करती है। वह ऐसे कैसे झूठ बोल सकती है?

और अब, उन लोगों की यह कहने की हिम्मत कैसे हुई कि के.डी. डैनी के साथ इस तरह की गंदा काम करेगा? उसकी डैनी कभी इस तरह का झूठ नहीं लिखेगी। अगर उसका भाई निर्माताओं के साथ इस तरह गंदे काम कर रहा होता तो क्या उसे पता नहीं चलता? क्या उसकी बेटी उसे कुछ न बताती? यह सब उसके दिमाग में चलता रहा, जब तक कला को यह महसूस नहीं हुआ कि उसका सिर फट जाएगा।

बेचारा उसका भाई, उसे उसके लिए बहुत बुरा लगा। बाद में वह इतना घबराया हुआ लग रहा था कि उसने उसे केवल उसकी जाँच-पड़ताल करने के लिए बुलाया था कि उसने अपने खुद के व्यवसाय को ध्यान में रखने को कहा। वह उससे डरे हुए बहिष्कार के जोखिम को नहीं उकसा सकती थी। इस उम्र में उसकी देखभाल करनेवाला कोई नहीं था और के.डी. कम-से-कम उसे हर महीने समय पर पैसा तो भेजता था। इसके अलावा शायद ही कोई दूसरा था, जो उसके प्रति दयालु था। और अभी हाल ही में उसने उसे एक महँगा स्टॉल और परफ्यूम दिया था‌···हाल ही में उसके पास बहुत पैसे आ गए थे···लेकिन···के.डी. इतना रहस्यमयी हो गया था। जोर देकर उसे सेलफोन की बजाय लैंडलाइन पर बात करने को कहता। उस रात जब के.डी. ने उसे होटल से बुलाया, वह इतने तेज दर्द से चिल्ला रहा था कि वह डर गई थी। वह गाली दे रहा था और वह चिल्ला रहा था कि सनी ने उस पर हमला किया था और यह सुनकर उसका खून खौल गया था और वह कसम खाकर कह रहा था कि वह सनी को मार डालेगा। जब कला ने पुलिस को फोन करने के लिए कहा तो वह उस पर गुस्सा हो गया था और उसे फर्स्ट-एड और उसकी क्वाड दवा लाने को कहा था, जिससे उसका एच.आई.वी. नियंत्रित हो सके। वह वापस अपने पैरों पर खड़ा होना चाहता था और सनी को मार डालना चाहता था। लेकिन उनकी फोन कॉल दरवाजे पर नॉक के कारण रुक सकी थी और फिर कुछ मिनटों के लिए उसने कुछ नहीं सुना।

उसने सोचा कि फोन बंद हो गया, जब उसने एक आदमी को के.डी. से ऐसी आवाज में बातें करते हुआ सुना, जिससे कला का दिल थम गया। आगे जो हुआ, जिससे कला गुजरी थी, उसके दिमाग में बार–बार वहीं बातें गुजर रही थीं।

'हा–हा, तुम्हारा चेहरा पहले ही तुम्हारी वेश्या ने खराब कर दिया है! या मुझे कहना चाहिए जॉनी डिसूजा ने! आपकी सनी वेश्या ने हमारे काम को आसान बना दिया है 'डि–सू–जा' तुम सोचते थे कि हमें पता नहीं चलेगा?'

'यह मुंजाल बावला था। कला उसकी खतरनाक आवाज को कहीं भी पहचान सकती थी। 'प्लीज मुझ पर रहम करो!' के.डी. दर्द से कराह रहा था। कला 'धोखाधड़ी', 'गुप्त खाता', 'नकद', 'छुपाना' और 'ब्लैकमेलिंग' जैसे शब्दों को सुन तनावग्रस्त हो रही थी। वह शख्स के.डी. को 'जॉनी' डिसूजा कह रहा था और कला कंफ्यूज थी।

'पुलिस ने इस पर ध्यान दिया कि इस कमरे में पहले रहनेवाले शायद असंतुष्ट ग्राहक थे, हा? या सामान्य रूप से दुःखी? समान रूप से घातक, माइंड यू,' एक नई तीखी आवाज ने रुकावट पैदा की।

कला को यह आवाज ज्यादा डरावनी लगी।

'छोटा–उग्गीइक्ककक्क–मुझे मत मारो, मुझे मत मारो–', के.डी. ने तीखी आवाज वाले व्यक्ति को छोटा कहा।

'उह! भगवान्!'

'यहाँ कोई भगवान् नहीं है। भगवान् ने बहुत समय पहले मुंबई छोड़ दिया है…'

मुंजाल ने फिर कहा, '…तुम्हारी वेश्या ने अपनी लिपस्टिक छोड़ रखी है… आओ तुम्हें सजाऊँ।

'आप मिस्टर डि–सू–जाह! इसमें क्या है? एमीट्रिप! कमीना दर्दनिवारक ले रहा है, जहाँ तुम जा रहे हो, वहाँ तुम्हें इसमें से किसी की दवा की जरूरत नहीं पड़ेगी।'

'मुझे एच.आई.वी. है। मैं वैसे भी मर रहा हूँ।'

'व्हाट्सएटफक्क? उसे मत छुओ!' छोटा की हाई–पिच आवाज आई।

'बास्टर्ड झूठ बोल रहा है।'

'नहीं, प्लीज देखो, यह एच.आई.वी. नियंत्रण की दवा है।' के.डी. ने रोते हुए कहा।

'ठीक! इसलिए हम इसे नहीं छुएँगे, कोई हाथ नहीं, उसे बाँधेंगे, ट्रस करेंगे। एक टर्की की तरह बाँध दो, मैंने यू-ट्यूब पर देखा था, जिसे 'ऑटो-एस्फेक्सिएशन' कहा जाता है।'

'सोचो, तुम अब और ज्यादा दर्द से मरोगे, देखो अब कैसे इसके पैरों से जमीन निकल रही है! मैं इस बात की सराहना नहीं करता कि इसने हमसे बहुत कुछ छिपा रखा है। पैसा भी? अब तुम्हें यह परेशान कर रहा है···आखिरकार मैंने तुम्हारे लिए किया?' आवाज कानाफूसी में बदल गई थी और कला के लिए यह पता लगाना मुश्किल हो गया था कि अब कौन बात कर रहा है।

'तुमने यू-ट्यूब पर देखा छोटा! हा-हा—जॉनी लड़के के पास जाने का क्या रास्ता है! मुंबई में खाली चेक···दुबई में डंपिंग··हाँ? वहीं तुम मेरे बिना जा रहे थे, जॉनी बॉय!!'

'एक झूठ···यह एक झूठ है···प्लीज, कोई सबूत नहीं है—आआआआआघग्रक···'

'माफ करना। मुझे आपको बताने तक इंतजार करना चाहिए था। तुम जानते हो, तुम्हें चुप हो जाना चाहिए या मैं तुम्हें बाँध दूँगा और तुम पर प्रहार करूँगा। हो सकता है कि तुम्हारे लालची हाथों से तुम्हारी त्वचा छिल जाए?'

'तुम्हें पता है कि तुमने मुझे इसके लिए प्रेरित किया है, मैं अब बड़ी बातों की गहराई में जा रहा हूँ।'

'प्लीज, दया करो, मैं बीमार हूँ।'

'जॉनी बॉय, मैंने गूगल पर पढ़ा है कि दाहिनी आँख हमेशा बाईं आँख की तुलना में अधिक झपकती है। और दाहिने हाथ के नाखून हमेशा बाएँ हाथ की तुलना में लंबे होते हैं, मैं हमेशा यह पता लगाना चाहता था कि क्या यह सच है। अरे, तुम भी पता करो, सच में तुम्हें आगे की पंक्ति की सीट मिलेगी, हरामजादे!'

'यह है। इसे देखो, तुम्हें पता है कि यह क्या है? वह सामान, जो तुम अपनी लड़कियों को देते हो। अब तुम इसे ले जाओगे, वरना हम इसे सुई के जरिए तुम्हें देंगे और यह सीधे तुम्हारे मस्तिष्क में पहुँच जाएगी। तो या तो तुम

मुझे बताओ या मैं इसे तुम से बाहर निकाल दूँगा। जो पहला सवाल होगा, वह यह होता कि तुम्हें पता है कि तुमने मुझे कहीं का नहीं छोड़ा। बरसों की मेहनत, मेरी पूरी जिंदगी एक बकवास बन गई है और फिर एक शैतान आता है और बेवकूफ बनाता है।' मुंजाल ने कहा।

'सम्मान सबसे ज्यादा महत्त्वपूर्ण है। दूसरे लोग क्या सोचेंगे? तुम हमसे पंगा लेकर भाग गए? तो आओ, यह सब करते हैं। तुम्हें पता है, यह एक ढीला पुरजा है। सिर्फ एक ढीला पुरजा। इसलिए अगर मैं चाहूँ तो भी तुम मुझे दोष नहीं दे सकते, अगर मैं तुम्हें ठिकाने लगा दूँ। सचमुच में ठिकाने। अपने कूड़े जीवन को अलविदा कह दो।' यह छोटा था।

'जीवन ने अपना काम पूरा कर लिया है। लेकिन उनके पास दिल है···ये लड़कियाँ। हमें···हम वह गलती नहीं करेंगे, हम करेंगे? उसे मार डालो छोटा।' मुंजाल ने कहा।

'छोड़ दे छोटा···मुंजाल···बावला···मैं अपनी पूरी जिंदगी तुम्हारे लिए काम करता रहूँगा।'

'अपने भाई को बताओ·· छोटा! नहीं! प्लीज! नहीं! नहीं··

'मुझे मार डालो! चोधह एरक्क उहहिक्कक्कक्कक्कक···'

उसका शोर कम होकर एक फुफकार और एक आह में और फिर गड़गड़ाहट में बदल गया। 'छोटा, क्या तुम्हें यकीन है कि वह मर चुका है?' मुंजाल ने कहा।

'भाई, तुम मेरा अपमान कर रहे हो।' छोटा ने उत्तर दिया और हँसा।

वह इस तरह जमी हुई लग रही थी, जैसे अनंत काल से यही जमी हुई बैठी थी, उसके भाई की मौत की चीख उसके कानों में गूँज रही है। जब वह अपनी धुंध से बाहर आई, तब उसने पुलिस के पास जाने के लिए फोन उठाया, लेकिन तब टेलीविजन पर चल रहे समाचार ने उसे बताया कि उन्हें सनी पर शक है कि उसने के.डी. को मार डाला और उसने रिसीवर को वापस रख दिया। लेकिन उसे अपने भाई के बारे में इस तरह के झूठ फैलाने से रोकना पड़ेगा। उसे अभी एक कॉल करनी होगी। अभी काँपते हाथों से कला ने ए.सी.पी. कबीर का नंबर देखा। उन्हें एक औपचारिक बयान की आवश्यकता होगी।

जब दरवाजे की घंटी बजी तो उसने पुलिस की उम्मीद करते हुए दरवाजा खोला, वह सोच रही थी कि पुलिस इतनी जल्दी कैसे पहुँच गई।

उसने दरवाजा खोला और देखने लगी।

लेकिन यह नहीं हो सकता।

यह नहीं हो सकता।

लेकिन वह थी।

यह डैनी थी। उसकी डैनी।

लेकिन डैनी मर चुकी थी न? क्या यह डैनी का भूत था?

और कला का सिर भूत की बाँहों में झूल गया।

बहन सच्चा ने कला को सँभाला और धीरे से उसे सोफे पर बैठा दिया और अपने पीछे का दरवाजा बंद कर दिया।

□

33

इस परदाफाश ने सुपरजॉक, प्रिंस सुलेमान कपूर के अंत की शुरुआत को पक्का कर दिया था।

निंदनीय फिल्मी पार्टियों के हैरान कर देनेवाले राज और प्रतिष्ठित निर्माताओं के अपमानजनक व्यवहार की अफवाह की चक्की का अन्न बन गए थे, जिन्हें छिपाने के प्रयास पूरी तरह विफल रहे थे। बाढ़ के लिए दरवाजे खोल दिए गए थे, तानों की ऊपर उठती लहरें खुली छोड़ दी गई थीं। इसमें बॉलीवुड के कई बड़े नाम शामिल थे, निंदनीय पार्टियों और ड्रग घोटालों में बॉलीवुड के कई बड़े नाम शामिल थे, जिन्हें रिश्वत के जरिए दबा दिया गया था।

नरगिस खालिद पर चौंकानेवाले आरोप लगे थे, जिसके कब्जे में जो वीडियो था, उसमें बहुत अधिक विस्फोटक सामान था, आइटम गर्ल ने इस दावे को पूरी तरह से खारिज कर इस अफवाह को गढ़ा हुआ घोषित किया। एक वीडियो, जिसमें तीन नग्न लड़कियाँ थीं, जो चिंताजनक रूप से कम उम्र की दिख रही थीं और बहुत ज्यादा चिल्ला रही थीं और पूरी तरह से शराबी सुपरस्टार एक लड़की के साथ सेक्स कर रहा था, फिर वह दूसरी लड़की की तरफ मुड़ा, फिर तीसरी की तरफ। वीडियो यू-ट्यूब पर लीक हुआ और वायरल हो गया, इसमें स्टूडियो कुछ नहीं कर सकता था और प्रिंस भेड़ियों की एक तरफ फेंक दिया गया था। मीडिया द्वारा उसकी हत्या को कोई नहीं रोक सकता। इन तसवीरों में कल्पना के लिए बहुत थोड़ा बचा था। जनता पूछ रही थी कि क्या आधा बॉलीवुड ड्रग के नशे में धुत, निंफोमैनिक अनैतिकता से पीड़ित है। प्रेस पहले से ही एक प्रसिद्ध बॉलीवुड शख्सियत पर छोटी लड़कियों के साथ अश्लील कृत्य करने, नाबालिगों को नशीले पदार्थ आपूर्ति करने के लिए कुकृत्य और यौन शोषण करने के आरोप लगाए जाने पर खुलकर बात कर रहा था।

इन निंदनीय कृत्यों के संबंध में शीर्ष पायदान के डी.एस. प्रोड्यूसर्स के नाम सामने आए, बेशक ड्रीम स्टार ने किसी घटना के साथ इनके संबंधों से इनकार किया है।

निशा पोद्दार ने इस पूरे मामले पर एक विस्तृत किताब लिखने के अपने इरादे की घोषणा की है।

चमनजी ने एक प्रेस विज्ञप्ति भेजी।

'निशा पोद्दार को प्रतिष्ठापन बनाया जाना चाहिए। हमारी पार्टी में आना, योजना बनाना, हमारे मेहमानों पर आरोप लगाना''प्लीज इसमें प्रिंस को घसीटो भी मत। ऐसे प्रतिष्ठित लोग, ऐसे अभिनेता और निर्माता, जिन्हें राष्ट्रीय पुरस्कार मिल चुके हैं, के चरित्र पर लांछन? हम यहाँ सभी सम्मानित लोग उनके परिवारों के साथ हैं। यह तथाकथित पत्रकार एक मनोरोगी झूठी है''और सोचना काफी बेवकूफ है कि वह इस तरह के मानहानि करनेवाली रिपोर्टिंग के अपराध से बच जाएगी। मेरे वकील अभी उसके खिलाफ मानहानि का केस दर्ज कर रहे हैं।'

प्रिंस सुलेमान कपूर के लिए एक और बुरी खबर है।

बॉक्स ऑफिस पर फैन गाली दे रहे हैं। लंबे समय से इंतजार की जा रही फिल्म, 'इंडियावाला हीरो' को पिछले साल की थैंक्स गिविंग की ठंडी नासमझी के साथ जोड़ा जा रहा है। एक बड़ी निराशा, आलोचकों ने इस फिल्म को 'बहुत ज्यादा असंतोषजनक', 'कमजोर' और 'दयनीय' करार दिया और उन्हें शिकायत थी कि प्रिंस का डांस संगीत से मेल नहीं खा रहा था और उनके संवाद भी बेकार थे।

इंडियावाला हीरो को करीब 200 करोड़ का नुकसान होनेवाला है।

Nishapoddar@thewholetruth ने लिखा—

बेहद घटिया फिल्म। यह कोई फिल्म ही नहीं है। इंडियावाला हीरो एक बड़ा मजाक है, लेकिन फिर भी यह यह फिल्म बिजनेस का मुद्दा है। वैसे भी आप सच में कभी नहीं जान पाओगे कि फिल्म का असली बजट क्या था। बॉलीवुड संख्याओं के मामले में ज्यादा खुला हुआ नहीं है। इस बात में कोई संदेह नहीं था। इंडियावाला हीरो निश्चित रूप से सबसे खराब फिल्मों की सूची में सबसे ऊपर थी। डी.एस. स्टूडियो, प्रिंस सुलेमान कपूर

को भेड़ियों की तरफ धकेलने के लिए तैयार हो रहा था और उसकी दो नई फिल्मों को प्रचार से हटा दिया है और एक आधी बनी हुई नई फिल्म, कोल्ड स्टोरेज में भेज दी गई है।

इसी बीच मुंबई पुलिस के ए.सी.पी. कबीर भोंसले की भेंट सुपरस्टार से हुई है। अफवाह है कि उस पर कई आरोप हैं। किसी सेक्स टेप का मामला है। प्रिंस सुलेमान कपूर के करीबी सूत्र का कहना है कि सुपरस्टार अपना कर्तव्य निभा रहा है और पुलिस को सहयोग कर रहा है, एक ऐसे मामले में, जो उससे किसी भी तरह से उससे जुड़ा हुआ नहीं है और इसे लेकर जल्द ही गलतफहमी दूर हो जाएगी। कुछ लोग कसम खाकर कहते हैं कि उन्होंने प्रिंस को नशे में मीडिया को उसकी परेशानियों के लिए कोसते हुए सुना है।

'मैं हर कमीने पर मुकदमा करने जा रहा हूँ। हर कमीने रिपोर्टर जो मेरा नाम लेकर मुझे इस सब चीजों में खींच रहे हैं, क्योंकि मैं प्रसिद्ध व्यक्ति हूँ। मैं हर घटिया स्त्री पर मुकदमा करने जा रहा हूँ।' उसके आत्मसम्मान को धक्का लगा था और उसका घायल अहंकार टूटकर उसके नियंत्रण से बाहर हो रहा था।

गंदगी वास्तव में नीचे की ओर लुढ़कती है, शायद सुपरस्टार को यह अहसास हो गया था।

उपसंहार

उसे हमेशा से हवाई अड्डों की गंध से नफरत थी। वहाँ खड़े लोग यह दिखावा करते हैं कि उन्हें दूसरे में कारोबार में कोई दिलचस्पी नहीं है। फिर भी ताक-झाँक करती उनकी आँखें, ऐसे प्रसंगों को इस तरह से बाहर निकालती हैं, जैसे गिद्ध शव से मांस निकालते हैं। खासकर बुजुर्ग लोग, जिस तरह से वे सीधे अपने मांस में ही चोंच से उसे खोदने की कोशिश करनेवाली आँखों से वह नफरत करता था। मूर्ख अमीर लोग इकोनॉमी क्लास में सफर करनेवाले लोगों से बेहतर होने का दिखावा करते थे। जैसेकि केवल वे जानते थे, वे उसे घूर नहीं रहे, वे उनकी पैंट में पेशाब कर रहे हैं, अगर केवल वे उन्हें दिखा सके!

अगर छोटा बावला के पास अपने रास्ते पर होता तो वह उसके आगे लाइन में खड़े लोगों को गोली मार देता और पायलट को बंदूक की नोक पर दुबई के लिए टेकऑफ करने को कहता। लेकिन वह बस इतना कर सकता था कि कुछ शरारती बच्चों के चिपचिपे हाथों में लाल लॉलीपॉप दे देता।

लॉलीपॉप टपकने लगे थे और उनकी टी-शर्ट लाल रंग की हो रही थी। जिसने उसे खून जमने की याद दिला दी। के.डी. के लहू की तरह उसने सोचा और मुसकराया। बेशक वह ट्रस को बाँधने और गला घोंटने पर बहुत सावधान था और उसे यकीन है कि के.डी. का गला घोंटने के लिए इस्तेमाल किए गए दस्तानों पर एक भी बूँद ने उसे कलंकित नहीं किया होगा। घर पहुँचने के बाद उसने अपने शरीर को सिर से पैर तक गरम पानी से कई बार रगड़ा और चेकअप के लिए डॉक्टर के पास गया। आप कभी इन कमबख्त वायरस के बारे में निश्चित नहीं हो सकते!

लेकिन मान लीजिए, अगर उस कुत्ते ने अपनी बीमारी के बारे में कुछ नहीं बताया होता—छोटा अपने हाथों को के.डी. में संक्रमित खून के सने होने के बारे में सोचकर काँप गया।

लाइन अब तेजी से आगे बढ़ रही थी और आखिकार छोटा बावला को अंत में राहत मिली, लेकिन जब उसने पुलिसकर्मी को उसकी और दौड़ते हुए देखा तो उसके होंठों पर मुसकान जम गई।

उपसंहार

नरगिस खालिद

शाम को घोषणा हुई।

'प्रिंस सुलेमान के ईर्ष्यालु प्रतिद्वंद्वियों द्वारा उनकी छवि खराब करने के लिए एक बड़ी गलतफहमी पैदा की गई है। अभिनेता चाहते हैं कि उनके प्रशंसक उन पर विश्वास करें। फर्जी रेप के आरोप वापस ले लिये गए हैं, क्योंकि उनमें कोई सच्चाई नहीं थी। यह प्रिंस और नरगिस के बीच एक गलतफहमी का मामला था।'

प्रिंस की नई फिल्म में नरगिस को सोलो लीड के तौर पर कास्ट किया जा रहा था। एक टेप की फुसफुसाहट तैर रही थी, जिसके प्रतिभागी कानूनी गतिविधियाँ नहीं कर रहा थे। नरगिस खालिद के नए पी.आर. द्वारा लेकिन इस अफवाह को तुरंत खारिज कर दिया गया था।

प्रेस के साथ किसी भी साक्षात्कार के लिए नरगिस मोमानी खालिद अब अपने नए सचिव और प्रबंधक, प्रेम पंडित के जरिए पहुँचा सकेगी।

डेजी कट्टा

वह नई नो–पैंटी गर्ल बन गई। एक्ट्रेस और आइटम गर्ल डेजी कट्टा, कुछ समय पहले एक संगीत वीडियो में किसी या सभी प्रमुख वार्डरॉब मालफंक्शन में अपने गुप्तांगों की झलक दिखा चुकी है। सूत्रों के मुताबिक, डेजी को एक के बाद एक कई आउटफिट्स बदलने पड़े और उसने सुविधा के लिए और समय बचाने के लिए बिना पेंटी के आना स्वीकार किया।

वह यह भूल गई कि इन दिनों मोबाइल फोन के कैमरे इतने उच्च तकनीक वाले हो गए हैं कि यहाँ तक कि स्प्लिट-सेकंड मूवमेंट को हाई-एंड मोबाइल फोन कैमरे पर कैप्चर किया जा सकता है।

'मैं अपने प्यारे दोस्तों को घोषणा करना चाहता हूँ कि मैंने अभी टुंती शाह द्वारा सबसे बड़ी सुपरमॉडल साइन की है। मैं प्रतिभाशाली हूँ और मैं अपनी प्रतिभा के लिए कुछ भी करने को तैयार हूँ, अगर टुंती सर ने लिया है तो उसका आधार है कि उन्होंने मेरी प्रतिभा को देखा है।'

'डेजी कट्टा स्वघोषित सुपरमॉडल हैं। वह अपनी भूमिका को बहुत गंभीरता से लेती है और यही उन्हें एक निर्देशक के लिए उपयुक्त पसंद बनाती है।' मुसकराते हुए टुंती ने कहा। 'डेजी कट्टा के साथ काम करते हुए मुझे अहसास हुआ कि वह बॉलीवुड की एकमात्र सुपरमॉडल है...हमारी अपनी एंजेल-ईना जॉली!!'

पत्रलेखा परिहार

डिजिटल डॉली ने अपना नाम वापस पत्रलेखा परिहार रख लिया है। वह बावला की फिल्म विंग में शामिल हो गई है और बॉलीवुड को 'बाहरी' और 'विदेशियों' से छुटकारा दिलाने का जिम्मा उसने अपने ऊपर ले लिया है, जो मुंबई के स्थानीय कलाकारों की नौकरी से दूर कर रहे थे।

विभिन्न टीवी समाचार चैनलों के सामने बोलते हुए उन्होंने कहा, 'मैं टिप्पणी नहीं करना चाहूँगा, लेकिन मुझे कहना होगा कि यह एक संवेदनशील विषय है। यह हमारी संस्कृति है। एक ईमानदार नागरिक के रूप में मेरा काम नरगिस खालिद जैसे लोगों को बेनकाब करना है, उस महिला के अंडरवर्ल्ड से लिंक है और वह पाकिस्तान में एक सट्टेबाजी रैकेट में शामिल है, हम उसे अपने देश में क्यों बर्दाश्त कर रहे हैं, जहाँ हजारों लड़कियाँ काम के लिए संघर्ष कर रही हैं? क्या इंडिया की लड़कियाँ मर गई हैं?'

पत्रलेखा परिहार ने कहा, 'मैंने सुना है कि नरगिस यहाँ बहुत सारा अवैध या काला धन बना रही है और भारतीयों अभिनेता और लड़कियों को आय से वंचित कर रही है। वह प्रोड्यूसर्स और फाइनेंसर्स से साइनिंग अमाउंट लेती है। मैं

इस बात का उल्लेख नहीं करना चाहता कि वह क्या करती है, लेकिन आयकर अधिकारियों को उसकी आय के स्रोत की जाँच करनी चाहिए। ऊपर से ये लड़कियाँ फिल्में करती हैं और थोड़े से पैसों में आइटम सॉन्ग करती हैं। हमें इन मेहनती लड़कियों पर हमदर्दी होती है। उसके खिलाफ जाँच होनी चाहिए। उसने अपना वीजा का समय बढ़ाने के लिए कई तरह के अनुचित हथकंडे अपनाए और वह हर महीने जो लाखों रुपए कमा रही है, जो उसके विदेशी खातों में अवैध रूप से प्रत्यावर्तित किए जाते हैं। भारत में कोई भी व्यक्ति कार्य वीजा पर नकद में भुगतान स्वीकार की सेवाएँ प्रदान नहीं कर सकता। भुगतान, अकाउंट पेयी चेक से ही होना है! लेकिन कथित तौर पर इस चालू नरगिस खालिद ने ज्यादातर नकद में भुगतान लिये हैं। दुबई और पाकिस्तान में खाते-बेनामी बैंक में पैसा वापस लाने के लिए हवाला का इस्तेमाल कर रहे हैं।'

पत्रलेखा परिहार ने अंबोली के थाने में नरगिस के खिलाफ रिपोर्ट लिखवाई है।

'मुझे गंभीर शारीरिक क्षति के साथ धमकी देनेवाले लोगों के फोन आ रहे हैं, सच बोलने पर मेरे परिवार को गाली दी जा रही है। क्या मैं गलत हूँ, अगर मैं इन निर्माताओं पर इशारा करती हूँ…और इंटरनेट पर पॉर्न स्टार खोज करने की बात करती हूँ? जब इतनी सारी भारतीय लड़कियाँ हॉट सीन और दूसरे ग्लैमरस रोल करने को तैयार हैं तो नरगिस खालिद को इसकी क्या जरूरत थी? इसके बाद वे नरगिस की पेंटी की नीलामी करेंगे? अगर इन उत्पादकों को पैसों की इतनी किल्लत है तो वे सभी भारतीय महिलाओं से अपील करें कि वे उन्हें अपने अंडरवियर दान दे दें, ताकि वे अपनी फिल्मों के प्रचार के लिए पैसे जुटा सकें। हालाँकि मेरे सभी शुभचिंतकों से मेरे फेसबुक में शामिल होने की अपील है, मैं facebook.com/india.chodo.nargis.khaled के अभियान पर हूँ। अब मैं सूचना एवं प्रसारण मंत्रालय, गृह मंत्रालय और भारत सरकार के अन्य विभाग को इस महिला के खिलाफ हमें भारत को बचाना चाहिए, की अपील कर रही हूँ।

उपसंहार

नए बने सिटी कोर्ट के कोर्टरूम में करीब दो घंटे तक गवाही चली। समृद्ध पैनल ठोस सागौन की लकड़ी से बने हॉल में लकड़ी के काम में काफी पैसा खर्च किया गया था। विशाल बाहरी इलाके के विपरीत, कमरे का असली फर्श में काफी पैसा बचाया गया था, जिसमें रिवाज के मुताबिक एक बड़ा सा मेज कमरे के बीच में रखा गया था, जो पैसा बचाने की कोशिश में थोड़ा और विस्तार कर रहा था। माननीय वांचू ऊँची पीठ वाली न्यायाधीश की कुरसी पर एक लाल लबादे और कमरबंध और एक घोड़े के बाल की विग, जो उनके कंधे के ऊपर गिरती थी, पहने हुए देदीप्यमान बैठे थे। जनता के लिए उनके बाईं ओर जूरी बॉक्स समकोण पर गैलरी में जूरी किसी संभावना में बैठी थी। बैरिस्टर के अठारहवीं सदी के गुलबंद पहने हुए फ्लोरस्पेस ने पूरे माहौल को और भी धार्मिक बना दिया।

पिछले कुछ दिन व्यस्त थे। कला की गवाही के बाद हत्यारे की पहचान के बारे में कोई संदेह नहीं था। शुक्र है, उसके आदमियों ने छोटा मुंजाल को उसके ठीक पहले ही पकड़ लिया था, जो दुबई के लिए अपनी उड़ान में सवार होनेवाला था और अब वह मुंबई पुलिस की हिरासत में था। बड़ा मुंजाल को उसके कार्यालय में पकड़ लिया गया था। उसने भागने की कोशिश तक नहीं की थी, बस मुसकरा दिया था और जब उसने सेक्स टेप के बारे में बताया तो उसके कंधे उचका दिए।

'आपको समझ में नहीं आया मिस्टर ए.सी.पी. ? यह मेरा शहर है। लोग अपनी समस्याओं के साथ मेरे पास आते हैं। मैं समस्याओं का समाधान करता

हूँ। जिस तरह से मैं उन्हें समझता हूँ, वैसा मैं करता हूँ। एक सेक्स टेप, ठीक है बलात्कार की एक टेप, लेकिन क्या आप यह सोचते हैं, इस शहर को सालों पहले एक मृत स्त्री? या एक मृत चालबाज? यह पैसों के बारे में है। व्यापार के बारे में और मैं व्यापार की रक्षा करता हूँ। सबूत के तौर पर तुम्हारे पास क्या है? वीडियो में एक दूसरी तसवीर का एक अंश, इससे साबित करने के लिए शुभकामनाएँ। आप एक बावला को जेल में डालेंगे, दूसरा आ जाएगा—हम हर जगह हैं। तुम्हारे जानने से पहले मैं बाहर हो जाऊँगा और तब मैं छोटा को बाहर निकालने की पूरी कोशिश करूँगा। ये दिनों चश्मदीद गवाह इतने अविश्वसनीय हैं—और आपके पास बस कानों के प्रत्यक्षदर्शी हैं! पर वो लड़का˙˙˙ऐसे मिजाज˙˙˙उसके लिए जेल में कुछ समय रहना अच्छा हो सकता है। कौन जानता था कि दलाल के.डी. की पुरानी डायन इस कमरे पर नजर रखे हुए हो।' मुंजाल हँसा था।

ए.सी.पी. कबीर भोंसले कोर्ट रम की क्लॉस्ट्रोफोबिक गरमी बर्दाश्त नहीं कर सके, और खचाखच भरे गलियारों में बैठने के लिए एक अबाधित खाली जगह की तलाश में चले गए। मीडिया बिल्डअप बहुत बड़ा था, लेकिन ऑफिसर को लग रहा था कि वह उन पर अपना दिमाग नहीं टिकाए रख सकता। उसने खुद को सौ साल पुरानी इमारत को निहारते हुए पाया। उन्हें खुद पर हैरानी हुई कि उन्होंने अपनी पूरी जिंदगी तेज रफ्तारी से नहीं काटी। सुरक्षा कड़ी थी और स्कोर सिपाहियों की संख्या सीधी नजर में खड़ी थी। अपनी लंबी बाँस की भारी लाठियों को हाथ में लिये हुए, वरदीधारी भीड़ सड़कों पर और सड़कों के उस तरफ स्थूल खड़ी थी, लोगों पर कड़ी नजर रखे हुई थी। वे इसी खबर की उम्मीद कर रहे थे और वे तैयार थे, जब वह छूटकर बाहर चली आई थी।

सनी अपने चारों ओर के सरकस से शांत और मजाकिया अंदाज में नजर आ रही थी। वे उसे ताज्जुब से देखने लगे। जैसे ही वह बाहर निकली उसके पाँवों में घुड़सवार की पोशाक, गम के जूते, एक थोड़े से कटा हुए चमड़े की चोली, सिर पूरी तरह से गंजा, भीड़ के ऊपर एक सन्नाटा तैर गया। उसकी सुनहरी जिप्सी आँखें अभी भी उनकी समझ से बाहर हैं, उसकी बेमिलनसार सुंदरता उतनी ही परेशान करनेवाली। दर्शक एक पल के लिए चुप और हैरान हो गए।

सनी के मुंडे हुए सिर को देखकर सभी धक से रह गए, जो उसकी खूबसूरती को कम कर रहा था। वह किसी साधु की तरह बेफिक्र चल रही थी। उसका नग्न सिर उसके गौरवशाली बालों से काटा गया था। पहले से भी ज्यादा उत्तेजक, जुड़वाँ साँपों का टैटू गुवाया। उसकी गरदन पर बेतहाशा चमक रहा है। भीड़ उसे घूर रही थी। कामुक उन्माद में उन रहस्यों को उजागर करने के लिए बेताब थी, जो उसकी मोहक आँखों के पीछे धूल में मिले हुए हैं। वह उनके सामने खड़ी थी—किसी के लिए साधु, किसी के लिए शैतानी रूप से खूबसूरत शैतान। आकर्षित करनेवाली शारीरिक गठन वाला एक पुलिस ऑफिसर, जो सनी और अराजक भीड़ के बीच से उनका इंतजार करती हुई गाड़ी की तरफ ले गया। कार का दरवाजा खुला और सुहाना ने सनी का हाथ थाम लिया और कबीर अंदर चालक की सीट पर आ गए। आखिरी नजरों के साथ आजाद होनेवाली लड़की ने अपने आसपास का स्वांग देखा और अपने आसपास के किसी भी व्यक्ति की तुलना में अधिक गरिमा के साथ चली गई। कबीर ने भीड़ व हंगामे के बीच कार को उस सावधानी और कौशल के साथ चलाया, जो वर्षों के पुलिस-सेवा में सक्रिय होने के बाद आता है। वे जानते थे कि कैसे उनका पीछा करनेवाले पापराजी को चकमा देना है। बैकव्यू मिरर दोनों बहनों को दिखा रहा था और उन्होंने सुहाना की नजर टिका दी। उसकी बरगंडी आँखें अंबर थीं ''सोना बिखरा रहा था ''ठीक सनी की तरह। उसने उन्हें जिन नजरों से सनी को देखा, उसमें कुछ था। कुछ लगभग अंतरंग सा।

कबीर को यकीन नहीं था, लेकिन यह परिकल्पना उनकी परीक्षा लेने को तैयार थी।

लेकिन पहले पैकेज भेजा जाना था।

उपसंहार

कोई स्टार पूरी तरह से बेनकाब होने पर क्या करता है, क्या सचमुच में वह अपने नंगे पिछवाड़े के साथ हवा में भौंकने लगता है? खैर, उसे यह साबित करने के लिए कि अरे मैं उसे कुछ नहीं समझता और इसलिए तुम्हें भी नहीं समझना चाहिए! यही जीवन तुम्हें धिक्कार भेजता है, आगे बढ़ो और यह साबित करने के लिए एक बड़ी महँगी सी पार्टी आयोजित करो और आशा है कि हर कोई आपके शैंपेन-स्टोक्ड और कोक लेस्ड तमाशा में शामिल होंगे।

और बाकी सब बकवास को भूल गए।

प्रिंस सुलेमान की मेगा पार्टी में ड्रीम स्टार की नई फिल्म की धमाकेदार सफलता की घोषणा की, जिसमें आइटम गर्ल नरगिस खालिद नई प्रमुख अभिनेत्री के रूप में थी।

निशा पोद्दार ने ट्रुथ में बॉलीवुड पर अपना आखिरी कॉलम जोर से पढ़ा। वह काफी समय से दूसरी तरफ थी। हमेशा हैंड आउट्स की प्रतीक्षा में, प्रेस, विशिष्टताओं को आमंत्रित करता है और कहानी—हमेशा अगले की प्रतीक्षा में; और वह जानती थी कि बॉलीवुड में इमोशनल होना सिर्फ समय की बरबाद है। सबका एक एजेंडा था, लेकिन वह आभारी थी, उसे बिना जख्म के छोड़ दिया गया था। निशा अब भी कहानियों से प्यार करती थी। (उसे खुशी थी कि लोग अब भी उस पर विश्वास करते थे और वह उन्होंने खुलासा किया, प्रकट किया, अपने अंतरतम रहस्यों को स्वीकार किया उसके लिए।) लेकिन उसने माना कि वर्षों में वह बन गई थी, उन्हीं में से एक है।

निशा ने पत्रिका से अपना इस्तीफा सौंपने की योजना बनाई। 'बॉलीवुड

की सच्चाई आज'। उसे प्लम पोस्ट की पेशकश की गई थी, धन्ना द्वारा ड्रीम स्टार स्टूडियोज के सी.ई.ओ. क्रिएटिव कंटेंट के बारे में खुद सेठ जो इस बीच एक लंबी छुट्टी पर किसी अज्ञात विदेशी स्थान के लिए रवाना हो गया है। वह डी.एस. की ओर से प्रिंस सुलेमान कपूर की मीडिया से बातचीत की प्रभारी होंगी। यह सुनकर घबरा गए सुपरस्टार को शांत करना पड़ा।

'प्रिंस, कमबख्त आप एक सुपरस्टार हैं, सुपरस्टार मर्डर से दूर हो जाते हैं!' जब मैं लोगों से कहूँ तो घबराना बंद करो और मुझ पर विश्वास करो। बकवास भूल जाओ। प्रशंसकों की यादें छोटी होती हैं और वे सुपरस्टार को माफ कर देते हैं, यहाँ तक कि हत्या को भी–और प्रभु यह सिर्फ बलात्कार है! आपको पता है कि आप शराब पीकर नशे में कार से लोगों को कुचल देते हो और उन्हें मार देते हो और वहाँ चशमदीद गवाह होते हुए भी तुम जेल नहीं जाते—क्या आप जानते हैं कि यह कैसे काम करता है? आप एक सुपर कमबख्त स्टार हैं!'

निशा पोद्दार ने प्रिंस सुलेमान के लिए प्रेस विज्ञप्ति टाइप करना शुरू किया—

यह उन लोगों द्वारा फैलाए गए मनगढ़ंत बाते हैं, जो मुझसे ईर्ष्या करते हैं, वे मुझे नष्ट करना चाहते हैं, क्योंकि वे जानते हैं कि मेरे प्रशंसक भी मुझसे बहुत प्यार करते हैं। डीवीडी नकली है। यह मैं नहीं हूँ। मैं मुंजाल को व्यक्तिगत रूप से नहीं जानता। हो सकता है कि किसी पार्टी में उनसे मुलाकात हुई हो। हम एक बयान की तैयारी कर रहे हैं। मेरे वकील से बात करो, नंबर है—उसकी विचारों की श्रृंखला उसके मोबाइल पर एक एस.एम.एस. से टूटी।

'ड्रीम स्टार ने मुंजाल बावला को बाहर निकालने में कामयाब रहा है। सूत्रों का कहना है कि वे डी.एस. स्टूडियो में एक बड़ा ऑफिस बना रहे हैं।'

निश्चित ही हर कोई बेकार की चीजें भूल जाता है।

उपसंहार

'कुतिया!' जब एक क्रूर अंधे के उसे काबू में करने पर वह चिल्लाया, उसे पूरी तरह से पकड़ लिया और वह एक दीवार के साथ गिर गया, उसका मांस पथरीली भूमि पर घिसटता गया। उसकी पीठ धनुष की तरह झुकी हुई थी, एक क्रंच के साथ हड्डियों के तड़कने की आवाज आ रही थी, जैसे वह अचानक आगे बढ़ा और अपने हमलावर को एक साथ तेज चाल से फेंक दिया। एक संतोषजनक कोंक ने उसे बताया कि उसके हमलावर का फुटपाथ से टकराने से पहले सिर बंपर से उछल गया था। उसकी नाक से खून बह रहा था, उसकी बंदूक उसके हाथ में तैयार है, वह उठा और शरीर को छोड़कर युद्धपूर्वक झुक गया। अचानक उसका गीले-लाल बादल में हमलावर का सिर फटा—

और कट।

लगातार बजती तालियों से सेट गूँज उठा। सुमरान इब्राहिम, अपनी सच्ची सराहना को दिखानेवाली मुसकान के साथ बेदम होकर एक कुरसी पर बैठ गए। उसका हमलावर, नवाजुद्दीन, जिसके माथे पर लाल छिड़काव था, उसके साथ वाली कुरसी पर बैठ गया और सीटी बजाने लगा।

सुहाना खुश थी कि उसने शॉट फिल्माने से पहले कलाकारों को लड़ाई प्रशिक्षण सत्र और मूल्यांकन कार्यशालाओं में भेजने का फैसला कर लिया था। कलाकारों का प्रशिक्षण बारह सप्ताह तक चला और फिल्म-निर्माण के समय भी चलता रहा। कोरियाई स्टंट समन्वयक, जंग वू, जिन्होंने फाइट कोरियोग्राफी में आदमियों को मार्शल आर्ट्स से लेकर हाथ से हाथ का मुकाबला करने के लिए ट्रेनिंग दी थी। सुमरान के बाद उसने उन अभिनेताओं को लिया, जो अपनी

हार्ड हिटिंग भूमिकाओं के लिए जाने जाते हैं। इसकी पुष्टि तेजी से हो रही है और अलगाने के साथ अभी भी बातचीत चल रही थी। नवाजुद्दीन एक सच्ची खोज थे। आखिर में उसकी कास्ट जम गई थी। प्रशिक्षण ने उत्पादन समय को एक-तिहाई तक घटा दिया था, जैसे ही सेट पर कलाकार आ जाते हैं, उसके बाद शायद ही कोई रीटेक होता था। इसने बिद्दू का चेहरे की मुसकराहट को वापस ला दिया था। और वह एक फिल्म में आइटम नंबर देने के लिए सहमत हो गई। उसके बाद ही वह उसके कोरियाई फाइट डायरेक्टर को लाने के लिए सहमत हो गया था।

'हाँ बेबी! छोटी स्कर्ट्स में स्त्रियों की शक्ल की डम्मी। लड़कियों को नग्न अवस्था में भागते हुए कौन नहीं देखना चाहेगा! मैं जानता हूँ, बस इसके लिए लड़की-' बिद्दू ने मुँह फेर लिया था।

'मुझे यकीन है कि आप करते हैं, बिद्दू,' उसने जंग वू को लेने के लिए बिद्दू का मुसकराहट से आभार प्रकट किया।

'यह एक अच्छी कहानी है और सिर्फ एक वीडियो गेम की तरह नहीं है, जहाँ तुम बस सिर्फ खो रहे हो और पागल हुए जा रहे हो।' यह एक राहत की बात थी, वह और जंग वू एक ही पेज पर थे, हालाँकि उसमें कुछ सीन में जाने की आदत थी।

'मैं दर्शकों को वही देता हूँ, जो मैं चाहता हूँ, उसे जानना चाहता हूँ। मैं यह तुम्हारे, बिद्दू और सुमरान जो चाहते हैं, उसके बारे में नहीं सोचता। एक स्तर पर बढ़िया लड़ाई के दृश्य, एक-दूसरे से बदला लेने और भगदड़ से भरी हुई पौरुष से भरी कल्पनाएँ। फिर मैं यह सब पीछे हटना चाहता हूँ और फिर मैं तुमसे ये सभी खींचना चाहता हूँ और आँखों के जरिए तुम पर भौंकना चाहता हूँ।' उसने जोश के साथ कहा।

'जंग वू, मैंने सुना है कि आपने लटेस्ट ZZZ स्पाई गेम वीडियो को कोरियोग्राफ किया है, मेरा बेटा इसे प्यार करता है।' सुमरान चिल्लाया। काफी छोटे कद के कोरियाई को सुनाना चाहता था, जो सुहाना को उनकी स्टोरीबोर्ड दिखाना चाहते थे। जंग वू अपने हाथों को एक पक्षी की तरह हिलाता है और एक पैर पर हाथ फैलाकर खड़ा होता है, उसकी जीभ बाहर लटकी हुई है, अचानक

उसने तने हुए अंगों से हवा में छुरा घोंप दिया और काल्पनिक विरोधियों को चीर दिया।'

'यह देखो! इस तरह! फाइट सीन्स के लिए मेरे सभी आइडिया, जिन्हें मैंने रेखांकित किया है कि नायक कैसे आगे बढ़ेगा। मेरा स्टंटमेन और स्टंटवुमेन कुंग फू फाइट कोरियोग्राफी जानती हैं, जो कोरियाई फिल्मों में काफी लोकप्रिय है। देखो?'

'फिल्म में एक काल्पनिक लड़ाई क्लब शामिल किया गया है, जिसमें पुरुष वैकल्पिक वास्तविकता का हिस्सा हैं, जहाँ गायन और नृत्य भी हैं। फंतासी दृश्यों में क्रूर झगड़े और लड़ाई शामिल हैं। दूसरी ओर, हालाँकि यह कामोत्तेजक और व्यक्तिगत है, लेकिन मुझे पसंद है मेरी जरूरत से अधिक ध्यान देना, इतना भी अव्यक्त नहीं है।'

'देखो, कोरिया में बीस तक की लड़ाई होना आम बात है या फिर ऐसी तकनीकें, जिन्हें एक बार में शूट किया जाता है।'

'यह बहुत घुमावदार है।' सुहाना ने इशारा किया।

'हम इसे लंबा बना देंगे।' हमेशा मुसकराते रहनेवाले जंग वू कभी भी हार नहीं मानते।

सुहाना ने सुमन को संबोधित किया।

'कुछ नीले रंग का। फिल्म का इमोशन नीला है। आपका करैक्टर एक काले और नीले रंग के नुकीले लुक वाला जुझारू किरदार है। लाइट ड्रेन आउट कर देंगे—आपके डुप्लीकेट का उपयोग करके लड़ाई वाइड एंगल शूट किया जाएगा, एकदम अनएडिटिड। क्या चल रहा है, मैं यह छिपाना चाहता हूँ। कैमरा एप्रोच आप जानते हैं—टाइट एंगल, शेकी कैमरा।'

'यह वैसा है कि जब आप फिल्म देखते हैं तो वह कैसा महसूस करती है, एक खास 'ओह, से ज्यादा, यह इस इनसान की कहानी है।' इसे इस तरह शैलीबद्ध होना चाहिए। फिल्म में युवा पुरुषों को बेरहमी से हत्या का लगातार डर लगा रहता है।'

आखिरकार चीजें ऊपर दिखाई देने लगी थीं।

अपनी सीट से देख विष्णु कश्यप का चेहरा खिल उठा, जब उन्होंने

सुनहरी को MCMM के सेट में अंदर प्रवेश करते हुए देखा। बिद्दू पहले से ही उसके लिए दौड़ पड़ा और सनी के लिए कुरसी व छाते के लिए अपने सहायकों पर चिल्लाने लगा।

'मैंने यह सब काफी लंबे समय में नहीं किया है। लेकिन मेरे पास एक विचार है।'

सनी से आँख मिलते ही सुहाना मुसकरा उठी।

झिझकता हुआ वसंत

लैवेंडर ग्रे पहाड़ों की ऊपरी चोटियाँ आकाश की घनी धुंध के साथ गायब हो गईं। डूबता हुआ सूरज ढल गया। पहाड़ के किनारों से चिपके हुए चीड़ की आकृति उनके झालरदार विरिडियन सिल्हूट से ढल गया। तराई क्षेत्र से रिसनेवाली गरमी में जब वह अनतता आश्रम पहुँचा, तब तक हवा पहले से ठंडी, साफ और मीठी हो गई थी। सेब के बाग, ताजा जुताई वाले भूखंड कँटीले तारों से घिरे थे और हाथों से उठाने के लिए काफी सारे हरे व सुनहरे पेड़ों को थोड़े चौड़े दायरे में काटा गया था। चेरी के आकार के गहने पत्तेदार रस के नीचे से हरी छतरियाँ झाँक रही थीं। बाहर शरद ऋतु में बगीचा नहा उठा था, घास पर सोना उतरता दिखता है। सिस्टर बहन साचा चीड़ की सुइयों और विलो के पत्तों की गद्दीदार जमीन से उस अनाम पैकेज को देखने के लिए जा रही है, जिसे डिलीवर किया गया था। आश्रम कार्यालय में उसके नाम पर डिलीवर किया गया है। तीन बिस्कुए गुड़िया। और इस गिफ्ट के नीचे बड़ी सुंदर तरीके से लिखा हुआ—'द ड्रीम गर्ल्स'।

सिस्टर सच्चा ने आश्रम के नए सहवासी की ओर देखा।

जिसके बाल सफेद और आँखें चमकदार और गुलाबी रंग की थीं और चमकदार, लेकिन इस बुजुर्ग महिला के चेहरे पर शांति का भाव था। सच्चा की आवाज सुनकर उसके चेहरे पर चमक आ गई। पकड़े हुए बूढ़ी महिला का हाथ पकड़े हुए सच्चा, झिझकती हुई बाग में लगभग पके पीले और हरे सेबों की झिझकती मिठास की तरफ देखते हुए मुसकराई। पास में कहीं जलनेवाले पत्तों का तीखा धुआँ, मिट्टी की ताजा महक के साथ घुल-मिल गया था। साफ,

सुगंधित घास, गरम और सुगंधित हवा बह रही थी। फसल कटने को महज एक महीना बाकी था।

सच्चा ने अपनी चप्पलें फेंक दीं और नरम घास पर नंगे पाँव चल दी। उसने बुजुर्ग स्त्री से कहा, 'हमें आपके लिए एक नाम सोचना चाहिए।'

☐☐☐